佐伯弘治

運命との邂逅

流通経済大学出版会

まえがき

一昨年（二〇〇一年）の三月、流通経済大学の学長を退いた。せめて一期三年だけは務めおおせたいと思って任についてから二十七年である。思えば長い道程であった。

縁あって、私が流通経済大学に勤務するようになったのは昭和四十（一九六五）年、つまり開校の年である。経済学部経済学科、入学定員二〇〇名の小さな大学だった。所在地龍ヶ崎市の人口は、四、五万もあったであろうか。豊穣な稲作地帯、稲敷平野を背景にした閑雅な商都であったが、鉄道からは見離されたような佇まいだった。大学は、赤松林に囲まれた郊外の丘の上にあったが、私が始めて出校した第一回の入学式の日には、瀟洒な校舎を覆い包むかのように、台地の桜が咲き誇っていた。

それから三十八年、私は小田急沿線、多摩河畔の自宅から大学まで、電車を乗り継いで片道約二時間半の通勤を続けたが、正直なところ、始めは、これ程長く務めることになろうとは夢にも思わなかった。

しかし不思議なものである。半分、エキストラのような気分で大学と関わっていた私も、学生たちと接しているうちに、しだいに新しい大学に愛着を覚えるようになってきた。その頃、それ程応募者があったわけではないが、入学してきた学生たちは、なかなか意欲的で、学力も高く、しかも純真だった。開学当初から、いわば全国区型大学で、学生の出身地が北海道から沖縄まで広がっていたのも特徴的であった。

これらの諸君は今、社会の中枢で活躍しているが、殊に、国際派ビジネスマンとして海外の物流拠点のトップの座についている者が意外に多い。私も、たまにアメリカやヨーロッパに出かけるが、どこに行っても往時の学生たちが待ち受けていてくれる。まさに教師冥利につきる思いである。

もう一つ、草創期の流通経済大学で印象的だったのは教員の顔ぶれである。若手教員も逸材揃いであったが、何よりも目を引いたのは、大規模な私学で一時代を画した老大家が多かったことである。代表的な方々の名前を挙げると、早稲田から島田孝一（第六代早大総長、初代学長・交通論）、赤松保羅（心理学）、法政から高木友三郎（世界経済論・日大を経て）、山村喬（経済政策）、友岡久雄（貨幣論・金融論）、明治から小島憲（政治学・後に明大総長）、永田正（経済学史）、同志社から松好貞夫（日本経済史・都立大を経て）、慶応から高木寿一（財政学）の諸先生であった。また、非常勤として、古川栄一（一橋大・経営学）、安藤良雄（東大・日本経済史）、佐々木八郎（早大・国語学）の諸先生も出講されていた。

これらの先生方との職場でのお付き合いは、そう長い期間ではなかったが、私にとっては、学徒のあるべき姿勢を学ぶ、又とない機会であった。

しかし、そんな老若協調の長閑かな大学づくりを予期せぬ激震が襲った。昭和四十二年から四十三年にかけて問題化した日通事件の余波である。大学の出捐者である日本通運が社会の痛烈な批判を浴びて、経営面でも大きな打撃を蒙った。もとより、本来は大学に関わりのない出来事であったが、何せ開学三年目で、日通頼みのところが少なくなく、その上、設立時のファンドの提供もまだ済んでいなかった。

ここで日通事件について深入りするつもりはないが、敢えて一言立ち入るならば、当時、必ずしも分明でなかった事件と社会構造との関わりが、三十年余の時の経過によって、しだいに炙り出されつつあるように思える。即ち、モータリゼーションのもたらす光と影、それと国有による鉄道経営の不合理と非効率との関係、そして、それとの繋がりにおける運輸事業のあり様、今、これらのことどもを遡って検証し、そもそもあの事件はいったい何であったのか。その社会的背景に何があったのか、について論究する必要があることだけは指摘しておかなければならない。ただし、事件に関わった経営者たちの倫理感の欠如については論ずるまでもない。

そんなしだいで、完成に向けて進行中だった大学の経営計画は、根本的に変更せざるを得なくなった。

日本通運とも協議の上、大学は経営的に自主自立を目指すことになり、私たち教員も実質的に経営に関わることになった。その方針に則って昭和四十四年五月、私は同僚たちに推されて法人の理事に就任、直接、経営実務に関与するようになった。

このことは、それまで、きちんと授業を担当し、ときどき論文を発表してさえいれば職責は果たせるものと思っていたノンポリティカル教授の私にとって、人生における一大転機であった。

その頃、昭和四十年代半ばの私学経営は非常に難しかった。勿論、国庫からの助成はなく、加えて立地に恵まれない新設大学である。やむを得ず、体質をスリム化するために、畏敬する老大家たちに予定を早めて御退陣いただくところから手をつけることになった。私にとっては、生涯忘れることのできない嫌な思い出であるが、それしか手立てがなかったのである。

幸い大方の先生方が事情をよく理解し、協力して下さった。私にとっては、母校法政の大先達であった高木友三郎先生と山村喬先生が、「わかった、身柄はキミに預ける」とまで言って下さった。また、永田先生は、「後はよろしく頼む、キミが新しい歴史をつくるんだ。キミならできる」と励まして下さった。

昭和四十七年には、島田学長を補佐する副学長に任ぜられた。副学長になって一カ月半ぐらいはたっていたであろうか。法政大学の桜井初教授から、「来年の四月からだが、法政に移らないか」という話がきた。桜井さんは法政の法学部で私よりちょっと先輩だったが、若い頃から思想に片寄りのないリベラリストで、何ごとによらず用意周到に事を処する人であったから、私のことについても、受け入れ体制を十分に整えた上のことであったに違いない。私が、意に添えないことを告げると、「しょうがないですね、貴方の気性ですから」と苦笑されていた。三十年も前の話だが、私は今も、あの時の桜井教授の厚意と友情を胸中深く受けとめている。

昭和四十九年からは学長になったが、何よりも淋しかったのはゼミの担当がなくなったことである。相変らず大学の経営は厳しかったので、冒頭にも述べたように、途中で投げ出すようなことだけは避けなければ、との思いであったが、それが九期も務まったのである。もとより、永い月日のうちには様々な出来事もあったが、面白くないことは時が浄化してくれるのか、これといった不快な思い出はない。ただ、自らの人生の記録として挙げるならば、学長の任期の四期から五期目に、ある政党の領袖から国政選挙への出馬を熱心に慫慂された。七期目から八期目には、東京のある中堅私大の理事長への就任について、強い要請を受けた。いずれも、買い被られているとの思いがあって、任に非ずと固辞したが、今もその時々の判断は誤っていなかったと思っている。

とにかく、流通経済大学では、永田教授の激励の言のようにはいかなかったが、それでも学長在任中に、四学部七学科と大学院三研究科、それに付属高校を擁する学園にまで育てることができた。思うに、人の和と幸運に恵まれたということであろう。

ところで、ながながと駄文を連ねたが、私としては本書の刊行を、永かった学長生活のピリオドと考え、来し方を振り返ってみたかったのである。

本書は、ここ十年余の間に、私が、あちこちで話したり、書いたりしたものを一冊に纏めたものである。ただ、十年ともなると、書いたものも、話したものも相当の量になる。そこで、私なりに本書を読んでいただける方々をイメージして、ここに収録するものを選択した。

「人・こころの風景」は、財団法人日本武道館が毎月約一万部発行している雑誌、月刊『武道』に一九九二年から九五年までの四カ年間、毎月筆を執った随想である。ただし、海外出張で執筆できなかったことが両三度あった。また、編集部の要請や読者のニーズに応えて書いたものの中に、内容が少し専門的にすぎるものもあったので、それらはここに載せなかった。

「まがりかどにきた大学」は、雑誌に発表した小論二本と講演二本である。いずれも同時期、同一人の考え方の論述であるから、内容に重複する部分があるが、主張を確かに理解していただくために、敢えて手を加えないで載せることにした。

なお、日本の高等教育のあり様や国立大学の法人化問題については、二十年以上も前から、まるで嘲笑が聞こえてくるかのような雰囲気の中で、私は頑固に自説を主張してきた。今漸く重い扉が開きつつあるが、本格的な改善への道はなお遠い。

「歴史を省察して　未来を問う」では、講演三本を纏めた。私にはこの種の講演の機会が少なくない。殊に中国については、それぞれ各地の事情に合せて行ったロジスティクス関連の数本の講演記録があるが、本書では、誰にでも興味をもっていただけるものという基準で大連でのものを択んだ。

「低く暮らし　高く思う」は、流通経済大学の入学式や卒業式で、私が学生たちに贈った言葉であり、一部の卒業生や父母の方々から、できれば一冊に纏めて欲しいと、かねて要望のあったところのものである。


私は学長を退いたら、若い頃から手がけながら、未だ完成に至っていないライフワークに、ゆっくりと取り組むつもりでいたが、諸般の事情から流通経済大学の設置母体である学校法人日通学園の学園長を引き受けることになった。学園長は、私の就任に当って新たに設けられたポストで、規則では、学園の設置する全ての学校の教学を総括すると定められているが、本来は半ば象徴的な役柄の筈である。

ただ、不運なことに、私の後任として第三代学長に就任した坂下昇教授は、僅か一年余で病に倒れ、未だ療養中である。そんなわけで約半年間、私は学長代行を務めた。十一月中旬には、野尻俊明教授が第四代の学長に就いたので、先行きは大分明るくなってきたものの、何せ今のわが国では、大学を取り巻く状況はあまりにも険しい。これからの舵取りは容易でなかろうとは思うが、何はともあれ次の時代の人たちに奮起してもらうしかない。

私は今、「後はよろしく頼む。キミたちが新しい歴史をつくるんだ」と、いつどこで声をかけようかと機会を模索しているところである。

二〇〇三年三月

多摩河畔の寓居にて

佐伯弘治

目次

人・こころの風景

まがりかどにきた大学

歴史を省察して　未来を問う

低く暮し　高く思う

人・こころの風景

中国経済「先富論」と「盲流」

八月下旬から九月の入りにかけて中国に行ってきた。私にとっては一九八〇年以来、十五度目の中国であるが、訪れるたびにその変貌ぶりに目を見張らせられる。今度の訪中も幾つかの仕事を抱えてのものであったが、その一つは私の勤める流通経済大学と首都経済貿易大学との、五年ごと、三度目の学術交流協定の更新であり、第二は、もう一つの提携大学である北京物資学院との間で、一昨年来、共同で進めている中国物流研究に関する論文の中国側での出版についての打ち合わせであった。そして第三は、私の大学の国際観光学科の学生一二〇名が、たまたまこの時期に首都経済貿易大学を訪ね、両大学合同の研修会を行っていたので、これに立ち会って激励することである。もっとも学生達は十四、五名ずつのゼミナール単位で、それぞれに指導教授がついているので私の出番はなく、全体会議でスピーチを行う程度であった。

私は彼我の英語に秀でた四十名余のグループが英語だけで討論している場に立ち会ったのであるが、まず中国側の学生の英語力が流暢で高水準なのに感服し、中国の大学は文化大革命での学力の遅れを完全に取り戻したな、という印象を強く抱かせられた。また、二十一、二歳の両国の若者達が時にはジョークを交えながら談笑し合っている様子に、これが半世紀前、血を血で洗う戦《いくさ》をした世代の孫達であることを自らの胸にたたみ込むように言い聞かせ、あらためて平和の重味をかみしめたのであった。

北京での用務の後、私は華南の沿海部を経て香港経由で帰国することにした。観光かたがた改革・解放下の中国経済の素顔に触れ、併せて返還が九七年七月と迫った香港の様相を見てみたいと思ったからである。八月二十六日朝、北京空港を立って二時間半余で桂林に着いた。

桂林は人口三十二、三万の小都市であるが中国が誇る屈指の観光地で、年間数十万の観光客が訪れるという。桂林の地名は、桂樹つまり金木犀が多いことがその起こりであると聞くが、今も木犀は多く、秋には街全体が花の香気に包まれるそうである。私の泊まったホテルは漓江《りこう》に面した街の中心部で、対岸に連なる公営住宅の屋根は橙色の瓦で統一され、南欧の地方都市を思わせるたたずまいであった。華南の八月末はまだ暑く、夕刻八時ごろになると解放橋袂から漓江の川沿いにさまざまな細工物や衣類、雑誌、食べ物を商う夜店が数十軒も並び、涼を求める人々がどこからともなく集まってきて、中には夜通し店を張っている商人もいた。

二十八日には桂林から陽朔《ようさく》までの八十三キロを約五時間、船でゆったりと漓江下りを楽しんだ。水浴する水牛の群れや筏を操って鵜を放つ漁師、霧雨にけむる両岸の奇峰奇岩はそのまま水墨画の世界である。しかし、四日間の桂林滞在で最も私の心を揺すぶったのは、これら自然の幻想美ではなく、観光客の集まるところに蝟集する物乞いの姿であった。ホテルを一歩出ると、手足の不自由な者から、幼児を出しに使う者まで、昼となく、夜となく乞食につきまとわれて閉口した。

勿論、憐憫の情が湧かなかったわけではないが、数が多くて付き合いきれないのである。

私が中国で、気になるほど乞食に出合うようになったのは、ほんのここ数年であるが、どうやらこれは市場経済化のもたらした歪みのようである。

最高指導者鄧小平氏は、かねて一部の地域、一部の人々が先に豊かになる「先富論」の主唱者であったが、九二年一月から二月にかけて深圳、珠海、上海など南部を訪問した際、「南方講話」という形で、この方針を一層明確に示している。すなわち「社会主義の道を歩むのは、逐次共に豊かになることである。……先に発展した地域が後から発展する地域を引っ張って最後に共に豊かになる。もし富める者がますます富み、貧しきものがますます貧しくなるならば、両極分化が発生するが、社会主義制度は両極分化を避けるべきだし、それが可能なのである。解決方法の一つは、先に富んだ地域が利潤や税金を増やし、貧困地域の発展を支持することである。むろんこれを急ぎすぎてはならない。今は発達した地域の活力を削減してはならない」、と主張して、少なくとも九〇年代における貧富の格差の拡大を容認し、これを是正するには、今世紀末に生活水準がまあまあの状態に達したところで、改めて問題を提起して解決すればよい、というものである。

私に同行してくれた劉建平首都経済貿易大学助教授や地元ガイド嬢の話によれば、桂林の物乞いの人達はいずれも地方の農村から出てきた、いわゆる盲流だそうであるが、盲流とは農村から都市に流入してくる浮動人口のことである。今、中国では沿海地区が外国資本の流入によって急速に経済発展を示しているが、内陸部は取り残されており、両者の経済的格差は次第に大きくなりつつあるので、農村の余剰労働力が、とにかく大都会に出さえすれば何とかなるということで移動してくる。このように定職がないままに盲滅法に流れてくるということから「盲流」と俗称されるようになったのであるが、この盲流現象は八八年ごろが最盛期で最近は少し下火になったと言われている。しかし、私には、鄧小平氏の「南方講話」によって経済過熱が再現し、盲流が再び勢いを増してきているように思えた。

勿論、盲流は都市の貧民層を生み、社会不安の要因にもなり、治安上の問題も出てくる恐れがあるので、政府は人口移動の抑制措置をとっている。要するに、都市ではっきりした働き口があるとか、住居がはっきり決まっているとか、勤務先の業務上の理由で移動するといった正当な理由がなければ都市への移住を認めないのであるが、私は、内陸部の農村の疲弊が続く限り、盲流は止まることはないとみている。二十九日早朝、空路広州に入り、加速する市場経済の活気を肌に感じたが、ここでも駅前で、炎天下、嬰児を抱いた若い母親に物を乞われて胸が痛んだ。三十日には劉建平助教授と別れて列車で香港に向かった。車窓に東京の西新宿あたりを想起させるような深圳のビル群を見ながら、九竜までノンストップである。折から香港は、九月十七日投票の立法評議会の選挙戦の最中であった。しかし、返還まで一年十カ月余、百五十年の植民地支配に終止符が打たれるというのに、何故か市民の目は冷めているようにみえた。

香港滞在中、私はホテルの室から、対岸の香港島の夜景を眺めながら、アヘン戦争以来の中国の苦渋の歴史を思い、ひたすら「先富論」のよりよい成果を願わずにおれなかった。

（月刊『武道』一九九五年十一月号）

ある相撲少年の回想

こどもの頃の私は無類の相撲好きだった。はっきり覚えているのは第三十二代横綱、玉錦の全盛期からでしかないが、昭和七年、相撲界の改革を求めて大ノ里、天竜ら大量の力士が協会を脱退した春秋園事件のことも、うっすらと覚えている。

私の相撲好きは大相撲の星取表に対する興味だけでなく、ちょっとした実技派でもあった。自分で言うのはなんだが、こどもの頃から私は結構相撲が強かった。身体は大きくはなかったが右四つに組んで相手の胸板に頭をつけ、間合いをはかってからの上手投げは、相撲通だった小学校の担任の先生から双葉山張りとの評を得たものである。中学には相撲部はなかったが時代が時代だけに相撲を楽しむ機会は少なくなかった。戦後になると娯楽がなかったせいか、一時期郷里の富山では花相撲が盛んだった。私はもう大学生になっていたが、夏休みに帰省すると、小学校時代からの相撲仲間とそれに参加した。加越能大花相撲という看板で県内の各地から腕自慢の素人力士が集まってくるのであるが、大相撲の脱落組でまだ髷をつけている者、復員した海軍相撲や学生相撲上がりもいて、希には幕下下位ぐらいの力の者もいたように思う。中にはしこ名を持ったプロ気取りの者もいた。そんな中で、私は技能派として三役どころを務めさせてもらったりもした。今でも旧盆の頃になると往時を思い出すが、あの熱気は実際に相撲をとったものでなければわからない感懐である。

いくら相撲好きでも、昭和初期の地方の少年には大相撲に接する機会はなかった。本場所になるとラジオにかじりついて実況放送を聞いたものである。もっとも毎年夏になると、大相撲の巡業が富山にもやってきたので何回か本物を見る機会はあった。その中でも、とりわけ印象深かったのは昭和十六年、立浪一門が新設の県営運動場に来た時である。地方巡業の妙味は何といっても力士をすぐ傍で見られることにあるが、双葉山、羽黒山（初代）の両横綱と大関名寄岩の立浪三羽烏は圧巻だった。一門の総帥、立浪弥右衛門は富山の出身であることもあって、われわれ富山っ子には立浪贔屓が多かった。どこから得た情報であったかは曖昧だが、私は、双葉山は右目が全く見えないときいていたので、土俵の間近で双葉山の所作をじっと観察していた。しかし、そんな風は微塵も感じられなかったので、あんまり強すぎるから悪い噂を立てられたのだろうと思った。

とにかく、私の少年の頃の富山は相撲が盛んだった。そして、私達相撲少年の誇りは二代目梅ヶ谷と太刀山、それに立浪の緑嶋であった。この三人は、ほぼ同年であるが相撲歴は三人三様である。

梅ヶ谷は明治十一年十一月、新川郡水橋村（現 富山市）の売薬行商の家に生まれている。水橋といえば、大正八年八月、寺内内閣を総辞職に追い込んだ米騒動は、ここの漁師のかみさん達の決起がきっかけであった。彼は少年時に上京して初代梅ヶ谷の弟子となり、その後、その養子となっている。身長五尺六寸（約一七〇センチ）、体重四十貫（一五〇キロ）の典型的なアンコで、身体を生かした鋭い寄り身を得意とし、明治三十六年五月場所後に常陸山とともに横綱に昇進、「梅・常陸時代」といわれる相撲史上に燦たる隆盛期を現出させている。常陸山は大正三年、四十一歳で引退し、四歳年下の梅ヶ谷も翌年好敵手の後を追って引退している。二人とも引退後は短命で、常陸山は大正十一年五月に四十九歳、梅ヶ谷は昭和二年九月に五十歳で亡くなっている。

二代目梅ヶ谷は私が物心つく頃にはもう他界していたので、そう親近感はなかったが、太刀山となるとずっと身近だった。太刀山の出生地、婦負郡呉羽村吉作（現 富山市）は私の生家と約六キロぐらいの距離でしかなかったこと、それに彼の角界入りが明治三十三年、満二十二歳という年齢だったので私のこどもの頃、彼を直接知る人がまだ私の周辺に多くいたからである。

太刀山は明治十年八月生まれで梅ヶ谷より一歳年長である。これといった相撲歴のない彼が幕下付出を認められたのは資質、体力が抜群だったからであろう。六尺一寸（一八五センチ）、三十七貫（一三九キロ）、強烈な突張りと呼び戻しの荒技で無敵横綱の名をほしいままにしたが、大正七年一月場所を最後に引退、一時、年寄東関をついだが翌年には廃業している。私の周辺の古老達は、太刀山は吝嗇だったので人望がなく、検査役の選にもれて廃業したのだと噂していた。しかし、彼は亡くなる二、三年前、郷里の呉羽小学校に屋根つきの豪華な土俵を寄付している。

私は噂を信じたくない思いであった。太刀山の訃報を聞いたのは昭和十六年の春だったと思う。

緑嶋は明治十一年一月、新川郡滑川在の横道（現　滑川市）という農村に生まれている。五尺五寸（一六六センチ）、二十四貫（九〇キロ）の小兵であったが、精桿で力もあり、足腰が強く、正攻法の押しに威力があった。はじめ京都相撲に入ったが明治三十年一月場所、幕下付出で東京に移り、明治四十一年夏に小結、大正三年春には常陸山に土をつける大金星をあげ、翌四年夏に引退している。緑嶋については頭脳明晰な苦労人で、弟子の育成も上手い、という噂がもっぱらだった。噂に違わず彼は多くの名力士を育て、協会の取締（常務理事）にまでなり、三人の中では一番の長命で昭和二十七年十二月、相撲人としてはまさに天寿を全うしている。

話は一転するが、高木友之助中央大学総長は緑嶋即ち先々代立浪親方の御子息である。その高木教授が朝日新聞夕刊（平成七年六月二日）の「出会いの風景」という欄で、「人事憂楽有り」と題して双葉山との思い出を書いておられる。ほのぼのとした名文で、高木教授のお人柄と弟子を思う御尊父の慈愛、そして双葉山の傑出した人間像は読む者の心を打たずにはおかない。本誌の読者諸賢にもその心を味わっていただきたく、ここにその一部を紹介して本稿の結びとしたい。

「小学校五年の時私は近視のメガネを作るため小石川の眼科医に行った。父の手紙を持って彼（双葉山）も一緒だった。彼の不自由な右目がなんとか治療できないか診断のためだ。彼は待ち構えていた私の両親に淡々と『やはりだめだそうです』と告げると、父は声を抑えて『これはだれにもいうな』といった。……ほとんど右目はだめだと知り、私はひどいショックを受けた。相撲の勝敗は立ち合いの一瞬にある。遠近感もつかめず視野も狭い欠陥を彼は黙々と克服していく。力水は一回限り。いつでも受けて立つ。私はそこに求道者の姿をみた。彼はたしかに荘子の木鶏（もっけい）をめざしたに違いない」。

（月刊『武道』一九九五年十月号）

不戦を訴える

流通経済大学のキャンパスの中央広場に、「不戦の訴え」をテーマにした乙女の像が立っている。黒御影の台座の上にブロンズ製、高さ一・七メートル、無造作な束髪と心持ち左に聳やかした肩、軽く腰にあてがった手、中天に向けたキリッとした瞳が象徴的である。夕刻六時になると足もとの水中に燈がともり、ゆったりと着込んだコートから伸びた脚線が一際美しく照らし出される。

この像は去る三月二十日、平成六年度の学位授与式（卒業式）の日に除幕したばかりのもので、製作者は女子美術大学教授の鹿野幸子氏であるが、それに私がつぎの詞《ことば》を付した。

不戦の訴え

人は誰でも　戦争は平和に対する罪であり
人道に対する罪であることを知っている
それでもなお　人は武力を持って戦う

人間の胸中にはいつも戦争の火種が燻っている

この半世紀も　朝鮮戦争　中東戦争　ベトナム戦争
湾岸戦争　そして諸々の内戦や紛争　世界に戦火の絶えることはなかった
しかし　この間　日本は平和であった
それは血みどろな敗戦の体験の上に築かれた尊い平和である
われわれは　この平和の持つ意味を重く受けとめ　この平和をとこしえに護り抜かなければならない

勿論　日本だけが平和であっていい筈はない
われわれは　この尊い平和の環を世界に広げなければならない
自らに不戦を誓うだけでなく　全世界に向かって渾身の力をふりしぼって不戦を訴えつづけなければならない

われわれは　この思いをこめて　ここに不戦を訴える乙女の像を建てる

一九九五年三月
日本の敗戦五〇周年を期して

流通経済大学

この詞を私の同僚の教授たちが、中国語、朝鮮語、英語、ロシア語、アラビア語、ヘブライ語、ドイツ語、フランス語、スペイン語、ポルトガル語、イタリー語の十一カ国語に翻訳し、その訳文をそれぞれステンレス板に刻んで、像の背景の障壁に日本語の銘文を中心に据えて左右に配列した。ちなみに、これらはいずれも私どもの大学のカリキュラムに組み込まれている言語である。

私は除幕式で、その日の卒業生や地元の市長をはじめとする関係者らを前に、「わが国は先の大戦に敗れ、三百万人の同胞の生命を失いました。そのうち百万人もの人が婦人、老人、こどもなど非戦闘員でありました。ちょうど、五十年前の三月十日、米軍の東京大空襲を皮切りに六月には沖縄が全島壊滅状態に陥り、八月に入ってからは広島、長崎に対する相つぐ原爆投下、この間、全国の主要都市への空爆、まさにそれは地獄絵ともいうべき無差別攻撃でありました。一方、十五年戦争といわれる日本軍の中国大陸への侵攻、三十六年に及ぶ日本の朝鮮半島支配、さらにはアジア・太平洋をめぐる米、英、佛、蘭との攻防の中で与えた東南アジア諸国に対する人的、物的損害、日本もまた戦争によって近隣諸国に対し、多大の迷惑をかけたのであります。

敗戦後五十年、われわれは自らが被った悲惨な事実を忘れたことはなく、また他国に対して行った無惨な仕打ちも肝に銘じ、深く反省しております。だからこそ、この五十年、わが国はひたすら憲法の定める平和主義に徹し、外国に一片の武器を売り渡したこともなければ、いかなる戦闘行動にも直接関与することがなかったのであります。そして、われわれはこれからもこの過去の厳粛な事実を直視し、再び悲惨な戦争の愚をくり返すことのないよう、自らにも不戦を誓い、全世界に向かって不戦を訴えて行かなければならないと思うのであります。

このような考え方にもとづいて、私は一年前に、敗戦五十周年を期に、不戦を世界に訴えるシンボルの像を、わがキャンパス内に建立したいと発願しました。それは一人の教師としての私の心の叫びを具現したかったからであります。即ち、わが大学には、今も二百名近い外国人留学生が学んでおります。そして、今日も三十五名の留学生諸君がここを巣立ちました、私は、この学舎で共に学んだ人たちが再び敵、味方に別れるようなことが絶対にあってはならないとこいねがわずにおれなかったのであります。そして、そのために、ささやかな大学ではあるが、わがキャンパスを世界に不戦を訴える発信地の一つにしなければならないと思うようになりました。幸い、日本は、現行憲法において不戦の決意を内外に宣言しており、この半世紀間、不戦を貫き、核兵器も保有しておりません。その意味で私は日本ほど世界に向かって不戦を訴えるに相応しい国はないと確信しております」と、挨拶した。

当日は新聞各社の取材もあって、翌二十一日の朝日、読売は地方版ではあったが写真入り三段抜きで、二十二日には毎日も記事にしてくれている。後日聞いたところによると、朝日では初めは全国版の筈であったが、前日の地下鉄サリン事件のためにスペースがとれず、やむなく地方版に廻したとのことであった。

ところで、今、国会及びその周辺で「不戦の決議」をめぐって意見の対立がみられる。これについては上述の論旨からもお察しいただけると思うが、謝罪にウェートをおいた不戦の決議なら、私も直ちに賛成しかねる。国権の最高機関である国会が、不戦について議するならば、それは過去の反省の上に立って、戦後五十年の貴重な経験と実績を生かし、全世界に向かって不戦を訴えることでなければならない。

国際政治であれ、国内政治であれ、政治の世界ではとかく思惑やかけ引きが先行する。戦後五十年を、わが国の政治がどのように迎えるかは重要且つ微妙な問題であるが、少なくとも不戦の問題については、かつての交戦国ないしは被災国に、迎合、あるいは強要されて対応すべき性質のものではなく、まして選挙がらみや党利党略で取り組むべき事柄ではない。国民は、国会の対応に冷静な判断の目をもってのぞまなければならない。

（月刊『武道』一九九五年七月号）

国際化とは
―私大連盟の学長会議に臨んで―

兵庫県南部に大地震のあった一月十七日、私は終日、東京、市ヶ谷の私学会館で行われた日本私立大学連盟の学長会議に参加していた。

この会議は、わが国における高等教育の充実発展と、私立大学の研究・教育の向上を図るため、連盟加盟の全国の学長たちが一堂に会して特定の課題について研究、討議するもので、毎年二回、夏季と冬季に開催される。今回は、メーンテーマに「大学は二十一世紀に生きる若者をどのように育てるか」を置き、サブテーマとして「国際化」がとり上げられた。討議の柱には、何のための国際化か、国際化とは何を指すか、国際化を阻む要因は何か、の三本柱が据えられ、これにもとづく午前中のシンポジウムでは、京都大学助教授の浅田彰氏と南ドイツ新聞極東特派員(日本・朝鮮半島・台湾担当　日本外国人特派員協会会長)のゲプハルト・ヒールシャー氏の基調講演が行われた。

午後は、午前の発表において提起された内容を想起するような形でディスカサント(討論者)による反論、意見を展開するという形式がとられ、ディスカサントとしては、津田塾大学教授のチャールズ・D・ラミス氏、東京経済大学教授の板垣雄三氏、元朝日新聞編集委員でジャーナリストの下村満子氏の三人が登壇された。

午前九時の開始時には、まだ地震の被害状況がつかめていなかったが、関西学院大、甲南大、流通科学大、神戸女学院大など、直接被災地の大学の学長をはじめ京阪神地区の学長たちの欠席が多く、いつになく空席が目立ったが、会議の中味はなかなか充実していた。紙幅があれば本誌の読者諸賢にも全容を紹介したいところであるが、到底かなわぬことなので、私が、これぞと思ったところをかいつまんでとり上げてみることにした。

まず、ニューアカデミズムの旗手と目される少壮の論客、浅田氏は、二十世紀は画一化の時代であったが、二十一世紀の特色は多様化であり、日本の大学もまた、生涯教育の場として年齢の多様化、男女比率の変化、国籍の多様化が望まれるようになる。殊に国籍の多様化については外国人が日本の大学運営の中枢に参画して大学を変えていくぐらいの変革が望ましいと強調された。また、情報ネットワークが発達すればするほどフェイス・トゥ・フェイスの必要性が生じてくる。

日本の若者＝学生はもっと外に出て勉強しなければならないし、日本で勉強したい外国人をもっと積極的に受け入れていくべきでもある。そのためには、たとえばＯＤＡ（政府開発援助＝先進国から発展途上国への資金援助）を国内で使ってもよいのではないか、との提案もなされた。そして、これからは深い国際化を考えなければならない。浅薄に英語が話せるというだけでなく、自国の文化を知ること、外国を知るということは自国を知ることである。能と相撲といった伝統文化だけでなく、現代文化について知ることも必要である、というような論点が私の関心をひき、且つ共感を覚えたところでもあった。

ヒールシャー氏の報告では、、日本の大学の国際化について、以下の提言が結論的に述べられた。すなわち、国際化を大学院に絞って力を入れる。日本の大学院で外国人が英語で勉強できる条件と環境をもっと整える。大学で日本語で授業をうける外国人は、中国語圏、韓国語圏など言葉の習得が完全な者だけに限り、かれらのために条件と環境を整えることに集中する。大学院レベルでは、外国人教師が英語あるいは日本語で教える環境を整え、かれらにも大学院運営に参加させる、というようなことなどであるが、いずれも、私のように大学運営の中枢をあずかる者にとっては、心当たりのあることで、まことに適切な助言であったと思う。

午後のディスカッションで、もっとも私の興をひいたのは、チャールズ・D・ラミス氏の発言であった。ラミス氏はサンフランシスコ出身、カリフォルニア大学大学院博士課程修了の政治思想史学者で、一九六〇（昭和三十五）年に来日したという。私は、かつて海兵隊員であったこの知日派のアメリカ人の話に聞き入りながら、その人間観、世界観に人としての深い奥行きを感じさせられた。

ラミス教授の話を要約すると、

「国際化というスローガンを鵜呑みにしてはいけない。国際化という言葉は曖昧である。たとえば国際貢献という言葉は湾岸戦争のときからでてきた言葉であり、国際貢献にはじまる小沢一郎氏の普通の国論は、戦争につながる危険性がある。

だいたい日本で、国際化という言葉がしきりに使われるようになったのは中曽根政権のときではなかったか。同時期に、君が代を歌うこと、日の丸を掲げることが求められるようになった。七〇年代、八〇年代には日本の経済はもう国際的なものになり、多国籍化していた。政府が国際化を言いだした頃には既にそれが進行していたのである。そして、当時も今も、国際人という場合、英語が話せるエリートで、国益を忘れない人という響きがつきまとっているように思う。

識者の中には、こういう現象を国際化即国粋化という見方をする人もいる。日本にだけとは言わないが、国際化のスローガンの裏に一つの神話があるように思う。すなわち、外国人と接触すれば理解し合えると思っているふしがあるが、それだけでは理解は生まれない。アメリカに留学して人種差別の実態を知り、かえって国粋化することもある。不健全な接触、たとえば、他民族に対する優越的意識を前提にしたような接触からは決していい結果は生まれない。日本で言うならば在日韓国人、イスラム圏の人々への対応をどう位置づけていくのかなどが問われるところである。

これからの世界で国際化をいう場合、避けて通れないのは、東西の対決に代わる、西欧対その他の対立、つまり湾岸戦争に象徴されるような南北戦争の問題であるが、日本はそのどちらにつこうとしているのか。少なくとも今言われている普通の国論ではその様相がはっきり見えてこない。日本の場合は、世界に向かって、平和の論理を透徹させることこそ国際化への道なのではないか。日本の大学の国際化とは、コスモポリタニズム（人類はすべて同胞という考え方にもとづき世界的視野をとること＝世界主義）の教育を行うことだと思う」と、いうようなことになる。以上が私のメモ帳の抜粋であるが、機会があればラミス教授と日本及び日本人について心ゆくまで話し合ってみたいと思っている。

（月刊『武道』一九九五年四月号）

勲章余話

毎年、春秋の生存者叙勲では親しい知り合いが大抵何人か受章する。私は、それらの人々の氏名を新聞紙上に見ると、すぐに祝電を打つことにしている。言うまでもなく、受章した人の多年の労を讃え、御当人の喜びに僅かでも華を添えることができればとの思いで、そうするのである。もちろん、私も今の勲章制度にいろいろな批判や見方があることは承知している。もとより、受章する人達もまた、そんなことはよくわきまえた上で、己が信条にもとづいて、自らの人生の一つの区切りとして、素直な気持で受章されているのであろうから、親しくつき合っている端の者としては、自らの勲章観はどうであれ、やはり素直に祝意を表するのが礼儀だと思う。

今さら言うまでもないことであるが、勲章制度を肯定するも否定するも、それはその人の自由であり、勲章を受けるも、受けないも、その人の意思に任せられる。そして、そこにこそ思想と信条の自由を国是とする民主主義国家日本の面目があるのである。

私の知る限り、昭和三十九年春に生存者叙勲が再開されて以来、受章を辞退した人の数は少なくない。殊に再開当初は、野党であった社会党の当時の政治家達はほとんど受章しなかった。また、保守的な立場の人達でも、たとえば日経連会長や国家公安委員などを務めた桜田武氏も辞退しているし、国鉄総裁だった石田禮助氏、日銀総裁の前川春雄氏、ごく最近では総理大臣への就任要請を固辞したことで知られる自民党の伊東正義氏なども辞退組である。

これらの人達に、もし受章の意思があれば、おそらく勲一等旭日大綬章だったのではなかろうかと思うのだが、その辞退の理由は概ね共通していて、いずれも人の一生の働きに差等をつけるのは好ましくないということのようであった。このように最高位（大勲位）に最も近い位置におかれた人達が叙勲の制度に一線を画したことには、やはりそれなりの重みがあり、説得性がある。こういった辞退組の中で、とりわけ私の興をひいたのは石田禮助氏の断り方である。

作家城山三郎氏は、その著『粗にして野だが卑ではない—石田禮助の生涯—』（一九八八年　文芸春秋刊）の中で石田氏と勲章について次のように記述している。

「死後、政府から勲一等叙勲の申し出があったが、これも未亡人つゆが頑として受けなかった。『やめて下さい。あれほど主人が辞退してたんですから』石田には、すでに国鉄総裁在任中に勲一等にという話が持ち出されていた。『どうしてももらってもらえ』という池田総理の強い意向を受け、黒金泰美官房長官が、『何とかもらって欲しい』と足を運んだのだが、石田はかぶりを振り続けた。副総裁の磯崎叡もやきもきして、『社会主義者でもあるまいし、ぜひ』と、すすめたのだが、石田は吐きすてるように、『おれはマンキーだよ。マンキーが勲章下げた姿見られるか。見られやせんよ、キミ』おれは山猿《マンキー》。山猿が勲章をつけられるか——という言い分には、反駁の余地がなかった。磯崎も諦めて、池田の許へ出かけて、石田の言い分を伝え、『どうにも趣味が合わないらしいんです』池田もついに断念した。『仕様がないな。そこまで言われちゃ』勲章を断るのは、たしかに恰好はいいが、人にはそれぞれの生き方があり、『断るほど偉くはない』という考え方をする人もあるのであろう。問題は、石田のその断わり方である。マンキーが勲章下げた姿、見られやせんよ——いかにも石田らしい」（前掲書、六〜八頁）

石田禮助という人物は三井物産の代表取締役から戦時中に交易営団の総裁を務め、昭和三十八年、数え七十八歳の高齢で国鉄総裁を引き受けた人であるが、根っからの商社マンらしく、「リーズナブル」が口癖の合理主義者だったようだ。したがってマンキーに勲章は似合わないという、剽げた言葉の背景には彼に固有な、現行の勲章制度に対する批判が秘められていたのではなかろうかと思う。

石田氏とは逆な意味で、勲章というと私がいつも思い出すのは大内兵衛先生である。今さら紹介するまでもなく大内先生は大正九年の森戸事件、昭和十三年の第二次人民戦線事件と、二度にわたって東京大学を追われ、戦後、東大教授に復帰、その後、法政大学総長を十年も務めた経済学者で、学士院会員にも列せられた人である。先生は戦後の革新陣営の理論的指導層の支柱的存在であったことは世間周知のところであり、仕事上、先生の謦咳に接することの少なくなかった私などは、先生に畏敬の念を抱くとともに、日頃の言説から推して、よもや先生が勲章を受けられるなどとは夢にも思わなかった。しかし、先生は七十歳に達せられるや実にあっさりと勲一等瑞宝章を受けられた。

私はそのとき、勲章というもののもつ摩訶不思議な力と大内先生の見事な受章ぶりに感嘆し、かつ呆気にとられたものである。

ところで、先頃、ノーベル文学賞を受章した大江健三郎さんは「自分は戦後民主主義者であるから、市民からの賞はいただくが、国家からの栄誉はいらない」との趣旨で文化勲章を辞退した。新聞の投書欄などでみる限り、これには賛否両論があるようであるが、私は大江さんのノーベル賞が決まったときから、彼は文化勲章は辞退するであろうと思っていた。なぜなら大江氏は辞退の理由を「戦後民主主義者」という言葉でくくっているが、実は、その根底に彼の深遠な思想や信条が秘められていることを、私は私なりに、彼の作品や言動から夙に察知し、大江氏と文化勲章を結ぶ糸を見つけ出すことは難しいと、かねてから思っていたからである。

ちなみに、勲章と名のつくもので政治的思惑や国家権力と関わりのないものはない。通常の勲章と比べると、その関わりはかなり希薄であるが、文化勲章といえどその例外ではない。

大江氏の言によるとノーベル賞は市民からの贈りものということになるが、ノーベル賞にも政治的側面がまったくないわけではなく、それ故にサルトル（フランス）は一九六四年、文学賞受章を拒否し、パステルナーク（ソ連）も一九五八年、文学賞を辞退している。

いずれにしても、勲章であれ、ノーベル賞であれ、受けるも、受けないも、その人の考え一つであり、第三者がとやかく感情をさしはさむべきことではない。

（月刊『武道』一九九五年二月号）

吉田郁子著「七色の帯に夢をかけて」を読んで

㈠

今年の七月早々だった。吉田郁子さんという方から『竪琴』（新宿区北新宿三—三二—二〇—二〇四・『竪琴』の会発行）という書名の同人雑誌を送っていただいた。仕事柄、あちこちの友人、知人から論文集やエッセイ集が送られてくることが少なくないので、はて、どこの吉田さんだったかな、と首をひねりながらページをめくったら、中から白い角封筒におさめられた几帳面な女文字の手紙がでてきた。

それによると、福田満氏の紹介で私を知り、その勧めで雑誌を送ったというのである。

福田氏は戦後の学生柔道の復興期に慶大の選手として勇名をはせ、卒業後はフランスに渡って柔道の指導に当たりながらソルボンヌで勉強した人である。帰国後、しばらく三菱商事に勤めていたが、今は郷里の新潟と東京を往来しながら事業を営んでいる。私とは柔道を通じての古くからの友人であるが、昭和三十年代の半ばには、亡き正力松太郎翁や長谷川秀治先生（東大教授、群馬大学学長を歴任）の指導のもとに日佛学生柔道協会をつくり、その幹事役を務めた仲である。もっとも幹事とはいっても私は、いわば枯木も山のにぎわい、でしかなかったが、若くて行動力のあったフランス通の福田氏は日佛のかけ橋の主役だった。

それはさておき、吉田さんからの書簡には、つぎのように認められてあった。

「私は柔道とは全く関わりのない者ですが、戦前戦後を通じてフランスに柔道を広められた川石酒造之助氏に興味をもち、少々調べておりました。この度、それをまとめまして、私が参加しておりますささやかな同人誌に出しました。………フランスは今、ヨーロッパ一の柔道大国になっておりますが、その基礎を作ったのが川石氏で、独自の方式を工夫してフランスに柔道を定着させた彼の努力と情熱に対してフランス柔道界は今なお深い感謝の気持をもち続けております。しかし、日本では川石氏の業績があまりにも知られておらず、このことに疑問をもちまして、この小文をまとめるつもりになったのでございます。

調べていきますうちに、柔道が世界的なものになっていく過程で、武道から生まれた柔道がスポーツ化することの問題点や、講道館というきわめて日本的な組織の運営方法と外国人の考え方との食い違いなど、さまざまな矛盾や困難が生じてきたことがよくわかりました。これらは今までに多くの専門家の方々がそれぞれの立場から論じてこられたことで、門外漢の私が口を出すことではないとも思いますが、その一方で全くの素人がフランスという切り口で柔道を眺めれば、また新しい角度で日本というものが見えてくるのではないかと考え、そこに自分の関心をすえて、もう少し書いてゆくつもりです。……ご高覧、ご高評いただければ幸いです」

『竪琴』はフランス文学を専攻する女性たちの同人誌で、察するに第一次の『竪琴』は一時休刊に追いこまれ、私がいただいたものは第三十三号となっているが、実は復刊の第二次『竪琴』の第二号らしい。内容は創作、評論、エッセイ、研究ノートなど同人の意思に任されているようで、吉田さんの作品以外にも私の興味をひいた随筆や評論が幾つか載っていた。

先の書簡で明らかなように、吉田さんの作品は「七色の帯に夢をかけて（上）」という題で、フランス柔道の父川石酒造之助伝、のサブタイトルがついている。さすがに大学でフランス語を教えている文学者だけあって文章は流麗であり、事実を丹念に渉猟しているところなど、柔道に関する伝記文学の逸品といっても決して過褒にはあたらないと思う。A5版の十六頁ぐらいのものであるからそう長いものではないが、私は一気に読了した。もちろん、今までも柔道や柔道家をモチーフにした小説はかなりあるが、ほとんどがフィクションであり、ないしは事実を歪曲誇張した武勇伝や偉人伝でしかない。私の知っている限り、柔道にかかわるもので純粋に伝記文学といえるほどのものは、故白崎秀雄氏の『当世畸人伝』（昭和六十二年一月　新潮社刊）所収の「阿部謙四郎」ぐらいのものである。また、その父、飯塚国三郎の生きざまを通して明治から終戦前後までの柔道界を垣間見た飯塚一陽氏の『柔道を創った男たち』（平成二年八月　文芸春秋刊）もアマチュア作家の域をこえた秀作といってよかろう。

吉田さんの「川石酒造之助伝」は、まだこれから筆がつづくのであるから速断は慎まなければならないが、ともかく力作である。

早稲田大学政治学科を出てから大正十五年三月、政治学の勉強のためにアメリカに渡り、コロンビア大学を卒えてからブラジル、ロンドンを経由して昭和十年十月一日、日本大使館の世話でパリの柔道愛好家クラブの柔道教師としてパリ入りした川石がどのようにして柔道を広げていったかが実にわかりやすく、川石に暖かい目をそそぎながらも冷静な間隔をおいて筆をとられている。

川石のフランスでの指導は「川石は弟子達の技術の上達をはかると同時に、人格の向上という精神面での修行にも常に心を配っていた。……フランス人達に道場の神聖さや教師に対する敬意を徹底させるのは難しかったことだろう」(『竪琴』第三十三号　吉田郁子稿、五六頁)とあるように、道場での礼儀や作法に厳しかったらしい。柔道のような格闘技の場合、師弟間に厳格なけじめがなかったら、ただの匹夫の力くらべになってしまい、指導がなり立たなくなることを彼は十分承知し、計算しつくした上でマナーにやかましかったのだと思う。また、口やかましいだけでは人はついてこなかったであろうから、頭の回転も早く、陽気な人柄で、フランス人を魅きつけるにたる奥行きのある心の持ち主だったに違いない。川石はまた、経営センスの持主でもあったらしく、どちらかといえば知的レベルの高い層や富裕な人たちに普及対象をしぼり込んでいたようなふしがある。彼の指導が成功し、柔道がフランスに深く根づいた理由は、こんなところにもあったのではなかろうか。

いずれにしても吉田さんの指摘のように、川石酒造之助は日本でもっと知られていい人だと思う。

㈡

「墓は明るい静寂の中にあった。国道三〇六の喧騒が遠く聞こえる。パリ南端のポルト・ドゥ・シャティオンから国道三〇六で南に十一キロ、緑の多い郊外の町プレスィ・ロバンソンの町営墓地は町の西北にある。磨き上げた黒御影石の墓石は横長で幅は一メートル八〇ほどはあろうか、下部の方はややすぼまり丸みをおびている。一番上に金色の梨地紋にKAWAISHIMIKINOSUKEと黒く浮き彫りになり、その下に『フランス柔道の創始者1899～1969』とフランス語で刻まれている。さらに中ほどに一行で『川石氏を讃え、感謝の念をこめてフランス柔道連盟これを建てる』とあり、その下は左右に分けて四行の分かち書きで『深い感謝の気持ちの証として川石先生の弟子と友人の会』『師であり創始者である川石師範に変わらざる気持ちを捧ぐフランス有段者全国協会』と、文字はすべて金色である。

この墓は周囲に並んでいるものに較べてかなり大きくて目立つが、さらに異彩を放っているのは墓石の右肩に縦長の同じ黒御影石が填め込まれており『法名釋柔徹』と、これはもちろん漢字で、書かれていることだ。川石家の菩提寺、姫路市の法円寺からいただいた法名である。（吉田郁子稿「七色の帯に夢をかけて（上）」一九九四年四月『竪琴』三十三号　四四頁）。

いささか長い引用になったが、右の文が本誌前号（月刊『武道』一九九四年十二月号　一二一頁）に紹介した「七色の帯に夢をかけて」の書き出し部分である。フランスにおける川石酒造之助の実績を知るには、これにまさるものはないと思ったので敢えてそのままここに使わせていただいた。

川石が亡くなったのは一九六九（昭和四十四）年であるから、もう二十五年もたつが、命日の一月三十一日には弟子や友人、柔道関係者が集まって墓参りし、川石夫人を囲んでの歓談を今も欠かさない、との話を聞いて私は感動を禁じ得なかった。外国人であり、しかも一介の柔道教師にすぎなかった人物を、没後もこれほどまでに厚く遇してくれるフランスとフランス人気質に強く心を打たれたのである。

もちろん、それは川石の実績と人柄があってこそのことであろうが、遺憾ながら私達は川石酒造之助なる人物について、あまりにも知らなさすぎる。

これまた吉田郁子さんからの受け売りにすぎないが、読者諸賢のために、ごく大雑把に川石の人となりを紹介しておこう。

川石酒造之助は一八九九（明治三十二）年姫路市手柄の裕福な造り酒屋に生まれている。姫路中学を経て早稲田大学政治学科を卒業。一九二六年三月、アメリカに渡ってコロンビア大学政治学科を卒業。三一年にブラジル視察を経てその秋にロンドンに到着、ここで、たまたまオクスフォード大学の柔道教師に迎えられ、四カ年をロンドンで過ごした。川石と柔道との結びつきは姫路中学時代であるが、ここで選手として活躍している。早稲田でも柔道部の主将を務めたというから相当の力量の持主であったことは間違いない。しかし、川石がアメリカに渡ったのはまったく勉学のためであって、柔道の指導が目的ではなかった。彼は早くから国際的視野を持った政治家になることを夢見ていたらしく、彼の外遊を支援した兄達にもそんな期待があったようである。その川石が外国人に柔道を教えることに興味を抱きはじめたのはロンドンでの指導経験がきっかけのように思われる。

前号でも述べたように、川石がパリに到着したのは一九三五（昭和十）年十月一日であった。このときの彼は、はっきりと柔道指導を目的にパリ入りしている。川石のパリにおける柔道指導の実際や当時のフランス柔道の実情などについては「七色の帯に夢をかけて」に詳しいが、今ここにそれを詳述する暇はない。ただ、川石が、日本語を知らない外国人に柔道の技の名称をおぼえさせることの困難を克服するために、「出足払い」とか、「背負い投げ」とか、と言わずに、足技一号、二号、手技一号、二号と称するような方法をとったことや、柔道の技倆の進度に応じて細かく帯の色を替えていく方法、すなわち、入門の白帯から初段の黒帯に至るまでに、明るい色から濃い色の順に、黄色、オレンジ色、緑、青、茶色と五つの段階を作る工夫をこらしたことなどに、人の心の機微を察知するに敏な川石の指導者としての聡明さがうかがわれる。また、川石は理財の念にもたけていたのであろう。柔道の指導を決して安売りせず、当時のパリの賃金水準に比してかなり高い額の月謝を厳格に徴収していたという。もっとも、彼は生来の賭博好きだったらしく、その金を殆ど賭け事に消費していたというから、インテリで万事に合理主義的に見える川石もその実は楽天家で底抜けの好人物だったのかもしれない。存外そんなところが憎めない人としてフランス人に好かれ、愛されたのではなかろうか。

それはともかく、川石は第二次世界大戦の敗戦によって一九四六（昭和二十一）年十二月、満州を経由、引き揚げ船で日本に帰国している。そのとき彼は四十七歳になっていた。パリに入ったときの彼は既に三十六歳であったから柔道家としては肉体的にとうに峠を越えていた。また、四八（昭和二十三）年十月、姫路を立って再びパリに向かったときはもう四十九歳だった。中年の川石が、結婚して一年ばかりの新妻美都子を連れて四十日の長い航海の末、マルセーユに着いた。懐妊していた美都子は船中で男子を出産している。今と違って戦後の日本から船旅でヨーロッパに向かうのは想像を絶する難事であった。アメリカ留学やイギリス、フランスでの海外経験もある川石ほどのキャリアなら戦後の日本では引く手あまたであったろうし、青年時代からの望みであった政界進出も不可能ではなかったはずである。その彼が、柔道家にしては高年すぎる身をひっさげて再び渡佛した心境は那辺にあったのであろうか。まさに私のような俗人の理解を越えた行動である。

私は、吉田郁子さん宛の、雑誌を送っていただいたことへのお礼状の末尾に、「川石酒造之助は、柔道ではなく、フランスに魅せられた男だったと思います。フランスの風俗と文化、フランス人気質、フランスの香りに酔いしれながら生涯を終えたのだと思います。彼にとって、柔道はその手段にすぎなかったのではないでしょうか……」と書いた。

しかし、吉田さんから再びいただいた書簡には、「おれがフランス柔道を、との情熱があったからこそと思います」と認めてあった。

（月刊『武道』一九九四年十二月〜九五年一月号）

南京大虐殺事件に思う

八月二十七日の朝日新聞をめくっていたら、社会面の片隅に「松井大将役に日本から十数人」という見出しが目に入った。記事を読んでみると、台湾との合作で来夏の完成を目指し、映画「南京大虐殺」の撮影準備を進めている中国の映画監督、呉子牛氏が、二十六日、南京攻略当時の旧日本軍の最高責任者であった中支那方面軍司令官、松井石根《いわね》大将を演じる俳優を日本から募集したところ十数人の応募者があり、目下、最終選考に入っていることを明らかにしたという内容である。「日本から多くの人が熱心に応募してくれて感動している」との呉監督の談話も紹介してあった。私はこれを読んで、映画であるから当然フィクションであろうが、それにしてもどんな映画ができるのであろうか、と、ふと不安な気分におそわれた。

南京大虐殺といえば、つい先頃、羽田内閣の発足直後、永野茂門法務大臣が「南京大虐殺はでっち上げ」という発言をして、謝罪し、辞任に追いこまれたばかりでもあり、われわれ日本人にとっては、喉元にとげが刺さったような感のする出来事である。永野発言については羽田前首相が中国に二回も詫び、後任の井上喜一前法相は「大虐殺のあったことは否定のできない事実だ」と発言して問題は決着した。つまり、永野発言に強く反発した中国側の怒りもおさまり、国内的にも一応、事が済んだのである。しかし、それはあくまでも一応であって、多くの日本国民には、この問題はいまも整理のつかない心の澱《おり》のようなものではなかろうか。

私は永野茂門という人物については全く知らないが、いやしくも自衛隊のトップの座から参議院に出て、法相になったほどの人である。発言するからには相当の確信があって言っているに相違ない。前言を取消し、謝罪したのも、内閣の立場や政治情勢を慮っての妥協であって、決して本意ではなかったと思う。

ところで、南京大虐殺については、私もかねてから深い関心があって、私なりに調べてもみた。その結果、私の判断は永野氏と異なり、「南京大虐殺はあった」である。ただし、被殺害者数三十万人という数には明確な証拠はなく、かなり誇張されたものだと思う。いろんな立場の人たちが調査し、記したもの、あるいは当時の日本軍の異常な戦場心理、さらに南京市の人口や中国軍の兵力などから推して、被殺害者数は約三万人、そのうち半数が一般市民ではなかったかと思っている。かりにもう少し多かったとしても、せいぜい四万どまりぐらいだと思う。勿論、三十万が三万だったにしても日本の罪は何ら軽減されるものではなく、大虐殺であったことに変わりはない。

それにしても、永野氏の「でっち上げ」という言い方は甚だ不適切であり、不穏当である。なぜなら、どの国語辞典をみても、でっち上げは、ないことをあるように作り上げること。事実のないことを本物らしくこしらえること、とある。私のような素人でも、日中戦争の関係文献を少し真面目にひもとけば、日本軍は中国大陸で相当ひどいことをやったな、という程度のことは容易に察知できる。まして永野氏は軍事の専門家である。戦争に不条理な行為や非道な殺戮がつきものであることを知らぬ道理はなく、南京で虐殺と言われるような非道な事実が全くなかったとは思っていないはずである。おそらく彼は、私同様、事実は認めるが、三十万人という数字には確たる証拠はなく、誇張された数字が固定化して、いつまでも外交上のかけ引の道具に使われるのは両国の将来にとって好ましくないと言いたかったのではなかろうか。

それでは南京大虐殺の三十万説はどこから出てきたのか。それは一九四六(昭和二十一)年八月、極東国際軍事裁判に中国側から提出された「南京地方法院検察処敵人罪行調査報告」に書かれた「被殺害者確数三十四万人」に拠るのである。しかし、この調査は僅か三カ月たらずの間に行われた急拵えのもので、裁判ではその数はそのまま採用されず「二十万以上」と、これまた大雑把な仕方でしめくくられている。ところが、この報告の数が、朝日新聞の本多勝一氏の筆(一九七〇年に『朝日ジャーナル』に連載されたルポ「中国の旅」)によって確かな根拠のあるもののように書き立てられ(本多氏のルポには、中国側の一方的証言のみを羅列し、日本側の取材を怠ったものとして批判がある)、中国でも一九八五年八月、南京、江東門に「侵華日軍南京大屠殺遇難同胞紀念館」(原文のまま)が建てられて、その正面の壁に遭難者、三十万の数字が大書され、これがいまやこの事件に関する中国政府の公式な見解になっているのである。

丁度、一九八五年を境に私は両三度南京を訪ねているが、その度に中山門や中華門に足を運んだ。中山門は南京城の正面で、一九三七（昭和十二）年十二月十三日、第十六師団（京都、滋賀、奈良、三重の各府県）が攻め落としたところであり、中華門は私の郷里の第九師団（石川、富山、福井、長野の各県）の第三十五連隊（富山）富士井部隊が一番乗りを果たした箇所である。南京陥落の頃の私は小学校の高学年生であったが、郷土の兵士の活躍を報ずる毎日の新聞に胸おどらせ、はしゃいでいた思い出がある。罪の意識がなかったとはいえ何ともやりきれない思い出である。第十六師団については、後になって、南京攻略に参加した元兵士たちの手記などを収録した『南京事件、京都師団関係資料集』（一九八九年　青木書店）を読んで、虐殺があったことも事実なら、暴虐をはたらいたであろう日本の下級兵士たちの哀れな立場にも涙を催さざるを得なかった。

南京大虐殺については、他にも青木書店から貴重な資料集や著作が数冊出ているが、私が評価しているものに秦郁彦教授の『南京事件』（中公新書）がある。また、最近、『歴史Ｅｙｅ』（日本文芸社）九月号が「南京大虐殺は本当にあったのか」という特集を組んで、南京事件に詳しい評論家の保阪正康氏、田中正明氏、偕行社刊『南京戦史』の編集委員でもあった板倉由明氏の所論を掲載しているがコンパクトに整理されていて私には理解しやすかった。

いずれにしても、半世紀以上もの間、不確かな被殺害者数を間にはさんで、時に中国が態度をこわばらせ、日本がこれにひたすら平身低頭するという図式をくり返していることは、両国の友好にとって好ましくない。日本政府は過去を謝罪し、出直すためにも、勇気をもって中国側に共同で事件の事実調査をすることをそろそろ申し入れてもいい頃ではなかろうかと思う。最後に、中台合作の映画が政治的意図をもったものにならないことを祈念してやまない。

（月刊『武道』一九九四年十一月号）

死刑の存廃をめぐって

(一)

法律学に全く関心のない人でも、わが国の刑罰に死刑（刑法第九条）があり、その死刑は判決確定の日から六箇月以内に法務大臣の命令によって（刑事訴訟法第四七五条）、監獄内で絞首をもって行われるものであることぐらいは知っているであろう。また、死刑そのものについては、存置と廃止の両論があって、国際的にはフランス、イギリスなどヨーロッパ諸国の殆どが死刑を廃止（ベルギーやギリシャなど、制度上は存置しているが事実上廃止している国も含めて）しており、世界の大勢が廃止の方向にあることなども、今ではわが国の国民的な常識になっていると言ってもよかろうかと思う。その一つのあらわれとでも言うべきか、この頃は内閣が変わると、マスコミは新法務大臣に、きまって「死刑執行にどう対処するか」と質問するようになってきている。

一九九〇年の暮れから一年近く法相の職にあった左藤恵代議士は、その任期中に死刑執行の命令を出していない。勿論、在任中に執行命令を出さなかった法相は他にもあるが、左藤氏の場合は、「私は浄土真宗の寺の住職でもありますので、宗教人として人の命の大切なことを人一倍感じている立場からサインを拒否いたしました。云々」（一九九二年三月七日に開かれた第二回「死刑廃止国際条約の批准を求めるフォーラム'90―Ⅱ」に寄せた同氏のメッセージ）と、その理由がはっきりしている。これと対照的なのが、一九九一年十一月に発足した宮澤内閣の後藤田正晴法相である。後藤田氏は就任直後の記者会見で「執行を大事にしないと法秩序そのものがおかしくなる」と、法に定められた執行の重要性を強調した。

さて、この二人の法務大臣の見解については薄っぺらな論評は慎まなければならないと思うが、敢えて言わせていただくならば、後藤田氏の場合は一応現行法に適った妥当な対応である。また左藤氏については、その信念と見識は敬服に値し、心情的には十分理解できるが、死刑執行命令書に署名することが自己の宗教的信念に反するというのであるならば、はじめから法務大臣を引き受けるべきではなかった。言うまでもなく法の運用に法務大臣の個人的な見解や好みが入り込んではならないからである。

もっとも、死刑廃止は世界の趨勢であり、「死刑廃止条約」（一九八九年十二月十五日に国連総会で採択されたもので、正文は国連の公用語である中国語、英語、フランス語、ロシア語、スペイン語の他に異例の措置としてアラビア語が加えられている。おそらく、これはイスラーム諸国が殆ど死刑存置国であることと関わりがあるのであろう。そして、その正文の日本語訳は私の知る限り三つあるが、ここでは最高裁判所判事もつとめられた刑法学者、団藤重光教授の訳を紹介しておく。団藤訳による「死刑廃止条約」の正式名称は「死刑の廃止を目的とする『市民的及び政治的権利に関する国際規約』の第二議定書」とある）の批准は、今やわが国においても避けて通れない政治課題になってきているのであるから、死刑廃止の立法への努力をするために法務大臣に就任したというのであれば、それはそれで政治家の役割として認められてしかるべきことであるが、自己の信仰だけを理由に、大臣としての法的義務を免れることはできない。

一九八一年に死刑を廃止したフランスでは死刑廃止を公約に掲げて大統領選にのぞんだミッテラン氏が、政権誕生とともに、かねて熱心な死刑廃止論者であったロベール・バダンテール氏を法務大臣に任命し、同国の死刑廃止の実現はこのバダンテール法相に負うところが大きかったと言われている。フランスだけでなく、「死刑廃止条約」を最初に提案したドイツ連邦共和国でも率先して問題に取り組み、最も大きな役割を果たしたのは当時のゲンシャー外相であったそうである。要するにこの種の問題は最後は国民の意向如何にかかってくるのであるが、その世論形成をリードするのはやはり政治家の哲学であり、思想であり、見識であるということであろう。最近、わが国でも国会議員の間に死刑廃止の気運が漸く高まりつつあることは、とにかく喜ばしい。

何せ、世界の先進国の中で死刑を廃止していないのは（「死刑廃止条約」を批准していないのは）アメリカ合衆国と日本だけという状況である。しかもアメリカは日本に比して治安状態が悪いことは世界の常識であるが、それでもミシガン、メイン、カンサス、ミネソタ、ハワイなど十一州では死刑が行われていない。

今までの記述でおわかりいただけたと思うが、私自身は死刑廃止論の方向に強く傾斜している。

ただここで自らを廃止論者と称さないのは、法律学者としてそう名乗るに値するほどの活動実績をもっていないからである。とは言っても、私が着地点を廃止論に見出したのはそう古いことではなく、たかだが十年ほど前のことでしかない。それまでは廃止に傾きながらも、なかなか確信にまでは到達できなかったのである。十年前といえば、読者の中にも憶えておられる方が少なくないと思うが、免田《めんだ》事件（一九八三年）、財田川《さいたがわ》事件、松山事件（一九八四年）と、死刑囚が再審で相ついで無罪になった時期である。当時、私はこれらの事件の判決文を克明に読んで人間の能力の限界と誤判の恐ろしさに背筋が寒くなるような思いを抱かせられた。免田事件の免田栄氏は二十三歳から三十五年間、財田川事件の谷口繁義氏は十九歳から三十四年間、松山事件の斎藤幸夫氏は二十四歳から二十九年間、思えば気の遠くなるような長い歳月、身に憶えのない殺人の罪をかぶせられて逮捕され、いくら身の潔白を訴えても警察官も検察官も全く耳をかそうとしないばかりか、頼みの裁判官ですら訴えを信じてくれずに絞首刑を言い渡され、控訴しても、上告して最高裁判所にまでいっても無実の訴えを聞いてもらえず、死刑の確定した翌日からは、刑の執行を明日か明後日かと脅《おび》えつづける、まさにそれは想像を絶する地獄の日々であったに違いない。

私は、この人達の失われた人生を思い、誰がこれをどうやって償うのか、刑事補償法による償いなど、何ほどの意味があろうかと感じとった、その時から、はっきりと冤《えん》罪に泣く人を無くさなければならない、死刑は廃止しなければならない、との確信を抱くようになった。

それからあらためて死刑にかかわる諸種の文献に目を通し、しだいに死刑廃止への確信を深めるようになるのであるが、次号には、その思考形成の道程について述べさせていただきたい。

(二)

おお方の人がそうであろうと思うが、私も少年の頃は、悪い奴が罰せられるのは当然であり、まして正当防衛ででもない限り人を殺せば死刑に処せられるのは当たり前だと思っていた。勿論、後に大学で法律を学ぶようになってからのことであるが、このような私の素朴な考え方は実は学者によって応報刑論と名づけられている、一つの刑罰理論であることを知った。悪いことをした者には、それに相当する報いがなければならない。つまり刑罰の本質を応報だとするものである。これに対するに、犯罪を犯すような者は、いわば生存競争の敗者であるから、これを善導して社会生活に適するようにすることが刑罰の本質であるとする教育刑論という考え方があることも知った。教育刑論によれば、刑罰の目的は社会を犯罪から防衛し、社会の秩序を維持することにあるが、この目的は応報によっては達せられない。人が罪を犯すのは、その者個人の性格と環境の影響によるのであるから、犯罪を予防し、社会を犯罪から防衛するには環境を改善するとともに、犯人に適した刑罰を科して、これを改善し、再び罪を犯させないように導くことが肝要だということになる。また、刑罰の目的について、罰することによって社会全体に警告を与え、これによって犯罪がおこらないようにすることが主目的なのか（一般的予防主義）、それとも犯人が再び犯罪におちいらないようにすることに重点がかかっているのか（特別予防主義）について説がわかれていることにも興をそそられた。もとより両説ともそれぞれに妥当性をもつもので、ともに刑罰の目的をなすものであるから、結局はそのどちらにウエートをおくかにつきるのであるが、いずれにしても応報刑論＝一般的予防主義、教育刑論＝特別予防主義というような両極的な対立はもはや成り立ち得ない。もっとわかりやすくいえば、応報それ自体が刑罰の目的であるということはあってはならないが、同時に刑罰の本質が単に教育にとどまるという考え方もまた正しいとはいえない。応報、即ち罪を犯した者はそれ相応に道義的責任の追及を免れることはできないし、刑に服することが教育（矯正）の機会になって更生につながることへの期待も重んじられなければならないということである。

以上は刑事責任に関する、ごく端折った序章的、概略的な知識であるが、私が学生時代このような理論の講義を受けたのは植松正教授からであった。植松先生は、私の記憶に誤りがなければ、当時は東京高検の検事ではなかったかと思う。従って私の在学した大学には兼任講師として出講され刑事訴訟法を担当されていたが、整然とした実に明快な講義であった。私が教わった頃の先生はまだそれ程高名とはいえなかったが、その後、間もなく新発足した一橋大学法学部の教授として学界の第一線で堂々の論陣を張られ、今はもうそろそろ卒寿に手の届くお歳だと思うが、なお刑法学者として現役である。

ところで、その植松教授はわが国でも代表的な死刑存置論者である。植松教授の所説によれば、「死刑を廃止するということは、どのような巨悪の実行者になろうとする者に対してでも、犯人の生命だけは、その保全を約束してやることを声明するに外ならないから、そのような法制を設けること自体が、生命倫理に背反することになる。それは正義に反するものとして到底肯定するわけにいかない。要するに巨悪に対しては死刑をもって制することに十分に合理性がある」(一九九三年二月、『法令ニュース』一四頁)ということになり、その究極の論拠は正義であり、人道論である。そしてその論法は私が教わった当時から今日に至るも一貫している。このような植松先生の講義を聴いて刑法の知識を身につけたのであるから、学生の頃の私は死刑という刑罰の存在に殆ど疑義を抱くことはなかった。ただベルギーとかアイスランドとかポルトガルなどヨーロッパの幾つかの国では既に死刑は廃止になり、他にも死刑の存廃をめぐって極めて現実味のある議論が行われ、試行的に廃止を行っている国々があることは知っていたし、日本でも大逆事件(明治四十三年)などの実態がしだいに明らかになってきていた時期でもあったので、政治犯に対する死刑だけは廃止すべきであると思うようにはなっていた。

そんな私が少しずつ死刑廃止論に傾きはじめたのは帝銀事件がきっかけである。

帝銀事件といっても若い人達はご存知ないかもしれないので事件の概略だけ述べておこう。まだ占領下にあった昭和二十三(一九四八)年一月、帝国銀行椎名町支店に厚生省の役人になりすました一人の男が現れて、この近所に赤痢患者が出たので消毒しなければならない。行員の皆さんにも予防薬を飲んでもらわなければならないといって茶碗に青酸加里を入れ、十五人の行員に一斉に飲ませた。飲んだ人達はバタバタ倒れ十二人が死亡した。そのドサクサに現金と小切手を奪って犯人が逃走した。警察は生き残った行員の証言を得て似顔絵をつくり全国に手配した。その結果、平沢貞通という人物が小樽で捕まった。平沢は事件当時、既に画家として名の知られた存在だったようだが、若い頃、コルサコフ氏病とかにかかったためにウソをつく習癖があったとかで平素の行状にもやゝ不審なところがあった。しかし、現場では指紋もとれていないし、盗んだ小切手を現金化した事実も明確でないなど幾多の疑問点を残したまま、昭和三十年五月七日、最高裁で平沢の死刑が確定した。紙幅がないので、これ以上この事件について述べることはできないが、死刑囚平沢は判決確定後三十数年も刑を執行されることなく、九十歳半ばまで収監されたまま先年その生涯を閉じた。

私に死刑存置論の主張する人道論の他に、もう一つ死刑廃止論の人道論があることを教えてくれたのは、この事件の弁護を担当した正木亮弁護士の手になる『『死刑』―消えゆく最後の野蛮―』(昭和三十九年　日本評論社)という著作であり、その中には正木弁護士が法廷で述べた弁論と、その至情のこもった死刑廃止論の真髄が吐露されている。正木氏は戦時中に司法省(いまの法務省)の刑政局長や広島、名古屋の検事長などであったため終戦後公職追放になって弁護士になった人であるが、夙に教育刑論者として知られた死刑廃止論の有力なリーダーであった。その正木氏は平沢よりも二十年余も前の昭和四十六年に亡くなり、第一審の裁判長であった江里口清雄氏も平沢よりも早い昭和五十八年に亡くなっている。そんな中でひとり平沢だけが刑の執行の恐怖におののきながら長寿を保ったのは、何とも皮肉である。それにしても死刑の宣告を受けた平沢が何故三十数年もの間、放置されていたのであろうか。いささか短絡的な言い方を許していただくならば、何のことはない、当局も世論も誰もが平沢を真犯人とすることに確信がもてなかったということにつきるのではなかろうか。刑罰としての死刑は如何に難しいものであるかを私はこの事件でつくづく考えさせられたのであった。

㈢

昭和二十五年六月十三日、東京地方裁判所第九刑事部における帝銀事件法廷の正木亮弁護士の弁論は、わが国裁判史に輝く名弁論だと思う。同弁論は、同氏の死刑廃止の信念と生命の尊貴を訴えたもので、できれば読者諸賢に全文を読んでもらいたいのであるが、それは到底適わぬことであるから、事実認定の争点に関する部分はこれを省き、正木氏の人としての心情、弁護人としての心境の要所についてのみ紹介させていただくこととする。

正木弁護士の弁論は、まず被害者に追悼の意を捧げるところから始まり、それに言葉をついで「恐らくこの方々の御遺族は一日一刻も早く真犯人を発見して、以てせめてものなき方々の冥福に供えようと考えておられることと存じます。私も平沢貞通被告人の弁護人として、心より平沢貞通が真犯人であるか否かを究明して、万一同人が真犯人であるならば、そのように、また然らずとすれば改めて真犯人の捜査をしなおして貰いまして、あやまりなき事件の解決を致したい。そして御遺族の方々に、せめてもの安心をさせてあげなければならぬと存ずる次第であります」（正木亮著前掲書　九八頁）と述べ、つづいてこの事件の初動捜査の問題性と予断に支配された惑乱気味の世論を衝き、「私はそういう様相の下にある本件被告人平沢貞通が果して真犯人なりや否やについて未だ深い疑問を持っております。色々の条件を総合致しますると、平沢貞通が真犯人のようにも見えます。また色々の点を考え合わすと平沢は似てこそおりまするが、決して真犯人ではないようにも見える。真犯人か否か。私には断定できません。恐らく警察官も、検察官も有罪の主張こそされまするが、確信のある断定は心裡留保（真意でないことを自分で知りながらなした意思表示＝筆者註）されておるに違いない。真犯人が平沢貞通であるか否かを知っているのは人間の中では平沢貞通一人きりであります。あとは神様だけがこれを知っておられるのであります」（前掲書　九九頁）と、まさに聞く者の肺腑を抉るように真情を吐露している。

さらに同弁護士は、この事件の弁護を引き受けるに至った心境をも述べている。

当時の新聞は殆ど平沢が真犯人のように書き立て、このような極悪非道な犯人を弁護する余地は絶対にない、といった世情であったが、既に平沢の弁護に関わっていた山田義夫弁護士から救援を切望され、一方では友人知己親戚から、常識のある弁護士の受任すべき事件ではないと、自重を求められて立場に窮していた同弁護士は、たまたまその頃帝国劇場にかかっていた「ゾラの生涯」という映画を見たことによって、この難事件を引き受ける決断がついたというのである。「ゾラの生涯」はフランスの小説家、エミール・ゾラの生涯を描いたものであるが、正木弁護士を感動させ、奮起させたのは、『ナナ』や『居酒屋』などの作品によって、文豪の名をほしいままにするまでになっていたゾラが、その地位や名声を抛《なげう》って、当時フランス社会を震憾させていたアルフレッド・ドレフュースに対するスパイ事件の誤判判決に徹底的に抗議し、そのためにゾラ自身が世論の強い非難と迫害を受け、軍の告発で裁判にかけられて有罪になり、一時期ロンドンに逃避しなければならなかったという件《くだり》である。要するに、ゾラの正義感と何物をも恐れぬ勇気が、正木弁護士の心を動かしたのである。

ドレフュース事件については、今ここで詳説する暇がないので、ごく簡単に触れておこう。

一八九四年、ドレフュース砲兵大尉がフランス軍にとっての重大な機密文書を盗みだしたというかどで売国奴として糾弾され、軍事裁判にかけられて無期懲役に処せられた。決め手になったのは、彼がユダヤ系であったということと筆蹟鑑定であったが、筆蹟については二人の鑑定家の意見はわかれていた。しかし、世論は売国奴ユダヤ人と決めつけ、軍部は有罪を強行したのであった。これに対してゾラを始めとするフランスの文学者達は、いっせいにその不当を訴え、ドレフュースの釈放のために努力した。ドレフュースの再審裁判が行われ彼の無罪判決が宣告されたのは一九〇六年であった。

正木弁護士は、ドレフュース事件と帝銀事件は直接証拠のない点においてよく似ており、筆蹟鑑定において、裁判所が東大、京大、慶大の三大学に鑑定させたところ、慶大の鑑定だけが同一筆跡ではないという答を出しているところなども、ドレフュース事件の場合と同様であって「筆蹟鑑定は決して科学捜査の武器ではない。誠に危険千万な一徴憑《ちょうひょう》に過ぎない」（前掲書　一〇五頁）と申し立てている。さらに正木氏は長い陳述の締めくくりとして、その年の『サンデー毎日』（五月二十八日号）に載った評論家阿部眞之助の「平沢の場合決定的証拠の点からは無罪ともいえそうだし、状況的には有罪とも断定されそうだ。………かくの如き状態において考えさせられることは死刑廃止の問題である。仮りに平沢が有罪と決定し、首を縊《くび》られた後で、別に真犯人が現れたら、一体これはどうなるであろう。死んだものを生かして帰す方法は国の力をもってしても絶対にないのである。平沢のようなウソツキでも、ウソツキの故にその生命が蔑視されていいわけのものではなかろう」という一文を紹介し、事実の認定は証拠に拠る、しかして疑わしきは被告の利益に従え、という訴訟法上の大原則に従い無罪の御判決あらんことを、と弁論を結んでいる。しかし、この事件の結末は前号に記した通りである。上告審で平沢の死刑は確定したが、彼の生命のつきるまで三十数年、その刑は執行されなかった。

前号にも述べたように、私はこの事件における正木亮弁護士の弁論と、死刑廃止論の影響を受けて死刑の是非を考え、廃止論に強く傾斜したのであるが、世間一般にもこの事件の与えたインパクトは大きく、当時の新聞は、例えば読売新聞が上告棄却の直後に小野清一郎東大名誉教授の存置論と正木弁護士の廃止論を掲載し、相前後して毎日新聞が東北大の木村亀二教授の廃止論と植松正教授の存置論を大々的にとり上げている。

ところで、私自身は今まで述べてきた道程を経て廃止論にくみするようになったのであるが、前号にも述べたように死刑存置の論拠もまた正義であり、人道論である。しかも、この地球上には憎みてもあまりある残虐な犯罪が後を絶たない現実がある。従って、実際に刑罰としての死刑を葬りさるためには、存置論を十分に納得させるだけの論理と対応策、つまり死刑廃止の制度的条件を整えてかからなければならない。しかし、本誌における私の三回の小論では、そこまで論を詰める余裕はなかった。稿をあらためる機会があれば幸いだと思っている。

（月刊『武道』一九九四年八月〜十月号）

福澤諭吉協会のこと

福澤諭吉の研究とその思想・精神の正しい理解と普及を目的に掲げた社団法人福澤諭吉協会という団体がある。私がこの会の存在を知ったのは、やっと半年ほど前のことであるが、発足は昭和二十六年というから、その歴史はもうそろそろ半世紀にも及ぼうという団体である。当初は社団法人福澤諭吉著作編纂会として出発したのであるが、昭和四十八年に現在名に改称されている。設立時の理事長が小泉信三、理事に潮田江次、大内兵衛、小宮豊隆、富田正文が名を連ね、安倍能成が監事になっている。小泉は父子二代にわたって慶応義塾の塾長を務めた生粋の福澤門下であり、潮田は当時の慶応義塾塾長、富田もまた慶応にあって生涯を「福澤諭吉全集」の編纂と福澤研究に捧げた人である。大内は当時、法政大学総長、安倍は学習院院長であった。小宮は東北大教授などを務めた独文学者で安倍や野上豊一郎（昭和二十五年、法政大学総長在職中に逝去）らと共に夏目漱石門下の逸材として知られていた。面白いことに安倍は大正末期、法政大学文学部創設の頃の主任教授であったし、小宮もその頃から法政に関わりがあって、今その蔵書は法政の図書館にある。福澤諭吉著作編纂会設立の頃は、これとほぼ同時期に出来た法政の能楽研究所で安倍と小宮は並んで顧問になっている。

つまり、福澤諭吉協会発足時の六人の役員のうち、三人は慶応義塾社中であり、大内を含む他の三人は法政大学に縁《ゆかり》の人たちであったということである。おそらくこれは、この時の福澤諭吉全集の編纂が岩波書店のバックアップによって始められたことによるものであろう。岩波と漱石との関わりは世間周知のところであるが、法政の文学部の創設もまた漱石人脈と深くつながっていたのである。

ところで、私がこの顔ぶれで最も興をそそられたのは小泉と大内についてである。二人は奇しくも明治二十一（一八八八）年生まれの同年で小泉は経済学史や社会思想史、大内は財政学と、共に経済学が専攻であるが、前者はマルキシズム批判の立場に立ち、戦後も皇太子（現天皇）の教育に当たるなど、保守的イデオロギー戦線の大黒柱であったのに対し、後者は戦中の昭和十三年、第二次人民戦線事件に連座して東大を追われ、また戦後は一貫して革新主義陣営の理論的指導者に終始した人である。このように学問的にも思想的にも全く立場を異にする二人であったが、福澤諭吉を評価し、その精神の高揚の必要性を認め合うという点では両者の間には違和感がなかったのだと思う。勿論、小泉が福澤の直門であったのに対し、大内の場合には客観的視点に立っての福澤評価であったことは言うまでもない。いずれにしても、先人の功業を顕彰するために、この両碩学が立場を越えて協力し合った雅量には敬服させられる。

さて、私が、ここに福澤諭吉協会の話を持ち出したのは他でもない、私自身が去る三月十六日付でこの会の終身会員になったからである。もっとも私の場合は福澤研究というほどに大げさなものではないが、福澤の思想や人柄に少なからず共鳴し、福澤の著作に触れるようになってからもう四十年になる。この間、福澤に関する二、三の小論も発表した。もとより、私も小学校や中学校での歴史の授業を通じて、こどもの頃から福澤の名前ぐらいは承知していたが、本格的に福澤の著作集を手にするようになったのは法政の大学院に在学していた頃からで、私の目を福澤に向けさせてくれたのは大内兵衛である。ところで本稿では冒頭から小泉、大内と敬称をつけずに筆を進めてきたが、本来、私の立場では、これらの人たちに対して敬称をぬくことは到底許されないところである。ただ敢えて言うならば、これらの人々は、今やいずれも鬼籍にあられる歴史上の人物であるので敬称を省いたのである。しかし話がここまでくると、もう敬称ぬきというわけにはいかない。何故なら大内先生は私の大学院在学中の法政大学総長であり、直接その謦咳に接することの少なくなかった人物だからである。

大内先生は福澤諭吉協会設立の前年、昭和二十五年半ばに野上豊一郎総長急逝の後、法政大学の総長に就任されている。その頃、大内先生は学内外で度々講演をなされているが、私はその殆どを直接耳にするか、または後で活字になったものを読んでいる。講演の中で先生は、まだ占領下にあった日本の独立について、また学問の自由と思想の自由について、あるいは私学のあり方について、よく福澤の著述や精神を引用して語られた。そして、それが私にとっての福澤学への誘《いざな》いだったのである。

話は一転するが、平成五年七月二十三日、私は専修大学の生田校舎で行われた関東地区の私立大学庶務課長会主宰の職員研修会で講演した。二百名近い人たちを前に、私は「私学、その社会的使命と興亡」と題し、私立大学の職員の役割と責任について約一時間半にわたって話をした。話の内容をここに事細かに紹介する紙幅がないのであらすじだけを述べると、先ず日本の高等教育の揺籃から説き起こし、近代に入ってからの大学の歴史、とりわけ私立大学の苦難の過去をふり返り、併せてその厳しい経営環境をよく乗り越えて国家、社会に、官学に劣らない有為な人材を数多《あまた》輩出した実績を強調し、さらに今後の私立大学の辿るべき道と国の高等教育政策のあるべき姿にまで言及した。その中で私はかなりの部分について福澤の高等教育観を引用し、最後に「明治の初めに福澤諭吉が高等教育も産業も民業でと言った精神を、自由と節度ある競業によって社会の活性化を図らなければならない今の時こそ生かさなければならないものと思う」と結んだのであった。ところがこの講演内容が活字化され小冊子になって、どこをどう廻ったものか今の福澤諭吉協会会長の佐藤朔先生（佛文学者・元慶應義塾塾長）と同会の川久保孝雄常務理事（元慶應義塾塾監局長）の目にとまった。そんなわけで私は川久保さんから直接声をかけられて福澤諭吉協会に入れてもらうことになった。川久保さんの勧誘に「私は慶応出ではありませんから」と言ったら、「この会は福澤研究など福澤に関心を持つ人の知的交流機関ですから出身校には全く関わりはありません」とのことであった。なるほど入会してから会の沿革を繙《ひもと》いてみたら、上述のように大内先生が設立に関与しておられ、改めてこれも何かの因縁であろうと思った。それにしても現在の福澤協会の会員はまだ九百名程度、この誌面をかりて福澤の人と思想に関心を持たれる方々のご入会をおすすめしたい。

（月刊『武道』一九九四年六月号）

古き良き時代

内田百閒とその弟子達

昨年の四月、東宝系の映画館で黒澤明監督の「まあだだよ」という映画が上映された。脚本も黒澤の手になるもので、内田百閒とその弟子たちとの、ほのぼのとした交わりを描いた作品であり、私の理解の限りでは今までの黒澤作品とはやや趣を異にした枯淡の味わいを感じさせるものであった。原作は百閒の随筆であるが、その飄々とした持ち味に八十三歳の巨匠黒澤の枯淡の人間観が加わってはじめて可能になった味わいではなかろうかと感じさせられたものである。

ストーリーは、おおよそつぎの如くである。

――昭和十八年三月、百閒先生は文筆業に専念するため、三十数年間勤めあげた大学を退職することになった。その先生に、ひとりの教え子が「学校の先生をやめても、先生は先生です。先生は金無垢《むく》だ。僕の親爺も、この学校の同窓生だった親爺の友だちも、今もって先生のことを先生、先生と言っています。そして先生は金無垢だって。まざり物のない金の塊、先生は本当の先生だ、という意味です。先生はドイツ語以外に僕たちになんだかとても大切なことを教えてくれたような気がします」と、言う。――

――退職後、先生が引っ越した家はいつも教え子たちのたまり場になっている。中でも、もういい中年の高山、甘木、沢村、桐山の四人組は、しょっちゅうやってくる。かつての教え子たちが身勝手に頻繁に訪ねてくるから、先生は面会日を一日と十五日と決め、その上、狭い玄関に机を置いて自ら見張りをすることにする。しかし、百閒先生の六十歳の誕生日は特別で、先生も「本物のじじいになった」と言いながら、三十人程集まった教え子たちと、うれしそうに馬鹿鍋（馬肉と鹿肉を混ぜたもの）をつつき合う。が、その眞っ最中、警戒警報のサイレンであたりは眞っ暗になる。先生は寝るときも電気をつけて寝る程、暗がりと雷がニガテである。先生いわく「暗がりが平気だなんて奴は、人間的に欠陥がある。想像力に欠けているんだ」――どうやら先生には、凡人では見えないものがたくさんみえるらしい。――

――その先生の家も空襲で焼けてしまった。大好きな方丈記だけを持って命からがらにげた先生と奥さんは、ある男爵の屋敷の一角にある三疊敷の庭番の小屋に住むことになった。その二人座ればいっぱいの小屋に、なんとも言えないやさしさと、心地よさがあって、教え子の高山たちは以前にもましてよく訪ねるようになる。――

――昭和二十一年晩春、待望の第一回摩阿陀会が開かれることになった。「まあだかい」、そう、なかなか死にそうもない先生にちなんで「もういいかい、まあだだよ…の、まあだかい」を漢字になおし四人が先生の誕生日会の名称にしたのだ。寺の住職になった者、重役として羽振りのいい者、俳優等々、先生を慕うたくさんの教え子たちが集まった。その席で、高山たちは先生に新しい家をプレゼントしようと計画をたてる。――家は小さいけれど、大きなドーナツ型の池がある。鯉の背骨が曲らないように、無限の大きさを泳げるように。そんな先生の思いが生かされた池だ。自由に伸び伸びと泳ぐ鯉の姿。それはまるで環境の激変の中でも、いつも瓢々と自分を失わない百閒先生のようだった。――それから二年後の激しい雨の日だった。愛猫のノラが行方不明になった。ノラを子供のように可愛がっていた先生は、見るも哀れな程落胆し、食事ものどを通らない。高山たちはノラ捜しに奔走するが結局ノラは見つからなかった。そんな時、まるでノラの生まれ変わりのようにクルツという小猫がふらりとやってきて先生の心をなぐさめる。それに高山たちの心もまた和むのであった。――

――昭和三十七年、晩春、第十七回摩阿陀会が開かれた。あれから十七年。先生の髪はグンと白くなり、と同時に高山や甘木たちも年をとり、会場の雰囲気も重厚である。席上、先生のスピーチはみんなの胸を打った。「自分にとって本当に大切なもの、好きなものを見つけてください。そして、そのもののために努力しなさい。それはきっと心のこもった立派な仕事になるでしょう」。その直後、体調をくずして帰宅した先生を心配してかけつけた高山たち。先生はなんだか楽しそうな顔をして眠っている。先生は夢を見ていた。夢の中で子供たちが叫んでいた。「もういいかい」「まあだだよ」――

このように要約してしまうと、何ともたわいのない話になってしまうが、黒澤自身が、「内田百閒の映画はいっぺん撮りたいと思っていた」（黒澤明、『まあだだよ』徳間書店　九頁）と言っている程に作家の熱い思いのこめられた作品であり、彼はまた、「この映画は、内田百閒先生とその門下生たちの心暖まる楽しい関係を描いたものです。そこには、今は忘れられている、とても大切なものがある。うらやましい様な心の世界がある。私は、この映画を見終った人たちが、みんな爽やかな気持ちになってニコニコして映画館を出てきてほしいと思っている」とも言っている。

内田百閒、「百鬼園」とも号した。本名栄造（明治二十二～昭和四十六年）。小説家、随筆家で岡山県の酒造家のひとり息子に生まれ旧制六高、東大独文科卒。漱石に傾倒し、鈴木三重吉、芥川龍之介らとともにその門下生となる。十八年間、法政大学その他で教鞭をとる。「まあだかい」は百閒の法政大学時代の教え子たちとの交わりを描いたものである。

ところで、私は、この稿の筆をとりながら、このような内容のものは本誌になじまないのではなかろうか、との迷いをどうしても払拭することができなかった。しかし、これをここに敢えて載せてもらったのは、無欲括淡、春風駘蕩たる百閒の生き方とそれを慕う教え子たちとの関わりに現代の教育から消え失せてしまった心のぬくもりと師弟愛をみたからである。しかも、私ごとになって恐縮だが、百閒をとり巻く劇中の教え子たちは、いずれも私に縁《ゆかり》の人たちである。

第一回「摩阿陀会」の肝煎りは、多田基（法政大学名誉教授、実践女子大学長、同理事長など歴任、現同学園長）北村孟徳（江ノ島鎌倉電鉄社長、故人）中野勝義（全日空副社長　昭和三十

五年、五十七歳で航空事故死）清水清兵衛（元法政大学総務部長）の四人である。百閒の高弟、多田教授は私の恩師であり、例の「イヤナモノハイヤダ」の理由で百閒が芸術院会員を断った時の辞退の使者であるが、師の葬儀委員長をも務められて、今年九十二歳、今なお矍鑠とされている。中野さんは全日空創業の中心人物であるが、私はその生前格別目をかけてもらった、心に残る先輩である。

その意味では私は百閒の孫弟子ということになるのかもしれないが、その私も今や四十年の教師生活を閲する年齢になった。しかし未だに本物の教育を模索し続ける不肖の孫弟子なのである。

（月刊『武道』一九九四年四月号）

変貌する中国

——社会主義と市場経済——

私はここ十数年、殆ど毎年中国を訪ねている。長いものでも二十日間程度、短かければ三、四日、時には年に二度ないし三度訪ねたこともある。特に一九九一年からは北京の二つの大学（北京経済学院、現首都経済貿易大学・北京物資学院）の客員教授に任ぜられているので、これからも時々出かけなければならない立場にある。今年も九月二日から十日間、北京経由で新疆ウイグル自治区まで行ってきた。目的は中国現代物流事情の調査と研究であり、専ら天津とウルムチ（新疆ウイグル自治区の首都）の国有企業、輸送施設、倉庫、港湾などを視察し、国内貿易部（わが国でいえば通産省的役割を持つ役所）や農業部（農水省）、中国社会科学院、郷鎮企業などの研究機関に属する現代中国を代表する物流学者達と研究会を持つなどしてきた。私達の一行は、物流（鉄道、トラック、航空、海運、港湾、倉庫）、マーケッティング、農業経済、教育社会学の諸学者からなる構成であったが、私の担当はこれら諸分野の市場経済化に伴う法制に関する問題である。勿論、この調査、研究はこれからも継続して行うもので一九九五年には、日中双方の学者による研究成果を日中両国語にまとめて出版することになっている。もっとも、このような私の仕事の話などは本誌の読者には何の興味もないことであろうから、それはさておき、ここでは私の目に映った最近の中国社会の変貌ぶりについて少し触れてみることにする。

私が初めて中国を訪れたのは、文化大革命の余韻のまだ醒めやらぬ時期であったので、北京の街にも、人々の表情にも何となく陰影が感じられ、服装も人民服一色だった。その当時私の接触した政府や大学関係者の殆どが口を開けば、まるで決まり文句のように「文革の混乱は全て江青ら四人組の陰謀であり、悪業であった」と述べたてていたものである。確かに私の親しい或る大学の学長は文革の粛清で夫人を亡くし、或る友人は、さしたる理由もなしに政府高官の地位を追われ、北西の僻地の人民公社で農作業に従事させられていたということであった。とにかく、ことほど左様にあの文革は理不尽なものであったらしいが、そんな一連の流れの中で、毛沢東は一体どんな役割を果たしたのであろうか。文革は彼の晩年の罪業であることは半ば公然と囁かれているものの、その実態は必ずしも明確にされておらず、今もなお毛沢東思想万歳のスローガンが天安門楼上をはじめ中国全土に広く掲げられ、今年、毛沢東生誕百周年を記念した金貨が発行されたりしているところをみると、毛沢東を、功罪を超えた形で民心収拾の求心力にして行かざるを得ない、今の中国の複雑微妙な歴史的事情と政治の現実を垣間見ることができようというものである。結局、毛沢東も文革も、ともにその評価は後世の史家の判断に委ねざるを得ないということであろう。

さて、今年九月二日、北京空港に降り立った私の目に、まず飛びこんできたのは、至るところに掲げられた五輪のオリンピックマークとBEIJING二〇〇〇年の文字をあしらったオリンピック誘致の旗や広告であった。丁度私の着いた日には天安門広場で五輪誘致のためのアピールの一つである第七回全国運動会（日本の国民体育大会に当たる）の開幕デモンストレーションが李鵬首相も参加して華麗に展開されていた。二〇〇〇年夏季オリンピックの開催地は九月二十四日未明（日本時間）、モナコで開かれる国際オリンピック委員会で決まるというから、本稿が活字になる頃には、もうその帰趨は明らかになっている筈であるが（註、最終的には、北京・シドニーの決戦でシドニーに決定）、北京市内に溢れる熱気に、私はオリンピック開催にかける中国政府のただならぬ気迫を感じた。

とにかく昨今の中国は、訪れる度に私達に目に見えた変化を覚えさせてくれる。さすがに一九八九年春の天安門事件直後には、いささかギクシャクした空気があったが、一九九〇年の第十一回アジア競技大会以降は、以前になかった平穏と華やぎが私達外国人の目に映るようになってきた。女性の身なりや化粧が目立って美しく華やかになり、長い間禁じられていたチャイナドレスにもお目にかかれるようになった。男性の服装も西欧的になったし、ダンスホールや日本流のカラオケ、はては友誼商店の買物ではディスカウントも珍しくなくなってきた。私自身、一九九一年夏、内蒙古人民政府の物資局幹部と物資学校の教官達への溝演のためにフホホトやパオトオを訪れた際、そこでの民衆の穏やかな生活ぶりと、ナーダムといわれる競馬、相撲、弓射などの伝統的な体育大会が伸びやかに行われているのを目の当たりにして、西側諸国から寄せられる手厳しい中国批判には、長い間、封建制と先進諸国の帝国主義的侵略に苛《さいな》まれつづけ、しかも広大な国土と十二億の民、五十六もの民族（漢民族が九四％を占めるが）を抱えるこの国固有の歴史と現実に対して、どこか理解が不足しているのではなかろうかと感じさせられたものである。その点、今度のウルムチやトルファンの旅でも同様の印象を持った。少数民族であるウイグル人が自治区の政治や行政で果たしている役割と、その言語、風俗、習慣、宗教（イスラム教）が尊重され、人々が生き生きと立ち働いている様に、中国五千年の歴史の中で、この辺地がこれほどに安定していた時代が、かつてあったであろうかと思わずにいられなかった。

何はともあれ、中国は今、一大変革期にある。中国経済は今、改革開放と経済発展の加速という「二つの加速」のもとで新たな高揚期を迎えている。一九九二年の経済成長率は、計画目標の六％を大幅に上廻る十二・八％となり、今年度の成長率も二ケタの成長が予測され、世界各国の経済が不振にあえいでいる中で、ひとり中国の高度成長が目立っている。最高実力者、鄧小平氏が一九九二年一月から二月にかけて深圳、珠海、上海など中国南部を訪問し、そこで彼は、先進資本主義諸国を含む各国のあらゆる先進的な経営方法や管理方式を吸収、参考にすることを強調した。これがいわゆる鄧小平の「南方講話」であり、中国共産党や政府の目指す社会主義市場経済である。私は、今度の調査旅行でも、国有企業の経営者達が市場メカニズムの導入に躍起になっている姿に度々接したが、それはまだまだ手探りの域を出るものではなかった。しかし、人類初のこの挑戦がもし順調に運べば、三十年後の中国は驚異的な経済大国になっているであろうと感じさせられた。
それにしても、人権、民族、人口と、さまざまな難題を抱えながらも中国は底知れぬ力を秘めた国である。

（月刊『武道』一九九三年十一月号）

戦争責任を考える

毎年八月になると、日本のマスコミは挙ってあの大戦の罪の深さとむごかった結末を報道する。八月六日の広島原爆の日、九日の長崎原爆の日、そして、それに先立つ四月はじめから六月後半（一九四五年）までの沖縄決戦の悲惨な最期を書き立てて非戦と平和を強調するのであるが、何故かその戦争責任への検証が稀薄である。よもや極東軍事裁判の結果と一億総懺悔をもって事が足りたと思っているわけではなかろう。或いは、マスコミ自身が時の権力に迎合して戦争を讃美し、虚偽の報道を流し続けて素朴な国民の戦意を煽り立ててきたことへの後ろめたさが戦争責任への検証の姿勢を曖昧なものにしているのであろうか。いずれにしても今日の情報化社会におけるマスコミの存在と影響は強力且つ巨大である。その意味で、私は今日ほどマスコミの勇気と公正が期待されている時代は史上かつてなかったのではなかろうかと思っている。まさにマスコミ人の見識と勇気と公正な姿勢こそ、これからの日本の存立と平和にとっての命綱なのである。

ところで、全くの偶然であろうが、今年（一九九三年）、四十八回目の終戦の時期に三十八年に及ぶ自民党政権に代わって、社会党をも含む連立政権が誕生し、細川新首相は就任早々の記者会見（八月十日）で先の戦争を侵略戦争と明言した。つづいて八月十五日の政府主催の全国戦没者追悼式では「歴史の教訓に学んで、国際紛争解決の手段としての戦争を永久に放棄することを国家の意思として宣言し、平和国家としての再生の道を戦後一貫して歩んできた日本国民の総意として、この機会に、あらためてアジア諸国をはじめ全世界すべての戦争犠牲者とその遺族に対し、国境を越えて謹んで哀悼の意を表するものであります。」と述べている。

もとより、中国、韓国、台湾をはじめとするアジア各国の政府筋やマスコミは、この日本の新しい最高指導者の発言を概ね好感をもって迎えている。しかし、一方これに対し、八月十九日の河野洋平自民党総裁の談話に代表されるように、戦死者の遺族らの気持ちにも配慮すべきであって、一概に「侵略」と断定すべきではない、との声もある。

因に、八月十五日の朝日新聞の声欄には、「細川首相は先の大戦を『侵略』であると明快に認めた。私はやり切れない気分に襲われた。私も戦争参加者であるが、首相発言を聞いて、私のあの過去は、一体、なんだったのだろうかと思った。侵略戦争の参加者であれば、当然、侵略者の一員ということになるのだろう。我われ一兵卒は、ただ国の命ずるまま、天皇陛下の御ためにと言って出征したのに。二度とない人生の貴い青春時代を、侵略という行為で過ごしてきたのかと思うと、残念で、くやしくてならない。そして、いかなる理由があるにせよ、戦争をしてはならないことを、くやしさと同時に胸に刻んだ。（深谷市　野口宗三　七十一歳）」「多くのアジア人や日本人の生命を虫ケラのように死に追いやった日本政府は、直ちにアジア人や日本国民に謝罪し、責任をとらねばならなかったのに、今もそれは実現されていない。私は昭和天皇自らの謝罪を待ち続けたが、果たされずに亡くなられた。しかし、日本国家と日本人の責任はなくなってはいない。（海老名市　小椋佐島　七十一歳）」との切実な投書がのせられていた。また、八月十三日の同じく声欄には、「私は大戦末期、工兵隊の初年兵で陣地構築作業に追われ、古年兵の執ような制裁に泣いた。軍人勅諭の暗唱では、一句まちがえると往復ビンタがとんだ。軍靴が汚れると、『おのれ、陛下のおん靴を粗末にする気か』と、靴底をなめさせられた。菊の紋章入りの銃ではなおさら。銃口のかすかなほこりをとがめられた。『この不忠もの。貴様らのかわりは一銭五厘で来るが、銃はそうはいかん』と銃床でなぐられ、歯が折れた。あれから四十八年、『重い記憶』はいまもなお鮮明である。体を硬くして、恐怖と屈辱にまみれた、そのころの自分の姿を思い浮かべつつ『戦争は二度とごめんだ。青年よ銃をとるな』と祈念してやまない。（三郷市　松下元彦　六十九歳）」、とあった。いずれも投書の記事を私が簡略に整理したものであるが、まさに戦争体験者ならではの悲痛な叫びである。

こんな声が今も絶えることがないのは、あの戦争に対する責任の処し方が国家的に必ずしも十分でなかったことへのわだかまりが、少なからぬ国民の心底に今もなお沈澱していることのあらわれであろう。また、戦後四十八年もたって、戦争体験の稀薄な若い宰相の出現によって、はじめて近隣諸国に日本の贖罪の意思が素直に伝わったということも、敗戦を終戦という言葉にすり変えて殆どあやしむことのない日本国民の一人として、深く考えさせられるものがあった。

実は、私も三歳年長の兄を、また親しかった従兄を、学徒兵や少年兵として従軍した数人の友を、あの戦争で亡くしている。私の兄の場合は徴兵による一兵卒であったが、中国大陸のどこで、いつ死んだかも不明であり、もとより遺骨のかけらも帰ってきていない。勿論、私は五十年の長い歳月、彼のことを瞬時も忘れたことはないし、戦死の公報の届いた日の、抑えに抑えた母の慟哭の声を未だに昨日のことのように覚えている。しかし、それでもなお、私はかねてから日中戦争は明らかに帝国主義的な日本の侵略戦争であり、朝鮮半島に対しては植民地的支配であったと明言し、アメリカ或いは英、仏、蘭を含めた西欧勢力と日本との戦いであった太平洋戦争は双方の側からなる帝国主義的戦争であったと、機会あるごとに断言してきている（拙著『いま歴史の岐路に立って』一九九一年　桐原書店　三五頁、二九二頁）。そして、国家権力と無縁の距離にあった私の兄を含む多くの無辜の民たちは、いわば国家の侵略と野望の道具に使われただけで、彼らに戦争責任などあろう筈はないとも言いつづけてきた。（拙著『明日を担うために』一九八一年桐原書店　一五五頁）。

今思うに、日本の戦後処理の最大の問題は、戦争犯罪の処罰を連合国側の裁判だけに終わらせ、自らの手で責任を追及することを怠ったことであろう。それどころか、あれだけ無謀な戦争を引き起こし、国民を塗炭の苦しみに陥れたA級戦犯たちが、僅か十年余で宰相の座につき、或いは国政の中枢に返り咲いた国は日本以外にないことを、この際、われわれはあらためて考えてみる必要があるのではなかろうかと思う。このことは自らの手で戦争責任に厳しく対処したドイツ国民とあまりにも対照的なのである。

ところで細川首相の言葉はアジア諸国からは好評を得たが、これをただのリップサービスに終わらせてはならない。確かに北朝鮮と台湾を除く諸国との国際法上の戦後処理は終わっているが、従軍慰安婦問題や労働者の強制連行に伴う補償の問題は未処理のままである。これらの問題に法律論を越えた形で、誠意をもって人間的に如何に対処するか、まさに、この一点にこそ日本に対する国際的な評価がかかっているといっても決して過言ではない。

（月刊『武道』一九九三年十月号）

武道教育と信教の自由

―ある裁判例をめぐって―

神戸市立工業高等専門学校（以下「神戸高専」という）で、ある生徒が、自己の宗教上の信条に基づいて剣道の実技に参加しなかったことから、体育の単位が認定されず、そのために進級拒否処分及び退学処分を受けた。

この処分に対し、当該生徒及びその父母が、神戸高専の校長を相手どって処分の執行停止申立ての訴訟を提起した。これを受けた神戸地方裁判所は、神戸高専側のとった両処分はいずれも適法であるとして、生徒及びその父母の申立てを却下し、同時に、申立費用は申立人の負担とするとの決定を下した（平成四年六月十二日）。ところが、生徒及び父母の側は神戸地裁のこの決定を不服とし、大阪高等裁判所に即時抗告した。しかし、大阪高裁もまた、神戸地裁とほぼ同様の理由を示して抗告を棄却し、抗告費用は抗告人の負担とする、と判示した（平成四年十月十五日）。

このような裁判例は、わが国の裁判史上初めてのもので、しかも新聞などでもとり上げられた、いわば珍しい事件でもあるので、今回はこれをとりあげることにした。ただし、あまり詳細な記述や、むやみに法律用語を用いることは本誌の性質になじまないと思うので、できるだけ簡略且つ平易に紹介する。

神戸高専の第一学年に在学していたXは同校の校長（Y）から、第二学年に進級させない旨の措置（進級拒否処分）及び退学を命ずる旨の処分（退学処分、ここではこの二つの処分を併せて、本件各処分という）を受けた。これに対して、先にも述べたようにXは本件各処分は違法であるとしてその取消しを求める訴訟を提起するとともに、行政事件訴訟法第二五条第二項に基づき、本件各処分の効力の停止を求める申立てを行ったのである。

Xが本件各処分を受けるに至ったのは、格技を行うべきでないという宗教団体「エホバの証人」の教義に従い、体育の種目である剣道の実技を履修しなかったため、第一学年における体育について、二年連続で所定の点数未満と評価され、単位が認定されなかったことによる。その結果Xは連続二回原級にとどまらざるを得ず、神戸高専には連続の原級留置は退学理由となるとの規程があるのでXの退学処分が決まったのであった。神戸高専では、学業成績の評価は一〇〇点で行われ、五五点未満は不認定とされており、保健体育科目は全学年必修で、Xの第二回目（平成三年度）の第一学年における体育の成績は四八点であったという。また、X側から提出された申立書の示すところによれば、Xはエホバの証人であるキリスト教の信者であり、エホバの証人と呼ばれる人達は、今日世界の二〇〇以上の国や地域に生活し、その数は四〇〇万人を超え、その教義では、聖書の教えに則って「たとえ防御用といわれようとあらゆる格技が攻撃用に用いられることがあること、さらにいえば武力に頼ることが最善の策ではないという境地から格技実習に参加することは確信を持って拒否する」との立場をとっている。そして、その格技には柔道、空手、剣道、ボクシング、レスリングなどが含まれることになる。

ところで、Xの側が本件各処分を不当とする法の拠りどころは、まず憲法第二〇条第一項に定める信教の自由の保障にある。そして、その憲法を受けた教育基本法第一条は、人格の完成をめざし、平和的な国家及び社会の形成者として、個人の価値を尊ぶ国民を育成することが教育の目的であると定めているのであるから、教育の場においては、信教の自由を含む学生、生徒の基本的人権は殊さらに尊重されなければならないというのである。

即ち、信教の自由には、信仰告白の自由、宗教儀式の自由、宗教結社の自由、宣伝布教の自由などが含まれる。つまり、信仰の自由は人の心の内だけにとどまらず、宗教行為、集会、結社の自由まで含まれるのであるから、絶対平和主義の考えに立ち、非暴力の立場を堅持し、各国において良心的兵役拒否をも実践している「エホバの証人」を信仰する者にとって、武闘的な歴史と技術を持つ剣道実技の授業を拒否する自由は当然認められなければならないというのである。さらに、信教の自由については、今日の民主制の下では多数者の信仰が否定されるようなことは殆どあり得ないのであるから、信教の自由といえばそれは少数者の信仰、異端の信仰の自由の保障でなければならないというところに注目しなければならないとも申立てている。

概略以上のような理由をかかげて、神戸高専側のとった措置は、Xの信教の自由（憲法第二〇条）を侵害しただけでなく、憲法第二六条に基づく教育を受ける権利を奪い、教育の機会均等を謳った教育基本法第三条、法の下の平等を定めた憲法第一四条にも違反する違憲違法の行為であるとして、本件処分の取消しを求めているのである。

これに対して判決（大阪高裁）は、「神戸高専が抗告人（X）に求めたのは、一般社会において健全なスポーツとして確立され、文部省の定める教育課程の一環とされている剣道実技の履修であり、しかも抗告人は入学に際しそれが必修科目として行われることの説明を受けて入学したのであるから、学校側がその履修を抗告人に求めたことは、仮にそれが抗告人の信仰に反するものであったとしても、信教の自由への不当な介入には当たらないとみるべきである。以上のとおり抗告人は、神戸高専において行われる剣道の実技を履修する義務があり、それが自己の宗教上の信仰に反することを理由としてこれを拒否することは許されないと結論するのが相当である」「抗告人は、信仰上の理由により格技の種目を受講できない抗告人に対しては、何らかの代替措置を講じることにより体育の単位を認定すべきであると主張するが、特定宗教の信者に対してそのような便宜をはかることは、公教育機関に要請される宗教的中立の見地から容認されない措置というべきである………」（『判例時報』平成五年四月十一日号、五三〜五四頁参照）と述べている。

さて、いささか大雑把な記述になったが、私自身としては、この裁判所の判断を概ね妥当なものと受けとめている。しかし一方、実際の教育現場は、この判例を金科玉条の如く受けとってはならないとも思っている。何故なら、能う限りマイノリティーへの配慮を怠らないのが民主主義教育の要諦だと考えるからである。

（月刊『武道』一九九三年九月号）

（注　この事件について、この後、平成六年十二月二十二日、大阪高裁は、学生が宗教上の教義に従って剣道実技に参加しなかったことを理由に、進級を拒否し、退学を命じた処分は、学校長の裁量権の逸脱であるとして原判決を取消している。）

ポルトガルを旅して

五月の中旬にしばらくポルトガルを旅してきた。そのために本誌（月刊『武道』）「窓」欄の原稿執筆の時間がとれなくなり、心ならずも七月号に空をつくってしまった。帰国後、大島功全剣連会長（元浦和地検検事正・弁護士）も病のために「炉辺剣談」を休まれたことを知り、非常に残念に思った。ここのところ私は本誌が届くと、きまって「炉辺剣談」から読みはじめることにしていたからである。「炉辺剣談」での大島氏は力まず、気取らず、淡々と筆をすすめられているようであったが、そこには筆者の全人格が凝縮されているような趣があって、なかなか読みごたえがあった。

私は大島氏とはまったく面識はなかったが、そのエッセーを通して、氏の見識と廉潔な人柄を感じ、これぞ本当の武道人だとの思いを抱かせられるようになっていた。そんなわけで、いつかゆっくりと氏の話を伺う機会を持つことができればと思っていたのであるが、遺憾ながら大島氏は六月七日、不帰の客となられた。まだ八十歳になられたばかりだったというから日本の武道界はかえすがえすも惜しい人を失ったものである。心から御冥福をお祈りする次第である。

おそらく本誌六月号の「『炉辺剣談』―再び処士横議―」が大島氏の絶筆になったのではなか

ろうかと思うが、氏はここで五月号につづいて政治家の蓄財について述べられている。少し長くなるが、蓋し至言だと思うので、ここに一部引用させていただくことにしたい。即ち、「政治家が政治活動をするのに、同志との連絡や支持者との集会のため相当広大な建造物を必要とすることは私も容認する。また、士気昂揚のため飲食物の接待も必要だと思う。然し、それを名として栄耀栄華を誇ることは許されない。また、そういう接待等を慕って集まるような住民は唾棄して捨てるべきである。政治の革新は、まず有権者と言われる住民の革新から始めなければならないが、幸い昨今国民の反省の波が高まりつつあることは同慶の至りである。今後の国政改革の始まりは、まずこの点にあるが、政治家もこれを受けて『政治に金が掛かる』と言って国からセビルことは止めなければならぬ」「(政治家が政治活動によって蓄えた財産が)死後残存した場合、現金等を含めて公共に提供し、決して遺族の私物に帰すべきものではない。『政治家になったら財産もできる』という風潮は決して世道人心を裨益するものではない」(月刊『武道』一九九五年六月号　二四頁〜二六頁参照)といった具合である。

ところで、私がポルトガルに出向いたのは同国の国立ベイラ・インテリオール大学と私の勤める流通経済大学との学術交流協定の調印のためである。ヨーロッパの幾つかの国々には何度か足を運んでいるが、ポルトガルは私にとって初めての国であった。今年はちょうど日本とポルトガルとの友好四百五十周年に当たるというので、首都リスボンでは日本人陶芸家の作品展が催されるなど、日本への関心の高まりを感じさせられた。三人のポルトガル人を乗せた中国船が種ヶ島に漂着して、日本に鉄砲を伝えたのは一五四三（天文十二）年八月、それから一六三九（寛永十六）年の鎖国に至るまでの間、彼らの目的はキリスト教の布教ではあったが、それとともに数々の文化的恩恵を日本にもたらしている。カステラ、天ぷら、合羽《かっぱ》、じゅばん、金平糖《こんぺいとう》など、ポルトガル語を源とする日本語が今も少なくないところをみても、その文化的影響がいかに大きなものであったかがうかがわれる。

私のリスボンでの滞在は僅かな日数でしかなかったが、それでも駆け足で幾つかの古蹟や美術館を巡り、大西洋を眼下に見おろすヨーロッパ大陸の最西端、ロカ岬にまで足を延ばした。また、十六世紀の初頭に建てられたという大航海時代の巨富の遺産であるテージョ河の畔に近いジェロニモス修道院の苔むした石畳の中庭では、日本人として初めて西欧の地を踏んだ天正遣欧使節の四少年も、四百年前ここに、こうしてたたずんだのであろうか、と両国の深い因縁を思った。ところが、そんな歴史を持ちながら今の両国の関係は至って希薄である。在日ポルトガル大使館筋の話では、日本とポルトガルの大学の本格的な姉妹提携は今度の私の大学のケースが第一号だとのことである。

ベイラ・インテリオール大学はリスボンから北へ車で約五時間、コストレラ山脈の麓に開ける人口七万のコビリヤン市にある。大学では十八世紀の修道院を学長公館に改装中であったが、その高台から臨むコビリヤンの街は、赤土色の屋根瓦の白壁の家並みが五月の陽光に映えて、まぶしい程に美しかった。

私達はここで三日間、世界情勢や日本事情、両大学のこれからの交流について語り合ったのであるが、そんな中で私の心にひっかかった話題が幾つかある。一つは初日の歓迎晩餐会の席での雑談で、カステロ・ブランコのロサ知事やコビリヤンのピント市長の口から日本の金権腐敗政治と最高実力者、カネマルという固有名詞が出たことである。これには、皮肉ではなしに、あの金丸信氏が世界に聞こえた政治家だったのかと、一瞬わが耳を疑った程であるが、考えてみれば、これも日本がそれだけ世界の注目を浴びる国になっているということの証左に他ならない。もう一つは、私自身に、「世界経済は今おしなべて不況であるが、日本は、これからこれにどう対応すべきだと思うか」と聞かれたことであった。私はすかさず「日本はアメリカやEC諸国と相互に市場を開放し合い、競争と共存の立場に立って世界経済の浮揚に努めることになる」と答えたのであるが、彼らは私の話を途中でさえぎるかのように、異口同音に「日本はミーイズムだ。実際には市場開放をしていない」と真向から反論してきたことである。

この二つのことが私の脳裏を支配していたからであろう。翌日の同大学における教授達とのディスカッションの場では、日本経済の繁栄と日本的経営の特質について、私は「確かに日本では島国的閉鎖性は皆無ではない。しかし、日本人は元来、信義に厚く、協調性にも富み、勤勉で質素な国民であり、昔から清貧に生きることを美風とする文化的伝統がある。第二次大戦後のドン底から立ち上がれたのも、この精神構造の賜物だ」といった主旨の所論を展開した。われながら、いささか肩に力が入り過ぎたかな、とも思ったが、これには彼らは割合素直に耳を貸してくれたようであった。

国会解散のニュースを耳にしながら、私は今、亡き大島氏なら、あのような問にどう受け答えされたであろうかと思いつつ、この筆をとっている。

（月刊『武道』一九九三年八月号）

内村鑑三の人と思想

㈠

内村鑑三の墓所は東京都府中市の多磨霊園にある。その墓には彼が生前に選んだ次の墓碑銘がその筆跡を生かして刻まれ、彼自身によるその訳文も残されている。

I for Japan :
Japan for the world :
The world for Christ :
And All for God

自分は日本の為に
日本は世界の為に
世界はキリストの為に
凡ては神の為に

私は、この墓碑銘ほど内村鑑三の人と思想を顕すにふさわしい言葉はないだろうと思っている。

内村鑑三の名は広く知られているが、その割りに実像は知られていないのではなかろうか。私なども少年の頃からその名に馴染んではいたが、つい最近まで、彼の著述にほとんど触れることがなかった。私の内村に関する知識といえば、せいぜい無教会主義のキリスト教徒で、若い頃、教育勅語の天皇の署名（宸署）への礼拝を拒否したために旧制一高（当時は第一高等中学校）の嘱託教員の地位を追われたことと、日露戦争のときに非戦論を唱えた叛骨の人といった程度のものでしかなかった。しかし、少し系統的に内村の著述を読み、彼と同時代の人々の内村評などを調べてゆくにつれて、今までの私の彼に対する理解は上っ面だけのものでしかなかったことを思い知らされた。

日本国を愛し、武士道を信奉し、キリスト教を信仰して生涯を聖書の研究に捧げ、極めて鋭角的な立場で社会的活動を行い、青年教育にも尽くした彼の思想と行動の真髄を理解することは決して易しいことではない。一言で言えば、彼は、私などの凡庸な頭脳では到底理解の適わぬ天才ということであろう。晩年の徳富蘇峰が彼を評して、「内村さんは天才だと思った。大したものだと思った。心ひそかに尊敬していた。ただ私どもから見れば自分が世界を一人でこしらえて、その中で勝手に物を言っている男で、一口に言えばカーライルのような男だと思った。私は内村さんと立場も違ったが、言い方はわるいが、内村さんを一生保護したといおうかね。いや保護したものだよ。だから私の書いたもので内村さんの悪口を言ったものは一つもないつもりだ。そうだろう。私は心で本当に尊敬していた。私は天才でなくて天才の風をしたり、国を愛する心がなくて愛国者のような顔をしたり、そういう「偽」というものが嫌いだった。内村さんにはそういう「偽」という所は少しもなかったね。そりゃ内村さんはしたい放題のことをしたり、いいたい放題のことを言ったりしていた。それで友人、親戚にずいぶん迷惑をかけたらしいが、私のみたところによると、最も多く自分自身に迷惑をかけたんじゃないかな。私は自分で天才だと思っていないが、内村さんはたしかに天才だったと思う。………何といっても内村さんは非常な天才だね。クリスチャンであってニイチェのような所があった。お子さんは精神病のお医者さんだそうだが、内村さんにはまあ、息子さんの病院に入れなければならないような所があったね。しかし、内村という人は、クリスチャンをもってはじまり、クリスチャンをもって終った人で、クリスチャンとして一貫した脊椎骨をもっていた人だ。僕はクリスチャンではないが、イギリスあたりにいれば立派なクリスチャンになっていたと思う。私などと内村さんのちがいは、まあクリストに対する態度がちがうわけで、内村さんのクリストに対する態度は高山彦九郎の天皇さんに対するようなものじゃないかな。クリストを本当に見たものは日本では内村一人といっても差支えないのじゃないか。新渡戸稲造という男があるが、これは内村さんに比べればある程度いい意味の俗物だといっても差支えない、これも一種優れたものをもっていたにはいたね。………内村君はクリスチャンとして確かに特色のあった人だ。よく人は内村が言行不一致だといってとがめるけれども、ああいう天才だから、言と行とが一致するとは思わない。言は理想であり、行は実行を意味するが、理想がつねに先へ先へと走って行ったので、ああいうことになったのだろうと思う。だから内村君の言行不一致とは、内村君の理想の高さを現すものではないだろうか。……」(昭和二十八年七月、「内村鑑三著作集月報」四号　参照)と語っているが、私は、多くの識者の内村評の中で、この蘇峰のものが最も飾り気がなく、しかも核心を衝いているように思う。同時代を生きた二人の間には(内村が二歳年長だった)人生に対するスタンスの相違があり、付き合いの上でもかなりの距離があったようである。しかし、それだけに蘇峰の内村評は冷静で適切なものになっているのではなかろうかと思われる。

内村鑑三は文久元(一八六一)年二月十三日、五十石取りの高崎藩士の子として江戸藩邸の武家長屋に生まれている。小身ではあったが鑑三の父、宣之はひとかどの漢学者であったから、彼は幼少の頃から武士道と儒教の教えを叩きこまれたようであり、後年の彼のキリスト教信仰はいわばその台木の上に接ぎ木されたものである。家が貧しかったので、彼は東京外国語学校(後の東京大学予備門)から官費支給の札幌農学校の第二期生として入学し、ここで初めてキリスト教に出会い、入信している。十四年七月、首席で学校を卒えた彼は北海道開拓使や農商務省の御用掛を務め、この間最初の結婚に失敗するなどの苦汁をなめている。十七年の秋、渡米してアーモスト大学に学び、二十一年九月、帰朝して新潟北越学館に務めるが学校当局と衝突して辞任、二十三年九月、第一高等中学校嘱託となったが、ここで例の不敬事件を起こし世人の非難を浴びて解職されている。ただ、この事件の実態は勅語の奉戴式で内村が勅語に最敬礼しなかったというものであって、今なら無論問題にされるほどのことではないが、何せ時世が悪かった。折から帝国憲法と教育勅語による天皇の神権化が始まった時期であったがために天皇制とキリスト教の対決を象徴する出来事として、内村自身が予想もしなかった大事件に発展し、爾後の六年間、彼は国賊、不敬漢という悪罵の中で苦難の流浪生活を強いられるのである。

(二)

一高不敬事件によって内村鑑三の受けた打撃は大きかった。そのことが彼のつぎの記述によくあらわれている。「余は高等学校の倫理講堂に於て其頃発布せられし教育勅語に向て礼拝的低頭を為せよと、時の校長代理理学博士某に命ぜられた、然るにカーライルとコロムウエルとに心魂を奪はれし其当時の余は如何にしても余の良心の許可を得て此命令に服従することが出来なかった、余は彼等の勧奨に由て断然之を拒んだ、而して其れがために余の頭上に落来りし雷電《いかづち》、……国賊、不忠……脅嚇と怒喝……其結果として余の忠実なる妻は病んで死し、余は数年間余の愛する此日本国に於て枕《まくら》するに所なきに至った」(『聖書之研究』一一三号、明治四十二(一九〇九)年十月十日)。

それでは、この事件がなぜそれほどまでに大きな波紋を呼んだのであろうか。事の実相について少し触れてみなければならない。

もともと教育勅語は明治二十三年十月三十日に発布されたもので発布と同時にその謄本が各学校に交付されている。第一高等中学校（一高）でも同年、十一月三日の天長節に教育勅語の奉読式が行われた。ところが、その後各高等中学校（仙台の旧制二高、京都の旧制三高）に対し、謄本ではなく天皇みずから親署の教育勅語が下賜されることになった。当時の一高『校友会雑誌』（三号　明治二十四年一月二十七日）には、「（明治二十三年）十二月二十五日、我英聖文武なる天皇陛下は畏くも親署の勅語を下し玉ふ、本校の名誉これに若くものあらんや、仝日早朝、本校生徒及寄宿生一同打揃ひて文部省に赴き之を拝受したり」とある。この記述から察するにたまたま学校は冬休みに入っていたのであろう、そのため主に寮生によって編成された一行が校長、教員とともに文部省に出向き勅語を奉じて本郷まで帰ったのである。

翌明治二十四年一月九日、一高では親署の教育勅語の奉読式が行われ、その奉読式の模様を当時の『官報』（二二六〇号明治二十四年一月十四日）はつぎのように報じている。「勅語奉読式第一高等中学校ニ於テハ今般御宸署ノ勅語ヲ拝受セルヲ以テ本月九日午前八時倫理講堂ノ中央ニ天皇皇后両陛下ノ御眞影ヲ奉掲シ其前面ノ卓上ニ御宸署ノ勅語ヲ奉置シ其傍ニ忠君愛国ノ誠心ヲ表スル護国旗ヲ立テ教員及生徒一同奉拝シ而後校長代理校長補助久原躬弦勅語ヲ奉読シ右畢テ教員及生徒五人ツヽ順次ニ御宸署ノ前ニ至リ親シク之ヲ奉拝シテ退場セリ（文部省）」。

その日、校長木下広次は風邪のために欠席し、代って勅語の奉読にあたったのが教頭の久原躬《み》弦《つる》であった。式は官報の記述にみられるように御真影の奉拝、勅語奉読、そして勅語奉拝という順序で進められたのであろうが、内村は勅語に奉拝しなかったのであるから、おそらく御真影への奉拝もしなかったのではなかろうかと思われるが、どういうわけか、これが問題にされた節はない。おそらく御真影の奉拝は全員が一斉に行ったので周囲の目が届かなかったのであろう。

いずれにしても、この事件を不敬として最初にとり上げた新聞は一月十七日の『民報』である。『民報』は犬養毅、尾崎行雄らによってこの年の一月十一日に創刊されたばかりの改進党系の新聞である。また、その後同じく改進党系の『郵便報知新聞』が比較的くわしくこの事件をフォローしている。改進党系といえば帰朝後の内村が教頭として務めた新潟北越学館において、彼の教育方針が容れられず、たった四カ月で辞任することになったのも改進党系の学館発起人たちとの対立が原因であった。新聞記者にしてみれば、北越学館時代に愛国国民主義をふりかざして外国人宣教師を排斥した内村が、今度は天皇の親署に対する敬礼拒否ということなので、その行動に矛盾を感じとったのかもしれない。しかし、そこが内村の内村たる所以であり、キリスト者にしてすぐれた愛国者である内村の妥協を受けつけぬ一徹ぶりがうかがわれるところである。

とにかく、内村の不敬事件については『官報』が「宸署」に対する奉拝としているのに対し、『民報』は御真影に対する不敬としている。しかし、これは内村自身の記述や発言または、その後の研究者たちの研究成果によって勅語の親署に対する敬礼の拒否であったことは疑う余地はない（この件については、鈴木範久著『内村鑑三日録一高不敬事件（一八八八〜一八九一）上・下』教文館に詳しい）。

勅語の奉読式に臨むにあたって内村は始めから敬礼を拒否するつもりであったかどうかも興味のあるところであるが、私は、内村も当初はごく普通の敬礼ならするつもりで出たのではなかろうかと思っている。当時の一高には内村の他にキリスト信徒の教員が二人いた。一人は内村を一高の教員に推薦した物理学の教授の木村駿吉であり、もう一人は嘱託教員で倫理学の中島力造であるが、二人とも奉読式には欠席している。ただ興深いのは、この三人が前日の八日に奉読式の出欠をめぐって相談したのではないかと思われることである。そして木村、中島は君子危きに近寄らずとばかりに欠席し、ひとり内村だけが出席したということは一体何を意味するのであろうか。おそらく彼は相当の覚悟で式に臨んだであろうことは想像に難くないが、一方では普通の礼でも通るし、また通さなければならないといった信念があったのではなかろうかと思われる。事実、いろいろな資料を見ると、彼は自分の順番がまわってきたとき、つかつかと壇上にのぼり、くるりと後ろを向いて降りてきた。むろん最敬礼（四五度の礼）はしなかったのであるが、いくぶん頭をさげたようには読みとれる。

この事件に対する一高内部からの抗議行動は、しだいに外部にも拡がり、その非難ごうごうは今なら到底考えられないほどに激越なものであったが、それらをいちいちここにとりあげることはできない。しかし、悪質なインフルエンザが猛威をふるったこの年、病に冒されて病床にあった内村が、高熱にうなされながら夢うつつに聞き過ごしていた外界の出来事の中で晩年まではっきりと記憶していた一事だけは是非ここに紹介しておかなければならない。それは内村から不敬事件の真相を聞いた横山喜之の伝えるところであるが、今回は紙幅がないので次回に譲ることにしたい。

(三)

一高不敬事件のあったその年、東京府下のインフルエンザの罹患者は三十万人に及んだといわれている。そして内村鑑三もまた勅語奉読式の後、生死の境をさまようばかりの肺炎に罹り、病床に臥す身となっている。一方で内村に対する非難は日に日に高まり、国粋的な教師や生徒たちは内村の家へ押しかけ、罵詈雑言を浴びせるばかりか、瓦石を投げこみ、中には短刀を懐中にして内村を恫喝した者もあったという。前掲の鈴木範久氏の著述『内村鑑三日録　一高不敬事件(一八八八～一九八一)』によれば、当時、一高の生徒であった後の早稲田大学教授中村進午は一高在学時代を回想して「層一層の珍談は、有名な内村鑑三の不敬事件でございます。時に内村は一高の教授であった。一日校長勅語を奉読するや内村は傲然として敢えて拝礼をしない。今は死んだが学生浦太郎、奮然として不敬なる内村を葬るべく大運動を開始する。私と野田は独法科全生徒を代表して内村の宅に突入し、内村の行動の非なるを痛罵すべく膝詰談判を開始した」(同書(上)一〇九～一一〇頁参照)と述べている。また、同じく当時の生徒で後に国語学者になる保科孝一に至っては、「五人の生徒総代が本郷弓町の内村講師を訪問し、ひざづめ談判に及んだが、どうしても承知されない。けっきょく講師を辞するということになった。辞職されれば一高とは関係のないことになるから、もうわれわれの手の施しようがない。かような非国民に対しては、もはや敬意を表する必要がないというので、五人の者が玄関の三畳へ、めいめい小便をして帰って来た。これも一高だましいの如実のあらわれである」（同書（上）一一一頁参照）と書いている。もしこの放尿が「一高だましい」のあらわれだというならば、かつての日本のエリート教育も、まさにお粗末の一語につきると言わざるを得ない。

このように抗議のために自宅にやってきた教師や生徒たちに対して、内村は、聖叡なる天皇が、その臣民に勅語を下したのは、それに対して奉拝するためではなく、日々の生活の歩みの中でこれを守るようにという主旨に違いなく、しかも、日頃の自分の行動には天皇の忠実なる臣民としての立場に悖るようなところはなかった筈だ、と努めて穏やかに告げている。しかし、事態は収まるどころか新聞各紙の扱いはエスカレートするばかりで、内村はしだいに窮地に追い込まれて行くのである。わけても、時の東京帝国大学教授井上哲次郎は、これを機にキリスト教は日本の国体に反するという長い論文を『教育時論』など三十種近い新聞雑誌に発表して徹底的にキリスト教を非難した。これに対するにキリスト教界も一応の駁《ばく》論はしたが、天皇は神ではないとの正論を吐いた者はほんの一、二で、他はいずれも臆病な弁解の域を出ないものばかりであった。

さて、そのような窮地にあった内村が生涯忘れることのなかった出来事というのは、内村から直接「不敬事件」の真相を聞いた横山喜之が、その著『第一高等中学校不敬事件の裏面』（昭和三十八（一九六三）年　友愛書房）に伝えるところである。即ち「連日、わたしの家の前に人々がやって来て、口々にわたしの名を罵った。心痛と激昂のあまり、わたしは高熱を発して、ドッと床についてしまった。わたしの妻も看病と心痛のため、とうとう病床にたおれてしまった。こんな有様であった或る日、一団の暴徒がわたしの家の前に押し寄せてきて、口々にわたしの名を罵り、まさに屋内に乱入する形勢となった。病床にあって、わたしは死を覚悟した。そのとき、大声が聞こえてきた。『諸君、わが輩は内村君とは面識はないが、内村君が真の愛国者であることを知っている。今日偶然ここを通りかかったが、もしも諸君がどうしても内村君をやっつけると言うのなら、よろしい、わが輩が内村君に代って諸君のお相手をしよう』。床中、この声を聞いたわたしは、神に感謝した。この人は有名な○道の大家である。この人の出現によって暴徒は退散し、わたしは危難をまぬがれたのであった」。

これが横山が内村から聞いた話であるが、○道が柔道なのか、剣道なのかがはっきりしない。横山には、内村の言葉がよく聞きとれなかったのであろうが、彼自身は、これを柔道であるとし、その人物を嘉納治五郎と推定している。確かに嘉納の年譜によれば当時、講道館は本郷真砂町にあり、彼自身が一年数カ月のヨーロッパ旅行から帰国したのは明治二十四（一八九一）年一月十六日であるから話の符節が合う。おそらく嘉納にとっては帰国直後の出来事だったのであろう。鈴木範久氏も前掲書の中で「内村が、この一事をよく記憶しているのは、孤立無援のなかにあって、よほど嬉しい出来事であったにちがいない。○道の大家が柔道の嘉納治五郎であることを物語ることが、ほかにもある。それは明治三十一年に内村が『東京独立雑誌』を発行したとき、嘉納治五郎の雑誌『国士』の広告（一二～一三号）を掲載していることである。一種の講道館の機関誌のような雑誌と、内村とのかかわりだけでも奇異なうえに、「正直と認めざる広告は掲げず」とうたってはじめた東京独立雑誌である。それを掲載していることは、内村が不敬事件における嘉納に対する感謝の一端を示していると思う」（一二三頁参照）と述べている。いずれにしても、本稿の執筆を通じて内村鑑三と嘉納治五郎の思わぬ接点が見い出せたことは私にとって大きな副産物であった。また、それだけでなく、人としての嘉納のすぐれた側面を垣間見ることができたことも収穫であった。

さらに、内村鑑三を語るとき、もう一つ忘れてならないのは、その非戦論である。彼は日露戦争のとき幸徳秋水らと万朝報に拠って絶対非戦を唱えている。勿論、内村のそれはキリスト教的非戦論であり、秋水の社会主義的非戦論とは根底を異にするが、その鋭い論法と強固な姿勢は秋水のそれにいささかも引けをとるものではなかった。

内村は七十歳（昭和五年）でこの世を去っているが、一高不敬事件や非戦論、或いはまた足尾銅山鉱毒事件など、その在世中、彼が鳴らしつづけた警鐘に当時の世論は全く耳をかそうとしなかった。結局、そんな時代の空気がわが国近現代史における悲劇の沃土だったのである。

（月刊『武道』一九九三年四～六月号）

國士　中野正剛

昭和十八年十月二十七日午前零時、衆議院議員、中野正剛は東京都渋谷区代々木本町の自宅で割腹自殺した。享年五十八歳であった。当時私はまだ田舎の中学生であったが中野正剛の名は聞き知っていた。どのような経路で得た知識であるかは全く思い出せないが、彼は若い頃熱心に柔道の修行に励んだ人であった。そのための怪我がもとで隻脚であることや、福岡県出身で頭山満などの玄洋社の流れを汲み、東方会という政治結社の指導者で剛毅廉潔、雄弁な熱血漢であるという程度のことは知っていた。また、私の記憶に誤りがなければ、彼が富山市の電気ビルで政談演説会を催したのは、たしか昭和十七年でなかったかと思う。新聞にも報じられていたし、街頭にポスターが貼られていたのを見た記憶がある。あれは十七年の翼賛選挙に富山で東方会の同志を立候補させるための遊説だったのではなかろうか。そんなこんなで中野正剛については、田舎の中学生の分際で既に彼の生存中からそこはかとない憧れを抱かせられていた。彼は、戦局について当時の東条英機首相と対立したために抗議の切腹をしたのだといった噂も文字通り風の便りに耳にしていた。報道規制の厳しかった戦時中に地方の一少年が薄々ながらでもそんな情報を得ていたのは、当時、師事していた柔道の先生の影響が少なくなく、五族協和の理想を信じ、大陸雄飛を夢見る多感な柔道少年であったことと無関係ではない。また、身近に政治や社会問題に関心をもつ十三歳年長の兄がいたことの感化もあったように思う。

勿論、私が中野正剛の人となりや死に至る経過を比較的詳しく知ったのは戦後になってからで、それも中野の親友、緒方竹虎の『人間中野正剛』（昭和二十六年十二月　鱒書房刊）によってである。

中野正剛は明治十九年二月十二日、中野泰次郎・トラの長男として福岡県福岡市西湊町五十八番地の中野和四郎宅で生まれた。和四郎は父泰次郎の兄である。泰次郎は正剛が二歳のとき、いま正剛の銅像が境内にある鳥飼神社前の西町四十六番地に家を買い、入船屋と号する質屋を開業した。中野家は最下級の士族の出であったというが質屋を営んだほどであるから相当裕福だったのだろう。ただ正剛は、ものごころついて近所の子供たちと遊びまわるとき「質屋のジンちゃん」という呼び名で呼ばれることに心中抵抗を感じていたようだ。後年、四人の息子たちに中野家はサムライの家柄であると語り聞かせ、終には武士の作法をもって自刃して果てた高い矜持の人だっただけに、こども心にも庶民への金融を生業とすることへのわだかまりがあったのであろう。このことは彼の四男で社会思想史学者であり、厳父正剛の研究家でもある亜細亜大学教授、中野泰雄氏の著作『アジア主義者中野正剛』（昭和六十三年三月　亜紀書房刊）に認められている。

なお「ジンちゃん」は、正剛の幼名が甚太郎で、正剛は十七歳のとき彼が自らえらんでつけた名であって、正しくはマサカタと呼ぶのだそうであるが、世間は彼を終世セイゴウと呼んだ。私もまたセイゴウの呼び名の方が激しく真っ直ぐな彼の生きざまに相応しいように思う。

中野正剛の強く激しい気性は母親譲りのものであったらしい。こどもの頃から大変な腕白だったそうだが、ただの腕白ではなく、学業にも精を出す文武両道型の秀才だったという。明治三十二年四月に修猷館中学に入学し、柔道の練習中に左の大腿部を柱のかどに打ちつけて骨髄炎を患い、九州大学附属病院に入院して三度も手術を受け、そのために一年の留年を余儀なくされたのだが、それでもなお柔道の稽古に熱中し、学校では飯塚国三郎の指導を受け、また剣道にも励んだという。さらに夕食後には内田良平が少年時代につくったといわれる天眞館や玄洋社の明道館道場に通って柔道修行を積み、遂には内田に倣って平岡浩太郎（玄洋社の初代社長を務めた後代議士となり、炭鉱経営にも手をそめた）ら郷土の有力者の寄付を得て地元六番町に自らの手で、振武館なる道場をたて、これが中野の東京に出た後も地元の後輩たちによって受け継がれ、今日も維持されつづけているというが、いかに明治時代とはいえ、中学生とは思えないその実行力は驚嘆に価する。

修猷館を出た中野は早稲田大学に進み、明治四十二年にこれを卒業して東京日日新聞に入社、間もなく東京朝日新聞に転社し、ここで彼は記者として縦横に健筆を揮った。四十四年辛亥革命後の中国に渡り、また翌年第一次護憲運動に参加。大正七（一九一八）年に雑誌『東方時論』の経営者となり、八年第一次世界大戦講和会議をパリに取材。講和会議における日本外交への失望から帰国後改造同盟を結成、国民外交実現のための国内改革を主張して普通選挙運動に参加した。

大正九年無所属で衆議院議員に初当選、以来昭和十七（一九四二）年まで連続八回当選している。この間の彼の政治家としての遍歴は、まさに波瀾万丈であるが今ここにこれを詳述する紙幅はない。ただ、一般では中野正剛を今なお玄洋杜直系の単なる右翼として片づけがちであるが、上述の緒方や中野泰雄教授の著作を読む限り、そのような中野観は明らかに誤りである。彼は極めてヒュマニスティックな理想家肌の自由民主主義者であり、あまりにも純粋なるが故に狡猾な現実政治になじめず、あまりにも真摯なるが故に誤解を招くことが少なくなかったのではなかろうかと思われる。

いずれにしても、私はこのような半端な形で中野正剛を論ずることを非常に不本意に思っているので、是非他日を期したいと思うが、一つだけ付け加えておきたい話がある。

実は私は中野の取調べに当った検事の一人、中村信敏なる人物と深い親交があった。もう故人である彼は法政大学法学部の出身で私にとっては同窓の先輩であり、昭和三十年代後半から四十年代にかけて、法大運動部OBの連合体である法友体育会で中村会長、私が幹事長という立場におかれていた。彼は学生時代剣道部の主将だったのである。

私は、あるとき彼と酒を酌みながら「先輩は中野正剛の事件にかかわられたそうですが、真相はどうだったんですか、よろしかったら話を聞かせて下さい」と言った。既に退官して弁護士であった彼は元来春風駘蕩たる大人であったが、急に険しい表情になって、「あれは東条の横暴だった。法律も何もあったものではない。中野正剛はほんものの國士だった。立派な最期だったそうだ」とだけ答えて口をつぐみ、私にそれ以上の質問を許さないと言わんばかりの厳しい口許をされた。

（月刊『武道』一九九三年三月号）

部落解放の闘士

松本治一郎の人権思想

私が島崎藤村の長篇小説『破戒』を初めて読んだのは、十六歳のときであった。当時は柔道一途の中学生だったが、一方では漱石、独歩、鏡花、紅葉、蘆花、果ては伏せ字の多かった小林多喜二の『蟹工船』、トルストイやチェーホフ、ストリンドベリからモーパッサン、ルソーまで手当たり次第に読みあさる文学少年でもあった。もとより幼い読解力しか持ち合わせていなかったが、それでも奥行きのある作品にでくわすと五体に血汐のたぎり立つのを覚えたものである。『金色夜叉』のストーリーなどには、これといった感興がわかなかったが、『破戒』にはさすがに心を揺さぶられた。

信州飯山町の小学校教師、瀬川丑松がはじめて親の膝下を離れるとき、彼の父は一人息子の前途を深く案じて、一族の祖先のことなどをいろいろと話し、貧苦こそすれ、罪悪の為に穢《けが》れたような家族でない、と言い聞かせた。しかも、父はこれにつけたして、「世に出て身を立てる穢多の子の秘訣—唯一の希望《のぞみ》、唯一の方法《てだて》、それは身の素性を隠すより外に無い、『たとえいかなる目を見ようと、いかなる人に邂逅《めぐりあ》おうと決してそれを自白《うちあ》けるな、一旦の憤怒悲哀《いかりかなしみ》にこの戒を忘れたら、その時こそ社会《よのなか》から捨てられたものと思え』こう父は教えたのである」。

師範学校に学んでいた頃の丑松は何の憂いもない明るい日々を過ごしていたが、教職についてからの彼の心は、部落の民であるために、さまざまな体験を通してしだいに憂愁と孤独の渕に追い込まれて行くのである。懊悩の果てに彼は遂に父の教えを破って、生徒達の前で「私は穢多です、調里です、不浄な人間です」と告白し、二足三足《ふたあしみあしあとずさり》退却して、「許して下さい」と言いながら板敷の上へ跪《ひざまず》くのである。こうして彼は教壇を去り、新天地を求めてアメリカに渡るのであるが、この件りは、心ある者なら誰もが、事のあまりの不条理に義憤を禁じ得ないところである。

藤村がこの作品を世に問うたのは明治三十九年であるが、昭和の初め、私の少年の頃もまだこのような差別は相当に根強く、私の郷里の富山あたりでも特定の人達を侮辱するような言葉が半ば公然と囁かれていた。ただ、私自身は母から、人間に貴賤はなく、職業には貴賤はない、神佛の前では人は皆平等だと強く教えこまれていた。私の母は明治十年代末の生まれで、とり立てていうほどの教養があったわけではなく、昔風の女一通りの教育を受けただけの農村地主の平凡な主婦でしかなかったが、その生家が累代敬虔な一向宗徒であったので、信仰心のなせるところであったか、或いは固有の感性のなせるところであったのかはよくわからないが、とにかく温和な人であったにもかかわらず、このことについてのこども達に対する躾だけは厳しかった。

さて、このような少年時代の読書体験と母の教えが相俟って、私は、いつの頃からか被差別部落に対する不条理極まる世間の対応に強い反感を抱くようになっていた。もっとも、そうはいっても、その弊風を阻止根絶するための組織的な運動に加わったわけでもなければ、長じて日本法制史や法社会学の学習の機会を持つまでは、この問題に対する理論的認識すらも十分でなかったほどである。ところが敗戦になって、そんな私の眼前に、このことに関わる巨大な人物と目を見張るような事件が現出した。

人物は松本治一郎（明治二十〜昭和四十一年）その人であり、事件とは、その松本が昭和二十三年一月二十三日、新憲法が発布されてから二回目の国会開会式において「カニの横ばい」式の「天皇拝謁」を拒否して永年の習慣を廃止に導いたことである。

旧憲法下の帝国議会以来、開会式の前に便殿に休息中の天皇に両院の正副議長が単独拝謁をおおせつかることになっていた。「この日も衆議院議長の松岡駒吉、副議長の田中万逸、参議院議長の松平恒雄、副議長の松本治一郎の四人が、廊下の赤いジュウタンへ居並び、便殿入口には付添いの宮内庁の役人がひかえていた。『さあ、どうぞ』と、役人はもったいぶった様子で片手をひらき、松岡をうながした。入口のツイタテのむこうには、椅子から立ちあがった天皇の姿がみえる。松本は大きな眼をひらいて、じっと松岡の拝謁ぶりに目をそそいだ。便殿の入口でまずうやうやしく敬礼した。それから眞っすぐに天皇へむかって歩いてゆくかと思うと、そうではない。からだは天皇の方へむけ足だけ横へ踏みだして、横へ横へと歩いてゆくではないか。まるでカニがモーニングに威儀を正して、横ばいしているような恰好である。珍妙なカニの横ばいは、天皇の前までたどりつくと、うやうやしく一礼した。数歩すすんで、またおじぎをくりかえした。なにやらボソボソロの中でつぶやいているようだが、声が低くてききとれない。それがすむと、またも一礼、数歩しりぞいて、またも一礼、それから再び、ギコチないカニの横ばいがはじまった。みれば松岡議長の額には、玉のような汗がふきだしている。あまりのことに、松本はふきだしそうになった。笑いを噛みころしているうちに、腹の底から、ぐっと怒りがこみあげてきた。松岡の次に松平、田中とカニの横ばいが実演され、いよいよ最後に松本の番がまわってきた。宮内庁の役人が、例のとおり右手をひらいて合図する。『僕はやらんよ。人間が人間をおがむような馬鹿なまねはできん……』松本は吐きだすようにいった。カニの横ばいをきっぱりと拒絶したのである。これが天下をさわがせた拝謁拒否事件の真相だ。」（青地晨、『叛逆者―日本を支えた反骨精神』弘文堂　一四九頁）。勿論、この事件の反響は大きく、松本副議長不信任の策動もあったが、松本は「もう一度、新憲法の条文を読んでみろ」と微動だにしなかった。そして松本の主張通り、翌年の第三国会からはカニの横ばいは廃止されたのである。

松本治一郎は明治二十年六月、福岡県筑紫郡豊平村金平に生まれた。金平はいわゆる特殊部落であった。彼は若い頃から理不尽な差別と戦い、部落民を非人間的な身分から解き放つために文字通り生命を張ってきた。そのため幾度か、牢獄生活や留置場ぐらしも味わわされている。彼がカニの横ばいを拒否した背景には、このような多年にわたる人間解放の悲願が折りこまれていたのである。

私は、日本の近代史上、彼ほど不撓不屈の剛直正義の士を未だ知らない。不可侵、不可被侵を信条として生きぬいた彼の七十九年の生涯は、まさに人間的魅力に満ち満ちている。私は今、いずれ稿をあらためて彼の生涯を仔細に論考してみたいと思っている。

（月刊『武道』一九九三年二月号）

無位無冠の矜持

福澤諭吉

明治二十四年六月二十三日、大槻文彦の『言海』の出版記念会が芝紅葉館で盛大に催された。福澤諭吉は、この会に出席を求められたが、あいにく当日は箱根に出かけることになっていたので祝辞を書いて届けることにした。もともと福澤は大槻文彦の祖父磐水、父磐溪を尊敬していた関係もあって文彦の大業を心から喜び「大槻磐水先生の誡語その子孫を輝かす」（『福澤諭吉全集』第十九巻　岩波書店所収）と題する一篇を、発起人の富田鉄之助に託した。ただし祝辞を託するにあたり、その取り扱い方について註文をつけている。即ち、富田あてに次のような手紙を書き送った。

「その呈したる文は如何相成候哉《や》、或は当日来会の貴顕大家の演説筆記を集めて冊子にするか、又は言海の首尾に附することにも可相成哉。其時に至り、例の何伯何子何官何位の方々が云々の言を演《の》べて筆記斯《かく》の如しと第一番に記し、之に随て福澤も云々したりとて、文壇上恰《あたか》も貴顕の御供を致すことは、老生の好まざる所なり。左《さ》りとて、世間体は貴顕の題字等を以て著書に光を加ふるの意味なきにあらざれば、老生が独り我儘《わがまま》を申訳《もうすわけ》けには参る間敷、旁《かたがた》御不都合の御事と存候。併し老生は一身の栄辱の為めにあらず、斯文斯道《しぶんしどう》の独立の為めに進退を苟《いやしく》もするを得ず、其辺は御洞察奉願候」（明治二十四年六月二十一日）。

つまり、祝辞を書いて届けるが、これを後でまとめて冊子にでもするか、そのとき貴顕のお歴々の祝辞を先ず掲載し、後につづいて福澤の祝辞も載せるというのであるならば、それは取りやめにしてもらいたい。なぜなら、自分は文壇上、貴顕のお供をすることは好まないからであるというのである。

ところが、折返し富田から届いた祝宴次第を見ると、先ず第一に枢密院議長、伯爵伊藤博文が祝辞を述べ、その次に福澤諭吉の祝辞、その次に西村茂樹、その次に加藤弘之が演説をすると書いてあった。これを見て福澤は直ちにその次第書に筆を加え、ここに出るはずであったが、差支えあって出席しないのではない。はじめから出ないはずで出ないのであるから福澤の名前は最初から載せないでもらいたいと書き込み、これに返書をつけて富田に送り返している。そのときの富田への手紙には、「万般の理窟を云はず、老生は文事に関し、今の所謂《いわゆる》貴顕なるものと伍《ご》を成すを好まざるに付、仮令《たとい》当日出席を御断り申上候ても、出席致して云々する筈なりしと申せば、即ち貴顕に尾し貴顕と伍を成したるに等し。故に最初より賤名御除きを乞ふのみ」と書いてある。即ち、事いやしくも文事に関しては、伊藤何者であるか。伯爵であろうが、侯爵であろうが、枢密院議長であろうが、総理大臣であろうが、福澤は同席をお断りしたい。まして彼の後についていそいそと物を言うなど真平だというのである。この返書を受けとった富田は、刷り上がった前記の次第書を全部廃棄し、福澤の祝辞の項を除いたものを新たに刷り直している。

それでは、なぜ福澤はこれほどまでに頑強に時の権力者との同席を拒んだのであろうか。さらに彼は「（これは）一身の栄辱にあらず、唯斯文《しぶん》の為めにするのみ。学問教育の社会と政治社会とは全く別のものなり。学問に縁なき政治家と学事に伍を成す、既に間違なり。況んや学者にして政治家に尾するが如き、老生杯《など》の思寄らぬ所に御座候」（この返書も六月二十一日付であり、使の者が同日中に三田の福澤邸と麻布の富田邸を行き来した）と述べている。言うまでもなく彼は自分が威張りたいために相手に難題をふっかけたのではない。福澤は学問の自由と学者の尊厳のために、学問教育の政治からの独立を貫き通そうとしたのである。そして、この姿勢は彼の生涯において実に確固不動のものであったと言わなければならない。

また、年代は詳らかではないが、これと同じようなことが他にも一、二度あった。たとえば、福澤の書簡の中に本願寺の法話の会に誘われたときの返書が残っている。それによると、その法談会には自分は行けないが、妻と三人の娘達が出席したいといっている、しかし、当日は貴族婦人達も大勢出席するというが、その貴の字は一体どういう意味か、「華族、官員等の婦女が正賓にて、他は其陪席杯《ばいせきなど》申す如き本願寺流の俗会ならば、拙家の妻児も拝参御断申度、陽に陰に、少しにても其意味ある事ならば、無御伏臓《ごふくぞうなく》為御知《おしらせ》被下度奉願候。私方の妻児は、敢《あえ》て人に対して威張りは不致、常に慎しむ所に候得共、他人の無礼は毫《すこ》しも許し候義出来不申」とある（『福澤諭吉選集第十四巻』岩波書店参照）。もっとも、『言海』の祝賀会の件については当の相手が伊藤博文であったから福澤の対応は余計に強硬だったのかもしれない。紙幅がないので詳説は避けるが、世にいう明治十四年の政変以来、福澤の伊藤に対する不信感は相当に根強いものがあったであろうと思われるからである。

さて、今さら言うまでもなく、福澤諭吉は近代日本の歴史をつくった偉大な指導者の一人である。しかし、彼は生涯を通して現実の政治には一定の距離を保ちつづけてきた。これは、彼が「独立自尊」の人生観のもと、国家の繁栄と国民の福祉の向上のために、学問と教育、そして言論が、国家と政治、金銭と利権に対して、常に自由、独立の立場になければならないと考えていたからに他ならない。

勿論、福澤も一個の人間であるから、人物に欠点がなかったとは言えないが、彼が、位階も、勲等も、爵位も、学位も、存命中はもとより没後も一切これを受けつけず、生涯、無位無冠に終始したことは到底常人の及ぶところではない。もし彼にその意思があれば、彼と同時代の啓蒙学者達の例から推して、おそらく彼はそのいずれをも手に入れることができたであろう。事実その機会は幾度もあったが、彼はそうした肩書きを何よりも嫌って、これを拒み通している。件の勝海舟や榎本武揚を批判した『瘠我慢の説』も、この文脈から見れば、自ずと重味と説得性が増してくるといえよう。

ともあれ福澤と同時代の有位有爵の諸学者が今日殆ど世間から忘れ去られているのに対し、ひとり福澤だけが国民の心に大きく根をおろしつづけているのは、まことに皮肉な現象と言わなければならない。まさに福澤こそ真に士魂の人であったということであろうか。

（月刊『武道』一九九三年一月号）

法と常識

いささかみっともない話だが、平成三年九月九日、私は立川区検察庁に出頭を命ぜられ、「自動車の保管場所の確保等に関する法律」一七条二項二号違反のかどで起訴され、立川簡易裁判所で裁判官の書面審理による略式手続裁判を受けて罰金刑に処せられた。略式命令結果通知書の主文には「被告人を罰金四萬円に処する。これを完納することができないときは五千円を一日に換算した期間、被告人を労役場に留置する。第一項の金額を仮に納付することを命ずる」とあった。また、略式手続による裁判に異議がある場合は告知を受けた日から十四日以内に当裁判所に対して正式裁判の請求をすることができる、とも書き添えてあった。

私はその日のうちに罰金四萬円を納め、立川区検の発行した領収証書をもらって帰ったが、私の家から立川まで往復二時間半、しかも、これに検察庁の堅い木の椅子に座って待たされた二時間近い時間を入れると、そのためにほぼ一日がふいになったことになる。勿論、これは身から出た錆、余所《よそ》さまに恨み言を言うべき筋のものではないが、泥棒にも三分の理、私にも少しは言い分がある。

もともとこの違反の事実は、八月十八日の午後八時頃から、八月十九日の午前四時頃まで、自宅前の道路に自家用の乗用車を駐車しておいたというものである。

私の住居は東京の狛江市であるが、世田谷区と境を接しており、多摩地区とはいっても警察署や税務署などは成城や玉川の方がはるかに近い。しかし、行政上の区画は機械的であるから所轄警察は調布署、税務署は府中、裁判の管轄となると立川ということになる。私の家は文字通りの陋屋であるが、間口は二十三メートル、幅四メートルの公道に南面しており、交通量の至って少ない住宅街の一隅にある。

その日、八月十八日、車で買物に出て午後五時過ぎに帰宅したら、わが家のガレージの前に、どこかの工務店の小型トラックが止まっていた。きっと近所の家に所用で来たものだろうからと、さして気にもとめず、自宅の塀際いっぱいに取り敢えず自分の車を止めておいた。ところが家に上がるとすぐに客が訪ねてきた。遠来の客でもあり、時分どきでもあったので、軽食を共にし、一献酌み交わすことになった。客が帰ったのは八時半、私は門を出て表の道路まで見送った。そのとき、車をガレージに入れようかと思ったが、少し酒も入っているので、まあ、明朝でもよかろうと思ったのが間違いのもとであった。

翌朝、外に出て見たら、路上に白墨で、午後七時五十分の時刻と駐車位置確認の印が書かれていた。しかもウィンドーミラーには施錠され、それに取り付けられた通知書には、午後十一時三十分と午前四時に巡回した記録と共に十九日中に調布署に出頭せよと記してあった。錠が取り付けられたのは明け方の巡回のときであろうが、その時刻には、こちらはまだ睡眠中である。

私は早速、調布署に出頭し、事実をありのまま述べ、調書に拇印を押し、とにかく錠をはずしてもらった。担当は四十がらみの警部補であったが、取調べが終わってから、私は「市民に罪を犯させない手立てを講ずることが市民警察の役目であり、懲らしめのために罰金を科すのは究極の手段ではないのか。この場合、車の所有者を確認することは極めて容易なはずであるから施錠する前に、まず私の家のブザーを鳴らして注意すべきではなかったか」と、一言意見を述べた。彼は、いかにも申し訳なさそうな口ぶりで「巡回している者と私達とは別なんです」とだけ答えた。

さて、話はそれだけであるが、私のこの事件と、今とり沙汰されている金丸信前代議士の東京佐川急便の五億円ヤミ献金事件の法的処理には一点だけ一致したところがある。それはどちらも略式命令であるということであり、誰でも首をかしげたくなるところは、夜間八時間、人も車も殆ど通らない自宅前の道路に車を止めた罰金が四万円で、五億円のヤミ献金の罰金がたった二十万円でしかなかったということと、片や警察や検察庁に出頭せざるを得ず、一方は、その出頭要請を知らぬ顔で通しきったということであろう。

もとより私も法律学者の端くれであるから、立法の仕組みや法の解釈や適用の論理は一通り理解している。しかし、今ここでそのような専門的なことに言及するつもりはない。ただ、明言しておきたいのは、常識は法学の出発点であると同時に、その帰着点でもあるということであり、法はわれわれの社会生活の規範であるから、それほど常識とかけ離れた結果が生じようはずがないということである。従って現行の政治資金規制法のように国民の道義心とかけ離れた常識はずれの法は悪法中の悪法である。この度の金丸氏はその悪法と大物国会議員としての地位と力を濫用したわけである。

ところで、私は金丸氏と面識はないが、氏はつい最近まで、日本学生柔道連盟（日学柔連）の会長だった。四年半前、金丸氏の日学柔連会長就任の際、私は最後までそれに一人で反対した。当時、私は、学生柔道の全国組織再編の推進役の一人であったから、日学柔連の会長人事に意見を述べることのできる立場におかれていた。もとより私が反対したのは私怨ではない。会長就任にからめて、いとも気軽に二千万円も出そうという金丸氏の政治家としての金銭感覚に深い疑念を抱かせられたからである。二千万円は国会議員の歳費からすれば大金である。従って、それは氏が、政治資金の名でどこからか集めたものに相違なく、政治に関わりのない学生柔道団体が、それを無分別に受け入れるというところに、私は、政治腐敗の元凶である日本社会の忌むべき「たかりの構造」を感じたのである。

以後、四年余、私は金丸氏の率いる学生柔道の催しに一度も足を運んだことはない。所詮、蟷螂の斧でしかないことはわかっていたが、一人の教師として、自らの良心の命ずるところにしたがったのである。

（月刊『武道』一九九二年十二月号）

男の生き様を思う

ロッキード事件「全日空ルート」で外国為替管理法違反と議院証言法違反（偽証）の罪に問われた元全日空社長若狭得治氏（現在名誉会長）に対する上告審判決公判が九月十八日、最高裁判所第三小法廷で行われ、阿部恒雄裁判長は「議院証言法に基づく証人喚問は憲法違反に当たらない」などとして、若狭氏の上告を棄却する判決を言い渡した。これによって一審、二審の判決（懲役三年、執行猶予五年）通り若狭氏の刑が確定したわけである。もとより今ここで、この事件の内容について深く立ち入るつもりはないが、何しろ事件発覚後十六年もの歳月を経ているので、マスコミが大きくとりあげているわりには人々の関心が薄く、とりわけ若い人達の中には事件そのものを知らない人も少なくない。そんな次第なので、以下に事実を簡略に整理しながら、事件のもつ社会的な意味合いと若狭氏の立場や胸裡などを私なりに考えてみたいと思う。

一、二審で認定された犯罪事実を略述すると——

㈠　若狭氏（当時社長）は当時の同社幹部らと共謀のうえ、全日空の帳簿外の資金とするため米国ロッキード社から裏金の受領を計画、法定の除外理由がないのに①一九七四年六月、購入したトライスターをロ社の販売キャンペン用デモフライトに使用させた費用として現金二千七十二万円②同年七月、トライスター一二機の購入契約を早期に締結した謝礼として三千三十四万円③同年八月、トライスター八機の購入契約の謝礼として一億千二百万円をそれぞれロ社から受け取った（外為法違反）。

㈡　若狭氏は、大庭哲夫全日空社長（故人）の要請に基づいて三井物産が米国ダグラス社に対し、全日空向けDC10を仮発注していた「大庭オプション」の存在やロ社からの裏金受領の事実を知りながら、七六年二月と三月の衆院予算委員会で、「大庭社長がオプション契約を結んだ事実はない」「全日空が正式な契約によらずにロ社から現金を受領し、簿外資金としたことはない」と虚偽の陳述をした（議院証言法違反）。

九月十八日、最高裁の判決が下った日、若狭氏は法廷には出頭せず、東京・府中市の自宅に蟄居して結果を聞いたという。若狭氏は棄却を見越したうえで上告していたのであろうから、始めから覚悟は決まっていたのだと思う。現に氏と共謀の罪に問われた元同社幹部らは、いずれも一審で有罪が確定している。いうまでもなく、問題の裏金の全てが、一民営企業から出発した全日空を、日本航空と並ぶ航空会社に育て上げるための政界工作に使われたことは既に明らかになっている。

ところで、若狭氏にしてみれば、いくら覚悟のうえとはいえ、十六年もの間、まったく勝算のない裁判に関わりつづけなければならなかったことは、さぞ辛かったであろう。その心の負担は到底第三者のうかがい知るところではない。私自身は国民の一人として、この度の司法の健全な判断に安堵すると共に、一方では若狭氏に対して同情の念を禁じ得ないでいる。人は、そんな私の心情を矛盾と笑い、或いはその非をなじるかもしれないが、周囲からは清廉の士として認められ、自らも質実な生活に徹しながら官僚として功成り名遂げた若狭氏が、その晩年、思わぬ落し穴に陥ったということは、まさに人の世の無常、人生の悲劇という外はなく、私としてはやはり同情を惜しまぬ気持にかられざるを得ない。

むろん私と若狭氏の間には何の恩愛もない。ただ、しいて挙げれば、私が長い間仕事上深くつき合い、人間的にも兄事してきた故広瀬眞一氏（元日本通運社長）と若狭氏は運輸省の同期で（若狭氏は逓信省、広瀬氏は鉄道省であるが戦後両省が一緒になった）、生前の広瀬さんからは、「若狭は立派な男だ。人間が練れている。腹もすわっている」「私と若狭は共に昭和十三年組で普通は同期でつづいて二人、次官になるということはあり得ないのだが、どういうわけか、本命視されていた若狭がならないで私が先に次官になった。その時、私は自分は一年で辞め、次の次官は是非若狭にやってもらいたいと思った。もとより私が任命する立場にあったわけではないが、一年後、若狭は期待通り次官になった」「君は若狭と同県人だろう。今度紹介するから一緒にめしでも食おう。本当に信頼できる男だよ」といった具合に、度々若狭氏の話は聞かされていた。しかし、遂に引き合せていただく機会がなく、今も、いろんな集まりで若狭氏と出会うが、未だに口をきいたことはない。そんなわけで、私の若狭観には、廉潔剛直で知られた広瀬さんが、あれだけ惚れこんでいた人物だからといった先入観があることは否めないが、その他、全日空にいる知人、友人達の若狭評の影響も少なくない。

話はいささか飛躍するが、私はそんな若狭氏に、元禄時代、播州赤穂の浅野家に出入りし、例の義士討ち入りの際に武器を調達したといわれる大阪商人、天野屋利兵衛を見る思いを抱かせられている。捕吏の追求にも「天野屋利兵衛は男でござる」との名せりふを吐き、遂に口をわらなかったという話は、浪曲や講釈などでよく知られるところであるが、若狭氏もまた長い年月、耐えに耐えながら遂に男の意気地を貫き通したというところであろう。しかし、これによって若狭氏の失ったものはあまりにも大きく、その胸中には複雑なものがあるのではなかろうかと思う。

さて、私の若狭観はどうであれ、社会的にも、法律的にもやはり非は非である。殊に今日のわが国の政、官、財の構造的癒着は根底から糺さなければ体制に対する国民の信をつなぎとめることはできない。それでもなお私が若狭氏に同情するのは、氏の処世に自利に溺れない捨身の潔さを感ずるからである。遺憾ながら今の日本の政治の迷走ぶりを見ていると、その潔さがない。私は、今こそ日本のステーツマンに士道の心得を望みたい。


(月刊『武道』一九九二年十一月号)

ある作家論

私の見た井上靖と松本清張

松本清張氏が亡くなった。その訃報を八月五日の夕刊各紙は一面と社会面に破格の大きさで載せた。ことに朝日と毎日は一面トップ、五段抜き見出し写真入りの扱いだった。これは松本氏が八十二歳にしてなお現役作家であり、しかも社会的な存在感がそれほどに大きかったことのあらわれであろう。新聞のこのような扱いを作家の諸井薫氏は「いわば国家的超一級の人物の死に向けられる敬意」（「新潮45」平成四年九月号）と評しているが、まさにその通りだと思う。

言うまでもなく、作家としての松本清張氏の業績は幅広く、大きい。清張文学出現以前の推理小説は荒唐無稽な猟奇的なものでしかなかったが、清張氏のそれは現実に根ざした筋立ての中にミステリーの謎を追いながら人間の悲しい性《さが》に迫るといった手法で、日本の推理小説を本格的な文学の域にまで高めたものといってよかろうかと思う。また、その作品が常に弱者の視座からなる反骨、反権力の姿勢で貫かれているところに際立った特色があり、これが即ち社会派といわれる所以である。私自身は『西郷札』『或る「小倉日記」伝』『断碑』『点と線』など以来、清張文学の愛読者をもって任じているが、その作品があまりにも多いので、実際に読んだ数は全作品の三分の二に達しているか、どうかである。

私が清張氏をとりわけ高く評価したいのは『昭和史発掘』や『古代史疑』『清張通史』などにみられる歴史に対する造詣の深さにある。ことに二・二六事件に関する調査と研究は作家の域を超えたもので、第一級の歴史家の業績というに価するものと思う。

さて、それはともかく、私はその松本清張氏と、たった一度、親しく面談したことがある。清張文学の一ファンとしての私は、かねがね清張氏の意見を直接聞く機会があればと思っていたのであるが、たまたま私の大学の塩田庄兵衛教授が清張氏と昵懇の間柄であったので、その骨折りで機会が訪れたのであった。塩田氏は社会政策学者で、労働運動史家としてすぐれた業績があり、革新系の論客としても著名な人物である。従って清張氏との付き合いも、塩田氏のそんな学問的ないしは社会的な立場から生じたものであろう。

昨年、一月二十九日、清張氏は私の勤務する大学にみえられた。十二時二十分、受付から知らせを受けた私は出迎えのために玄関に向かったが、清張氏は軽やかな足どりで、もう私の室の近くまで来ておられた。清張氏と塩田教授、私の三人で軽い昼食をとったが、清張氏は明け方まで執筆されていたとかで、あまり食欲のないご様子だった。それでも食後のコーヒーをおいしそうにすすりながら小一時間、近時の関心事などについて実に気さくな調子で話してくださった。地声の大きい私でさえも、一オクターブ高い声を出さなければならないほどに清張氏は耳が遠くなっておられたが、雑談の中にもその廉直な人柄やものの見方、考え方が滲み出てくるような趣があって、私にとっては甚だ貴重な時間だった。

清張先生の折角の来学ということで、その後一時間半ばかり、清張文学に関心をもつ教職員が二十人ほど集まって清張氏の講話を聞いた。話は、古代から幕末までの間に、天皇を倒そうと思えば倒せる実力者がついに天皇になり得なかったのはどうしてなのか。これが今日の大きなテーマであるのに、学者は誰一人としてこれに答えてはいない、というところから始まり、足利義満が次男の義嗣を皇位につけようとした事実。さらに義満が明を盟主とする東アジアの冊封《さくほう》体制に入り、明の皇帝から「日本国王」の称号を認証してもらったことの意味。また、室町幕府が国内で鋳銭をしないで中国銭を輸入していたことの理由などについて、実証的で緻密な見解を披瀝された。

清張先生の手許には、かなり分厚い原稿が用意されていたので、明け方までの仕事はおそらく私達への講話の準備だったのだろうと思い、いたく恐縮させられたものである。この話は「天皇家はなぜ続いたか」の題で三月十五日（平成三年）発行の「朝日ジャーナル」に、横浜市立大学の今谷明助教授との対談という形で載せられているが、私達が伺ったところは、その対談内容よりもかなり密度の濃いもので、室町時代を語りながら、聞き手に日本の今日と、その国際的課題についても考えさせようとする含みが清張氏の胸裡にあるのではなかろうかと思わせるものがあった。

その日、私は清張氏と話しながら、作家の実像と作品のイメージがこれほど一致している人は珍しいのではなかろうかと感じ、なぜか、ふと井上靖氏の顔を思い浮かべていた。井上先生とは柔道や日中両国の文化交流などの関わりで何度か席を同じくし、お宅にも伺い、たびたびその謦咳に接する機会があった。そしてまた『闘牛』や『氷壁』『敦煌』など、その作品の清冽な響きにも早くから魅せられていた。しかし、実際の井上氏は、その作品から受けるイメージと異なり、穏やかに知性を漂わせながらも、芸術院会員、文化勲章受賞者、文壇の大御所といった世俗の輝かしい栄誉を背負った人に特有な、すぐれて大人の風貌をもつ人であった。それにひきかえ清張氏の方は、リアリスティックな作風の中に強者への憤怒の焔を燃やしつづけた人だけあって、老いてなお骨太な永遠の書生を思わせる雰囲気があった。

この日、平成三年一月二十九日、清張氏が大学にほど近い牛久沼のほとりの水神屋で好物のうなぎを食され、お孫さんへのお土産にと四人前の蒲焼きをさげて高井戸の家に帰り着かれて間もない二十二時十五分、井上靖氏は八十三歳で不帰の客となっておられる。勿論、二つの事実には何の脈絡もないが、八月五日、清張氏の訃を知った私は思わず一年半前の偶然を想起し、同時代を生きながら、生前にはほとんど接点がなかったであろう二人の偉大な作家のかけ離れた処世と、それぞれの大きな足跡を思った。

（月刊『武道』一九九二年十月号）

北一輝の人と思想

敗戦後、間もない頃、私は代々木の練兵場に隣接した渋谷の宇田川町の一角で、崩れ残った煉瓦塀の中に人骨が散乱しているのを見た。その数は十体近くもあったであろうか。今も私は、あの時の身の竦むような不気味さを忘れることができない。煉瓦塀は旧陸軍刑務所の残骸であったが、あの人骨は、刑務所に収監され、閉じ込められたまま空襲で焼死した人達のものでなかったかと思う。勿論、私がそこを訪ねたのは偶然ではない。かねて二・二六事件の被告達が陸軍刑務所内で処刑されたと聞いていたので、自分の目で刑場跡を確かめてみたいと思ったのである。

殊に私は、当時まだ一般には、事件の首謀者と目されていた北一輝について非常な関心を抱いていたので、その最後の地をぜひ見届けたいという気持ちが強かった。その頃、私はすでに北一輝の数少ない著作の一つである『日本国家改造法案大綱』を読んでいた。大正八年、上海の客舎で、何の参考文献もなく書き上げたといわれるこの書は、当時の私には難解で、よく理解できなかったが、ただ、国民の中間層に重きをおき、資本家や地主の財産を一定限度におさえ、富の平均化をはかるというところが、私には何とも新鮮に映った。また、天皇制についても、その権力の絶対性を肯定しながらも、天皇の神格化の否定、国家機関としての天皇制、国民の一人としての天皇という考え方などが随所に見られ、美濃部達吉の天皇機関説と共通点のある卓見ではないかと思ったりもしたものである。

私が北一輝という人物に興味をもったのは、この書物がきっかけであるが、その後、田中惣五郎、松本清張、松本健一、村上一郎など、多くの研究者や作家達の手で北一輝研究が進められ、『北一輝著作集』全三巻（一、二巻昭和三十四年、三巻同四十七年）も刊行された。その結果、これらの資料、論稿を通じて私にもおぼろげながら北一輝像がつかめるようになってきた。しかし、この誌面で本格的な北一輝論を展開する余裕はない。ただ一点だけ触れておきたいのは、社会主義者たるべくして出発し、ファシストとして生涯を終えるに至った天才北一輝の、心の軌跡と機微についてである。

明治十六年、佐渡の酒造と肥料問屋をかねる旧家に生まれた北は、佐渡中学で一年から三年に飛び級するほどの秀才だったが、眼疾のために四年から五年になる時に落第し、以後正規の学校には学んでいない。しかし独学で北は弱冠二十三歳にして『国体論及び純正社会主義』なる著作を自費出版し、これが当時、すでに革新派の論客として令名の高かった福田徳三、川上肇、片山潜らの評価するところとなっている。もっとも彼のいう純正社会主義なるものは、国家主義、民主主義、社会主義の混淆的なもので、国家をすべての上におくという点では、まさに国家社会主義というべきものであった。国体論では極めて大胆に、天皇は国家の一機関であり、万世一系の現人神ではないと否定している。そのためにこの書は発禁になったのであるが、このような北の鋭い天皇観も、彼が中国革命に肩入れし、大陸浪人的な右翼と関わりをもち、重臣や財閥などの弱味につけこんだ恫喝的な行為に手をそめ、三井財閥から盆暮れに一万円のつけとどけを受け、自家用車を乗り廻すようになってからは、かなり鈍化してきている。彼のこのような変化をどうみるかは甚だ難しいところであるが、私は大川周明に、魔王とまで言わせしめたカリスマ性の持主、北も、所詮は生身の人間でしかなかったということと、持前の激しい気性と非望との裏腹な彼固有のうっ屈した感情のなせるところでなかったかと思っている。

さて、二・二六事件の青年将校達は北の思想的影響を受けたことは間違いないが、武力決起そのものに彼が直接関与していたわけではない。また、彼の呪術的魔性が青年達の心を魅了していたことは確かであるが、彼の本音と青年将校達の行動と理念との間には、かなりの乖離があったのではなかろうかと思われる。従って私は、北は、この事件を口実に時の権力によって叛乱罪の名で抹殺されたのだと思っている。

昭和十一年七月十二日、青年将校達の銃殺刑が行われた。銃殺の実砲の音をかき消すために煉瓦塀の向こうの練兵場では朝から演習が行われ、軽機関銃の空砲がさかんに鳴っていたという。彼らは刑架の前で、天皇陛下万歳を叫んで死についている。それから一年後の昭和十二年八月十九日、北一輝ら四名の銃殺刑が執行された。その日は、目かくしをされたまま「われわれも、天皇陛下万歳を唱えましょうか」と、北の高弟であり、十数年来の盟友であった西田税が誘ったというが、北は「いや、それにはおよぶまい。私はやめにします」と低い声で答えたという。これは『日本ファシズムの源流』の著者、田中惣五郎が当時の看守の口から直接聞いたものだそうだが、松本清張は、これを伝聞であるから、事実かどうかはわからないと言っている。しかし私は、佐渡新聞に投稿して物議をかもした少年時代の天皇機関説や、国体論にみえる天皇観こそ、生涯、北の思想の根底を貫くものではなかったかとみているので、看守の証言は事実に違いないと思っている。

ところで、私がここに北一輝をとり上げたのは、その生きざまにいわゆるサムライ性を感じたからである。もともとさむらい（侍）は貴人の側近にはべって護衛の任に当たった上級武士をさした言葉であり、江戸時代には武士階級の総称とされたものであるが、今日では、むしろ気骨のある人、一身の利害を顧りみず筋を通す人をさす時に用いられる。しかし、何ごとも利己本位の現代では、もはやそんな気質は望むべくもない。そんなわけで、私は、こんな時代だからこそ北一輝のような叛骨の士を考えてみることに意義があるのではなかろうかと考えたのである。だからといって、私自身が北一輝をそれほど過大に評価しているということではない。ただ昭和史に殉じた一人のサムライとして実に注目すべき存在だと思うのである。

（月刊『武道』一九九二年九月号）

旅の伝道者達へのメッセージ

本誌（月刊『武道』）の「窓」欄をうけもつようになってから、ちょうど半年になる。メディアの威力はおそろしいもので、この間、思わぬ方々から読後感が寄せられたり、未知の人から「次号を楽しみにしています」と激励の便りを頂戴したりもしている。とりわけ六月号の「滅びの美学、ある柔道家の生涯」は、生前の阿部謙四郎を直接、間接に知る人々にとって感慨措く能はざるものがあったようだ。旧知のある財界人は、「あれほどの人物、何とも惜しく、哀しい生涯ですね。しかし、名利にさとい世渡り上手な柔道家の多い昨今、やはり一本筋の通ったサムライだったと言うべきでしょう」といった感想を寄せてくださった。

また、ロンドンから私のオフィスに一通の書簡が舞い込んできた。差出人は森岡清治という旧い友人である。青森県出身で立教に学び、四、五年カンボジアへ柔道指導に行っていたが、その後、昭和三十年代末にオランダに渡り、全く音信のなかった人物である。

以来三十年、ヨーロッパの柔道事情も相当に変わってきているので、さぞ苦労も多いことだろうとひそかに案じていたのであるが、六月六日付のその書簡には、久闊を叙したあと「武道六月号で阿部謙四郎さんのことについての記事を拝読しました。日本に帰られる数カ月前に会った時は、ミラノ（イタリア）の指導を終えたら帰国して山にでもこもって心機一転したいと破顔一笑され、共に盃を重ねたことが昨日のことのように思い出されます。数時間の雑談、そして再会を約したままになってしまったことを残念に思っております。一時苦境に陥られたことがあったようですが（交通事故が原因で、やや心身に不調をきたされたとか）、それ以外は気高く、優れた指導ぶりで、当地では聳えて尽きた眞の武道人として、今なお多くの人々から追慕されております。有・無名の旅の伝道者の功は高く評価されて然るべきかと思います」と認められていた。

この文面から察するに、森岡氏もまた柔道の旅の伝道者の一人として、先輩阿部氏の凄絶な生きざまに感慨ひとしおの思いを抱かれたのであろう。

確かに森岡氏の言の如く、今日の世界的な普及の陰には、有名、無名の指導者達の地べたを這うような、血の滲むような労苦のあったことを、われわれはもっと正しく認識しなければならないのではなかろうか。いや、これは柔道だけではなく、空手や合気道など、その他の武道についても言えることかもしれない。

私の友人や知人の中にも、国家的に認知された組織以外のルートで外国に出向き、民衆の中にとけ込んで柔道の指導に当たっている人が何人かいる。そしてこれらの人々に共通しているところは、自らを武道家として位置づけ、その矜持を持ちつづけていることである。それは戦前、戦中に教えこまれた武道観のせいか、あるいは職人気質の不器用さのなせるところか、そのいずれかであろうが、いずれにしても、今のチャンピオンスポーツである柔道の担い手達の目には、理解し難い時代錯誤としか映らないかもしれない。しかし、私自身は今も座礼を守らせ、柔能く剛を制すの多彩な技を教え、勝負本位でなく姿勢、態度、技の巧拙に重きをおきながら、柔道本来の妙味と日本的な様式美を愚直と言ってもいいほどかたくなに守り通している彼らを、むしろ畏敬の念を持ってみている。名利に恵まれず、好きでなければできない仕事であるが、そんな彼らの心を支えているのは、まさに日本文化の真の伝道者たらんとする意気地のようなものでなかろうかと思う。

ところで、平成三年三月に文部省が多年用いてきた「格技」という名称を「武道」と改めたので、私のような素人も「武道」と「スポーツ」はどう違うのかと、ときどき質問を受けるようになった。難しい問題なので、そう軽々に答えるわけにはいかないが、一応私なりに、次のような、ごく手短かな答えを用意している。

語源的にいえば、スポーツはもともとラテン語の Disportus（運ぶのをやめる）から出た言葉で、これがフランス語の se d esporter（楽しむ、労働をやめる、耐え忍ぶのをやめる）に転化し、やがて十四世紀頃のイギリスで Disport（気晴らしをする）という意味に使われるようになったものと考えられている。そして、その英語の Disport の頭の Di の落ちたものが sport で、元来は「気晴らしをする」というような意であるから、もともとスポーツは息ぬきのための遊びにすぎなかった。しかし、武道はその発祥が生命の遣り取りをする戦場往来の武技であったから、そもそも成り立ちが異なる。人間同士の生死を賭けたギリギリの戦いであるから、そこには自ずから峻厳高邁な戦いの哲理が生まれてこざるを得なかったのであろう。それが幾多の変遷を経て現代化したものが今の武道であるが、もとより今日はもはや戦いの手段であろう筈はない。一方、いまスポーツといわれているものの中には、本来、遊戯であったものもあれば、西洋諸国などの武技がスポーツ化したものもある。日本の武道なども、いわば時代の要請でスポーツの中にとり入れられていったものの一つであるが、全ての運動競技に発祥の背景や沿革があるように、日本の武道にも、長い歴史の凝縮からなる勝負の技法を超えた指導理念がある。これをなおざりにして、格技と呼称し、スポーツの中に埋没させてしまうことは伝統文化の放擲につながる。

そんなわけで、学校でも社会でも、肩肘を張らずに近代スポーツの理念と素直に交錯し、共存しながら「武道」の名のもとに、民族伝統の理念と様式を大事に守り育てて行かなければならない、というのが、縮めに縮めた私流の武道とスポーツの相違論である。もう、そう数は多くないと思うが、異境にあって伝統柔道の孤塁を守りつづけている旅の伝道者達も、おそらく、そんなイデーを胸にして頑張っているのではなかろうか。健闘を祈ってやまない。

（月刊『武道』一九九二年八月号）

滅びの美学
ある柔道家の生涯

白崎秀雄氏は北大路魯山人を世に知らしめた人である。魯山人は、その豊かな芸術的天分と奇矯な行動をもって、限られた好事家の間では夙に知られた存在であったが、その名と実像が広く世間に知られるようになったのは没後十二年目の昭和四十六年四月、白崎氏の著作『北大路魯山人』（文芸春秋刊）が世に出てからである。もともと白崎氏は美術評論から作家活動に入った人で、伝記小説の分野に独自の境地を開き、数多くの作品を世に問うておられる。ところで、その白崎氏には作家、美術評論家の他にもう一つの顔がある。それは柔道愛好家としての白崎秀雄である。大正九年、福井市生まれ、福井商業を出て法大専門部に学び、後に文化学院に転じてその文学部を卒えられているが、柔道との出会いは福井商業時代である。ただし、氏の柔道とのつき合いぶりは並みのものではない。つい二年前、脳梗塞で倒れられるまで、丸の内柔道倶楽部に週三日も稽古に通うといった熱の入った柔道マンであった。むろん、本稿の目的は白崎氏を紹介することにあるのではないが、敷衍的に少し述べさせていただくならば、氏はいま長い闘病生活を克服されて自宅で執筆活動を展開されている。頭脳も言語も明晰であるが、左半身が不自由で車椅子の生活を余儀なくされることになったので、もう柔道着を着ることはできなくなった。しかし、柔道への愛情がいささかも冷めていないのが心強い。

さて、その白崎氏に『当世畸人伝』（昭和六十二年一月　新潮社刊）なる著作がある。わかもと製薬の創始者・長尾よねや、大相撲の大ノ里萬助、陶芸家の加藤唐九郎など、七人の奇才の波瀾に富んだ生涯を描いた作品であるが、その一人に柔道家、阿部謙四郎が挙げられている。

白崎氏の筆は「阿部謙四郎。この名を記憶する人は、日本の柔道界にはもうわづかしかゐないであらう」（原文は旧仮名遣い）から始まり、昭和六十年十一月十七日の朝、秩父市の市立老人ホーム仁寿苑にいた阿部が、同じホームにいた同僚とサイクリングに出かけ、その途次、脳溢血で倒れ、秩父駅に近い市民病院で十二月十日、七十二歳の生涯を閉じるところで終わっている。巻末に「父は人に合はせるといふか、長い物に巻かれるといふことのできない人でした。辛かったでせうが、好きな道ですから悔いはないと思ひます。私たちは父を誇りに思ってゐます」という長女、純子さんの言葉が引用されているが、この言葉は阿部に対する何よりの供養であろう。

阿部謙四郎は大正三年十二月十五日、地元の小学校の校長であった阿部利蔵の四男として徳島県名西郡浦庄村字上浦に生まれ、県立麻植《をえ》中学（現在の川島高校）から、京都にあった大日本武徳会武道専門学校に進み、昭和十一年三月に卒業している。柔道は中学二年で始め、三年の秋には初段、四年で二段、五年で三段になっている。昭和初年の中学生の三段は全国でもその例は少なく、阿部の逸材ぶりは、このことだけでも十分証明される。しかも彼は最盛期の武専助手時代の二十三歳の時でも一六六・七センチ、七一・二キロしかなかったから決して大きな身体ではない。その阿部を、白崎氏は関係者の証言などを裏づけに、木村の前に木村なく、木村の後に木村なしとまでいわれた木村政彦を完膚なきまでに投げ伏せた、ただ一人の男と言いきっている。とにかく阿部は、それ程に柔道が巧く、強かった。当時の阿部の武専の同輩、後輩には、戦前から戦後にかけて日本の柔道界を睥睨した伊藤徳治、広瀬巌、松本安市などといった強豪が犇めいていたが、その誰もが阿部には歯が立たなかったというから、むしろ希代の名人と言っていいのかもしれない。しかし、戦争が天才児阿部から柔道を奪った。昭和十二年六月、郷里の徳島連隊に入隊、四年後にいったん武専に復帰するが、すぐ召集されて敗戦まで軍隊生活がつづくのである。

敗戦によって武徳会は解散、武専も廃校になり、多年、武徳会の総裁であった梨本宮守正王殿下が戦犯容疑者として巣鴨拘置所に収容された。京都市警の柔道師範に職を得た阿部は「御老齢の梨本宮殿下の釈放嘆願のため、各位の御署名を乞ふ」という貼り紙を洛中の辻々に貼り出し、ひとりで宮殿下の釈放嘆願を行ったが、武専の同窓生でさえも、これに進んで署名する者はなかったという。阿部は「長年殿下を利用だけしといて、そんな薄情なことがあるもんか」と悲憤慷慨した。また、折あるごとに武徳会や武専の再建を同窓生に説いて回ったが、これも徒に阿部を孤立の渕に追い込むだけの効果しかなかった。やがて阿部の反撥は講道館にも向けられ、「柔道着も着たことのないやうな講道館の館長が、ただ世襲で段を出し、多額な免許料をとってゐるやうな行為が、なぜ許されるのか。旧武専ないし武徳会系の専門家たちが身すぎ世すぎで、反対するどころか彼らのお使ひのやうなことをして恥ぢる色もないみつともなさかげんは、いったいどうだ」と容赦なかった。「講道館の七段なんていらん、わしは返す」といって、段証書を書留小包便で講道館に送りつけたとの説もあると、白崎氏は書いている。そんな次第で、日本の柔道界は阿部にとっては居心地のいいとこではなかったのだろう。昭和三十一年三月、彼は警察をやめてロンドンに渡っている。しかし、一徹で妥協を知らない彼の性格はここでも禍したのか、遂には柔道の旅教師としてヨーロッパの各地を転々としている。昭和四十五年二月、長女の純子さんに送った書簡には「武道に生き武道に死ぬ覚悟」と認めてあったものの、力つきたのであろう、翌四十六年には帰国している。以後十年余、柔道界で彼の消息を知る者はなかったが、白崎氏は阿部の実姉を探しあて、彼が上述の老人ホームにいることをつきとめたのであった。従って、柔道関係者で生前の阿部に最後に会ったのは白崎氏ということになる。

私は、美の探求者をもって任ずる白崎氏が、純粋に柔道の夢を追いつづけた阿部の凄絶な生きざまに、ある面で共感し、一つの美を見たのではなかろうかと思っている。事実、老人ホームの一室に白崎氏を迎えた日の阿部謙四郎は、来し方をふり返りながら、実に淡々としていたという。

（月刊『武道』一九九二年六月号）

国家とスポーツ

小学生の頃、「民族の祭典」と「美の祭典」というベルリン・オリンピックの記録映画を見た。何しろ半世紀以上も前のことなので、おぼろげな記憶でしかないが、確か文部省の推薦映画ということで、先生に引率されて学校挙げて町の映画館に出かけたような気がする。ところが、それほど曖昧な記憶であるにもかかわらず、映画の中の幾つかのシーンは今もはっきり憶えている。陸上のトラック種目の一万メートル競争で村社《むらこそ》講平選手が、首一つも丈《たけ》の高い白人選手に伍して堂々四位に入ったのには、こども心にも胸をしめつけられるような感動を覚えた。また、メーンイベントのマラソンで日の丸を胸に優勝した孫基禎選手、三位入賞の南昇竜選手の活躍に、日本人ここにありとばかりに誇りを感じ、小さな胸を張ったことも昨日のことのようによく憶えている。しかし、孫選手も南選手も、ともに韓国（朝鮮）の人であったことを思うと、両選手の当時の胸中はいかばかりであったろうかと、今さらながら思いやられる。先のソウル・オリンピックで、とうに七十歳をこえられたであろう孫さんが、祖国の大地をしっかりと踏みしめながら聖火リレーのランナーを務められたのには、私もその一人であるが、多くの日本人が往時を偲び贖罪の思いを一層深めながら、あらたな感慨にひたったのではなかろうかと思う。

三段跳びの田島直人選手の金メダルにも感激したし、水泳の一五〇〇メートル自由型優勝の寺田登選手、二〇〇メートル平泳ぎの葉室鉄夫選手、八〇〇メートルリレー優勝の遊佐、杉浦、田口、新井のメンバーなどは、今でも名前がスラスラ出てくるほどによく憶えている。女子二〇〇メートル平泳ぎの前畑秀子選手の活躍は、ラジオにかじりついて聞いた「前畑がんばれ、前畑がんばれ」の名放送と、映画のシーンをタブラせながら今も忘れることができない。あまり物覚えのよくない私でさえ少年の日の感動を半世紀以上もたって、なお抱きつづけているのであるから、オリンピックが、いかに国民の愛国心をかきたて、青少年に夢と希望を与えるものであるかは論をまつまでもない。

このオリンピック映画で、私達少年がもっとも感動し、興奮したのは、日本の西田修平選手と大江季雄選手の棒高跳びの二・三位争いであった。確かに朝の十時から始まった競技で、アメリカのアール・ドメーズの優勝が決まったのは午後八時、そのあと、西田、大江両選手の二・三位争いが延々二時間にも及び、なお決着がつかなかった。しかも、その幕切れが抽選やじゃんけんで決まったのではなく、大江選手が四歳年長の西田選手に二位を譲ったのである。両選手のメダルは後に銀と銅を半分ずつつなぎ合わせた友情のメダルとして人びとに知られ、深い感動を呼んだのであった。大江選手は当時、慶応の学生であったが、卒業後、あの大戦に従軍して南方で散華されている。

第十一回のベルリン・オリンピックは、戦争の足音がしだいに高まりつつあった昭和十一年の八月であったから、ドイツはもとより、日本でもあの映画を国民の国家意識の昂揚に役立てようとしたことは間違いない。しかし、こどもであった私達は、そんなことにかかわりなく、スポーツの素晴らしさ、スポーツマンの持つ心の美しさにひたすら酔い、はためく日の丸に素直に胸躍らせたのであった。さすがに成人になってからは、オリンピックといっても、それほどに感激することはないが、それでも日本選手のメダルの獲得は率直にいって嬉しい。

ところで、戦後のオリンピックについてもっとも考えさせられることは、政治とスポーツのかかわりについてである。長かった米ソの対立時代のオリンピックは軍備拡張競争と並ぶ国威の宣揚合戦で、政治大国、軍事大国即スポーツ大国という図式であった。そして、それが旧ソ連、旧東独などのステート・アマを生み、これに対するにアメリカなど西側は企業アマと商業主義をもって対抗した。また大国主義、覇権主義を否定する中国も、どうやら本音ではスポーツの競技力向上に政権の求心力の維持と大国の面子をかけているようである。そのせいであろう、最近のアジア大会における中国のメダルの獲得数は、もはや日本の手の届かないところとなってしまった。勿論、私も、それぞれの国がチャンピオンスポーツ即ち国際大会におけるメダルの獲得に力を入れることを頭から否定するつもりはない。ただ、これが過度に国家の威光のデモンストレーションに使われがちなのには反対である。そういったことが、スポーツの本来の意味をスポイルさせるばかりでなく、競技者の精神を堕落させることになりはしないかを憂えるからである。そもそも政治の要諦は、全ての国民に働き場を提供し、衣食住を満足させ、心の安らぎを確保することにある。軍拡とスポーツによる国威の宣揚に狂奔する政治が、国家のためにも、国民のためにもならなかったことを、旧ソ連邦など共産主義諸国の惨状が雄弁に物語っている。

ところで、このたびのアルベールビル五輪の日本選手の活躍は見事であった。メダル七個も予想を上廻るものであったと思う。ただ、私の心にひっかかるのは、この大会の直前にＪＯＣがドロナワ式に設けた金メダル三百万円、銀二百万円、銅百万円という報奨金制度である。私は今度の日本選手の活躍をテレビで観戦したにすぎないが、橋本聖子選手らの、あの清々しく真摯な表情は決して報奨金の成果ではないと直感した。一方、ゴールドメダリストになった若者の一人が「賞金を何に使いますか」とのインタビューアーの問いに、「クルマの頭金にします」と答えたのには思わず苦笑させられ、ベルリン・オリンピックの友情のメダルを想起させられた。もし西田、大江両選手が賞金を折半したという結末だったら、当時の少年達があんなに感動を覚えたであろうかと、ふと思ったからである。

（月刊『武道』一九九二年五月号）

フェアプレーの精神

昭和五十八年四月二十一日、午前九時三十分から約二時間、日本武道館の特別貴賓室で一つの座談会がもたれた。テーマは「日本柔道を考える」で、出席者はT・レゲット氏、J・ニューマン氏、故高橋武彦氏（当時、政治評論家、NHK経営委員、元毎日新聞常務取締役・論説主幹、昭和五十九年八月十一日歿）、それに私の四人。当時の日本武道館振興部長、渡辺喜三郎氏がセットしてくださったものである。おそらく雑誌『武道』掲載の予定だったと思うが、何故か陽の目を見ないまま、録音テープを起こしたもののコピーだけが今も私の手許に残っている。

レゲットさんもニューマンさんもともに英国BBC放送の日本語部長の経歴をもたれ、日本文化の研究、ことに柔道の愛好家として本誌でもお馴染みの方々である。また高橋さんは学生時代、まさに柔道に青春を賭けられ、第一線のジャーナリストとして世に出られてからも繁忙の中で終世、柔道に深い愛着と関心を持ちつづけた方であった。

座談会は日本人とイギリス人の歴史観や倫理観の異同を論ずるところから始まり、具体的には武道の持つ文化的な価値や柔道の精神、礼法や試合のマナーにまで話が及んでいる。勿論、今ここにその全容を紹介することはできないので、私にとって、とりわけ印象の深かったところだけを抄録させていただき、あとは読者諸賢のご判断にお任せすることとしたい。

高橋　日本ではスポーツの世界でフェアプレーということが非常に厳しくいわれます。しかし、他の社会ではフェアプレーなどということをやっておれば負けてしまう。たとえば、今選挙の最中ですけれど、買収など法を犯してでも票を集めて勝つ、票を集めるためには相手がやらないこと、あるいは禁じられている手段を講じてでも勝つことに固執します。貿易なども行政的な面でテクニックを弄して、事実上障壁をつくっている。今の日本はフェアという点において欠けるところがあるのではないかと思います。

スポーツの世界でも共産主義圏のある国などでは極めてフェアでない。勝つことが国の最大目標になり、選手ばかりでなく審判までフェアではなくなっています。

レゲット　そのような国はスポーツの本当の精神がわかっていない。スポーツの精神は負けてもよい。選挙にも同じことがいえます。負けてもいいのです。それでもパブリックはその人の立場、努力を認めるはずです。

ニューマン　放送界でも同様なことがあります。イギリスの新聞にBBCを批判した記事がでることがあります。その批判記事をBBCが紹介しないと評判が落ちます。その記事を無視するということはフェアでないということになるからです。自分の落度を素直に認めることはフェアプレーの精神につながります。落度を認めない人とは信頼関係が保てないということです。

高橋　それは政治の世界でいうと、イギリスの恥部といわれている事件、陸軍大臣のプロフューム（一九六三年から陸相）が辞任した最大の理由は嘘をついたこと。つまり、ある女性との問題について事実を否定した嘘を言ったことの責任であると聞いています。それは本当ですか。

レゲット　そうです。

高橋　その辺りは日本とはだいぶ違いますね。

レゲット　そういう点ではイギリスは大変厳しいんです。

佐伯　日本でも武士道の究極は正々堂々、清廉潔白の人格を完成することにありました。つまり、フェアプレーの精神を身につけるということです。そして、それは今も、あるべき日本人像です。一方、近代になって資本主義の発達とともに功利主義的な風潮が高まり、ことに敗戦後の社会では本音と建前の使い分けを恥じない風が蔓延し、地位や名誉や財貨を得るためにアンフェアな行動も恥としない人々が増えてきました。情ないことだと思います。

高橋　昔、武術と学問を兼ね備えた指導的立場の武士達が一番嫌ったのは恥ずかしめを受けることです。恥辱を受けたために相手と闘い、切腹もしました。また背後から相手を斬りつけることなどは武士としてはやってはいけないことでした。スポーツにおいても卑劣な手段を講ずることは恥である、しかし負けることは恥ではない――日本の伝統の中にもそういうフェアな精神がありました。これはイギリスの騎士道でも同じことが言えると思いますが。

レゲット　そうです。今までの話との関連ですが、日本の学生の柔道大会では優勝した大学の学生達が全員で校歌をうたいます。そして負けた大学の学生達はさっさと引きあげていきますが、大変見苦しい光景です。勝者は相手の善戦を讃え、敗者が相手の勝利を祝う姿がないからです。イギリスでは、このようなことは絶対ありません。

佐伯　ご指摘の通りです。もう一つ私が今一番気になっているのは、柔道の試合で勝った選手が、その場で誇らしげにガッツポーズをとることです。ひどいのは、勝敗の微妙な試合内容の場合、審判員の判断を自分に有利に導くためのかけ引きの積もりなんでしょうが、判定のくだる前にガッツポーズをやります。見苦しいですね。私達が教わった柔道では、どんなに嬉しくても、きちんと礼を終え、試合場を降りてからはじめて喜びを表せ、常に相手に対する敬意と思いやりを忘れるな、というものでした。

ニューマン　同感です。あれを見ていると、とても不愉快になります。今の柔道の選手は勝つことで自分をよりアピールする。その結果、地位と金が入ってくると考えている。それは柔道の本来の姿ではないと思います。

レゲット　柔道は世界で広く行われ、盛んになりました。しかし、柔道に本来含まれていた精神的要素、教養的なものが失われました。ことに日本でそれを感じます。これはぜひ取り戻してもらわなければなりません。

（月刊『武道』一九九二年四月号）

あるべき武道教師像

私達の中学生の頃は学校で武道は正課だった。くわしいことは忘れたが、確か一年から五年まで毎週一時間の時間配当になっていた。多くの学校でもそうだったのだろうと思うが、私の学校では入学時に柔道か剣道のどちらかを選択させられ、それを五年間通して履修することになっていた。別に学校の方で等分に振り分ける操作をしたような気配はなかったが、どういうわけか、どの学年でも柔・剣道がほぼ同数だった。おそらく生徒の志向が両道に二分されていたのだと思う。勿論、武道の他に体操の時間が毎週一時間あって、そのうえ軍事教練が週二時間あった。

私自身は入学と同時に迷わず柔道を選択した。小学生の頃から相撲が好きで、小兵ながら上手投や内無双、外無双が得意で、土俵の上で自分より大きな相手を横転させることに、ちょっとした自信と醍醐味を感じ、小よく大を制す、という柔道に早くから憧れていたからである。そんな次第だから一週間に一度の武道の時間では飽き足りず、柔道部にも入部した。いま振り返ってみても、毎年行われる早朝からの寒稽古は少しも苦にならなかったし、正課の柔道の時間はいつも待ち遠しいほどに楽しかった。それにひきかえ、体操や軍事教練はどうも好きになれなかった。ただ、教練も銃剣術の方はいささか腕自慢だったが、四十がらみの、下士官上がりの教官の巧みな木銃さばきに、手も足も出なかったことが未だに忘れられない。そんなことなどを考え合わせると、どうやら私も根っからの格闘技好きということなのかもしれない。

在学中、柔道の先生が三度替わったが、最も強い影響を受けたのは二度目の汐海五一という先生だった。実際に指導を受けたのは昭和十六年から僅か二年間だったが、トツトツとした語り口の鷹揚なお人柄で、生徒間でも人気があった。当時の先生は三十歳ぐらいだっただろうか。学校を出てすぐ日中戦争に従軍されたが、戦傷を負って除隊され、はじめて私達の学校に赴任されたのだった。そんなわけで右膝に多少の後遺症があったようだったが、放課後の部活動の指導でも、正課の授業でもよく稽古をつけてくださった。がっしりとした体躯で足腰が強く、先生に膝をつかせることはまず難しかった。跳ね腰、払い腰、一本背負いなどの大技がお得意で、寝業についてはさすがに年季が入っていた。先生は柔道の他に漢文も担当されていたので、生徒の間では、武道の先生と体操の先生とでは何となく格が違うという受けとり方をしていたものである。

戦争の最中のことでもあり、当時の学校では教師の生徒に対する体罰はさして珍しいことではなかったが、汐海先生は絶対に生徒に手をあげるようなことはされなかった。また、特にお説教めいたことも言われなかったが、先生の授業では、武道は礼に始まり、礼に終わるの風が、生徒の側にごく自然に伝わってくるような趣があった。思うに、先生には武道家としての風格と人徳のようなものが備わっていたのかもしれない。何しろ、地元の高岡中学（現、高岡高校）を出て日本大学の医学専門部（当時は、まだ医学部になっていなかった）に入学され、医師への道を歩んでおられたのに、講道館の道場で、中学の先輩に当たる故工藤一三先生（当時は国士舘の教授）の目にとまり、口説かれて昭和六年、開校三年目の国士舘専門学校国漢柔道科に入学し直したというほどであるから、余程柔道がお好きだったのだろう。たいていの男性が時局に迎合して坊主頭になっていた時代に、いつも髪をキチンと七三にわけ、三つ揃いのスーツを上手に着こなしておられた。何となく、そんなところに先生の頑固な自己主張が秘められているような気がしたが、戦後、幾たびかお会いしながら、このことについてだけはつい聞きそびれてしまった。とにかく、先生は昔気質ながら徹底した自由人であられたことだけは間違いない。先生の養家先が近隣に聞こえた素封家で、大きな網元だったので、敗戦とともに教職を去られ、家業を継がれたので、柔道との縁も薄くなってしまわれたようだったが、私にとってはいつまでもかけがえのない先生だった。しかし先生からの達筆の年賀状も、もう今年からはこなくなった。昨年、八月二十九日、先生は不帰の人になられたからである。

ところで、わが国の中学、高校では武道を敗戦前と同じ形の必須科目にした方がよいのではなかろうかと私は思っている。武道というと、とにかく軍国主義、国粋主義とダブらせて考えがちの人も少なくないようだが、私は自らの体験に照らして、決してそんなものではないと思っている。

少なくとも、私は武道の時間に、先生方から軍国主義の礼讃や国粋主義的な話は聞いたことがなかった。殊に汐海先生の教えはもっぱら勝負にのぞむときの心得で、試合中、自分が苦しいときは、相手も苦しいのだから最後まで勝負は諦めるな。勝ち負けにこだわって卑怯な振る舞いがあってはならぬ。どんなにエキサイトしたときでも礼節を失うな。勝って驕らず、負けて悪びれず、常に相手に対する敬意と友情を大切にしろ、というようなことだった。いわば柔道という身体活動を通して信義、礼節、廉恥、忍耐、寛容の精神を教わったのである。そして、その教えは五十年たった今の私の心にしっかりと生きつづけている。

戦前の中等学校で武道が必須科目になったのは昭和六年だったから、その寿命は敗戦までの十四年間でしかなかったが、伝統の文化に根ざした武道を、青少年の人格形成の手段として教育に用いたことの意味は極めて大きかったと思う。それにしても、武道教育も帰するところは教育に携わる者の質の如何にある。文と武のバランスのとれた、識見をもった武道教師をどのように育成し、確保するかが最大の課題であろう。

（月刊『武道』一九九二年三月号）

武道と武士道

こんにち、「武道とは何か」と問われて直ちに答えられる人は少ないと思う。「柔道や剣道、弓道など、日本古来の武術競技を総称して武道という」といった程度の答えなら一応誰でも思いつくところであろうが、さらに「柔道や剣道はスポーツなのか、どうか。もし、ただのスポーツでないならば、いったいどこが、どう違うのか」と、たたみかけられでもしたら、たいていの人は言葉に窮すると思う。まして「武道と体育の違いは」などと迫られたら、もはやわれわれ素人の手には負えない。

幸い、柔道、剣道などの武道十団体が集まってつくっている日本武道協議会なる組織があって、これが昭和六十二年四月二十三日に「武道憲章」を制定しており、その前文には「武道は、日本古来の尚武の精神に由来し、長い歴史と社会の変遷を経て、術から道に発展した伝統文化である。かつて武道は、心技一如の教えに則り、礼を修め、技を磨き、身体を鍛え、心胆を錬る修業道・鍛錬法として洗練され発展してきた。このような武道の特性は今日に継承され、旺盛な活力と清新な気風の源泉として日本人の人格形成に少なからざる役割を果たしている。いまや武道は、世界各国に普及し、国際的にも強い関心が寄せられている。我々は、単なる技術の修練や勝敗の結果にのみおぼれず、武道の真髄から逸脱することのないよう自省するとともに、このような日本の伝統文化を維持・発展させるよう努力しなければならない」とある。これはまことに簡にして要を得た「武道」の定義であり、武道の現代における存在の意義までも明示したものである。

もともと「武」という文字は、字源的には戈（ほこ）と止（とどむ）の会意文字であり、楚の荘王の「それ武は功を定め兵を戢《おさ》む、故に戈を止めるを武となす」から出ている。要するに干戈の威力によって兵乱を未発に止めるのが武ということになる。また、「道《みち》」は、すなわち人の歩くところであり、そこから転じて人の履《ふ》み行うべき節理と解される。つまるところ、武道は確かに「いくさの道＝兵法」ではあるが、武の威力によって平和を維持するところに本来の目的があるということになるのではなかろうか。「百戦して百勝するは善の善なるものに非ざるなり、戦わずして人の兵を屈するは、善の善なるものなり」（孫子）こそ、武道の神髄をいいあらわした言葉であり、まさに武を善用すれば七徳あり（楚子）である。

勿論、現代の武道は「いくさの道」などであろうはずはない。古来、戦場往来の武技、武術であったものを、伝統を重んじながら、これを現代風にアレンジして青少年の心身の鍛錬の具＝道《みち》として存在せしめられているのである。

ところで武道とよく似た言葉に「武士道」という言葉がある。この両者は往々にして同義に解されがちであるが、私は、この両者には密接な関わりはあるものの、やはり画然と区別して考えなければならないものだと思っている。

そもそも武士道とは、わが国の中世以降、武士階級の間に発達した独特の倫理であり、禅宗や儒教に裏づけられて江戸時代に大成したものである。それには、「武士道と言うは死ぬ事と見付けたり」という「葉隠」のように善悪、正不正を問わないで、死を賭して主君に奉公する考え方と、山鹿素行のように、「死は至って人の重き所なれば、是れ又究理することを詳にして而して死を全くすべし」という主君も家来もともに儒教倫理に基礎をおいて振る舞う士道の考え方とがある。この二つの武士道論について、敢えて私見を述べさせていただくならば、葉隠の方は「君君たらずとも、臣臣たらざる可からず」(孔安国『古文孝経序』)の封建道徳の悪い面がそのままあらわれているようで、いささかたじろぎを覚えるが、後者の論理については私なりにひかれるものがある。しかし、一般にはどうやら葉隠の方がよく知られているのではなかろうか。

いずれにしても、自由と民主主義を基調とする今の時代に、これらの武士道論は、なじみ難いものであることは言うまでもないが、人の世に生きる者の心のありようとしては、武士道の重んじた尚武・信義・節操・廉恥・礼儀などは、こんにちもなお十分に尊重されなければならない。

さて、武道と武士道はまことに似た言葉であるが、武道は武技、武術であり、武士道は、すなわち武士の倫理・哲学であって両者はあくまでも別のものである。ただ、武技、武術の修練も江戸時代の中期以降には、すでに実戦的、実用的性格がかなり薄れ、儒学と並んで、もっぱら武士の子弟の教育の手段と化していた。つまり封建時代においてすら、その末期、武術修行はもはや人生の目的そのものではなく、支配階級であった武士の徳義と矜持と体力を培う手段として位置づけられていたということである。このような理解から、私は現代の武道も、ただに体育の手段ではなく、まさに「武道憲章」の言うごとく、その修行によって人格が陶治され、礼節や公正や忍耐の精神が養われるものでなければならないと思っている。そして、この礼節・信義・廉恥を重んじる心をも培う手段であるところに単なる術の域を超えた武道の武道たる所以があり、ここに、かつて武士道が求めたものとの深い結びつきを見出すことができるのである。

ついで、武道とスポーツとの相違や関係についてもふれたかったのであるが、紙幅に限りがあるので、こちらの方は次回に譲らざるを得ない。ただ、関連して一点だけ問題を提起させていただくならば、最近の柔道の試合などで、選手が相手を制した瞬間に見せる誇らしげなガッツポーズに、少なくとも私は、現代における武道精神の頽廃と衰亡を感じさせられている。

（月刊『武道』一九九二年二月号）

まがりかどにきた大学

大学改革と国の高等教育費支出について

流通経済大学の佐伯でございます。私に与えられたテーマは、「大学改革と国の高等教育支出について」でありますので、個別大学の事例発表などと異なり、話のスケールが勢い大きくならざるを得ません。いわば天下国家の話でありますから、中味もかたくなります。しかし、この猛暑の中であり、また、時間も限られておりますので、細かい指数などはできるだけ省略して、概論的にしかも砕いた形で話をすすめさせていただきたいと思います。

日本私立大学連盟の発足
——設立の経緯——

ところで冒頭から余談で恐縮でございますが、話のマクラとしてお聞きいただきたいと思います。と申しますのは、私たちの所属する大学が、それぞれに会員になっております日本私立大学連盟という団体についてであります。この私大連盟の発足は昭和二十六（一九五一）年の七月でありますから、もうそろそろ創立四十五周年を迎えます。当初の加盟大学はわずかに二十四大学でありましたが、現在は一一六大学に増えております。一方、皆様もご承知のように日本私立大学協会という団体があります。こちらの方は昭和二十三年三月の創立で当初は加盟校四十三大学から出発し、いま現在は二百三十余校でわが国最大の私立大学団体であります。さらにもう一つ日本私立大学振興協会という団体がありますが、こちらの方は昭和五十九年に私大協会から別れて、加盟校十七校で出発した小さな団体であります。このように三つの私立大学団体があるのには、もとよりそれなりの経緯があります。私大協会ができた昭和二十三年は、まだ日本の大学数は少なく主として旧制の大学、つまり国立では東大、京大などの七帝大と東京工大、東京や神戸の商大、東京や広島の文理大、それに千葉、金沢、新潟、岡山、長崎、熊本などに医大があった程度であり、公立も大阪商大や京都、愛知など、二、三の医大だけでありました。私立となりますと大正七（一九一八）年の「大学令」によって大正末期から昭和の初期にかけて法令上正規の大学になった早慶などの歴史の古い私立大学と、これに昭和二十二、三年に占領軍の医科歯科系教育重視の方針で専門学校から昇格した数大学を含めてようやく五十校程度のものでありました。しかし、昭和二十四、五年には旧制度の私立専門学校が一挙に新学校教育法に基づく大学に昇格しております。いわゆるこれが新制大学でありますが、今ではこの言葉も死語になってしまったといってよかろうかと思います、ちなみに国立大学の方も昭和二十四年に「国立学校設置法」が公布され、旧制の師範学校、専門学校、高等学校が大学に昇格し、旧帝大も含めて一挙に六十九大学にふくれ上っております。

したがいまして当然のことながら昭和二十三年に四十三大学で発足した日本私立大学協会は新制の私立大学をも抱え込むことになりましたからいっぺんに大世帯になったのであります。今さら申し上げるまでもないことでありますが、人間の集団には利害の対立、意見の対立はつきものでありますから、大世帯になった私大協会にも対立が起りました。もともとは日本の私学高等教育の向上に資することを目的に、相互の切磋琢磨を目指して結成された団体でありましたが、多数の新制大学の加盟によって、小数派に転落した旧制以来の伝統大学と新興の多数派大学との間に路線の対立が生じたのであります、もちろん、今の私は当時のどちらの言い分が正当であったかどうかについてとやかくいうだけの情報も持っておりませんし、また、その立場にもありませんので、これ以上深入りすることは避けたいとは思いますが、参考までに、ここに来るに当って図書館で、昭和二十六年当時の新聞の縮刷版を見てきました。当時の新聞は社会面でこの私立大学協会の内紛を大きく報じておりました。新聞の報ずるところによりますと、一校一票という選挙制度によると多数派である新興勢力に主要ポストが独占されてしまうことも対立点の一つであったかのように書かれておりました。そうした新興勢力側のリーダーが当時、神奈川大学の理事長・学長であった米田吉盛先生であったように新聞の記事は読みとれました。また、協会の内紛を治めるべく調停的な役割をされたのが当時の法政大学総長の大内兵衛先生と學習院院長の安倍能成先生だったようです。しかし、その労は実らず、二十四大学が脱退して今日の日本私立大学連盟をつくったのが先ほど申しました昭和二十六年七月であります。仲介をつとめた大内先生の法政も脱退組に入りましたし、安倍先生の學習院も旧制の七年制高校である成蹊、成城、武蔵や東京農大、東海大など七大学で同年の十二月に私立大学懇話会を結成しました。ただ懇話会の方はもう七、八年も前になりますか、解散して連盟に参加しております。こんな話も今となれば昔語りでありますが、さればといってただ笑ってすますには、いささか苦味のききすぎた話のようにも思います。

―私大団体運営の機微―

私立大学連盟は加盟校数においてこそ協会に劣りますが、その擁する学生数においては協会をはるかに超えておりますので社会的な存在感もそれだけ大きいといわなければなりません。加盟校一一六大学ともなりますと連盟の中には学生数五万とか、七万とかというような超大型大学から、二千名程度の大学まで千差万別であります。これらの大学がそれぞれ競争的共存の関係にあるのでありますから、この種の団体の運営は大変難しいと思います。

私も二十一年もの間、加盟大学代表の一人としてこの連盟に出入りしておりますが、私どもの大学は四十九番目の加盟校でありましたので、当時はまだ総会といっても発言しようと思えば誰でも容易に発言できるような状況下にありました。しかし、一〇〇校を超えますと発言するにもなかなか勇気がいると思います。むしろ新設弱少大学の代表の一人である私の立場からすれば、願わくは私大連盟のような団体が、日本の高等教育の健全な発展のために、弱く、小さいがために真面目に苦労している大学の声をも吸い上げてくれる風通しのいい団体であってもらいたいと思っております。運営に、より一層のキメの細かさが望まれるところであります。

これまた、私事で恐縮でございますが、私の勤務いたしております大学は昭和四十年の創立でありますから来年が三十周年になります。初代の学長は元早大総長の島田孝一先生でした。島田先生は三期九年務められ、その後をついで私が七期二十一年、学長の任にあります。また島田先生の晩期に二年間、副学長として補佐役も務めました。島田先生は私大連盟発足時の昭和二十六年には、早稲田の総長であり、本連盟の初代の会長でありましたので連盟発足時の経緯につきましては、先生からよく話を伺いました。先生は温厚篤実な人格者でありましたから、飾らずに素直にものを言われる方でありましたが、あるとき、「この大学では早稲田の経験が、全く役に立たない、小さい大学というのは難しいものだ」と嘆かれたことがありました。もちろん、言うまでもないことでありますが、大学というものは、大きければ大きいなりに小さければ小さいなりに苦労があるのでありましょうが、少なくとも私は今の大学に務めて三十年、対世間的にはマイノリティーの悲哀のようなものをたびたび、味わわされてきました。ことに新学部や新学科の増設の際などは、まさに「寄らば大樹の陰」とはよくいったものだと、つくづくわびしさを感じさせられたものであります。

幸い、私は生来逆境型、逆風型人間でありますのでかえってこれをバネにしてやってまいりましたが、同僚の中には機会があればと、旧帝大やいわゆる有名私大をねらって移っていった者も少なくありません。そんなことに出くわしますと、やはり私もいくらか淋しい思いはいたしましたが、そんなときは、きまってここ松山大学におられた明治民法史の権威、星野通先生のことを思い、自分は流通経済大学にとどまって星野先生のように生きるんだと自らに言い聞かせたものであります。松山大学は皆様もご承知かと存じますが大正十二年に松山高等商業学校としてできた学校であります。ここに大正十四年から星野通という民法学の先生がおられました。先生は明治民法編纂史の研究で早くから学界に名を馳せられた方で、おそらく各地の旧制帝大の法学部や中央の諸大学からの誘いが絶えなかったのではないかと思いますが、最後までこの大学で、一地方の私立高等商業学校の教授として頑張りぬかれました。たしか松山大学に改名する前の松山商科大学時代に、しばらく学長もお務めになったのではなかったかと思います。

そんなことで、私は学者として、教育者として尊敬おくあたわざる故星野通先生ゆかりの大学で、このような形で話をする機会を持ち得たことを個人として非常にうれしく思っております。

近代日本の高等教育機関の発祥
—近代日本の大学の始まり—

さて、マクラの方がすっかり長くなってしまいましたが、そろそろ本論に入らせていただきます。

近代日本の高等教育機関の発祥ということになりますと、私学としてはやはり今日まで続いて隆盛を誇っておりますす慶應義塾を挙げなければならないと思います。安政五（一八五八）年、福澤諭吉が江戸の鉄砲州で蘭学の私塾を開いたのが始まりで、これを慶応五年に芝の新銭座に移して慶應義塾と名づけ爾来今日に至っているのであります。しかし、慶應が大学という名称を始めて用いたのは明治二十三年であります。文学、法律、理財の三科を設けて大学部とはいっておりましたが、法律的には大学として認められていたわけではありません。早稲田が明治三十五年に、明治と法政が三十六年に以後年を追って日大、関大、中大、国学院、東洋大などが相ついで大学と称するようになっておりますが、その実質は明治三十六年に公布された専門学校令による専門学校でしかなかったわけです。そうなりますとやはり正確な意味で近代日本の大学の始まりは明治十年の東京大学だといわなければなりません。東京大学は幕府の学問所であった昌平黌の流れを汲み、きわめて大ざっぱに申しますとやがて開成所、開成学校、医学所、医学校という系譜をたどって法、文、理、医の唯一の官立大学として出発いたしました。言うまでもないことでありますが東京大学は法学部が官僚の養成学校であったことに象徴されるように政府の側からなる有用な人材の育成をねらったものであり、明治十年代の東京大学は国の行う高等教育のすべてであったと言っても決して言い過ぎではありません。ちなみに明治十三年の東京大学の経費は約四十三万円で、その年の文部省の経常費総額約一〇六万円のおよそ四〇％を占めていたという数字が事の実態をよくもの語っております。

特に注目しなければならないのは東京大学の成立と整備充実に外国人教師が多くかかわっていたということであります。当時の外国人教師の給料は月額二〇〇円から四〇〇円程度だったそうでありますが、これは当時の小学校の先生の給料が二、三円から最高で五円であったことと比べると大変な高給であります。ところがこれに比して民間の高等教育機関である慶應の方はどうだったかと申しますと、とても比較になりません。福澤以下十七名の教師がいたそうでありますが、いずれも鉄砲州以来の塾出身者で、毎月末の給料日になると、学生の納めた月謝を、教師たちが互いに「ぼくはこんなに取るわけにはいかない」「いや、ぼくはこれでたくさんだ」と譲り合いながら乏しい金をわけ合っていたそうであります。もちろん、慶應も現代的にいえばリベラルアーツ的なカレッジという性格をもった洋学塾で、東京大学ほど恵まれていなかったとはいえ、それなりのレベルにあった学校であったことは間違いありません。

しかし、とにかく、これが日本の官立大学と私立大学の発祥とその後を象徴的に物語る決定的な事実であります。

国立大学の方は、明治十九年に「帝国大学令」ができて、やがて明治三十年の京都を皮切りに日本の資本主義の成熟につれて昭和の初期までに地方の拠点都市に帝大や医科大学、東京その他の大都市に商科大学、工業大学をつくったのであります。一方、私立の方は、明治の初期にできた法律学校、仏教系、神道系、キリスト教系などの諸学校が法律上、正規の大学になりましたのは、大正七年の大学令の公布でありますが、早、慶、明、法、中、日、同志社、國學院の八校が大正九年に大学に昇格し、その後、昭和初期までに全国に先の八校をも含めてほぼ三十校の大学ができたのであります。

―官尊民卑の思想―

さて今、私立も国立も同じような大学になったと申しました。たしかに私立大学の卒業生にも学士号が与えられるようになりました。しかし、両者に対する世間の受けとめ方は全く違っておりました。端的に申しますと、国も世間も私立大学を国立大学の下支え的なものとしてしか認めていなかったのであります。

その一つの現れとして、三井、三菱、住友のような民間企業でさえ、両者を差別しました。たとえば、その頃の三井鉱山の学卒の初任給をみますと、事務系で帝国大学と東京商大は月給七十五円、私立でも早慶が六十五円、早慶以外の私大が六十円、神戸高商、今の神戸大の前身ですが、これが六十円、その他の高商や専門学校が五十五円、旧制中学、今の高校に相当しますが、これが日給で一円十五銭でありました。民間企業でさえこの通りでありますから、官公庁では同じく高等文官試験を通っておっても官、私の差はもとより、出身校での差別は当り前になっていたのであります。

しかし、そんな差別を受けながらも私立大学出身者も国家や社会の発展に大いに貢献しました。

さすがに中央省庁に入って頂上を極めた者は少なく、ほとんどが中堅どまりでしたが、実業界や言論界、政界、ことに地方自治の分野などでは大きな働きをしました。司法の世界もまた私学人の活躍の場であり、ことに在野法曹での働きは官学出と一味違ったものがありました。他にも宗教、医療、教育の分野における私学人の足跡も見逃せないものがあります。

はなはだ大雑把ではありますが、このように日本の高等教育の発達過程と明治以来の日本の歴史をふり返ってみますと、明治初年における日本の高等教育政策が国立偏重であったことは、それはそれで十分理由のあることであり、後進日本が国の近代化と富国強兵のために、少数のエリートを国費で育成し、これらの人々に大衆をけん引させるという目論見であったことがよくうかがわれます。また、往時のわが国の教育の普及度や国の経済力を考えますと、このような高等教育政策は発展向上をはかろうとする国家にとっては避けて通れない道筋であったろうと思います。

いずれにいたしましても、今まで申し述べてきましたような日本の国公私立大学の整備拡充は明治以来から、大正期にかけての日本資本主義の発展による社会経済的要請にもとづくものであって、国家社会がそれだけ知的訓練を受けた人材を要求したということであります。ただ、はなはだ遺憾なことは、明治初年の国立が主役で、私立がそれを補完するという考え方の教育政策、つまり官尊民卑の思想が、人材の需要が拡大し、多彩化しても一向に改まることがなく、それが民主主義の憲法を持つようになってから半世紀もたとうという今日の社会にもなお牢固とした根を張りめぐらしているということであります。

―私立大学の有用性―

ここで戦後に目を転じますと、少なくとも終戦を契機として日本の大学は国公私立という設置者の相違以外一切の法的差別がなくなりました。ことに昭和三十年代以降の日本経済の高度成長期以後、膨大な数の管理職候補者を養成する必要が生じ、その需要を主として賄ってきたのは私立大学であったことは衆目の認めるところであります。これを別の角度からみますと、国家財政には制約があるので、このような人材養成の役割を私立大学に依存せざるを得なかったということになろうかと思うのであります。ある意味では、これを明治以来の官学優先の高等教育政策の破綻とみることができます。

そして、このような社会の変遷は、日本の高等教育における私立大学の立場に大きな変化をもたらしました。まず数の点でみますと、今日、私立大学は大学数、学生数においてわが国高等教育の約七四％を占めております。また、学問分野別にみましても私立大学は文科系で約九〇％に達し、理工系でも六〇％をはるかに超え、芸術系その他の特殊の分野では約九五％に達する教育研究を展開しております。このような面からも、日本の高等教育は今や私立大学を除いては語れないところにまできております。もちろん、数は力でありますが、私立大学の生み出す人材は単に量だけでなく、質においてももはや国立大学の補完的な地位に甘んずるものではありません。先に申しましたように戦前からも既に特定の分野においては官学に拮抗し、あるいは凌駕する働きをみせておりましたが、今日では、各界各層に多様な人材が進出して、私学人ならではのめざましい活躍をしていることは、もはや世間周知のところであります。

このような実態の反映として、多くの若者の私立大学志向が近年非常に強まってきており、授業料の大きな格差があるにもかかわらず、国立大学に行かないで私立大学を選ぶ者が増えてきております。今年度入学については、マスコミは若者の国立離れに歯どめがかかったなどと騒ぎ立てておりますが、実際は不景気のために従来みられたような私大の異常ともいえる併願が減ったことと、大都市圏での就学には多額の生活費がかかるので、一部の受験生が近在の国立大学に流れたというだけのことであり、しかも、これも各国立大学が受験科目を減らすなど、躍起に国立離れを喰いとめようとしての結果の微増であります。

このように、かつてもそうでありましたが、これからは私立大学の有用性は益々高まってまいります。そして国民の期待、欲求もまた私学に寄せられていることは、今までの実績がこれを示しております。

私学の経営と国家財政とのかかわり
―私学経営の現状―

今さら申し上げるまでもないことでありますが、私学の特色と存在の意義は、できるだけ国の干渉を排除して、それぞれに建学の精神を掲げ、独自に研究教育の理想を実現することにあります。もちろん、そこにはすぐれた建学者の教育理念の実現をめざすものもあれば、特定の宗教上の理想を教育研究に追い求めるものもあるはずでありますが、問題は、これらの私学の経営と国家財政とのかかわりについてであります。

昭和三十年代の半ば頃までは私学人の中にも、国が私学の経営に助成金を出すのは憲法違反だという人がかなりおりました。たしかに私学が国や地方公共団体からの財政援助なしに経営ができるならばそれも一つの考え方かもしれません。しかし、現状ではそれはきわめて困難なことであり、多くの私立大学はその収入の大部分を学生からの納付金に頼っているのが実状であり、篤志家の寄付や資産運用収入などといっても全体としてはそれは大した割合ではありません。かつて少なからぬ私学が、入学にからめて必らずしもフェアでない寄付の集め方をしてきた経緯がありますが、そんなアンフェアな行為は、当然どこの大学の場合も本意な姿ではなく、しかも建学の理想とほど遠いものだったろうと思います。そして、今、現在、私立大学の学生の負担している学費は必らずしも安いものではありません。昨今の私学の学費の現状は一つの社会問題といってもいいほどに国民の家計を圧迫しております。他方、国や地方自治体の設置する大学の学費は、近年、大分、私学に近づいてきたとはいうものの、まだ彼我の差は相当であり、ことに医科、歯科、理工系などに至っては比較にもならないへだたりがあります。

―私学助成問題―

そこで私は、今の日本の私学の現状においては、先ほどから申し上げているような、国家的社会的貢献度からいっても当然、相応の国家助成があってしかるべきだと思っております。私がここで相応のと申しますのは私学の自主性を損なわない範囲内のという程度のことを指しているのであります。もちろん、国の金をもらうのでありますからある程度は国の監督を受けなければなりません。

もともと憲法八十九条はその前段で、宗教上の組織・団体に国が財政的援助を行わないことによって憲法二十条で定められた政教分離の原則を財政面から裏づけるとともに、後段では、「公の支配」に属しない教育や福祉事業に対しても、国の財政的援助を行わないことを定めたものでありますが、特に後段の立法趣旨につきましては、私学助成との関係において「公の支配」とはどのような国の監督があれば足りるのか、さらにまた、規定自身に果して妥当性があるのか、という意見もあります。

憲法問題にばかり時間を避くわけにはまいりませんので、端折って言わせていただきますが、私は憲法のいう「公の支配」の解釈に当って、憲法十四条（法の下の平等）、二十三条（学問の自由）、二十五条（生存権、国の社会的使命）、二十六条（教育を受ける権利、教育の義務）など他の条項、特に二十六条との綜合的解釈を行い、私立学校法および私立学校振興助成法による監督の程度をもって「公の支配」の要件は満たしているとの立場をとっておりますので、もとより私学助成は合憲だと確信しております。

昭和六十一年五月二十八日の千葉地方裁判所の判決でも、「私立学校についていえば、教育基本法、学校教育法、私立学校法等の教育関係法規による法的規制を受けているので、私学助成は憲法八十九条に違反しない」と判断しております。また、幼児教育の違憲訴訟に関する昭和六十一年六月九日の浦和地裁の判決においても「公の支配」をゆるやかに解した判決が出ておりますし、その第二審の東京高裁では平成二年一月二十九日に、教育事業が「公の支配」に服する程度は、「国又は地方公共団体等の公の権力が当該教育事業の運営、存立に影響を及ぼすことにより、右事業が公の利益に沿わない場合には、これを是正しうる途が確保され、公の財産が濫費されることを防止しうることをもって足りるものであって、必ずしも、当該事業の人事、予算等に公権力が直接的に関与することを要するものではない」と判示しております。学者の中には「公の支配」をきわめて厳格に解釈する立場の人もいないわけではありませんが、私は、この問題に対する法的決着はもうついていると言いきっても決して言い過ぎではないと思っております。

―行政の指導と監督―

皆さんもご案内のごとく、私立学校法五十九条は「別に法律で定めるところにより、学校法人に対し、私立学校教育に関し必要な助成をすることができる」と定め、私立学校振興助成法（昭和五〇年法六一号）は、私立学校に対する助成措置を具体化しております。同法によりますと、助成を受ける学校法人に対する国の監督権限は、①助成に関し必要があると認める場合は業務もしくは会計の報告を徴し、または職員に質問させ、帳簿その他の物件を検査させること、②学則に定められた収容定員を著しく超えて入学させた場合に、その是正を命ずること、③予算が助成の目的に照らして不適当であると認める場合に、必要な変更を勧告すること、④役員が法令の規定等に違反した場合に、その役員の解職を勧告すること、となっておりますが、こう並べあげただけでは、そう迫力を感じませんけれども、私などのように実際、私学経営と教学の接点を預っておる者の立場からいたしますと、行政の指導や監督は相当に厳格なものであります。

冒頭の余談の中で、私はマイノリティーの悲哀のようなものを感ずることがたびたびあったと申しました。皆さんの中にもご経験のおありの方があるだろうと思いますが、学部、学科増設の際の認可申請手続などは、まさに実質は「公の支配」そのものであります。私は長く学長をやっておりますので、この十年の間に、何回か学部、学科、大学院研究科の新増設を経験しましたが、ヒアリングの際などはいつも裁判の被告席に座らされたような心境になります。これは体験したものでなければわかりません。実にいやなものであります。いつもは同じ私学団体のお仲間だと思っていた委員の先生方が急に大きく見えるのであります。ことに私学の体験のない国立大学から出ておられる先生方の場合には、私学そのものをご存知ないので、しばしば認識のズレを感じさせられます。私どもの大学では、明後年の開設を目途に今現在も新学部の申請中でありますが、つい先日第一回目のヒアリングを終えたばかりであります。その際、学部長予定者の先生にもご同席していただきました。この方は現在はある国立大の教授で、温厚で真摯な学者でありますが、ヒアリングの終った後、外に出て一休みしてお茶を飲んだのでありますが、その先生は席につくなり、「私学の先生方は大変なんですねえ、知りませんでした。私たちは全く親方日の丸なんですなあ」と、しみじみ述懐されておりました。もちろん、新増設以外にも会計検査院の検査もありますし、今度はまた総務庁の私立大学に対する行政監察も行われることになりました。これはもともと総務庁が文部省に対して行政監察を行うのでありますけれども、結局は文部省を通じて私立大学への監察が行われることになるわけで、今年、すでに何校かで行われたはずであります。その他にも何かと直接、間接の規制がありますので私は現状でも十分に「公の支配」を受けていると思っております。ただ、ここで一つ申し上げておかなければならないのは、数ある私学の中には、国の指導などものともしないような学校も希にあることも事実であり、また、世間のひんしゅくを買うような経営姿勢の学校もないわけではありません。私は、むしろ、それぞれに固有の建学の理想をかかげた私学こそ、自らを律するに厳しく、高い矜持を持たなければならないものと思っております。

―私学振興助成法と助成理論―

ところでもう一つ、私学助成の話が出ますと、きまって、私学振興助成法は、その第四条の一項に「大学又は高等専門学校を設置する学校法人に対し、教育又は研究に係る経常的経費の二分の一以内を補助することができる」とあることをタテに、私学団体は何故、二分の一獲得を目ざさないのか、弱腰であると声高に叫ぶ私学関係者がおられます。たしかに、ピーク時に経常費の二九・五%にまで達していた補助金は現在では一二%を割ろうとしております。しかし、冷静に今の国の財政状態や、これからの高齢化、高福祉時代を考えますと、現行の助成法とその背景にある助成理論あるいは助成運動だけでは、今後、到底助成金の増額は望めないと思います。それでは、その打開策は何かと申しますと、それは私学側が新しい助成理論を構築し、大多数の国民が納得しうるにたる合理的な助成方法を提示して真正面から正攻法で立法府を動かすことではなかろうかと思います。

新しい助成理論の必要性

―研究、国際部門への補助―

そこで私の考えておりますその助成理論のあらすじを披露させていただきます。まず第一にこれからの私学助成は学術研究部門や国際交流部門などを主にしたものに転換していかなければならないと思います。もっとも、これをあまり強調しますと、同じ私学の中でも中高や短大あたりから抵抗が出ると思いますが、中高や短大とは教育機関としての役割が基本的に異なるのでありますから、大学としてはやはり学術部門と国際交流部門を主眼におかざるを得ないのではなかろうかと思います。およそ大学ならどこでもそうでありますが、私たち教師のもらっております賃金は、そのうち何％が研究職としてのもらい分であり、何％が教育職としてのもらい分であるかは必ずしも明確ではありませんが、教員の給料にはその双方が含まれていることは確かでありま す。かつて大学が象牙の塔と言われた時代から、研究なくして教育なし、いい研究をしない者にいい教育ができるはずがないと言われてきました。そしてそれは今も不変の真理だろうと思います。

しかし、一方、今の四年制大学の場合、先生たちが自らのライフワークとして一生懸命とりくんでいる研究が、そのまま対学生向けに結びつくかというと、その間にはかなりの乖離があるように思います。したがって教育分と研究分の線引きは非常に難しいのでありますが、大学の教員は学問研究をしなければならない職業であり、研究は欠くことのできない重要な責務であることは今も昔も変らないのであります。そして学術研究が責務であることは国立大学の教員であれ、私立大学の教員であれ全く異なるところはありません。学術研究は国家社会に裨益するところのものであり、大げさに言えば人類のためのものでもあります。もっとも人類のためといえるほどの実績を挙げている人はそう多いとは思いませんが、とにかく、われわれの仕事は学問の歴史に一ページでも二ページでも足跡を残さなければならない性質のものであります。だとすると大学教員のこの学術研究にかかわる経費は、これは当然受益者である国が負担すべきものであります。ところが私立大学の学生の場合は学費として、この部分、つまり学術研究の部分もまるまる負担させられているのであります。わかりやすい例をあげますと、私どもの大学の場合、最近はいくらか少なくはなりましたが、若手の未成熟な教員が着任いたしますと、私どもの大学の研究費で勉強し、外国留学をして少し形がついてくると、自分の目指す大学へいわゆる猟官運動をして転出していく。それはそれで結構なことで、私個人としては祝福してあげていいのでありますけれども、その者の研究に私どもの大学の学生の多額の経費が投ぜられたという矛盾した事実は残ります。このような実際からおしても私は私立大学における学術研究に要する経費は相当程度国の負担に帰せられるべきものだと思うのであります。

さらに国際交流についてでありますが、これもわかりやすいように私どもの大学の例で話しますが、私どもの大学の学生数は六千名弱であります。そのうち大学院の博士課程から四年制大学まで含めて約百八十名の外国人留学生がおります、海外の姉妹校五校などからの留学生十名余につきましては私どもの大学が経費を負担しております。また、国際学友会館という建物を自前で持っておりますが、ここに相当数の留学生を収容しております。その他に外部の民間の施設を借り上げて留学生の便宜をはかっております。もちろん、これらの費用も大半は学生納付金の一部であります。中曽根内閣時代に十万人の外国人留学生を受け入れるという政府の方針が打ち出されましたが今のところはまだ二万人ぐらいの数でしょうか。いずれにしてもそのしわ寄せを私どものような弱少私学の学生が背負わなければならないというのも不合理な話だと思います。もちろん、国際貢献としてある程度の部分は私学といえども背負うことにやぶさかではありませんが、大筋は日本国自体が負うべきものだと思います。

何はともあれ、この国際交流部分と先の学術研究部分の経費については国は相当程度私立大学に費用を注ぎこまなければなりません。私はこのことはもはや争う余地のないところであり、これこそこれからの私学に対する国庫助成理論の二大主柱にならなければならないものだと思っております。

―教育部門への補助―

第二番目には、教育面に関する国からの助成についてであります。

まず高等教育を受けることによって最も利益を得るのは当の本人でありますが、同時にその者がその成果をもって国家、社会に貢献することもまた確かであります。そしてその貢献度には国立も私立も差異はありません。私学の出身者が官学に学んだ人に劣らない社会的な働きをしていることについては先にも申しましたように事実として明らかであります。そういう意味では社会的貢献度という角度からみた高等教育機関としては国立も私立も差はありません。国家が私立の高等教育機関に教育面でも相応の補助を行わなければならない理由はここに存するのであります。

ところで、私は私大連盟の発行しております『大学時報』の三月号に「高等教育における教育の機会均等」という小論を発表させてもらいました。お読みいただいた方もあろうかと思いますが、その中で私はつぎのようなことを書きました。すなわち、平成五年十一月二十七日付の朝日新聞夕刊の紙上で当時の赤松良子文部大臣が「国立大学の授業料値上げは教育の機会均等に反するから承服できない」「理科系を文科系より高くする学部別授業料を導入すれば、理科系に行く人が減ってしまう」と、発言していることに対し、論拠の曖昧な脆弱な発言だと批判しました。大変、失礼かとは思いますが、率直なところ、赤松さんの発言には、立場があってのことだろうとは思いながらも、この程度の見識で一国の文教行政のトップが務まるのか、と腹立たしくさえ感じたものであります。また、同じく朝日新聞の十二月十日の「大学授業料のアップを見直せ」というタイトルの社説に至っては、「大蔵省は授業料を値上げするといっている。国立大学の授業料を現行の年間四一万一、〇〇〇円から一割ほど上げると、二年後に七万円余り余計にかかる。理由は私大との格差を縮めると、いっている。ところが私立大学の授業料は一九七五年度において国立の約五倍だった、それが七六年度では一気に二・三倍に縮まった。七五年度に三万六、〇〇〇円だった国立大の授業料は一八年間で十一倍になった。これでは、安い国立大学は姿を消して、資力の乏しい家庭が子供に高等教育を受けさせることは益々困難になる。日本の大学生の七割以上が私立に通っている、だが、首都圏で下宿すれば毎月十数万円の仕送りが必要といった現状では、安い国立大は教育の機会均等を確保するために不可欠だ」と、言っているのであります。

これを読むと、なるほどもっともらしく聞こえますが、実はこれは根拠のないきわめてアバウトな所論であります。なぜならば、私立大学に学んでいる学生が裕福で、国立大学に学んでいる学生が貧困かというと、必らずしもそうではない。このことについて、すべての係数が明らかになっているわけではありませんが、たとえば、一九九一年の早稲田大学の学生の家計支持者の平均年収が八九九万円であり、東京大学の学生の場合は一、一〇〇万円近くなっております。さすがに慶應は高くて一、一〇〇万ぐらいになっているようでありますが、国立でも東大についで京大、神戸大なども国公私立を通じて最上位にランクされております。東京学芸大学の田中敬文氏の調査によりますと、どうやら国立も裕福な学生の学ぶ大学と、そうでないものとに二極分化されているようであります。私立については個別大学の資料を全部あたったわけではありませんので、はっきりとしたことは言えませんが、私大連盟などを通じて知り得た範囲の資料でいえば、私立大学一般の家計支持者の平均年収は必らずしも国立のそれより高いとはいえず、むしろ学生の数が多い分だけ、経済的に恵まれない者の数は国立大学よりはるかに多いはずです。もっとも、私も地方の国立大学が自宅から通学できるという点で、一定の役割を果たしていることを認めることにやぶさかではありません。

ただ、最近では、ここ松山大学と愛媛大学が並んでおりますように、各地に国立と私立が競合併存しているような格好になっておりますので、立地の点では、ただちに安い国立大の存在が教育の機会均等のために役立っているということにはならないと思います。むしろ地方の一私立大学教師である私の長年の経験と職業的感触からいたしますと、地方に行けば行くほど国公立信仰のようなものが根強いように思います。要するに日本的な牢固たる官尊民卑の思想でありますが、私としては日本の民主主義にとっては、こちらの方が、より社会的に大きな問題ではなかろうかと思っております。

―奨学金制度の充実―

ところで、私はこの朝日新聞の社説を読んだ後、念のために昭和初期の日本の私学と国立の学費、あるいは戦後の学費の推移について調べてみました。手元にあった昭和九年の『時事年鑑』によりますと、同年の帝国大学の授業料は年額百二十円、慶應と早稲田が百四十円、法政と立教が百二十円、明治・中央・同志社・専修・國學院が百十円、駒澤・大正・東洋・上智・関学・拓殖が百円、龍谷が八十五円、立正が八十円、大谷が七十五円となっておりました、後のほうの仏教系の大学がことのほか安いのは、当時、教団の財力が豊かであったので、まだ小規模であった龍谷・立正・大谷にそれぞれの教団か相当の補助を出していたのだろうと思います。また、戦中、戦後は各大学ともインフレや経済の拡大、物価の上昇につれて逐次、学費の値上げをしてきましたが、税立大学である国立の方はほとんど手をつけなかったのであります。したがいまして朝日新聞の社説のいうように、「いつの間にやら国立の学費が私立に近づいた」のではなく、「いつの間にやら国立の方が私立より安くなった」というのが実態であります。

いずれにしても、今のわが国では国立大学に学ぶ学生と私立大学に学ぶ学生との間には、国から受ける利益に、授業料の格差以外にも大きなへだたりがある。私はこの不公平不合理は何としても是正されなければならないと思っております。ちなみに、これも田中敬文氏の調査から知り得たものでありますが、「国立大学の授業料免除率ランキング」という表をみますと、一九八五年、鹿児島にあります国立の鹿屋体育大学の免除三〇・六%になっております。なんと三分の一近い学生が全額か半額かはっきりしませんが、授業料を払っていないのであります。国立の授業料免除率については文部省調査では公表されてはいませんが、この一事をみても国立と私立の学生の負担の格差が歴然としております。

さらに日本育英会の奨学金受給率をみましても、文部省の調査では国立大学の平均が二九・七%の受給率になっております。この調査は調査年度の一定したものではありませんが、国立大学の奨学金受給率の実態を示すには十分な資料だと思います。一方、これに比するに私立大学の平均は一九・三%で、都市圏の私立大学の場合は、ほとんどがその私大平均さえをも下廻っているという結果がでております。これらの結果をふまえて田中敬文氏は、「奨学金の給付には奨学的基準とともに育英的配慮も行われていることがわかる。あるいは大学ごとの割当が行われているのかもしれない」と指摘しておられます。この田中氏の指摘を敷衍いたしますと、日本育英会の奨学金は国立大学に厚く、私立大学に薄く割り当てられているのであろうということになります。もとより、私も奨学金制度に相当の育英的配慮があって当然だとは思いますが、公の行う仕事である限り、その取り扱いには客観的な評価に耐えるにたる基準と透明性が絶対に保たれなければなりません。しかしながら、現実には田中氏の指摘のように、やや不透明感が残ります。何はともあれ万人が納得しうるような公開性の望まれるところであります。ことに私は、高等教育における教育の機会均等は、国立大学の授業料を低く抑えることによって達せられるものではなく、また、そのような官優先の方法に固執する政策は時代錯誤だと思っておりますので、これに代る施策として国や地方公共団体の手による徹底した奨学制度の確立と、学校の設置者別、つまり国公私の差をつけない公明公正な制度の運用に大きな期待を寄せております。要するに教育基本法三条二項に定める「国及び地方公共団体は、能力があるにもかかわらず、経済的理由によって修学困難な者に対して、奨学の方法を講じなければならない」との趣旨を、忠実に徹底して実行することこそ、今、国の文教行政に最も望まれるところであります。

これをわかりやすく申しますと、地元にある、あまり魅力のない国立よりは東京や大阪や京都にある充実した私立大学に学びたい。また、目指す職業につくためには、どうしてもあの私立大学に行きたい、という希望は決して少なくないはずです。しかし、学費が払えないのであきらめざるを得ない。あるいは、それなら学費の安い近間の国立大学で我慢しておきなさい、というのでは、これはどうみても教育の機会均等にもとるといわざるを得ません。学ぶべき資質のある学生は進みたい大学に学ばせてやる。その学生の家計がそれを許さないならば、国が十分な奨学金を出して機会を与えてやる。そして、それに国公私の差があってはなりません。私は、これがかなえられてこそ真に民主主義下の教育体制だと、今こそ声を大にして訴えなければならないときだと思っております。

ただ、このような奨学金について、国はどのように資金を手当するのかという問題があります。これには財政学専攻などの方々の間で、国が教育債のようなものを発行して資金を捻出するというような方法がかなり綿密に検討され、提案もされておりますので、実現しようとする意思をもって工夫さえすればおのずから道の開ける問題だと思います。

ところで、私学に対する国庫助成については、今は機関補助が行われております。私は当面はこれでいかざるを得ないのだろうと思っておりますが、教育面に関する限り徐々に個人補助の方向に向かっていくべきものだろうと考えております。もちろん、これは私学関係者の間でも意見の別れるところでありますが、私の判断では、まず第一に私学が、その教育や運営に私学としての本来の特色を発揮していくためには、教育的な補助については学生個々人に対するものであることの方が合理性があり、大学そのものの自主性堅持という意味でもその方が望ましいと思うからであります。第二の理由は、憲法上の教育を受ける権利はすべての国民に平等でなければならない。国は高等教育を受ける資質のある者については、いつでも平等の条件で教育を受ける環境を整えなければならない。日本のように国民が多様な価値観を共有する自由と民主主義の国にあっては、ある個人が、国立に学ぶか、私立に学ぶか、宗教的教育理念の学校に学ぶか、建学者の理念に共鳴して、ある特定の学校を選ぶか、の学校選択の自由が、国立、公立、私立といった設置者の相違からくる学費の格差によって阻害されてはならないと考えるからであります。したがって、この考え方は先に申しました合理的で徹底した奨学金制度の確立を求める理念と連動し、共通する考え方でもあります。ただし、先に述べた学術研究部門や国際交流部門に関する補助については、事の性質上、機関補助でなければならないのは当然であります。

—国立大学の経営形態の見直し—

国の高等教育費支出について論ずるということになりますと、やはり国立大学の設置形態についても少し触れなければなりません。先に私は鹿屋体育大学が国立大学の中で、学費免除率のトップにあると紹介しました。この体育大学はできてから十年ぐらいのものだろうと思いますが、私にはなぜ国が鹿児島に体育の単科大学をつくらなければならなかったのかについて、どうしても理解できません。中、高の体育の教員は供給過剰で体育系の大学を出てもなかなか先生にはなれない。社会体育の方面への進出はある程度余地はありますが、これも多くは望めません。その上、筑波大学に体育があり、東京学芸大学をはじめ各地の国立の教育学部にはそれぞれに体育専攻の学生がおります。私立でも国立以上に実績を持つ体育大学や体育学部があります。もしかすると鹿屋はかつて特攻隊の基地でありましたので、その埋め合わせのために地元サービスの意味があったのかもしれません。あるいは冷戦時代の国際スポーツ界で、旧ソ連、旧東独、中国などがステーツアマといわれる国費まるがかえの選手を擁して世界に君臨した。それへの対抗策として授業料免除によるメダル獲得要員養成を考えたのかもしれませんが、それなら歴史的にみても私学の活力の方が国立をはるかに上廻っております。これは日本のスポーツ史をひもといてみれば一目瞭然であります。また昔、新幹線の駅を地元につくらせた政治家がいたように、地元選出の有力政治家が介在していたのかもしれません。いずれにいたしましても私はこの鹿屋体育大学の設置などにみられるような普遍的な説得性に欠ける一連の国の文教行政にある種の欠陥をみる思いがしてなりません。もちろん、私は個人としては同大学に何の因縁もありません。むしろ、できたからにはいい大学になってもらいたいと思っておりますが、たまたま授業料免除率があまりに高いので一人の納税者として、この大学の存在に注目させられただけであります。

ただ、それにつけて、私は、現在わが国にある九十八の国立大学と四十八の公立大学、つまり税立大学について、その設置形態をも含めたあらゆるありようについて、国民的視座で今、総点検してみる必要があるのではなかろうか、と思っております。ときどきマスコミが国立大学医学部の付属病院が施設設備が老朽化し、時代遅れであるというようなことを報じますが、たしかに専門家の話によりますと、そのようであります。また、各地の国立大学の校舎が老朽化していることも事実であります。しかし、私は今のわが国の国家財政には、これらすべての国立大学に十分な手当をするだけの余裕はないとみております。社会が高齢化し、福祉重視の方向をたどらざるを得ない日本の財政にとっては、今のままでの国立大学経営はやがて重荷にならざるを得ないと思います。もちろん、国は高等教育にますます力をそそがなければなりませんが、何ごとも国立だから許されると言わんばかりの税金依存の親方日の丸的な放漫経営はこれからはもう許されないと思います。かつての日本国有鉄道にしてもそうでありましたが、政府の行う事業は気位ばかり高く、経営に放漫と無責任がつきまとい、いずれも事業としては成功しておりません。それとこれとは次元が遅うとの異論もあろうかと思いますが、私は、今の国立大学の最大の難点は、この官業に共通な親方日の丸的体質だとみております。今日はこの問題に多くを割くわけにはまいりませんので、結論だけ申しますと、今や国立大学の設置形態を根本的に見直し、一部大学の地方移管なり、第三セクター方式ないしは法人化などについて真剣に考えるべき時期にきていると思うのであります。もとより、これは私学人としての立場で申しているのではありません。一人の納税者として、国民としてそう考えているのであります。

一方、私学の方は施設や設備がひところとは見違えるほどに整ってきました。これはまさに窮すれば通ず、人間は追い込まれれば知恵を働かせます。言うならば経営努力の成果であります。私には不沈艦のような超大型大学のことはよくわかりませんが、少なくとも弱小私学である私どもの大学では経営の安定がなければ教学の充実はないと、極力冗費の節約に努めるなど、日々浮沈をかけた経営努力をいたしております。

今後の私立大学
――大学基準協会の役割――

最後に二点ほど申し上げておきたいことがあります。一つは先ほど申し上げましたように、私立大学はそれぞれに建学の志を掲げ、高い矜持を持って自らを厳しく律しながら、社会の期待に応えるべく経営陣も、教員も、職員も、組織をあげて日々精進しなければなりません。近時、大学の教学体制の見直し、つまり自己点検・自己評価が大きな課題になってきており、それぞれの大学でも本腰をいれてこれに取り組んでおられるようでありますが、私などの手元にも送られてまいります、国公私立の各大学のこれに関する報告書を拝見する限り、僭越な言い分ながら、日本の大学の教学改革はまだまだこれからだと感じさせられます。もとより、それは私の大学をも含めてのことでありますが、各大学が右へならえ的に学生の選択の幅を広げるというカリキュラム改革、小人数制教育、教授法に対する学生の評価、教員の研究業績一覧などを羅列し、書き上げただけでは、まだ本当の自己点検・自己評価にはなっていないと思います。ことに私学の場合、建学の趣旨を強調するならば、その大学に固有な教育の特色とその成果、社会的な役割や使命まででも主張しうるところにまで至らなければ本当に改革の実を挙げたことにならないのではなかろうかと思うのであります。大学の自己点検・自己評価は私学の場合、それは、とりもなおさず、それぞれの大学の教学に独自の創意と工夫が求められることでもあると思います。そして、その集大成がこれからの各大学への評価になっていくのだろうと思います。日本の大学基準協会は昭和二十二年七月、戦後の学制改革によってできたものでありますが、つい最近まであまり存在感がなく、必らずしも十分に機能していたとは言えないように思いますが、最近、にわかに脚光を浴びてきました。私の大学は二十年ほど前から認定を受けて仲間に入れてもらってきましたが、私の認識不足もあって、なんだか大学界の盲腸のような存在だと思っていました。しかし、今の大学基準協会は大学の中味を相互に判定評価することによって、日本の大学教育の質の向上を推進するけん引車に脱皮いたしました。私流に申しますと盲腸が心臓と肝臓を一緒にしたような重要な機能をもつ臓器に変身したわけであります。皆様もご承知のようにアメリカでは全米で六カ所に基準協会が設けられており、一人前のカレッジまたはユニバーシティとなるためには、この基準協会のアクレディテーションを取得しなければなりません。アクレディテーションを得られない大学は連邦政府の補助金受給資格も認められず、そこに在学する大学生は連邦の奨学金ももらえません。また、世間も認めてくれませんし、学生が集まらなくなり、大学として生き残れなくなります。日本ではー挙にそこまではまいりませんが、これからは官の規制ではなく、大学自身の自主的な団体である基準協会の手で基準認定を行い、相互に刺激しあいながら大学教育の質の向上をはかるように努めなければなりません。現在、日本の大学基準協会の認定を受けている大学は国公私立併せて五五二校のうち約三分の一程度しかありませんが、これからはこの協会の基準をクリアしないような大学は自然淘汰されていかざるを得なくなると思いますので、かなり状況が変ってくると思います。しかも、今までは一度認定を受ければそのまま認定校であり得たのでありますが、これからは十年に一回ずつ相互点検を行うそうでありますから、常に自己点検・自己評価を怠らない努力が要求されることになります。私は大学基準協会が本来の機能を発揮するようになれば、大学の新設、学部・学科の増設なども、いわゆる規制緩和によって、もっと自由になってもいいのではなかろうかと思っております。そして、そのためにはそれぞれの大学自身が自らを厳しく律するようにならなければならないのであります。

最後の一点は、これは諸先生方も関心がおありだろうと思いますが、今それぞれの大学が抱えております臨時定員の問題であります。国立大学はほんのわずかしか臨定を持っておりませんし、もともと学生納付金と大学の存立とはかかわりがありませんから何も問題はおこりませんが、私学はそうはいきません。一九九九年から臨定がなくなり、二〇〇三年にはゼロになります。私の試算によりますと、これによって大きいところでは年間三〇億円ないしは四〇億円の収入減になるところもでてきます。ほとんど条件らしい条件のない定員増ではありましたが、少なくとも学生増に対する教員、職員の手当は必要であったでありましょうから、その処置一つを考えただけでも各大学の受ける打撃は小さくないと思います。文部省筋からもれてくる情報によりますと、認可の時の約束どおり期限がくれば臨定分は返上してもらうということのようでありますが、私学側にしてみますと、いったん広げた風呂敷はなかなかすぼめられないというのが実情だろうと思います。このことに対してこれから私学団体はどのように対応していくのか、まだ話題にもなっておりませんが、もう五年後に迫った問題です。本音のところでは各大学とも気になっていないはずはないと思いますが、微妙な問題だけに誰もが口をつぐんでものを言わないのかもしれません。たしかに建前からすれば全廃されて当然です。しかし、私はこれは大きな問題だと思います。もちろん、臨定を安易に受け入れた私学側にも責任がありますが、私学の性質と事情を百も承知しながら、急場しのぎの緊急避難用に、場当り的に私学を利用した行政側にも責任はないとは言えないと思います。この問題について、それぞれの私立大学が、あるいは私学団体が、これからどう対応していくのか、一〇〇％実員化は難しいにしても、ある程度の数を残してもらうように当局と折衝するのか。それから一九九九年から二〇〇三年となっておりますが、これを少し段階的に先送りすることによって、いわゆる軟着陸をはかろうとするのか。あるいは必要度の高い新学科の設置などによって臨定人員の一部を吸収できる道を講じてもらうのか。いずれも至難な道ではありますが、いくつかの方途が考えられると思います。これを機会に先生方にも是非知恵を出していただきたい。また、力を結集して、この難しい局面を乗り超えていただきたいと思います。

それでは、この辺で私の話を終らせていただきます。

（一九九四年七月二十七日、㈶私学研修福祉会・大学問題研修会における講演＝松山大学）

高等教育における教育の機会均等
―国立大学・私立大学の学費格差をめぐって―

国立の学費アップは不当か

平成五年十一月二十七日付の朝日新聞（夕刊）は、「国立大学の授業料値上げに反対する動きが広がっている。単なる値上げでなく、理科系学部の学費を文科系より高くする『学部別授業料』の導入が検討されていることに、関係者が危機感を強めているからだ」と報じ、これに関連して「機会均等に反するような結果をもたらすことには承服できない」、「理科系に行く人が減ってしまうのは、憂うべきこと」といった赤松良子文部大臣の値上げ反対の弁を紹介している。

さらに同年十二月十日の朝日新聞社説は、「大学授業料アップを見直せ」というタイトルを掲げ、「大蔵省は一九九五年度に、国立大学の授業料を現行の年間四一万一、六〇〇円から一割ほど引き上げる方針という。来春には入学金の三万円値上げも決まっている。今春と比べれば、二年後には七万円余り余計にかかることになる。大蔵省は、値上げの理由を『私大との格差を縮める』『厳しい財政下での適正な受益者負担』などとする。同じような理屈で過去二十年近く、国立大の授業料と入学金のどちらかを毎年、「一割程度引き上げるという事態が続いている。その結果、七五年度に三万六、〇〇〇円だった国立大授業料は、十八年間で十一倍強になった。この間の消費者物価の上昇率は一・八倍ほどだから、国立大授業料の上げ方はいかにも突出している。一方の私立大学の授業料は、七五年度で国立の約五倍だった、それが七六年度の国立の大幅値上げで一気に二・三倍に縮まり、さらに八七年度以降は一・七倍程度で一定の比率を保っている。はたして、『格差是正』の名目でこうした連動値上げを繰り返していいのだろうか。『安い国立大』が姿を消せば、資力の乏しい家庭が子供に高等教育を受けさせることは、ますます困難になる。日本の大学生の七割以上が私立に通っている。だが、首都圏で下宿すれば毎月十数万円の仕送りが必要といった現状では、『安い国立大』は教育の機会均等を確保するためには不可欠な存在だ」と論じている。

また、これに先立つ十一月十八日、国立大学協会は声明を出して、「(これ以上の値上げは)高等教育の機会均等の最小限の保証を奪いかねず、国立大の重要な使命達成を危うくするもの」と強調し、学部間の格差を設ける考え方については、「国家、社会の要請にこたえて有為な人材の養成を行っており、その教育の成果は学生個人に帰するばかりでなく、国と社会が最大の受益者。したがって、国立大学の学生納付金については、いわゆる受益者負担の原則を単純に適用すべきでない」と指摘している。

さて、ここで注目しなければならないのは、文教行政の責任者も、マスコミも、当の国立大学そのものも共に、国立大学の授業料を低廉に抑えることがとりも直さず高等教育の機会均等を保つことになる、と言い切っていることである。しかし、わが国の高等教育の現状を具におもんみるとき、はたしてそう言い切れるであろうか。

ちなみに、文部省の「学生生活実態調査報告書」によると、一九九〇年、国立大学の昼間部学生が一年間に費消した食費や娯楽嗜好費などの生活費が一人平均八七万六、四〇〇円であり、私立大学生のそれは七五万五、五〇〇円で、一人当たり十二万円強の差がある。また、家計支持者の平均年収で比較すると一九九一年度の早稲田大学の場合、八九九万円であり、東京大学の場合は一、一〇〇万円近くになっている。おそらく東京大学が格段に高く、地方国立大学に学ぶ学生の家庭の平均年収はそれよりはかなり低いのであろうが、行政当局はこれを国民の前に必らずしも明確な指数をもって示していない、一方、在京の私立大学の場合、同じ九一年度で七〇〇万円台のものがかなりあり、地方都市にあるものでは六〇〇万円台のものもある（日本私立大学連盟「学生生活実態調査」――個別大学――）。

さらに言うならば、これも日本私立大学連盟から得た資料に基づくものであるが、一九九一年度、私立大学の学生一人当たりの教育費は年間一二四万二、〇〇〇円、そのうち学生納付金は九一万八、〇〇〇円、国費負担額が一三万九、〇〇〇円、残りの一八万五、〇〇〇円が資産運用収入や寄付金収入等々になっており、国立大学の場合は学生一入当たりの教育費は二三九万四、〇〇〇円で、学生納付金はわずか三六万七、〇〇〇円、国費負担額が一九九万八、〇〇〇円、その他が二万九、〇〇〇円、なんと国費負担額においては国立大学の学生の場合、私立大学の学生一人当たりの十四倍の額に達している。

この数字は昼・夜間学部、大学院学生や留年生も含めた学生数から算出したものであり、理系・文系を一緒にしてのものであるが、これを見れば私立大学に学ぶ学生とその父母が、国立大学に学ぶそれに比していかに多額の負担を強いられ不利を被っているかが一目で明らかになる。ことに、この数字は子弟を私立大学に学ばせる納税者が、自ら高い学費を負担させられ、そのうえ、国立大学に学ぶ者の学費の一部までも支弁させられていることの不条理を物語るものでもある。

公正な奨学制度の拡充を

このように見てくると、国立大学の学費を値上げしようとする大蔵省の言い分はあながち不当なものとは言えなくなり、一方、赤松文相は何をもって「機会均等に反する」と言い切っているのか、その論拠が曖昧かつ脆弱なものになってくる。また、朝日の社説も皮相的で説得性の乏しいものと言わざるを得なくなる。

おそらく文部当局は、高等教育は主に国家財政の負担においてなされなければならないとする明治政府以来の伝統的な理念と方針に支配されているのであろうが、同時にその延長線上にあって省益を守ろうとするものでもあろう。しかし、高等教育における教育の機会均等を国立大学の学費を低廉に抑えることによってのみ保とうとする考え方は、いささか旧弊に過ぎる。

確かに、明治から大正にかけては、発展途上にあった日本を近代国家に浮揚させるために、その推進力となる人材を育成するための高等教育機関を国が直接設置し、これに多額の国費を投入しなければならなかったことの歴史的事情は十分理解できる。そして、その手法は発展途上段階における国家の避けて通れない道筋でもあった。しかし、自由と民主主義を基調とする世界屈指の近代国家に成長したいまの日本に、明治・大正時代の考え方や手法がそのまま通用するものではない。明治・大正、あるいは昭和初期においては官学が主で、私学はその補完的役割に甘んじざるを得ない存在であったが、いまの私立大学の現状と実力は決して往時のそれではない。

今日の日本では同一年齢層の四一％が高等教育を受けているが、そのうち国立大学に在学する学生数は私立大学の四分の一に過ぎず、文科系に至っては九〇％もの学生を私立大学が受け持っている。もちろん、単に量のみならず質においても国立大学と私立大学との学校間較差は機微僅少であり、その実態を評して私高国低という言葉さえ生まれているほどである。また実際に多数の私学出身者がわが国の政治・経済・教育・文化・科学技術などの面で官学出身者に拮抗する働き、いや分野によっては凌駕するだけの働きをしているのである。ところが、高等教育の実態がこのような状況にあるにもかかわらず、わが国の高等教育政策の基本姿勢は依然として明治・大正以来の官学優先のままである。

以上のような見地から、私は、文部当局が高等教育における教育の機会均等を言うならば、国立大学の学費を低廉に抑え、あるいは学部別授業科の導入に反対するといったような退嬰的な姿勢でなく、「憲法や教育基本法のうたう教育の機会均等を貫くために、高等教育を受けることによって利益を享受しようとする者についてはすべてスタートラインを同じくし、そのうえで『国及び地方公共団体は、能力があるにもかかわらず、経済的理由によって修学困難な者に対して、奨学の方法を講じなければならない』（教育基本法第三条第二項）との趣旨を厳格かつ忠実に実行する」ことの成案を大蔵当局に提示し、その速やかなる実現方を迫ることこそ、文教行政のあるべき姿ではなかろうかと思っている。

他方、国民の側も年来の官尊民卑の思想にならされて官依存意識から脱却できず、官学優位私学軽視の有り様をほとんど怪しむところがない。しかし私は、国民大多数のこのような観念は単に誤りであるばかりでなく、むしろ危険な思想であるとさえ思っている。

なぜなら、今日の日本の自由主義と民主主義の精神的主柱は、学問の自由、言論の自由、信仰の自由にある。国民が多様な価値観を共有する自由と民主主義の国日本にあっては、私学の存在の意義は大きい。そして私学が私学である限り、特定の建学者の高い志によって、あるいはまた深い信仰に基づいて教育が導かれることはあって当然である。

事実、数多ある私立大学の中には歴史や伝統、もしくは建学の趣旨や学風のゆえに、国立大学に勝るとも劣らない内容と魅力をもつ大学が少なくない。したがって、国民の側からすれば、思想や信条、あるいは信仰や職業選択の必要上、ぜひともそこに学びたいと思う私立大学も決して少なくないのであるが、今日における国立・私立の学費の格差は、このような場合に当事者の学校選択の自由を事実上狭めている。

かかる事実に照らし、私は、学費の多寡が国民の大学選択の決定的な要因になるようなことだけはぜひとも国の責任において取り除いてもらわなければならないと思っている。換言すれば、私立大学がその性質上、国立よりもある程度学費が高くならざるを得ないとしても、なお私立大学の教育を望む者があれば、国は必要に応じて、等しく奨学制度の適用を図るなどの方途を講じなければならないということである。

政策の策定に国民的論議を

国立大学協会の言い分に普遍的な妥当性があるとは思わないが、自らの立場を擁護するという趣旨と歴史的な経緯を背景にした若干の自負がこれに加わっていると思えば、理解できないことではない。しかし、マスコミの論潮には首肯しかねるものがある。

前掲の朝日の社説は「七五年度に三万六、〇〇〇円だった国立大授業料は、十八年間で十一倍強になった。……一方の私立大学の授業料は、七五年度で国立の約五倍だった。それが七六年度の国立の大幅値上げで一気に二・三倍に縮まり、さらに八七年度以降は一・七倍程度で一定の比率を保っている」と述べているが、遺憾ながらその視点には、戦前の国立・私立の大学授業料の実態への配慮が全く欠落している。

ちなみに、手元にある『時事年鑑』の記録によれば、昭和九年の帝国大学の授業料は一二〇円で、慶應と早稲田が一四〇円、法政と立教が一二〇円、明治・中央・同志社・専修・國学院が一一〇円、駒澤・大正・東洋・上智・関学・拓殖が一〇〇円、龍谷が八十五円、立正が八十円、大谷が七十五円になっている。つまり、国・私立間の授業料格差はいまと全く逆で、むしろ大多数の私立大学のほうが帝国大学より安かったわけである。

もちろんこれには、研究・教育条件を規制する法制の相違や、宗教系の大学に対する教団の財的援助が相当に行われていたことなどの時代的背景をも考慮しなければならないが、それにしてもこのような歴史的事実を省察するならば、少なくとも「安い国立大」が姿を消せば、資力の乏しい家庭が子供に高等教育を受けさせることは、ますます困難になる、という結論にはならなかったはずである。

そのうえ往時と異なり、今日では約四百余校もある私立大学のうち、ほぼその半数が首都圏・京阪神・中京圏を除く全国各地に散在しているのである。

また、消費者物価指数とのかかわりで言うならば、私学でも最も高額であった慶應（文科系）の授業料は昭和十五年までは一四〇円（帝国大学一二〇円）、これが昭和二十年に三五〇円に、昭和三十一年には二万二〇〇円に上がっているが、国立大学は昭和二十年で一五〇円、三十一年で九、〇〇〇円でしかない。以後、慶應はじめ各私学は逐年、物価上昇を追いかけて学費を値上げし、昭和四十一年には、昭和十年の授業科指数を一・〇とすると、なんと五三三・〇という高い指数を示すまでに学費を改訂してきたのである。これに比するに国立大学は昭和四十一年で一万二、〇〇〇円、これを同じく昭和十年を一・〇とする指数で見ると一〇〇・〇でしかない。

要するに私立大学は、戦中のインフレや戦後の経済の拡大と物価の上昇に合わせて、学生に相応の負担を背負わせながら苦しい経営を強いられてきたのであるが、国立大学のほうは、税立大学として全く経営の埒外に置かれ、昭和五十年代までは授業料収入など、まるで顧みられることがないままに推移してきたということである。「十八年間で十一倍強になった。この間の消費者物価の上昇率は一・八倍ほどだから」という論法は、このような事の推移と事実をなおざりにしたもので、言うならば第一ボタンをかけ違えた議論である。

もとより私も、フランスやドイツでは国公立大は無料であることや、イギリスやアメリカの実態も知らないわけではない。そして、一国の教育政策を考え論ずるとき、歴史と実績のある国々の例に倣い学ばねばならないことも重々承知している。

しかし、それにもまして重要なのは、わが国の国情と国民性に根ざした高等教育の有り様を模索して十分な国民的論議を尽くし、国家としての理念と哲学を確立することではなかろうか。その意味では、わが国の高等教育政策はいままさに、曲がり角に来ているということではなかろうかと思う。

結語

私自身は、高等教育の学費はいまの日本の場合、国立であれ私立であれ、原則として受益者負担でなければならないと思っている。しかも、国立大学の授業料が国の台所や大学の経営コストを度外視して、私立大学との兼ね合いを横にらみしながら、いわば模様見的に決められているという現状は、早急に是正されなければならないと思う。言うまでもなく、大衆化されたとはいえ、大学がいまなお特定の選ばれた者のみの学ぶ教育機関だからである。

もちろん、一方では、高等教育の充実が科学技術や文化の進展に寄与し、これが国家・社会に裨益し、人類の福祉の向上に資することにもなるのであるから、国が高等教育の充実に果たさなければならない役割は重大である。要するに相当程度公費を注ぎ込まなければならないことははっきりしているのであるが、これを公正に広く国民の利益をおもんぱかりながち、どの領域にどう重点的に配分するかが問題の根本であり、国の政策の最重要課題の一つなのであるが、ここではそこまで論及するいとまはない。

他方、私立大学は「私教育」を旨とする教育機関であるがゆえに、「公教育」の担い手である国立とは本質的に異なった存在であるが、かなりの部分について「公の支配」を受けていることと、その公共性からすれば、ある程度の公費助成が認められて当然であり、このことについてもいずれ私見を披歴する機会が与えられれば幸いだと思っている。

（『大学時報』第二三五号　一九九四年三月二十日）

学費の学生負担と受益の格差

―私立大学と国立大学を比して―

一　古くて新しい主張

明治十年三月十日、東京・一ッ橋の開成学校に講義室が開設された。一、〇〇〇人ぐらい収容する施設で、卒業式や演説会などの大きな催しのために建てられたものであるから、今でいえば講堂である。その開設の式典に来賓として臨んだ福澤諭吉は一場の祝辞を述べているが、その要旨は、「今日此学校に三百の生徒を養ひ、其費用毎年十幾万円にして、生徒の員数に割付れば一名の為に費す所、一年五、六百円なる可し。顧て田舎の小学校を見れば、無数の貧生徒、学問の為に費す金は、公私合して一年一名に付一円二十銭より多からず。……等しく是れ日本国中の子弟なるに、此と彼との間に五百倍の相違とは、扨々開成学校の生徒は日本の果報者と云ふ可し、秘蔵息子と称すべし、果報者たり秘蔵息子たるは当人の幸なれども、次第に之を集めて現に一万の数に至らば、一年の所費五、六百万円と為り、之に十倍して十万と為らば、日本政府の歳入は秘蔵息子の賄に供して余なきに至る可し。即是れ諭吉が学校の盛大を祈らざる由縁なり。……論吉の考に、方今我国力の許す所に従へば、日本国中唯一所の開成校を設けて之に満足せざる可らず、法学も工学も農学も医学も百般の学科を此一校内に合して、専門の生徒は各科に三、五十名を限り、其教方は極て高尚にして、其事務（研究）は極めて精密なるを旨とし、全国最第一の標的（模範）と為して、人民の志す所を次第に上流に導くことあらば、費す所は今の半にして、得る所は之に幾倍す可し。既に費を省て余財あらば、……彼の一年一円二十銭の貧生徒へも二円四十銭を給するを得べし。或は人民私立の学校に少しく政府の助力を加えて幾多の小開成校を造るも亦難きに非ず。斯る勢にして始て全国に教育を洽ふするの端を見る可し。即是れ諭吉が官学校の盛大を願はずして、其高尚ならんことを折る由禄なり。」（「明治十年三月十日開成学校講義室開席の祝詞」『福澤諭吉全集』第十九巻、六二八頁〜六三一頁）というものである。

開成学校は同年四月に東京大学になっているが、福澤はこのときすでに日本の高等教育が官学偏重に陥ることとの気運を察知して警告を発しているのである。もとより、当時の政府には私立の高等教育機関を育成しようなどという考え方は毛頭なく、もっぱら政府の手で先進諸国に追いつくための国づくりの人材養成を行おうとしたのであった。そして、それはまた江戸時代の士尊商卑の思想から受けつがれた官尊民卑の思想のしからしむるところでもあった。たしかに、明治十年代から二十年代にかけての東京大学は国の行う高等教育のすべてであった。ちなみに、その必要経費は明治十三年において約四十万円になっているが、これは同年度の文部省の経常費総額約一〇六万円の約四〇％に当たる。

福澤はその後も「学問之独立」（明治十六年）において、学問を政治の支配より解放すること、費用の浪費を省くことのために官立学校を全廃して、私立学校一本にすべきことを提唱しているが、これら一連の福澤の主張には百年後の日本の高等教育のありようを見越したような趣がある。

二　政策の貧困と私学

そもそもわが国には明治の初めから高等教育政策の名に値するほどのものはなかった。当時としては破格の国費を注ぎ込んだ東京大学の設立にしても、所詮は当面の国家目標の達成に焦点を合わせたもので、そこに国の高等教育の将来展望を見いだすことはできない。

政府の官学中心主義がすべてであった明治十年代、在野の人びとが、官の力にたのむことなく創った、たとえば慶應義塾、同志社、早稲田、あるいは数多の私立法律学校が、経営の窮迫に喘ぎながらも幾多の人材を世に送って、国家、社会に貢献してきた事実は一国の高等教育制度のありようを示唆したものといわなければならない。すなわち、高等教育は必ずしも官製をもってよしとするものではなく、むしろ下から沸き上がる民間のエネルギーによって営まれる私学教育の存在にこそ意を用いなければならないということである。しかし、高等教育政策不在のわが国においては、私立の高等教育をきわめて場当たり的に官立の補完的なものとしてしかみてこなかった。

大正七（一九一八）年の「大学令」公布は、日本の資本主義の発展に伴う社会構造の急激な変化によって生じた、専門的な知識を有する人材の需要の高まりに呼応して行われたものであるが、このときも五つの帝国大学をはじめとする官公立大学の足らざるを補うような形で、はじめて私立学校が大学に昇格したのである。したがって、同じく大学になったとはいっても、国や社会の国立と私立に対する処遇や評価には歴然とした差があった。第二次大戦直後の新制大学の発足にいたっては、もっぱら占領軍の政策によるものであったので、旧制度来のものを除けば、国公私立を併せて、まさに粗製濫造のそしりをまぬがれ得ないものであった。

ところで敗戦後五十年、日本は奇跡的な復興を成し遂げ、さまざまな問題を抱えながらも今や世界屈指の経済大国にまで成長した。また、それに伴って文化や社会も進歩充実の方向をたどりつつある。それでは、何が日本にそのような繁栄をもたらしたかである。もとより、それには、ここ半世紀の間の国際情勢なども見逃せないが、内なる要因としては国民の勤勉と叡智である。そして、まさにそれは教育の普及の成果といってよい。戦後、外的要因によって急造された大学も、結果的には急成長を遂げる国家を下から支える大きな力になったのであった。

それどころか、旧制の高校や専門学校、師範学校から昇格したものではまだ足りず、第一次ベビーブーム、第二次ベビーブームと大学の新増設が相つぎ、今、日本の大学数は五五二校に達している。いうまでもなく、この大学の数は需要に即して生まれたものであるが、これがこれからの十八歳人口の減少期に過剰になるという見方がある。今ここでそのことについて深く言及するつもりはないが、結論だけいえば、私自身はアメリカなど先進諸国の例にかんがみても、決して過剰になることはないと思っている、ただし、その内容と特色が問われて大学間の競争が激化し、ある程度淘汰されるものがでてくることは避けられないであろう。

いずれにしても、日本の高等教育を語るとき、私立大学の存在をぬきにしては語れない。政府からほとんど顧みられることのなかった明治から昭和四十年代にかけての私立大学は、それでも総体として国立大学に引けをとらない働きをしてきている。官界はともかく、議会政治、実業界、在野法曹、ジャーナリズム、文芸の分野などでの実績は衆目の認めるところであるが、医療や工業技術の面などでも国立大学とはやや趣を異にしたタイプの有用な人材を多く輩出してきた。そんな歴史的経緯をふまえて、今やわが国における私立大学の存在はすこぶる大きい。

数の点でみても私立大学は大学数、学生数においてわが国高等教育の約七四%を占め、学問分野別では私立大学は文科系で約九〇%理工科系でも六〇%を超え、芸術系その他の特殊な分野では約九六%に達している。そして、これらの私立大学は今、僅かな国庫助成に甘んじながら、懸命な経営努力をつづけ、それぞれに個性ある教育研究を展開しているのである。

三　国・私の学費格差の是正について

一方、国立大学はその数九十八校になっているが（公立大学は四十八校あるが、ここではとくに触れない）、もはや国立なるが故に教育研究条件に恵まれ、財政が潤沢であるという時代ではなくなり、大学病院経営の行きづまり的症状や校舎の老朽化はたびたびマスコミにとりあげられているほどである。

今さらいうまでもないことであるが、国立大学の予算は昭和三十九年度以来、国立学校特別会計で経理されている。国立大学の場合、確かな自前の収入は学生の収める授業料、検定料以外にないのであるが、これがすべての経費の一〇％強にしかなっていない。ほかに付属病院の収入などもあるが、大半の費用は一般会計から国立学校特別会計への繰入金によるものである。したがって、各大学は年度ごとに翌年度の概算要求を提出はするものの、最終的にその額を決定するのは政府である。このことは大学の設置者が政府である限り当たり前のことであるが、併せて国家財政が窮乏し、あるいは大学の数や規摸が国の負担を越えるまでになれば、大学への支出が減るのもまた理の当然である。

ここのところ予算編成の時期になると、きまって国立大学の学費をめぐって、値上げを主張する大蔵省と、これを阻止しようとする文部省＝国立大学協会との間に摩擦が生じる。前者は、私立大学との格差是正と厳しい財政下における適正な受益者負担を拠りどころとし、後者は、高等教育における教育の機会均等のために国立大学の学費は低く抑えなければならないと主張し、マスコミがこれを援護するという図式になっている。

この両者の主張については、私はためらうことなく大蔵省側の主張を是とする立場に立つ、その理由は、まず第一に国立大学の授業料を低廉に抑えておくことが必ずしも教育の機会均等につながらないと思うからである。たしかに、地方の国立大学に在学する父母の年間所得は、私立大学に学ぶ学生のそれより概して低いといわれており、地方の国立大学が機会の均等化に一定の役割をもっていることは間違いない。しかし、一方に東京大学や京都大学のように、在学生の家計支持者の年収が国・公・私もふくむすべての大学の中でもっとも上位にランクされている国立大学のあることも看過してはならない（田中敬文「個別大学『学生生活調査』の分析と家計負担」＝矢野眞和他『高等教育の費用負担に関する政策科学的研究』平成六年、一七九頁〜一九五頁）。

また、私立大学にも家計の豊かでない学生が多数在学しており、私立大学団体を通じて入手しうる限りの個別大学の学生生活実態調査資料と、前掲田中論文を照合してみても、家計の面で国立の学生に比して私立の学生が一般的に豊かであるという結論はどうしても見いだせない。とすると国立大学の授業料を低く抑えておくということは、私立大学に学ぶ学生の父母にとってみれば、教育の機会均等どころか、自ら高い学費を支弁したうえで、さらに国立大学に学ぶ学生の経費の一部まで負担させられているということになり、これほど不合理、不公平なことはない。

第二に、今日の日本の自由主義と民主主義の精神的支柱は、学問の自由、言論の自由、信仰の自由にある。国民が多様な価値観を共有する自由と民主主義の国日本にあっては私学の存在の意義は大きい。そして、私学が私学である限り、特定の建学者の高い志によって、あるいはまた深い信仰に基づいて教育が導かれることがあって当然である。事実、数多ある私立大学の中には歴史や伝統、もしくは建学の趣旨や学風のゆえに、国立大学に勝るとも劣らない内容と魅力をもつ大学が少なくない。したがって、国民の側からすれば、思想や信条、あるいは職業選択の必要上、是非ともそこに学びたいと思う私立大学も決して少なくないのであるが、今日における国立、私立の学費の格差は、このような場合に、当事者の学校選択の自由を事実上せばめている。

第三に、高等教育を受けることによって直接利益を被るのは当の本人である。しかし、同時にまたその者が社会に出て活躍し、あまねく人類文化の向上に、国家社会の繁栄に、国民の福祉の向上に資するところが少なくない。その意味では国家社会もまた高等教育の成果である利益を享受することになる。だからこそ国や社会が高等教有に多額の費用を注ぎ込むのであり、明治の黎明期、東京大学の運営に、文部省が、その経常費総額の四〇%を投入したのもむべなるかなである。そして、それはまた発展途上段階にあった当時の日本としては余儀なき選択であった。

もちろん、東京大学は多数の有為な人材を輩出してよく国家の期待に応えた。また、卒業生の多くはその働きもさることながら、社会的、経済的に高い地位を得、厚く遇されたことも事実である、しかしながら、明治以来百有余年の日本の国づくりに貢献したのは東京大学など国立大学の出身者ばかりではない。先にも述べたように私立大学出身者の貢献度は量的には国立大学をはるかに凌ぎ、質的にも分野の違いこそあれ決して国立大学に劣るものではない。このようにみてくると国家社会への貢献度からは、国立大学の学生の学費負担が、私立大学の学生のそれよりも低くなければならないという理由は出てこない。しかも単に授業料に格差があるばかりでなく、両者の間には、教育に関して国から受ける利益にあまりにも大きな隔たりがある。

ちなみに平成三年度、私立大学の学生一人当たりの教育費は年間一二四万二、〇〇〇円、そのうち学生納付金は九一万八、〇〇〇円、国費負担額が一三万九、〇〇〇円、残りの一八万五、〇〇〇円が資産運用収入や寄付金収入等々になっており、国立大学の場合は学生一人当たりの教育費は二三九万四、〇〇〇円で、学生納付金はわずか三六万七、〇〇〇円、国費負担額が一九九万八、〇〇〇円、その他が二万九、〇〇〇円、なんと国費負担額においては国立大学の学生の場合、私立大学の学生一人当たりの十四倍の額に達している。

この数字は昼・夜間部、大学院学生や留学生もふくめた学生数から算出したものであり、理系、文系も一緒にしたものであるが、これをみれば私立大学に学ぶ学生とその父母が、国立大学に学ぶそれに比していかに多額の負担を強いられ不利を被っているかが一目で明らかになる。

このような実態を知れば、官尊民卑の思想にならされ、官学優位私学軽視のありようをなんら怪しむことのないわが国民といえども、私同様、大蔵省のいう国立大学の授業料についてのある程度の受益者負担主義に賛意を表さざるを得なくなるのではなかろうかと思う。ただ遺憾なことには、大蔵省は受益者負担をいう場合、国立大学の経営コストに言及しないで（せめて学生を明確に受益者と位置づけ、設置者である国の負うべき部分と、学生の負担すべき部分を、はっきり仕訳する必要がある)、もっぱら私立大学との格差是正を拠りどころにしている。腰だめの感をまぬがれず、説得性に欠ける所以である。

以上、私は大雑把に三つの理由をあげて、国立大学と私立大学との学費の格差是正の必要性と、国立大学の授業料の受益者負担主義の導入についてその妥当性を主張したのであるが、先にも述べたように文部省は国立大学の授業料値上げにも、理科系学部の学費を文科系よりも高くする「学部別授業科」の導入にも、基本的には反対の姿勢を崩していない。もちろん、これは立場上、官業の現勢を護るということであろうから、これにここで論駁してみてもまず噛み合うところはなかろう。

ただ一つだけもの申しておきたいのはこれからの日本財政を思うとき、文部省は九十八校もの国立大学を今のままで真正に機能し得るものとして維持経営してゆけると考えているか、どうかである。私は、おそらく維持してゆくだけの自信も見通しももっていないのではなかろうかと思っている。また、国立大学協会も、国立大学の教育の機会均等に果たす使命を強調し、「国家、社会の要請にこたえて有為な人材の養成を行っており、その教育の成果は学生個人に帰するばかりでなく、国と社会が最大の受益者。したがって、国立大学の学生納付金については、いわゆる受益者負担の原則は単純に適用すべきでない」(平成五年一月十八日、国立大学協会声明)と声を揃えているが、その内実は必ずしも一枚岩でなく、旧帝大などの伝統大学には、広く薄くの国費配分では国としての学術研究水準の維持向上は難しいと考えている向きも少なくないように見うけられる。

マスコミの国立の学費値上げ反対論については、あえて僭越な言い条を許していただくならば、たとえば、平成五年十二月十日付の朝日新聞の社説のごときは、まさに調査不足、勉強不足そのものだと思う（拙稿「高等教育における教育の機会均等」『大学時報』二三五号を参照されたい。＝本書にも収録一八七〜一九六頁）。

四　国立大学の設置形態を問う

このように論をすすめてくると、冒頭に掲げた福澤諭吉の所論はまことに卓見であったと、つくづくその慧眼に感服させられる。そこで、少し端折った言い方をするならば、国立大学と私立大学との学費の格差是正、受益者負担主義の導入というのも、帰するところは高等教育機関の必要性の高まりにつられて、財政負担の長期的な見通しもないままに多くの国立大学をつくり過ぎたということである。

適当な比喩でないとの批判もあろうかと思うが、私はわが国の国立大学運営の現状を思うとき、常にかつての日本国有鉄道の経営を連想させられる。いうまでもなく国鉄は明治以降、日本の富国強兵政策の大動脈として官営であったが、戦後は特殊法人という形態をとるにいたった。しかし、結局は三七兆一、〇〇〇億円という驚異的な負債を残して分割民営に移行せざるを得なくなった。もちろん、経営破綻の要因はいくつかあげられるが、私はその最大は労使双方にあった明治以来の官業意識、いわゆる親方日の丸意識であったと思う。おおかたの国民もまた、国家のある限り国鉄は潰れることはないと思っていた。今の国立大学関係者にその意識はないであろうか。国の財政状態がどうなっているかをも顧慮することなく、必ずしも実態に即さない教育の機会均等論をふりかざしての学費値上げ阻止論の背景に、日の丸意識のちらつきを感ずるのはひとり私だけではなかろうと思う。本稿の主題ではないので深入りするわけにはいかないが、話がここまでくれば、当然の帰結として行きつくところはやはり国立大学の設置形態の問題である。日本の高等教育の真の充実発展のために、国立大学の法人化、あるいは第三セクター方式、または地方移管の方法等々、具体的に検討すべき段階にきていると思うのである。

なお、誤解を避けるために、蛇足ながら一言付言しておくが、私も高等教育における教育の機会均等は絶対に守らなければならないと思っている。しかし、それは国立大学の授業料を低廉に仰えておくことによって達成されるものではなく、国・公・私立に共通な公正、公平かつ厳格な国の奨学制度の拡充整備（教育基本法第三条第二項）によってのみ達せられるのである。

五　私立大学の学費の課題

私立大学における学費（授業料、施設設備費等）の徴収は学校教育法（第五条、第六条）に根拠をおくものであるが、その算定は必ずしも厳密なコスト主義にもとづいているわけではない。しかし、多くの大学では経営に要する経費（人件費、教育研究経費、管理経費等）および固定資産の取得額を基礎に、いわゆる世間相場を加味して決定しているといってよかろう。

わが国の私立大学（医歯系を除く）の実情では、帰属収入に占める学生納付金の割合は平均六八・九％、高いところでも七二～七三％程度であり、国の助成が八・九％、経営者負担として、手数料、寄付金、資産運用収入、事業収入等が二二％となっている（日本私学振興財団「今日の私学財政」平成四年度版参照）。なお、医歯系をふくむと、これが六七・五％、一〇・九％、二一・六％という割合になる。つまり私立大学の場合は必要経費のほぼ七〇％が受益者である学生の負担になっているということであり、この指数をみる限り、厳密なコスト主義ではないとはいったが、やはり、根幹にあるのはコスト計算である。しかも、この数値をみれば明らかなように、私立大学においては直接的な受益者でない学生が教員の研究や留学生の教育などに要する費用まで負担させられている。このような観点からすると、私立大学の学生の負担する学費は、学生に直接還元される教育的部分と学術研究・国際交流などに費やされる、学生の側からすれば義捐的とも思える部分からなっている。今日、私立大学の学生の学費負担がほぼ極限状態にあるといわれる背景には、このような私立大学の学費の特質があることをわれわれはもっと重大に受けとめなければならないと思う。

先に私は国の奨学制度の拡充整備を強調したが、こちらのほうはどちらかといえば教育的部分への補いであるが、国は、私立大学の行なうもう一つの業務、学術研究、国際交流部分についても相応の責を負わなければならない。もとより学術研究や国際交流には、国立・私立の差異はなく、これこそこれからの私学助成の主流にならなければならない部分だと思う（だから、といって教育的部分に対する私学助成を全く否定するものではない）。そしてまた、この部分に対する助成が制度的に確立すれば、私立大学の学費の算定に好影響をもたらすことは必定である。

（民主教育協会『ＩＤＥ―現代の高等教育』第三六一号　一九九四年十一月一日）

これからの大学職員のあり方

昨年の七月上旬でございましたが、私立大学庶務課長会という団体から頼まれまして専修大学の生田校舎で一時間半ほど話をさせていただきました。対象は今日と同じように次代を担う私立大学の若手の職員の方々でした。庶務課長会という団体は関東一円の私立大学の庶務担当者の集まりでありますので、今日のように日本私立大学連盟（以下、「私大連盟」）だけの集まりでなく、日本私立大学協会（以下、「私大協会」）、日本私立大学振興協会（以下、「振興協会」）などの加盟大学も加わっており、当日の出席者も今日を少し上まわっていたのではないかと思います。

そこで私は、私学の興亡と生成発展について話をいたしました。私立大学の成立から今日までの歴史、国立大学との比較、私立大学の社会的役割というようなことについて話しました。その私の講演内容について、主催者が参加者各位に感想文を書かせ、その集計的なものを私も読ませてもらいましたが、私の話に対する聞き手の反応はおおむね良好のようでありました。九〇％ぐらいの方が他大学の責任者の話を聞く機会を持てたことが非常に良かったとか、あるいは、自分たちの知らなかった日本の私学の興亡についていろいろと話を聞き大変参考になった、というようなものが多くございました。中には、もう少し板書をしながら説明して欲しかったとか、話が少しあちこちに広がりすぎたようだったとの手厳しい批判もありました。

もっとも、話が広範にわたりすぎたのではないかという批判につきましては、私にもそれなりの自覚があります。と申しますのは、私としては長時間の話、聞き手が飽きないようにと、ところどころに比喩を入れるなど、工夫しているつもりなのでありますが、それがややもすると脱線気味になるのであります。そんなわけで今日の話も散漫なものになるかもしれませんが、そこのところは私の話し方の特徴、持ち味ということでお許しいただきたいと思います。

みなさんも私の話をレポートにまとめて提出されるのだそうでありますが、できれば私の話し方の特徴を予めご承知いただき、頭の中でよく咀嚼され、ポイントをいくつかにしぼってまとめ上げていただければ幸いであります。

一　私立大学団体の役割

ところで最初に少し触れさせていただきますが、これはもうみなさんご存知かと思いますが、日本の私立大学団体についてであります。みなさんの大学が加盟している団体は私大連盟で、早稲田大学、慶應義塾大学、日本大学などのマンモス大学から学生数がせいぜい六千名弱の大学、さらに規模の小さい大学では全学二千名程度の大学まで、現在、一一六校加盟しております。また、これらの大学を歴史的にみますと慶應義塾のように一三〇年にもなろうというものから、新しい大学では創立十年足らずの大学もあります。種別的には総合大学から単科の医科、歯科、女子大学まで含めて誠に多種多様であります。

私大連盟のほかにも二つの私立大学団体があります。一つは私大協会であります。私大協会は二百四十数校もの加盟校でありますから、少なくとも大学数においてはわが国最大の私立大学団体ということになります。もう一つは振興協会という団体でありますが、こちらは昭和五十九年に私大協会から十七校で分離独立してできたものであります、もちろん、大学団体に本家、分家の区別などあろうはずはないのでありますが、あえて言わせていただくならば私大協会の方が元祖であり、われわれの私大連盟の方がそこから分かれてできたものであります。

日本私立大学協会は、昭和二十三年の三月に加盟校四十三大学で発足しております。ところが、昭和二十四年には新しい学校教育法に基づく大学が大量に認可になりました。いわゆる新制大学でありますが、旧制の専門学校、高等学校、師範学校などが大学に昇格したのであります。私大連盟の加盟大学のうち、青山学院、明治学院、日本女子大学などもこの時期の昇格組であります。占領軍の政策もありまして、国立も公立も私立も含めてこの年に日本の大学数は二百余校になったのであります。

そして、このことが私大協会に異変をもたらしました。すなわち、大正七年に大学令という法律ができて、これに基づいて大正九年に私立大学として最初の法律上の大学になった早稲田、慶應義塾、明治、法政、中央、日本、國學院、同志社の八大学および大正十一年から昭和初頭にかけて十校余の私立大学が東京と京阪地区にできておりますが、これらの旧制グループとこれに同調した青山学院などの一部新制グループが一つの勢力をなし、これに対するに圧倒的多数の新制大学群が会の運営をめぐって対立したのであります。こういう言い方をすると語弊があるかもしれませんが、有史以来、人の集団には対立抗争はつきものでありますから協会内でも両勢力の間に、役員ポストをめぐる対立などもあったのだろうと思います。何と言っても新制大学群は圧倒的多数でありますから、一校一票という形の普通の選挙を行えば、旧制の大規模大学グループといえども太刀打ちできなくなるのは当然であります。かくて早慶を中心とする旧制大学グループ二十四校が協会を脱退して新連盟を創ったのは昭和二十六年七月であります。最も、当時の関係者の話によりますと、人事の主導権争いなどというような低次元な対立で脱退したのではないそうであります。

私は流通経済大学の学長を三年を一期に七期務め、現在二十一年目になります。余談でありますが、私どもの学長選は教員の互選に始まって、職員、学生の信任投票も行っておりますが、最近の学生は学長選などにはあまり興味を示さない傾向があって、当初のころよりははるかに棄権が多くなっております。大学紛争の盛んな時期につくった制度でありますので、少し先取りしすぎたのかな、と感じさせられる節があります。一方、私は職員の信任投票については、非常に厳しく、謙虚に受けとめております。なぜなら、職員の人たちは、学長の仕事ぶりや生活態度、ものの考え方などを最も身近で、つぶさに見ておりますので、その目はごまかせません。私の場合は理事長代行の職務も兼ねておりますので、とりわけ職員の目が厳しいのでありましょうが、ともあれ私は今まで職員票の一票一票を非常に重く受けとめてきました。私は私立大学の場合、学長選出にあたっては、職員の判断は形はいろいろありましょうが、是非とも生かさなければならないものと思っております。

ところで、話が私どもの大学の学長選に脱線いたしましたが、私立大学団体の方に話をもどしましょう。実は私どもの二十一年前の学長は島田孝一という方でありました。島田先生は三期九年、流通経済大学の学長を務められる前に、同じく九年間、早稲田大学の総長を務められ、昭和二十六年、私大連盟発足時の会長でありました。すなわち初代会長でありました。私は島田先生の側近くで長い間仕事をいたしましたので、私大連盟発足当時の経緯を島田先生からよくうかがっております。もう四十数年も前の話でありますから、話してもいいと思いますので申しますが、島田先生が言われるには、もともと私大協会というのは、日本の高等教育を盛んにするために、加盟校が切磋琢磨していこうという主旨でできた団体であったが、どうも新制大学の人たちは自分の大学の立場に固執しすぎるところがあった。それでやむなく分かれることになったのだ、ということでありました。島田先生には失礼ですが、何事も事を成すには大義名分がなくてはなりませんので、これがいわば脱退組の名分だったのだろうと思います。しかし、私はこの大義名分、錦の御旗も一枚めくると、先にも申しましたように、やはり人事などの主導権争いが根底にあったのだろうと思いました。そこで私はそのことについて島田先生に、尋ねたことがありましたが、先生は、人事のやり方によっては組織がスムーズに動かなくなり、目的が達成できなくなるからね、という表現でそのことを間接的に認められました。今となればどうでもよいことであり、しかも人もすっかり変って、今では、私大連盟も私大協会も振興協会も相協力して事にあたっておりますので、当時のわだかまりはまったくありませんが、一つの歴史として若いみなさんのお耳に入れたまでであります。

ただし、ここで一言申し上げておきたいのは、私立大学団体のような団体のもつ運営の難しさであります。大規模大学から小規模の大学まで、その間には共通の利害もあれば、対立する部分も少なくありません。もとより、設立の趣旨や歴史も違います。こういった規模も、沿革も、性格も異なった多数の単位の集まりでは、とかく意思の疎通がおろそかになります。どうしても銘柄大学とでもいいますか、大規模大学とでもいいますか、いわゆる強者主導型になりがちです。もっとも経団連であれ、日経連であれ、商工会議所であれ、業界団体の場合は、大体こういった傾向が常でありますが、せめて大学の団体はそういった業界団体などとは一味違うというところがあってもいいのではなかろうかと思います。最近、私大連盟でもこういったことに意を用いられ、規模別、地域別、種類別などで役員を選ぶなどの工夫がなされてきつつあるようですが、まだまだ一工夫も、二工夫も必要ではなかろうかと思います。また、そうでなければ、相協力して日本の私学高等教育の向上に資するという目的を真に達成することはできないのではなかろうかと思います。私自身は小規模大学の立場でありますが、小規模大学側も自分の大学の殻に閉じこもることなく、小なりといえ、他に例のない個性ある私学教育の担手であるとの自覚のもとに臆することなく、提言し、発言して行くべきだと思っております。今日、お集まりのみなさんも、これからグループ討議をされるだろうと思いますが、そういった場では、それぞれの所属大学を超えて、立場を越えた忌憚のない意見を交換され、互いの長所を学び合うという機会にしていただきたいと思います。先に紹介いたしました四十数年前のお話も、その意味では風通しのいい私学団体づくりへの貴重な歴史の教訓になるのではなかろうかと思うのであります。

二　大学改革に不可欠な教員の意識改革

私学団体の話のついででありますが、私大連盟や私学研修福祉会、あるいはもっと広い範囲で、ときどき大学の学長や学部長などの集まりが行われますが、その席で自分の大学のことを話す場合に、よくこれはここだけの話にしておいて下さいとか、オフレコですよと前置きして話をされる方がおられますが、話の内容や個人の性格にもよりますが、私自身は学内向けの話と外向けの話が違うのはあまり感心できないと思っております。もっとも、日本の少なからぬ大学の現状を慮ばかるとき、殊に学長が選挙で選ばれるというような事情のもとでは、いろいろな配慮も必要なのだろうとは思いますが、少なくとも私は、リーダーたる者は教員集団のわがまま、エゴイズムと向かい合った際には、正しいと信ずるところを、遠慮会釈なく主張するだけの見識と力量がなければならないと思っております。もし選挙制度が、学長が本来の指導性を発揮しにくい枷になっているのだとすれば、それは、その大学における民主主義が未成熟であるか、あるいは民主主義が衰弱しているせいだと思います。私自身も偉そうな口をきけるほどではありませんが、発言に表裏の使いわけをしたことはありません。また、世間の常識では理解できないような大学人に特有なわがままには断じて妥協しないことにしております。確かに大学、殊に教授会では、学問の自由、思想の自由、言論の自由を守りぬくための自治権が保障されなければならないのでありますが、ややもするとそれが則を越えてエゴの砦と化すことがあります。社会の通念と乖離したような言動がまかり通ることさえあります。

ここに一冊の本を持ってまいりました。電車の中で暇つぶしに読むために買求めたもので、『学者この喜劇的なるもの』という本であります。ぜひとも読まなければならないというほどのものでもありませんし、ここでとり上げて説明するほどのものではありませんが、大学教授会の一断面を見るという意味で、特異なケースではありましょうが参考になればと思い、紹介させていただきます。皆さん、西部邁という人の名をご存知でしょうか。最近、ときどきテレビに出たりしている評論家でありますが、五年前までは東京大学教養学部の教授だった人で、この本の著者であります。西部さんはこれと同じような内容のものを「はがされた仮面」というテーマで『文芸春秋』にも書いておられます。

この本の内容は、西部さんが喧嘩して東京大学をやめるに至った東大教養学部の教授選考をめぐるできごとをこと細かに実名入りで書いてあります。この内紛は新聞の社会面でも大きくとり上げられましたので、みなさんの中には憶えておられる方も少なくないと思いますし、この本そのものがすべて実名で書いてありますので私も実名で申します。現在、中央大学総合政策学部教授の中沢新一さんが当時、東京外国語大学の助手であったころ、西部さんたちは中沢さんを相関社会科学のすぐれた学究として評価し、東京大学教養学部の教授か助教授に迎え入れようとしていた。最初、それはいいと言って賛成していた人たちが、やがて反対に回り、暮夜、ひそかに電話を使っての謀略あるいは、あちらこちらで会合が重ねられて積んだり崩したりしながら、最終的には、彼はアカデミックでない、ジャーナリスティックであるというようなことなどをあげつらって、彼は所詮野ウサギであって、家で飼うようなウサギではない、したがって東大の学風には合わないということで、その採用は否決されました。そして、その間に何とも醜悪な個人攻撃や人身攻撃が行われ、利害の錯綜した言動が跋扈したというのであります。この本を読む限り西部さんの方が正しく、中沢さんを迎えるための審議手続にもまったく瑕疵はなかったが、他に登場する人々、いずれも学会やマスコミで活躍されている高名な教授たちでありますが、この人たちが愚物、俗物、つまらぬ輩で、そのために前代未聞の醜悪な事態を招いたのだと、いうことになっております。もちろん、その人たちに言わせれば西部こそけしからん奴だが、おとな気ないから醜い暴露合戦に応じないんだということになるのだろうと思いますが、私たち外部の者には何が真実であるのかまったく見当がつきません。

もともと東京大学の教養学部というのは、新制東大発足前は旧制の第一高等学校で、今は本郷の専門課程に進む前の前段の課程を併せもつ四年制の学部になっていて、その上に博士課程まで持つ大学院もありますので、学生数は多く、教授会も二百七十名ほどの大世帯になると聞いております。したがって、社会科学科、外国語学科、体育学科というように学科がいくつもあって教員人事などもそういう大世帯の中で行うのでありますから一つ間違えると大混乱になるのだろうと思いますが、それにしても、この書物に書かれていることは醜態であり、世間の常識からすると、滑稽を通りこしてとるに足らない出来事であります。西部さん自身は、この本の前口上で「単なる回想録のつもりではない。大学という場所が、私の知る限り、世人にはおそらく想像のつかない水準にまで沈み、淀み、腐っていることを暴露することの意義を認めてそうするのである」と述べています。私は西部さんの言い分をそのまま鵜呑みにするつもりはありませんが、この話は東大の駒場に限らない、日本の大学のもつ病巣のようなものを白日にさらけ出したような趣もなしとしないと受けとめております。

私は私立大学しか知らない根っからの私学育ちでありますので、『学者この喜劇的なるもの』に書かれているようなものの考え方や行動が教員人事にとどまっているうちはまだいいが、これがそのまま私学の経営にまでも入りこんできたら、弱小私学などはひとたまりもないだろうと思いました。その意味で西部さんの本を読んで、さすがに天下の東大だけのことはあると、実は妙なところで感心したのであります。

さて、私が今ここで、東大の駒場の人事をめぐる話をいたしましたのは、事は東大に限らない、戦後の日本の大学、殊に学部教授会というものは、戦前の厳しい思想統制や人事統制への反動で、自由と自治の名によって、いささか放漫に流れすぎているのではなかろうかと思っているからであります。みなさんもご承知のように、今、日本の大学では自己点検・自己評価が最大の課題になっておりますが、私はこの問題の核心は、大学教員の体質改善、意識改革にあると思っております。大体、大学の教員というのは週に三日ぐらいしか大学に出てこない。おそらくどこの大学もそうだろうと思います。ただ自然科学系の先生方はほとんど毎日出校して実験、研究しておりますが、人文・社会科学系の人たちは資料などの関係で自宅の方が勉強しやすいわけです。そのように研究日を自宅で有効に使っているというのであれば、それは大いに結構なことです。また、同学の士が集まって研究会をやっているとか、学会の仕事なども分担しているというのであるならば評価に価します。ところがひどい人になってくると家でベビーシッター代わりをやっている。もっとも、これもまだいい方で、どっちの大学の専任教員だかわからないほどに他校に出て稼いでいる教員がいます。これではどうしても本属の大学の仕事がおろそかになり、いきおい研究も手薄にならざるを得なくなります。何といってもこういった道理に合わない勤務態度は改めてもらわなければなりません。ただ、私も大学教員が他大学に出講することを全面的に否定するものではありません。私の大学でも他大学から大勢の先生方にご出講いただいておりますし、またそうでなければやっていけません。

一方、私どもの教員も請われて他大学に出ております。今日のように学問が多様化、細分化してまいりますと、いかに有力な大学でも一校だけで、あらゆる分野を網羅して教員を抱えることはできません。その点では私はこれからますます大学間の教員の交流はさかんにならざるを得ないと思っておりますが、それにはやはりそれなりの節度が必要です。また、これへの対応策として、学生の交流、つまり単位の互換制度を各大学が積極的にとり入れて行くべきだと思います。あそこの先生が動くのではなくて学生が動くわけです。あそこの大学のあの先生の講義を聞きたい。あそこの大学にしかないあの科目を勉強したいという熱意のある学生に対して、各大学は権威主義やメンツにこだわることなくもっと垣根を低くしなければなりません。もっとも、こういったことは言うは易く、なかなか実行は難しい。とかく総論賛成、各論反対になりがちなものでありますが、できれば私大連盟などで、加盟校相互間にそういった機運を盛り上げるよう配慮してもらいたいものだと思います。

さて、専任教員の勤務態様についてでありますが、これは各大学ともしっかりとした規則を整備しなければなりません。もちろん、どこの大学でも就業規則は完備しているはずですが、意外に専任教員の勤務について定めた規則がない。みなさんも自分の大学に帰って、そういう規則があるか、どうか、お調べいただきたい。もしなかったら上司に整備するように進言して下さい。また、専任教員規程がありましたら、それが守られているか、どうかを確認し、守られていないようでしたら、総務や人事の担当職員が学内規則の番人として、教員にそれを守るよう要請しなければなりません。事と次第によったら解雇要件にもなりかねない問題であることを教授会などにもしっかりと認識してもらうよう事務的に徹底しなければならない。これは事務方の仕事の一つでもあります。私はこれこそ自己点検・自己評価の大変重要な第一歩だと思っております。つまり専任教員が本務にいかに忠実であるか、ということが根本なのであります。

三　経営不在の国立大学

ところで、今日は国庫助成や学費の話をするつもりはなかったのでありますが、話の進行上、国立大学と私立大学の学費の格差について少し触れさせていただきます。ご承知のように現在、日本では国立大学と私立大学の授業料の間にはかなりの格差があります。大蔵省はこの格差を縮めるべく、「厳しい財政下での適正な受益者負担」を理由として国立の授業料や入学金の値上げを考えておりますが、これには文部省も、国立大学協会（以下、「国大協」）も真っ向から反対しております。反対の理由は、教育の機会均等に反するような結果をもたらすことになるからだというのであります。また、理科系学部の学費を文科系より高くする「学部別授業料」の導入も検討されておりますが、これについても文部省や国大協は反対しております。理由は、理科系に行く人が減ってしまうからだというのであります。

そして、マスコミもこれに同調しております。たとえば、朝日新聞（平成五年十二月十日）の社説では、大蔵省は適正な利益者負担というような理屈で過去二十年近く、国立大学の授業料と入学金のどちらかを毎年、一〜二割程度引き上げてきた。その結果、国立大学の授業料は十八年間で十一倍強になった。この間の消費者物価の上昇率は一・八程度だから、国立大学の授業料のあげ方はいかにも突出している。

一方、私立大学の授業料は七五年度で国立の約五倍だった。それが七六年の国立大学の大幅値上げで一気に二・三倍に縮まり、さらに八七年度以降は一・七倍程度で一定の比率を保っている。安い国立大学が姿を消せば、資力の乏しい家庭が子供に高等教育を受けさせることは困難になる。日本の大学生の七割以上が私立に通っている。だが、首都圏で下宿すれば毎月十数万円の仕送りが必要といった現状は、安い国立大学は教育の機会均等を確保するためには不可欠な存在と論じております。この論法は一見最ものように聞こえますが、実は大変な調査不足、勉強不足であります。まず第一に戦前の日本では、昭和十年頃でありますが、国立大学の授業料と私立大学の授業料は、ほぼ同額であった。もちろん、今とは教育法制の相違など若干の条件の違いはありますが、一部を除けば、むしろ私学の方が安かった。それが戦中のインフレや戦後の経済の拡大と物価の上昇に合わせて私学の方はコスト主義に基づいて学費を値上げせざるを得なくなった。

しかし、一方、国立の方は税立大学としてまったく経営を度外視し、昭和五十年代までは授業料収入など、まるで顧みられることがなかったのであります。これでは差は開くばかりです。朝日新聞はこの事実を無視してボタンのかけ違え的な議論をしているのであります。第二に資力の乏しい家庭が子供に高等教育を受けさせることができなくなるという言い分について言うならば、文部省の『学生生活実態調査報告書』によりますと、一九九〇年、国立大学の昼間部学生の一年間の食費や娯楽嗜好費などの生活費は一人平均八七万六、四〇〇円であり、私立大学生のそれは七五万五、五〇〇円で、一人当り十二万円強の差があります。また、家計支持者の平均年収で比較すると一九九一年度の早稲田大学は八九九万円で、東京大学の場合は一、一〇〇万円近くなっております。おそらく東京大学が格段に高く、地方国立大学に学ぶ者はもっと低いのでありましょうが、在京の私立の場合にも六〇〇万円から、七〇〇万円程度というものがかなりありますので、国立大学は資力の乏しい家庭の子弟の受け皿であるという議論もまた説得力に欠けるものと言わざるを得ません。

また、これに先立つ国大協の声明は、国立大学は国家、社会の要請にこたえて有為な人材の養成を行っており、その教育の成果は学生個人に帰するばかりでなく、国と社会が最大の受益者であると。したがって、国立大学の学生納付金については、受益者負担の原則を適用すべきでないと主張しております。文部省や国大協の場合は、自己の権益擁護が見え隠れするのはある程度やむを得ないものがありますが、それにしても、国立大学だけが国家、社会の要請にこたえて有為な人材の養成を行っていると言わんばかりの台詞は、いささか時代錯誤であり、とりようによっては私立大学が国家や社会に果してきた多大の実績に対する冒瀆であります。仮に百歩譲って明治以来、国立大学が富国強兵の国づくりに貢献してきたところは私学に勝るものがあったということを認めることにいたしましょう。しかし、日本が、国民が多様な価値観を共有することを認めた自由と民主主義の国に変貌してから、もう半世紀になります。何でも官による規制、官優先の物差しはそろそろ廃棄しなければならない時期にきていると思います。私は元来は高度な民主主義国家においては政府はできるだけ小さく、国が直接掌握する部門は国防、外交、司法、警察など最小限に限り、それ以外は基本的には民間に任せられるべきものだと思っております。もちろん、福祉や義務教育は国費・公費で、民間での費用の調達の難しい高度な科学研究、研究開発や文化財の保護のようなものは国が積極的に関与し費用を注ぎ込まなければならない分野だと思います。

しかし、高等教育については、たとえ国が設置するものであっても、原則的には受益者負担でなければならないと思っております。したがって、国立大学の授業料もまた基本的には経営コストを無視して決められるべきものではありません。このように申しますと、必ず経済的弱者が高等教育を受ける機会が奪われるという反論が起こってきますが、それには国が奨学制度の充実をもって対応すべきであります。くどいようでありますが、国民が多様な価値観を共有する自由と民主主義の国日本にあっては、国民の一人ひとりが、思想や信条、あるいは信仰や職業選択の必要からなる学校選択の自由は、絶対に保障されなければならないと思います。それが今は国立、私立の学費の格差によって当事者の学校選択の自由が事実上狭められております。このような事実に照らし、私は、学費の多寡が国民の大学選択の決定的な要因になることだけは、国の責任においてとり除いてもらわなければならないと思っております。そのためには公正な奨学制度の拡充整備以外に道はないと思うのであります。文部省が本気で教育の機会均等を主張するのならば、まずこの問題に真剣に着手しなければならないと思います。

学費について論じましたので、国立大学の設置形態の現状について少し考えてみようと思います。すなわち、仮に文部省や国大協の言うとおりの範囲内に学費を抑えて、九十八校の国立大学の経営が、しっかり成り立つのでありましょうか。ちなみに敗戦前のわが国には国立の大学は当時の台北や京城にあったものを入れても十八校しかなかった。しかも、そのうち本当の綜合大学は数大学でしかなかった。他に国立の高等学校や専門学校はありましたが、それぞれの学校の規模からしても、その維持経費は今の比ではありません。このごろは私立大学の施設や設備がすぐれていて、国立の方が老朽している、中には未だに昔の兵舎のままの校舎もあるというように極端なものもあるようでありますが、これは血のにじむような経営努力をしている私学と、経営無視、親方日の丸との差であります。私は今の日本の財政状態を考えるとき、また福祉などに多額の支出を迫られる、これからのことを考えるとき、九十八校もの国立大学を今のような経営感覚で抱えて行くことは到底不可能だと思います。

私は、この問題を考えるとき、常にかつての日本国有鉄道を思うのであります。国鉄は中曽根内閣のときに三七兆一、〇〇〇億円もの驚異的な負債を残し、これを棚上げしたまま民営分割化されました。明治以来、鉄道は富国強兵化の大動脈として国が直接経営にあたってきました。鉄道省の直轄であり、鉄道員は役人でありました。それが敗戦によって、日本国有鉄道、つまり公社になったのでありますが、戦前からの政府経営、親方日の丸の体質から脱脚できず実質的な破産に至ったのであります。

もちろん、いくつかの理由があげられますが、根本は国鉄は国家とともにあるから日本国がつぶれない限りなくならないといった労使の意識であります。大多数の国民もまた国鉄がつぶれるなどということは考えてもみなかった。その国鉄と国立大学経営を同日に論ずるのは筋違いだと言う人もあろうかと思いますが、文部省や国大協の主張を聞いていると、かつての国鉄と何ら択ぶところがない。マスコミの論調も目前の現象だけにとらわれて、問題の体質を見極めていない。このような観点から、私は国立大学の経営を根本的に見直すべきだと思っております。当面はまず学費の算定に当って大蔵省は、私立大学との格差を縮めるなどというような腰だめの理由でなく、しっかりとした経営理念に基づいて対応すべきだと思います。そして将来に向って国立大学の設置形態をどのようにするか、法人化の方向なども含めながら、政府は本腰を入れて対策をねらなければならない時期にきていると思うのであります。

四　国立大学と私立大学——二人の先覚——

さて、ここで話題をかえて日本の高等教育を論ずるあたって、欠くことのできない二人の先覚者について語ってみたいと思います、近代日本の大学制度、あるいは学問研究と高等教育の基礎を築いた功労者を二人あげろと言われたら、私は迷わずに福澤諭吉と加藤弘之をあげます、福澤諭吉は皆さんご存知だと思いますが、加藤弘之という人の名前を知っている方はおられますか。

加藤弘之については今お聞きしましても知っている人は少ないと思います。ところが福澤の知名度は抜群です。加藤弘之というのは東京大学の初代総長、最初は綜理と称しており、後に総長に変っておりますが、その初代綜理であります。私はこの福澤と加藤の二人を日本の高等教育、大学教育における二大巨人だと思っております。

さて、この二人のうち、どちらが好きかと問われれば、私は福澤が好きであります。また、どちらを評価するかと聞かれたら、これまた福澤と答えます。ただ、変な話ですが、加藤は私たちの若い頃、大変人気のあった喜劇俳優古川ロッパのお祖父さんで、私はロッパのファンでありましたから、偉い人というより、ロッパのキャラクターを通じて親しみを感じております。

福澤と加藤はほぼ同年代の人であります。福澤は一八三五年、天保五年に豊前中津で生まれ、加藤は天保七年、但馬国出石藩の兵法指南の家に生まれております。加藤の家は禄二二〇石であったといいますから、福澤の家が十三石二人扶持で、侍とは名ばかりの軽輩であったのと比べれば、よほどましであります。ただ加藤の主家、仙石家は幕末の頃にお家騒動があって、幕府から禄を半分ぐらいに減らされていましたので、家臣の台所は非常に苦しかったようです。そんなわけで両者はともに明治の藩閥に縁のない地方の小藩の出身で、しかも貧窮の中で青年期を過したということで共通しております。

二人は早くから郷里を出て苦学力行を重ねた末、福澤は一八六〇年、万延元年に幕府の外国方に、加藤も同じ年、蕃書調所に、それぞれ職を得ております。外国方は今でいえば外務省、蕃書調所は後に開成所と改称した官立洋学校でありますから、官立の研究機関の専任研究員になったということでありましょう、二人の幕府での待遇はほぼ似たようなものだったようで、ともにこれで暮し向きがよくなったことが『福翁自伝』や『加藤弘之自叙伝』を読むとよくわかります、二人とも最初は蘭学から出発しておりますが、福澤は蘭学が実地に役立たないことを悟って英学に転じ、加藤はドイツの富強と学問が盛んなことを知ってドイツ学に変っております。当時の日本では英語やドイツ語を学ぼうにも先生がおりませんから、二人とも苦労して独学で力をつけたのであります。両者の違いといえば、福澤は門閥制度に対する反発から学問を志し、幕府に仕えながら他方で私塾、後の慶應義塾をつくって塾生を教育し、後年の自立の基盤を培っております。いわばこんなところに政府の丸抱えを好まない福澤の在野の気質と申しますか、独立自尊の気風がよくあらわれております。

一方、加藤の方は時代の大勢に順応してそのまま藩閥政府に仕え、順調に官途をのぼりつめ、先ほど申しましたように東京大学綜理になるのであります。二人はともに新時代のエリートでありましたがその生き方は、かたや啓蒙思想家、教育家、在野の言論人として生涯をつらぬいておりますし、一方加藤の方は官学の総師、官僚学者として生涯を終えております。二人とも貧乏書生から身を起こしておりますので、当初は福澤も加藤も民権思想の立場に立っていたのでありますが、官僚としての役割が高まるにつれて加藤は国家主義思想にだんだん変化して行くのであります。何といっても加藤は東京大学という官僚養成の最高高等教育機関の基礎をつくったのでありますから、わが国の官学制度確立の最大の功労者と言ってよかろうかと思います。これに対するに福澤はわが国の私学高等教育の始祖であり、学界、教育界を通じて日本の資本主義の育成につくした功労者であります。思想的にも福澤が自由主義、民主主義的であったのに対し、加藤は国家主義、官僚主義でありました。

二人の著作を読んでみましても、その相違がはっきりしております。ともに著作は多く、よく知られるところでは加藤の『国体新論』、これが天賦人権論的なものでありましたが、後に守旧派官僚などからその内容を批判され、あっさり転向して明治十五年に『人権新論』という書を公にしております。当時、加藤は東京大学の綜理でありましたので、これによって官僚学者としての立場を守ったのでありましょうが、世の識者からは曲学阿世の御用学者という批判も浴びせられております。福澤の場合は『学問のすすめ』とか『文明論之概略』など実に多作であります。彼の場合も所論に変化、変遷がないわけではありませんが、むしろこちらの方は、激動、激変の時代でありましたから、他からの圧力に屈して筆を曲げたということではなく、時代の流れに即して現実主義的に所見を変えたものと言えようかと思います。

加藤の書いたものを読んでみますと非常に難解な感がいたします。よく言えばアカデミックと言うことだろうと思います。福澤の方は非常に平易で庶民的な語り口、大衆的な語り口でありま す。たとえば『福翁自伝』などは、われわれがいま読んでも、なかなかに読み応えがあり、文学的価値もあって非常に面白い読み物であります。また、彼はそんな著作の中でも自分の祖先のことなどほとんど語っていませんが、加藤の方は、保守主義者らしく、むしろ得々と家系を語ったりしております。こんなところにも二人の思想や人柄の相違がみられると思います。

官僚派、官学派の代表、加藤はわが国最初の文学博士になり、ついで法学博士になり、貴族院議員に列せられ、正二位、勲一等、男爵と、学者としての最高位を極めておりますが、在野派、私学派の代表である福澤は終始、野にあって、政府にかかわりをもとうとせず、勲章はもらわない、学位もいらない、爵位もいらない、という姿勢をつらぬき通しました。学者の殿堂として今日も厳然と存在しております学士院は、明治十二年、東京学士会院として創設され、後に帝国学士院と改称し、今日の日本学士院に至っているのであります。この学士院の最初の院長が福澤でありましたが、彼は考えるところがあって、このポストを一期で辞め、以後関わりをもとうとしません。福澤の次の院長が西周であり、三代目が加藤でありますが、彼は三十年近くもこのポストにあって、学士院はあたかも官僚学者の牙城の観を呈したのであります。明治二十年に学位令ができたときの福澤の姿勢もまた見事でありました。学位令では普通の博士の上に大博士をおくことになっており、その第一の候補に福澤があげられておりました。しかし、福澤は『時事新報』の紙上で大博士無用論を展開し、そういうものを受けつけなかった。結局、大博士号授与の制度は廃止になったのであります。

このように福澤は政府の行うことに、ことごとに反対しているようでありますが、それにはそれだけの筋があったのであります。大博士号にしても、爵位にしても、勲章にしても、学者が政府のさじ加減一つで学位をもらったり、爵位や勲章のランクがきまったりするのは筋が通らない。しかも政治家が公、候、伯など高い爵位で、学者はせいぜい最下位の男爵というのも納得し難い。学者も、政治家も、民間人も国家に対する功績について軽重があってはならない。官民平等というのが彼の信念でありました、まさに、それは福澤の指摘のとおりでありますが、わが国では未だにその弊は改まっておりません。官尊民卑の思想でありますが、例えば、今日の叙勲を一つとってみましても政治家と官僚に厚く民間人に薄いという実情であります。そんな福澤に対して、なかばいやがらせ的に「拝金宗」と悪口を言う者が少なくなかったのでありますが、実際の彼の生活ぶりは非常に清廉潔白で質素なものであったそうであります。当時とは時代も違いますので、その福澤の廉潔で合理的、かつ反官僚的な思想なり、姿勢なりが今の慶應義塾にどのように受けつがれているのか、部外者である私にはよくわかりませんが、少なくとも福澤が描いた慶應義塾の教育が、今まで官学に勝るとも劣らない国家社会に有用な人材を輩出したことは天下周知のところであります。官途につくな、独立自尊、実業に携わり、自らで自らの生計を立て、それによって国家社会に裨益するんだということを彼は徹底して教育し、自らもそれを実践したのでありました。

さて、在野で私学派のリーダー福澤と官僚学者にして官学派のリーダーであった加藤とについて、少し話が長くなりましたが、私が福澤について、ここでとり上げ、紹介したいのは、むしろこれから申し上げるところであります。

福澤は明治十年三月、東京の一ッ橋に開成学校の講義室、まあ今ふうに言えば講堂です。それができたときに招かれて祝詞を述べているのでありますが、その演説の主旨は、「官立大学の学生が増えれば、国の費用負担が国力に比して過重になるから、学校の数も学生数もできるだけ制限し、その代りにその質を良くして官立大学を全国模範の最高学府にし、国庫の余財は小学校教育、義務教育の充実にふり向け、さらに私立学校の補助に当てろ」というようなものであります。開成学校は、その年の四月から東京大学になっておりますが、福澤は、すでにこの時期から官学偏重が国家にためにならないということを指摘していたのであります。さらにその後も彼はしばしば、この問題に触れ、学問教育の独立、学問を政治の支配から解放すること、費用の浪費を省くことのために、官立学校を全廃して、私立学校一本にすべきことを主張しております。この福澤の主張について、東京大学の出現によって、また西南戦争の煽りから慶應義塾の経営が苦しくなったので、その腹いせ的な面もあるのではないかという見方もありますが、私は多少それを割引いたとしても、福澤が『学問之独立』などで唱えた、高等教育は民間でやった方が良い、という主張に先見の明を感ずるのであります、実際はこれほどに強い福澤の主張にもかかわらず、わが国で私立大学が官立大学と制度上同格になったのは彼の没後二十年近くたってからでありました。

私は先に今の日本に九十八校もの国立大学をまかなうだけの財政的ゆとりがあるのかと申しました。また、国立大学の経営形態を根本的に見直す時機にきている、法人化をも含めて検討すべきであると申しましたが、今こそ、百年前の高等教育は民業でと言った福澤諭吉の提言を、官民あげてかみしめてみるべきではなかろうかと思うのであります。

五　大学の生残りとアクレディテーション

いずれにいたしましても、明治政府以来の日本の高等教育政策は官学優先でありました。また、それに応えて東京大学を中心とする官学群は確かに行政や政治、経済、文化の面で人材を供給し、相応の役割を果しました。しかし、一方、政府から何ら援助を受けることのなかった私立大学もまた、これに一歩もひけをとらない貢献をしております。殊に、産業の振興、地方自治、在野法曹、マスコミや多岐にわたる芸術活動、地域医療や地味な宗教活動などの面では質量ともに官学を凌駕する人材を輩出しているのであります。

言うまでもなく、大学の社会的評価は卒業生の社会的な働きによって決まります。それではその社会的な働きとは何か。もし、位階勲等の高い人を多数世に出していることをもってよしとするならば、官学の方がすぐれていると言えるでしょう。しかし、もし、そうだとするならば、多少極端な比較でありますが、それは官僚学者として栄位栄爵をほしいままにした加藤弘之の方が、無位無冠の大平民、福澤諭吉に勝るということになります。社会に役立つか、否かの判断はそんな単純なものではなく、人の評価には、もっと奥行きの深い尺度があるはずであります。

今日、お集まりのみなさんの大学は、それぞれに私学としての建学の理念を高く掲げ、あるべき人間像、社会に有用な人材の育成をめざしておられるのであります。今日のような機会に、わが大学のめざすもの、わが大学の社会的役割について改めて考えていただきたいと思うのであります。そして、私たちは今、ここにこうして集まっておりますが、先にも申しましたように私たちの間柄は競争的共存の関係であります。お互いに協力し合わなければなりませんが、同時にそれぞれに大学の個性をぶつけ合って競争しなければなりません。不沈艦のような大規模大学も、歴史の新しい小規模な大学もあります。みなさんも、いやというほど自覚されているところでありましょうが、これからは大学にとって冬の時代、非常に経営の難しい時代であります。こういう時代をわれわれはどうやって乗り切るか、一口に言えば、それは特色のある、社会に有用な魅力のある社会的存在感のある大学をつくることであります。

今回の研修会（基礎課程Ⅱ）の講師の一人として、放送教育開発センターの喜多村和之先生がお越しになっておりますが、喜多村先生は大学教育、大学評価の問題についてわが国では有数の研究者であり、高等教育、大学教育に関するたくさんの著書や訳書のある方であります。『大学・カレッジ自己点検ハンドブック』の訳者の一人でもあります。私なども、よくその著書や訳書のお世話になっておりますが、今日は中公新書の『大学淘汰の時代』から得た知識について少し披露させていただきます。おそらくみなさんの中にも、お読みになった方が少なくないと思います。この本で喜多村先生は、アメリカやヨーロッパ、日本の大学の生成淘汰の歴史をわかりやすく書いておられます。この本を手にした日本の私立大学関係者なら、誰でも身につまされる思いで読むであろうところは、アメリカのアカデミック・レボリューション、教授団革命についての部分でありましょう。一九六〇年代のアメリカの高等教育は拡張と興隆の時代であった。学生がいくらでも集まる売手市場であった。学生がいくらでも押し寄せてくるから定員数が決められていないアメリカでは学生の収容数がいくらでも増える。当然、大学教員が必要になってくるから、大学教員は贅沢な給与や手当を要求するようになる。学生の利益や必要性よりも、教授の要求や利益が優先される。教授にとっての好条件には、授業負担の軽減や自分の研究に直結する大学院の授業担当などもあります。そうなると結果的に割を食うのは学部学生であり、一般教育課程の授業などは殊にマスプロ化する、過去、アメリカの高等教育においてヘゲモニーを握ってきたのは、一九二〇年頃までは巨人学長の時代であったが、一九二〇年から六〇年代までは大学管理者の時代、そして六〇年からは教授団の時代になってきたというのでありますが、八〇年代は学生を丁重に迎え入れなければならなくなって、教授団の主導権が衰退し、いわゆる学生消費者主義の時代だというのであります。私はこの現象は、今まで二十倍、三十倍と有史以来の応募者に浮かれていた日本の私学、基本的には教授団主導の日本の大学のこれからにもそのまま当てはまると、つくづく考えさせられたのであります。また、アメリカにはディプロマ・ミルという、つまり学歴販売業があるというのもショッキングな話であります。もっとも、古くは十七世紀のフランスや十八世紀のイギリスでも学位の売買が横行したとは聞いておりましたが、アメリカの場合は現代の話です。

一九八五年十二月に連邦議会の下院特別委員会に提出された推定資料によりますと、現在五十万人以上のアメリカ人の勤労者、すなわち二〇〇人に一人がニセ学歴で職を得たとみられ、一万人の医師、医者の五十人に一人がニセ免許状ないしは疑わしい資格で医療行為を行っているといいます。さらに三、〇〇〇万人、実にアメリカ人勤労者の三人に一人は、何らかの形で後で改められた資格証明に基づいて雇用されているというのでありますから驚きであります。こういうことが行われるのは、アメリカでは非大学卒、さらに大学卒、大学院での学位取得者との間に大きな給与の格差があるからでありますが、これらのディプロマ・ミルは州法や連邦政府の下で必らずしも非合法的にばかりでなく、合法的に経営されているものもあるというのでありますから、われわれには考えられない根の深い問題であります。一九八八年末に『ディプロマ・ミルズ』という本が書かれ、喜多村先生は、その共著者二人に面談されたそうでありますが、調査を進めて行くうちに、このニセ学位販売がアメリカ国内だけでなく外国にまで及んでいる実態を知って教育資格問題の専門家であるこの両人は大変ショックを受けたそうであります。

大学の自由な設置を認めるアメリカの風土が生みだした悪弊、悪業でありましょうが、アメリカの高等教育界はこういったものを閉め出すために、アクレディテーションと呼ばれる基準認定制度を設けました。大学の設立は自由でありますが、学位を出せる一人前のカレッジまたはユニバーシティとなるためには全米で六カ所設けられている基準協会の基準に適合した大学にならなければなりません。しかも、その基準協会もワシントンの全米基準認定協議会（COPA）の認定を受けているものでなければ公には認められません。いくら大学が基準認定に合格していると称してもCOPAの公認している団体からの基準認定でなければ一般から信用されないし、連邦政府が連邦の補助金を受給する資格のある大学とは認めないのであります。

その基準認定はどうやって行われるか、とにかく実地審査を受けるためには一年前ぐらいから準備をしてセルフ・スタディ・レポートを作成するそうです。この報告書があらかじめ基準協会の判定委員会によって検討された上で審査団が派遣され、数日かけて大学の経営、教員の質、カリキュラム、図書館の質、授業の実態、学生の評価、卒業生に対する雇用者の評判、大学に対する周辺住民の評判まで調査するのだそうであります。そして、これを協会加盟校から選出された委員のボランティアで行うのだそうであります。しかも、これが入会時だけでなく、五年ないし十年に一回受けるわけです。これをハーバードやバークレーのような名門校でも受けるそうですし、名門校でも審査委員会から厳しい批判を受けることが少なくないということであります。日本でも戦後の昭和二十二年に大学基準協会がつくられておりますが、最近、これが非常に脚光を浴びてきております。現在、これには五百五十余校の国公私立大学のうち約三分の一が認定を受けておりますが、これからは認定校がどんどん増えなければなりません。やがて、アメリカ並みに認定を受けていなければ、一人前の扱いを受けない時代がくると思います。しかも、日本でも一度入ったら、それでよしとするのではなく、十年に一回づつ相互点検を行うというのでありますから、これからは常に怠りなく自己点検を迫られることになります。基準協会では、今後は入学案内に基準協会認定校と明示せよと言うのでありますが、今のところは受験生など認定の有無などにまったく関心はありませんが、五、六年もすれば世間の目も肥えてきて認定校であるか、ないかが問われるようになると思います。日本の基準協会はこの四月に市ヶ谷田町に新しいビルをつくりましたが、これから本格的な活動がはじまるわけであります。

六　職員の使命と役割

われわれとしては、そういう厳しい審査、認定に耐え得る大学をつくるには、どうしたらよいか。冒頭に申しましたように、まず教員の意識改革だと思います。さらに学校経営者の意識改革。つまり学校を私物化するような経営者がいる大学はついていけなくなると思います。私は大学の経営者というものは廉潔で質素でなければいけないと思っております。言わずもがなのことでありますが、われわれの仕事というものは、学生から貴重な学費を預って経営しているのでありますから、そこのところを片時も忘れない経営姿勢と職業意識が肝心であります。

そういう意味で教授会、理事会、もう一つ大事なのは何と言っても職員だと思います。職員というのは一見、舞台まわしの単なる裏方のようにしか見えません。しかし、筋書きを書いて、その筋書きどおりに理事会の判断を導くのが事務局の仕事です。どんなにすぐれた理事長であっても個人のアイデアには限界があります。理事会や理事長が判断を形成するに必要なデータを整えて、あるべき方向に経営を誘導していくのが事務局、職員の仕事だと私は思います。また、大学に職をもつ者は学生に接するに親切でなければなりません。学生本位にものを考えるようにしなければならないということであります。例えば、私は自分の学校で学生が窓口に来て何かを尋ねようとしているのに、それに気がつかずに係の者が雑談をしていたり、すぐに対応せずにいつまでも待たせておくようなことは断じて許しません。私たちは教育の仕事に携わっているのでありますが、それはまた教育にかかわるサービスの提供者ということでもあります。このことを忘れてはなりません。

私の大学の恥をさらすようでありますが、私の室がある建物を一号館といいますが、私がその建物を出ようと、扉をあけますと、入れ違いに学生が一号館に向ってくる。わずか六千名足らずの学生ですから私がだれであるかを彼らは当然知っているはずです。これが私でなくても年輩の人であれば教職員か、来客であることはわかるわけです。いくら生涯学習時代といっても年輩の学生はそう大勢いるわけではありません。私たちの時代でしたら、出会い頭に年輩の人と行き交うようなことがあれば、まず相手を先に出してから、自分が入ったものです。ところが今の学生は譲らないで正面衝突するように、こちらを圧倒するような勢いで入ってくる。いくら学生を大事にする大学であっても、これは許せません。実際に企業などに入ったら、そんなことは許されないはずであります。私たちは教育の仕事をしているわけです、そういった場合、私はその場で厳しく注意します。今の家庭のしつけが悪いのか、あるいは中・高のしつけがなっていないのだろうと思いますが、そういうことをたしなめるのもわれわれ教職員の役目であります。しかし、同時に今、学生が何を考え、何を求めているか。先取りして学生と膝をつき合わせて意見を聞くこともわれわれの大事な仕事であります。もちろん、できること、できないことがあります。私の大学ではお昼の時間になると学生が食堂に殺到します。周辺に学生向けのレストランのない郊外型大学の弱点でありますが、六千名弱の学生全員を五十分ぐらいの間に食事をさせることは大変難しい。彼らは食堂が小さいから大きくしろと言います。その要求はわかりますが、五十分ぐらいで数千名の学生が一度に食事のできる食堂をつくったら学校が食堂だけで手一杯になってしまいます。そういうところを先取りして、実際の年間の利用日数、状況をつぶさに調査し、よく学生と話し合い、学生の理解と協力を得ながら問題の解決をはからなければなりません。こういった日常のことに遅滞なく対応し、工夫するのも職員の仕事であります。職員は事務的な仕事の担当者であると同時に広い意味での教育の仕事に携わっているものであることをもわきまえて、常に広い心で暖かく、ときには厳しく毅然とした姿勢で学生に対応しなければならないのでありま す。そして、もう一度申しますが、大学が難しい時代に生き残り、栄えていくために一番重要な役割をするのは職員であります。理事会がキチンとした経営判断をするには職員の適正なお膳立てがなければならないからであります。

また、教授会と事務局・職員との関係は、言うまでもなく大学における車の両輪であり、決して上下関係にあるものではありません。個人としての教員と職員の関係も職能の異なる職場の同僚であります。職員のみなさんは学校事務のプロとして、事務については、教育職、研究職の教員から一目も、二目もおかれる存在にならなければなりません。もちろん、ここでいう事務とは単なるデスクワークをさすものではなく、広い意味での事務管理能力であります。そのためには職員たる者、大いに勉強しなければなりません。職員の勉強というのは、基礎的な事務能力に加えて、教育法規に精通し、学校会計基準についても精通しなければなりません。あるいは教務事務にしても、広報事務にしても、学校事務の専門職としての見識を備えなければなりません。そして、その中から大学全体の経営を動かしていけるだけのゼネラリストが生れてこなければならないのであります。とにかくこれからの学校事務屋の仕事は大変です。みなさんには大いに勉強してもらわなければなりません。これは私の持論でありますが、大学経営に中心的役割を果さなければならないのは、教員でなく、職員です。職員から経営の中枢に座れるだけ力量のある人材が常に出てこなければ、私立大学の経営は健全正常なものにはなりません。

最後にもう一つ言わせていただきますが、校友を大事にしない私学は栄えない。それは外に出て各界で活躍し、実績をあげている人の母校愛、その経験に裏打ちされた見識に耳を傾けるだけの謙虚さと雅量がなければ、大学は視野狭窄に陥り、生きた社会からとり残されて行くと思うからであります。

（一九九四年六月十五日、㈶私学研修福祉会・職員総合研修における講演＝ホリデイ・イン・クラウンプラザ豊橋）

歴史を省察して　未来を問う

日本の物流発達史を踏まえて、中国・東北三省の物流業への提言

㈠

本日は、私の話をお聞き下さるために、このように大勢の方々にお集りいただき、大変恐縮いたしております。ただ、私は元来、民法学と法社会学の研究者でありまして、物流の専門家ではありません。ただし、三十八年もの間、流通経済大学の教授や学長として大学運営に当ってきましたので、物流の研究者とのつき合いが深く、また、長い間、日本の物流の現場を身近かに見てきました。もともと、流通経済大学という大学は、物流事業に携る人材の育成と、その学問的研究に主眼をおいて創設された私立大学でありまして、世界でも屈指の総合物流企業であります日本通運株式会社の出捐によってできたものであります。

因に、日本には現在、大学が六六九校ありますが、その内、国立大学九十九校、都道府県や市が設置しています公立大学が七十四校、そして私立が四九六校であります。日本の大学は今、大きな転換期にありまして、国立大学は、ここ二、三年のうちに法人化され、民間経営に近い経営

形態に変ります。そして合併や統合によって整理再編されることになっております。一方、私立大学の方は、歴史の古い大規模大学と小さくても他に真似のできない特色を持った大学が強力で、その他の弱小大学はしだいに淘汰されて行くであろうと言われております。わが流通経済大学の場合はいわゆる特色の鮮明な大学の一つに数えられております。ついでながらトヨタ自動車の出捐によってできた豊田工業大学なども流通経済大学と同様に個性的、且つ安定的な大学とされております。

余談でありますが、日本の私立大学は、私立だからといって国立より地位が低いわけではありません。法律的には国立と全く同格でありますし、内容的にも国立に勝る大学が沢山あります。また、私立大学だからといって営利主義的経営が許されるわけではありません。国庫からの経常経費補助金も出ております。

さて、話を本筋にもどします。

流通経済大学は、そういう特色のある大学でありますから、私も、周囲の人たちの刺激を受けて、自分の専攻の法律学とからめながら、物流の政策的展開については僅かながら知識を持っております。日本には「門前の小僧、習わぬ経を読む」という諺がありますが、私の物流の知識は、寺の門前の小僧のお経のようなもので、それ程中味はありません。つまり、高度な技術論については殆ど知識はありません。そのことをお含みおきの上、話を聞いていただければ幸いであります。

(二)

ところで、物流という言葉が日本で使われたのは、そう古いことではありません。運送、輸送という言葉は古くからありました。勿論、物を運ぶということは、人間の歴史と共にある、人の営みであります。ただし、物流という言葉の原語でありますPhysical distributionという用語は一九四〇年代にアメリカのマーケティングの分野で広まったもので、日本には五八年に入ってきております。これを六四年に金谷璋（日通総合研究所所長）と平原直（荷役研究所所長）が相前後して「物的流通」という日本語に訳しました。二人ともわが流通経済大学の関係者であります。そして、この言葉が産業界や学界で使われるようになりました。その後一九八三年に、日本物流学会が「物的流通」を「物流」という言い方に統一したのであります。

物流という言葉を広い意味に使う場合と、狭い意味に使う場合がありますが、広義の物流とは、物流産業（道路貨物運送業、海上貨物運送業、港湾運送業、貨物取扱業等）或いは政府の物流政策（道路、鉄道、港湾、貨物ターミナルその他物流社会資本の整備、拡充等が中心となり、物流労働政策、公害対策等もこれに含まれる）という場合の物流がそれであり、狭義の物流とは、マーケティングを行う企業が自社製品を計画的、効率的に流通部門（商的および物理的な）を経て需要家に供給するために行う輸送、荷役、保管、包装、流通加工、情報処理などの諸機能の総称であります。

狭義の物流は、企業の製品の空間的、時間的な流れに関する概念でありますが、それが原材料、部品等の調達にまでさかのぼり、製品の移動および取扱いの管理をも含むものにまでなりますと、これはLogisticsという概念になります。この概念は六〇年代末から七〇年代にかけてアメリカの学界で生まれたものでありますが、このような物流、ロジスティクスの戦略化の動きは、合理化や効率追及のためだけのものではなく、戦略によってより大きな利益をあげようとしてのものであります。尚、ロジスティクスはもともとは軍事用語であり、戦闘の展開に必要な武器、弾薬、食糧などの補給をいうもので、中国や日本でいうならば「兵站」であります。

(三)

つぎに日本の物流発達史の概略について述べさせていただきます。

日本の封建政治が一応終了し、近代的な政治が行われるようになったのは一八六八年、今からほぼ一四〇年前のことです。もっとも、近代的とはいっても、政治も、法律も、教育制度も、産業や経済の仕組みも、欧米の先進国から見たら比較にならない程に遅れたものでありました。そこで、日本の新政府は西洋の仕組みをとり入れることに力を注ぎました。外国人の技術者を呼んで鉄道を作り、造船や通信技術を学び、西洋風の法律作りも学びました。東京の新橋という地点から、横浜市の桜木町という地点まで、四〇キロぐらいの距離でしかありませんが鉄道が開通し、蒸気機関車が走ったのは一八七二年でした。そしてこの年に今の日本通運の前身である陸運元会社が創立され、各駅に陸運会社、つまり民営の運送店が設立されております。新橋、横浜間で初めて鉄道貨物輸送が行われたのは、鉄道開通の翌年一八七三年でした。一八七五年には陸運元会社は内国通運会社と社名を改め、八〇年代前半には、まだ人力と馬車による輸送ではありましたが、日本全国に輸送道路網を完成させております。

その後、日本の鉄道網が整備され、ほぼ全国に鉄道が施設されるようになりました。一九〇六年には鉄道国有法が公布され、これに伴って物流業者である内国通運は、従来の馬車による長距離輸送から鉄道貨物輸送に転換して行くのであります。

ところで、この内国通運の、「通運」という言葉でありますが、この言葉は、日本と中国では、ちょっと違った意味合いに使われているように思うのですが、如何でしょうか。

日本で通運といえば、小運送業のことです。小運送とは、荷主から貨物を預かって駅に集荷し、鉄道貨車に積載し、鉄道によって運ばれたものを着駅で降ろして顧客に届けるという一連の作業を指します。これに対して鉄道の貨物輸送は大運送ということになります。従って、長い間、日本では鉄道の貨物輸送と通運は一体の関係にありましたが、事情は後程お話しいたしますが、今では小運送業の占める役割は非常に小さくなっております。

(四)

欧米の文物をとり入れて日本の近代化が少しずつ進んできますと、日本政府は海外に目を向け、欧米先進諸国の後を追うようにアジア大陸に対する植民地政策を展開しました。朝鮮半島や中国大陸に対する侵略がそれでありますが、一九三一年の柳条湖事件（満州事変）以降、日本は極端な軍国主義体制に突入しました。政府は軍需産業を強化するために一九三七年、全国の小運送業者の統合を求め、内国通運株式会社を主軸にして日本通運株式会社を創設しました。株式の半分を政府が保有するという半官半民の特殊会社で、北海道から九州までにかけて存在した数百に及ぶ小運送業者を全て日本通運に統合しようとしたのであります。結局は全ての統合が終了する前に四五年の敗戦に至りました。それでも八〇％余の小運送業者が日通に統合されたのであります。そんな次第でありますから敗戦後もしばらくの間、日本通運は日本の運輸業界を圧倒的に支配する独占的な存在でありました。

(五)

一九四〇年代、つまり戦時中における日本国民の生活は貧しく厳しいものでありました。戦争中でありますから人手不足で仕事はありましたが、食糧は足りない、衣料は足りない、という貧乏暮しでした。勿論、高級官僚、高級軍人、資本家などの特権階級は贅沢な暮しぶりでした。四五年の敗戦を境に、われわれ一般国民は精神的な自由を得ましたが、生活は戦時中よりもっと苦しくなりました。衣、食、住が不足し、その上働き口がない、という状況でした。私は一九五〇年に大学を卒業しましたが、卒業の時に就職の決っていた者は僅かに二五％ぐらいでした。

その頃の日本の物流業界をふり返ってみますと、産業が壊滅状態でありましたから、当然、活気はありません。ただ、日本列島に人が溢れ、米も、衣類も、酒も、煙草も配給制でありましたから、米麦の輸送を一手に請負っていた日本通運はまずまず順調だったようです。勿論、その頃の日通は、敗戦によって政府が持株を手離しましたので、普通の民営企業になっていました。ところで、その頃の物流のあり様をちょっと紹介いたします。それは今では到底考えられないのんびりしたものでありました。

例えば、北海道の中央部に旭川という都市があります。周辺一帯は農業地帯でありますが、馬鈴薯やタマネギの産地として知られます。当時は鉄道が唯一の輸送手段でありましたから、東京に馬鈴薯を送るには、先ず、旭川駅にこれを集荷します。巨大な消費地に季節のものを送るのでありますから、一度に二十車両も二十五車両も送らなければなりません。広い地域から野菜を集荷し、二十五車両もの貨車を満杯にするには時には一週間もかかります。また、一度に大量を輸送すればコストを低く抑えることができますので鉄道会社も運送会社も大量輸送が効率的で利益率も高くなります。ところが、夏の季節、鮮度が生命である野菜を一週間も十日間も貨車に積み込んでおけば当然、下に積んだ方から腐敗してきます。ほんの一例ですが、一九六〇年頃までの日本では、こんな状況が一般的でした。まだトラックの普及率が低く、道路事情も悪く、日本国内の貨物輸送は、鉄道と内航海運が主役だったわけです。従って業界には競争らしい競争もなく、当時は日本国有鉄道と日本通運の独り勝ちだったといっても、決して言い過ぎではないと思います。

(六)

敗戦後の日本経済が活気を呈するきっかけになったのは一九五〇年六月の朝鮮戦争(抗米援朝戦争)の勃発であります。以後、日本経済は順調に発展し、一九六四年、東京で開催された第十八回オリンピックが、いわゆるオリンピック景気をもたらしました。この間の時の流れを交通、物流の角度から見てみますと、一九五〇年に名古屋—東京間でトラックによる路線事業が開始され、五六年には船舶の建造高が世界第一位になっております。五八年には九州と本州を結ぶ関門国道トンネルが開通、五九年には日本国有鉄道でコンテナ輸送が開始されました。六〇年頃から、長い間、人力に頼ってきた荷役の機械化が進んで、フォークリフトやコンベアが導入され、包装の技術も進みました。そして日本の、貿易の自由化が始まったのもこの頃でした。オリンピックの開幕直前に東海道新幹線が走り、モータリゼーション、つまり自動車の生活化、大衆化が始まったのであります。一九六六年にはトラックの貨物輸送量が鉄道を完全に追い抜きました。そして、それと相前後して名神高速道路、東名高速道路が開通し、日本初のコンテナ船「箱根丸」が就航しております。一九七〇年には物流情報システムがスタートし、七四年には貨物専用のジャンボ機が飛んでおります。宅配便が始まったのは七六年でした。この頃は、日本経済にとって、画期的な成長期であり、物流の新時代でもありました。

そして、これら一連の流れの中で、特に注目していただきたいのは国有鉄道の分割民営化であります。百年も続いた国営鉄道が旅客六社、貨物一社に分割民営化されざるを得なかったのは、採算性を無視した官僚主義的な経営、顧客を大切にしないサービス精神の欠如が根本的な原因であります。勿論、航空機の発達や自動車の大衆化が鉄道の足を引っ張ったことも確かであります。

(七)

一九八〇年代、日本では一億総中流化という言葉がよく使われました。国民生活が豊かになって貧しい人、下層階級がいないという意味でありました。日本は領土的には小さな国でありますから、日本列島が全て海底トンネルと巨大な連絡橋でつながり、どんな遠隔地間でも、宅配便で、今日、発送した荷物が明日には届くという便利さです。もっとも、この後にいわゆるバブルの崩壊に見舞われ、九〇年代の初めから今日まで、失われた十年といわれる低迷の時代が来るのであります。今、現在、建設、金融、流通などが不況産業といわれ失業率も五％に達しておりますが、それでも日本人の個人貯蓄の総額が一千四百兆円にも達しており、その意味ではまだそれなりに底力があるという見方をする人もおります。

(八)

産業界が疲弊し、経済が活力を失いますと、当然、物流業も衰えます。日本の物流業界も近年の景気低迷の影響を免れるわけにはまいりませんが、それでもよく健闘しております。日本通運の場合で見る限り、総売上高は約一兆三千億円で、業界では第二位のヤマト運輸の約七千百億円を圧倒しております。また、ヤマト運輸は得意の宅配便取扱個数では第二位の日本通運を寄せつけない、ほぼ二倍の実績を挙げており、しかも、業績が年々上昇しております。もともと物流業は農林水産業などの第一次産業や製造業などの第二次産業を補完するという位置づけでありますが、イギリスの経済学者、コーリン・クラークは、A・フィッシャーにならってつくった産業分類の方法で、商業、運輸・通信業、金融保険業、公務、自由業、サービス業などを第三次産業と位置づけ、経済が進歩するにつれ労働力人口が第一次産業から第二次産業へ、さらに第三次産業へ移動し、一人当たりの所得が上昇するといっており、これをペティの法則と名づけております。私は、今の日本経済の傾向は、このペティの法則に則っていると見ております。

日本政府も物流が第一次産業や第二次産業活性化の牽引力になることに着目し、一九九七年四月に「総合物流施策大綱」を閣議決定しております。それは、日本の物流が「二〇〇一年までにコストを含めて国際的に遜色のない水準のサービスの実現が目指せる分野であるとして、関係省庁が連携して（わかりやすくいえば、政府が一体になって）物流施策の総合的な推進を図る」というものであります、そして、その掲げた目標は「アジア太平洋地域で最も利便性が高く、魅力的な物流サービス」「物流サービスが商業立地競争力の阻害要因にならない水準のコストで提供される」「物流にかかわるエネルギー問題、環境問題および交通の安全等に対応する」三点であり、政府は「物流施策推進会議」を設けて着々と実行に移しております。これによって実施された内容は「横断的課題への対応（社会資本整備、規制緩和、物流システム高度化）」「分野別課題への対応（都市内物流、地域間物流、国際物流）」でありますが、私は、このような問題の進め方は、大連および東北三省の物流の発展にも当てはまるのではなかろうかと思っております。

㈨

日本政府は、今、申し上げた「総合物流施策大綱」を決定する七年前、一九九〇年十二月、物流事業活性化のための二つの法律をつくりました。これは、それまで旅客・貨物の自動車運送事業を規制してきた「道路運送法」を改めたもので、「貨物自動車運送事業法」と「貨物運送取扱事業法」です。「貨物自動車運送事業法」の特徴を簡単に申しますと、（一）事業への参入を免許制から許可制にした。㈡運賃・料金を認可制から事前届出制にした。この規制緩和によって、五、六年の間に物流事業者が二〇%ぐらい増加しました。また、「貨物運送取扱事業法」では、従来、鉄道、トラックなど各輸送機関の取扱業務が別々の法律で決っておりましたが、これを一本化し、㈠実際に運送する事業者を下請け業者とする利用運送事業と、㈡荷主と実際に運送する業者との間の仲介業者となる運送取次事業の二種にいたしました。これによって物流事業への参入が容易になり、こちらも五、六年の間に業者が二倍強に増加しました。つまり、日本の物流業界は、それだけ競争が激化し、合理化とサービスが競われる時代になってきているということであります。

㈩

ついで、物流事業と環境問題について話を進めます。

現在、日本国内の輸送機関別の貨物輸送分担率を見ますと、一九九八年では、国内総輸送トン数の九一%をトラック輸送が占めております。輸送量に輸送距離をかけたトンキロ数におきかえてもトラック輸送の比率は高く、五四%を占めています。一九五五年当時では鉄道の輸送トンキロ数が圧倒的で全体の五二・九%、トラックは、自家用と営業車合せて一一・六%、内航海運が三五・五%でした。それが七〇年代に入って急に鉄道貨物の伸びが止まり、八〇年には鉄道が八・

六%、トラックが四〇・八%、内航海運は五〇・六%になっております。現在は、先程申しましたように、トンキロ数でトラック五四%、そのうち営業用トラックが四二・七%、自家用トラックが一一・八%、内航海運が四一・二%、鉄道は僅かに四・二%、航空が〇・二%となっております。これは言うまでもなく、先程も申しましたように自動車の発達と日本中に高速道路が張りめぐらされるようになったからであります。内航海運が一定のトンキロ数を保持しているのは、鉄鋼など、船の方が効率的な重量品の輸送に使われているのであり、航空の場合は国内では高級な食料品、花卉類（花を鑑賞する草花）が多く、むしろ国際便での活躍が主流になっております（半導体などの精密機器類や生鮮食品など）。

さて、トラック輸送が国内物流の主流となりますと、トラックの排ガスと騒音による物流公害、トラック公害対策が問題になってきます。勿論、ガスを排出するのはトラックだけではなく、一般乗用車も対象になりますが、一般乗用車の方はアメリカのマスキー法にならって規制が厳しくなっております。それに比べてトラックの方は若干規制が遅れております。また、トラックはどうしても重量を運びますので、それだけ負荷がかかります。しかも、日本のトラックの七、八割はコストを考慮してのディーゼルエンジンであります。これがガソリンエンジンに比べて窒素酸化物（NOx）排出量が多く、また排出物の削減も難しいとされております。東京都などではディーゼル車のしめ出しが実行に移されつつありますが、大変な難問であります。

この問題への対応として、複数企業が協力して混載を実現して行く共同配送や、或いはトラックから、大量一括型の輸送機関に貨物を移していくことが検討されております。要するに長距離に及ぶ輸送については自動車輸送を鉄道・内航海運に移転させるということであり、これをモーダル・シフトと呼んでおります。まさに、これは二十一世紀における基本的な物流戦略でありますが、鉄道・港湾の能力不足を考えると、前途は多難であります。

ところで、私は十五、六年前から、中国の物資部の幹部の方々とお会いする機会を得てきましたが、その席で物流の話がでますと、必ず、この自動車輸送の公害問題をとりあげてきました。中国では前車の轍を踏むことのないよう、つまり、日本が陥ったトラック公害の二の舞を踏むことのないよう、鉄道と水運を主軸に、トラックは鉄道の駅や港から事業場に運ぶなど、地域内の輸送に限るよう提言してきました。私は、中国のように土地が国家の所有である国なら高速道路よりも長距離に及ぶ貨物専用鉄道をつくられた方が、国の将来のために得策ではないか、と繰り返し申し上げてきたのであります。

㈩

最後に、大連の物流の今後について私の感想を述べさせていただきます。

先に送っていただきました、東北（大連）現代物流総合研究班の先生方がおまとめになりましたレポートを拝読させていただきました。まさに東北経済区は巨大にして豊かな市場であり、人的にも物的にも大きな潜在力を持っております。そして、その力を最大限に発揮させるには先ず、大連、瀋陽、長春、ハルピンとつなぐ鉄道貨物の輸送量の拡大とスピードを確保することだろうと思います。勿論、人の移動も確保しなければなりません。そして、鉄道沿線の大都市を核として産業を発展させなければなりません。外国資本を導入し、外国企業も誘致しなければなりません。それは人民に働き場を提供することであり、彼らの生活水準の向上に役立つことでもあります。私は、中国の世界貿易機関（World Trade Organization）への加盟がそれに拍車をかけることになると期待いたしております。また、二〇〇八年の北京でのオリンピックも、中国の飛躍発展の大きなきっかけになると思っております。

先生方のおまとめになったレポートは、その点、実に科学的であり、論理的であり、私などがとやかく申し上げるレベルをはるかに超えております。鉄道、道路、航空輸送、パイプライン輸送の全ての物流ラインが大連、営口、錦州、丹東の港に向い、港は北東アジアだけでなく世界に開け、開かれております。また、中国のインターネットの技術が非常に卓越したものであることを私はよく聞き知っております。

要は、実際に事業に携る人々の協力、協調であり、人々にやる気を起させるような環境づくり、人々を励ますような政策を政治や行政が行うことだろうと思います。

私は、故、鄧小平先生が、一九九二年の南方講和において、中国の北方や内陸にも「香港」をつくるべきだ、と指示されたことをよく知っております。まさに大連は「北の香港」であります。

大連は東アジアの地域センターになり得る条件を備えております。港湾の一層の充実を図り、金融などのサービス産業の発展を図れば、遼東半島の龍の頭としての立地条件がさらに大きく生かされるであろうと思います。資源の豊富な広大な内陸が背後に控え、営口、鞍山、本渓、撫順、瀋陽、鉄嶺などの都市群がベルト状につながっているのも強味であります。

それにしても、「北の香港」としての大連をつくり上げるには、やっぱり物流が牽引車的な役割を果たさなければならないと思います。

これをもちまして、私の話を終ります。有難うございました。

（二〇〇二年五月三十日、大連シャングレラホテルにおける大連市人民政府主催講演会において。なお講演会終了後、文中に挙げた「東北現代物流総合研究班」のまとめたレポートにもとづき、同班の研究員各位と研究会をもった。）

日中関係の問題点

一　近代日本の対中国政策

現代の日中関係を語ろうとするならば、まず、わが国近代の対中国政策から説き起こさなければならない。

日本が明治維新によって近代国家としての歩みを始めた十九世紀後半は、欧米列強が軍事力を背景に、互いに対立しながら植民地と勢力圏の拡大を競い合っていた帝国主義の時代であった。とくに日本の位置するアジアは欧米列強の格好の餌食として侵略にさらされていたのである。既に中国は一八四〇年、アヘン戦争によってイギリスの前に屈服し、四二年には南京条約の調印に追い込まれて、広州、厦門、福州、寧波、上海の五港の開港や香港の割譲を認めさせられ、治外法権的特権等を含む不平等条約を押しつけられている。しかも戦争の直接の原因であったアヘンの貿易については黙認のまま、輸入がその後も飛躍的に増大するという屈辱を強いられていた。また、アメリカ、フランスもこれに便乗して清国政府との間に不平等条約を締結した。

一方、日本の開国が最悪の事態を避けることができたのは、アジアの最東端に位置するという地理的条件にもよるが、同時に、中国の半植民地的状態を目の当たりにして強い危機感を抱かせられた時の指導者たちの賢明な判断と適切な対応があったからである。

いずれにしても明治新政府は、初めはアジアを白色人種の侵蝕から防衛するために、清国、朝鮮、日本の三国がともに近代化をすすめ、相提携して事に当たらなければならないと考えていたのであるが、両国がかたくなに旧体制を保持しつづけたので、日本政府としては方向転換を余儀なくされたのであった。この辺りの日本の事情と立場を象徴的に物語っているのが当時のオピニオンリーダーであった福澤諭吉の言説である。

福澤の著作『文明論之概略』が世に出たのは明治八（一八七五）年であるが、その中で彼は「今世界の文明を論ずるに、ヨーロッパ諸国ならびにアメリカの合衆国をもって最上の文明国となし、トルコ・支那・日本等、アジアの諸国をもって半開の国と称し、アフリカおよびオーストラリア等を目して野蛮の国といい、この名称をもって世界の通論となし」と規定している。勿論、福澤はここで半開から文明への脱出を説き、西洋の文明を目的とすることこそ、わが国近代化の道であることを強調したのであるが、少なくとも本書出版当時における彼は、中国と日本をともに半開の国と位置づけながら、中国知識人層の近代化運動に期待し、極東の中国、朝鮮、日本三国の連帯を説いて文明段階にある西欧諸国の侵略に対処しようとしていたのである。ただし、福澤がこの論述で「頑陋なる支那人」というような表現を用いているところなどからも察せられるように、その中国観の根底には根強い蔑視思想があったことも認めなければならない。

その後、明治十八（一八八五）年に福澤は『時事新報』に「脱亜論」を発表している。それは『文明論之概略』以来の彼の中国観の延長線上にあるものではあるが、ここでははっきりと中国を「東洋の悪友」ときめつけ、日本は中国との交際を謝絶してアジアから離脱する、と言い切っている。要するに、日本は地理的にはアジアの東辺にあるが、既に文明の段階に達した国であり、いぜんとして野蛮の状態にとどまる中国・朝鮮に対しては隣国であるからといって、「特別の会釈」に及ばず、西欧諸国がアジアの国々に対すると同じ方法をもって対処すればよい、と主張したのであった。そして、この論理は朝鮮問題を介して勃発した日清戦争を皮切りにしだいに具現化し、朝鮮併合や満州事変以後における日本の大陸侵攻、第二次世界大戦中の南進政策にまで及ぶのである。ただし、ここで考えなければならないのは、福澤が脱亜論を唱えた時代の日本と、年号が昭和に改まってからの日本を取り巻く世界情勢との相違である。少なくとも福澤が脱亜論を発表した時点での日本には福澤的な文明論とアジア観以外にいかなる選択があり得たであろうか、ということである。なお、福澤の「脱亜」に後から誰が加えたのか「入欧」が結びつき、日本の近代化の標語ともいうべき「脱亜入欧」ができたのである。

二　琉球をめぐる清国との関係

ついで、明治以降の日本が隣邦中国に対し、どのように接してきたかについて概観する。

明治維新後、日本政府は日清両属の立場をとっていた琉球の処遇に苦慮していた。一方ではまた、台湾にも食指を動かしていた節がある。折から明治四（一八七一）年、琉球の宮古島の住民六十六名が台湾南部に漂着し、五十四名が牡丹社（部落）の先住民に殺害され、残る十二名が中国人に救助され、福州を経て辛うじて帰島するという「牡丹社事件」が起こっている。日本政府はこの事件を契機に、琉球の日本領有確認と台湾進出を果たすことを目論み、翌明治五年には福州に領事を駐在させて福建と台湾の事情を窺わせ、台湾出兵の準備を進めたのである。明治六（一八七三）年三月には時の外務卿、副島種臣を北京に派遣し、牡丹社事件について清国政府と交渉に当たらせた。ところが清国政府は、台湾の住民は「化外の民」であり、その地域は「教化の及ばないところ」であると責任を回避しようとした。これに対して、日本政府は台湾出兵を決議し、明治七（一八七四）年四月に台湾蕃地事務局を置いて西郷従道（西郷隆盛の弟）を都督に、大隈重信を長官に任じている。西郷の率いる日本軍は五月十七日に長崎を出発、二十二日に台湾南部に上陸、先住民のゲリラ的抵抗に悩まされながらも、同年六月には牡丹・高士仏ほか数十の蕃社を降伏させている。

西郷らが台湾南部を占領している間に大久保利通が全権弁理大使として北京入りし、談判に及んだ。初め談判は破局に瀕したが、清国側の譲歩と英国公使の調停で十月三十一日、両国の間に「日清互換条款」なる協定が結ばれている。この協定によって日本は台湾から撤兵、琉球の帰属に関しては特に明確な規定はなかったが、清国政府が、日本の台湾出兵を自国の国民を護るための「義挙」と認め、遭難被害者の遺族に弔慰金十万両、日本軍の建造した家屋、道路に対する償金として四十万両支払ったのである。これによって日本政府は、台湾の一部を占領するという目的こそ実現し得なかったが、間接的に琉球の日本帰属を清国政府に認めさせることになったのである。琉球帰属問題は、この後も日清両国の間で合意を見ることはなかったが、明治十二（一八七九）年日本政府が琉球廃藩、沖縄置県「琉球処分」を行ったので、日清間の交渉は停頓、結局、清国が日本の「琉球併呑」を正式に承認しないまま、日清戦争の結果によって琉球問題は自然消滅した。ちなみに琉球の呼称は中国によるもので、その名が最初に現われるのは『隋書』（五八一年、六一八年）東夷伝中の「流求国」である。

なお、ここで台湾出兵と琉球帰属問題について殊さら詳述したのは、わが国近代の国家形成における外交問題（とくに清国との）として、「琉球処分」が極めて重要な歴史的意味合いをもつと考えたからである。

三　日清戦争と講和条約

この後、明治二十七（一八九四）年八月に日清戦争が勃発するのであるが、これについては、その原因や結果がよく知られているので多言を要しない。ごくかいつまんで言うならば、もともと明治新政府の内部には朝鮮半島に勢力を張ろうとする政策があった。当時の朝鮮では、国王高宗（のちの李太王）の父大院君が摂政として政治の実権を握り、鎖国排外政策による排日行為がさかんであった。これに対して西郷隆盛や板垣退助らが征韓論を唱えたのは明治六年である。しかし、政府部内の派閥対立などもあって西郷らの征韓計画は実現に至らなかった。この間の朝鮮では相対立する大院君と王妃閔氏の一族の間で政権が往来するなど、政情が定まらないままに、壬午の変（一八八二年）と称する兵士の反乱などもあって混迷を極めていた。一方、かねて朝鮮半島への進出を窺っていた日本は、一八七五年の江華島事件（朝鮮沿岸を測量中のわが軍艦が江華島守備兵に砲撃され交戦した事件）をきっかけに「日韓修好条規」を結び、朝鮮への影響力を強めていったのである。当時の朝鮮では頑固な保守主義の立場をとる政権勢力、事大党と近代化を唱える独立党があって、日本はその独立党を助けて朝鮮の独立を守ると称し、朝鮮の政治、軍事、経済の各方面にわたってしばしば干渉した。事大党は日本の進出を防ごうとして、久しく宗属関係にあった清国に頼り、両国の朝鮮半島支配をめぐる争いは明治十三、四年ごろからしだいに激化していったのである。明治二十七（一八九四）年には、朝鮮の全羅道を中心に、一般に東学党の乱と呼ばれる反侵略的・反封建的性格の甲午農民戦争が起こった。朝鮮政府は、これを鎮圧するため宗主国清国に出兵を求め、日本もまた、これに対抗して居留民保護の名目で兵六千の大部隊を仁川に上陸させた。日清両国は東学党の乱が平定された後も互いに兵を引かず、七月二十五日、日本海軍は豊島沖で清国軍艦を奇襲、遂に八月一日、朝鮮半島の支配権争奪戦ともいうべき日清戦争が勃発したのである。なお、この開戦の九日前の七月十六日、日本はイギリスと治外法権や領事裁判権撤廃などを内容とした日英条約の改正を行っているが、おそらく清国に対する宣戦の日取りは、この日英関係を計算にいれた上でのものであったろうと思われる。日本の宣戦布告には「朝鮮の独立を全うし東洋の平和を維持する」とあるが、この戦争に勝利した後の日本のアジア政策は、およそこの文言にそぐわないものであった。また、この戦争の勝敗を分けたのは、明治維新以来「富国強兵」の方針のもと、軍事面の近代化を図ってきた日本と、国力が疲弊し、既に統治能力を失っていた老大国・清国との勢いの違いであった。

日清戦争で見逃してならないのは、明治二十七（一八九四）年十一月二十一日、大山巌大将の指揮する第二軍が清国軍の守備する旅順に突入、占領した当日から三、四日の間に清国兵と住民に対する大量殺害事件が発生したことである。この事件は第二次大戦後にあらためて浮上、大谷正氏の「旅順虐殺事件の一考察」（『専修法学論集』第四十五号　一九八七年）など、何人かの歴史学者がこれを研究し、発表している。資料としては外務省の外交文書や防衛庁の旧陸軍資料が残っているが、中国ではこの事件を「旅順大虐殺」と呼び、日本の外交文書では「旅順口虐殺事件」と呼んでいる。事件の詳述は避けるが、この事件はそれから四十年後、つまり一九三七年、日中戦争中に起きた南京事件と類似している。地形的にも旅順の場合は背後に海があって、南京では大河（揚子江）によって住民の退避が阻まれたという共通点がある。旅順での死者の数は二千人とも四千人とも言われ、非戦闘員である一般市民も殺害されたとされている。当時、アメリカ、ニューヨーク・ワールド紙の記者、クリールマンが「少なくとも二千人の無力な人々が日本兵に虐殺された。大山将軍などの指揮官は虐殺を黙過した」と報道した。折から、米上院は、日米間の不平等条約改正案の審議中だったので日本政府はこの報道に狼狽し、軍服を脱いで、最後まで抵抗した便衣兵と軍の命令で最後まで反抗した一部住民は殺害したが、旅順陥落時におとなしく降伏した三五五人の清国兵については丁重に扱った、と弁明した。また、捕虜になった戦友が生きながら焼かれたり、寸断されたりした死体を見て日本兵が異常に興奮したことも言い訳にしている。この事件については、日英関係が親密であったことが幸いしたせいか、或いは外務省の対応が巧妙であったためか、国際的にはそれほど大きな問題に発展せず、大山巌軍司令官に有栖川宮参謀総長から訓戒的な書簡が発せられただけで責任者に対する処罰は一切行われなかった。この事件の被害者数については中国側は二万人と言い、日本人学者（秦郁彦氏など）の間では二千人を超えることはなかろうと言われている。いずれにしても戦争が人を狂気に駆り立てる例証である。

旅順が陥落した頃には、もう講和の動きが始まっていたのであるが、日本の国内は戦勝に沸き返り、福澤諭吉、徳富蘇峰、田口卯吉など、世論を指導する立場の人たちまでが、「まだ講和の時期ではない。北京を占領して城下の盟をさせるまで戦いをやめるな」と息巻くような状況であった。しかし、伊藤博文など政府首脳は西欧列強の介入と干渉をおそれて講和に踏み切ったのである。

講和会議は三月二十日から下関で行われ、清国側は最大の実力者、李鴻章が全権を務めた。この交渉に当たって日本は強気で押しまくり、朝鮮の独立の承認、遼東半島・台湾・澎湖島の割譲、賠償金二億両（三億六千万円）の支払い、さらに諸列強と均等の通商上の権利の付与、新しい開港場と開市場における日本人の工業企業権の認定などを要求した。初め李鴻章は領土の割譲に反対したと伝えられているが、結局、清国側が折れて明治二十八（一八九五）年四月十七日に講和条約が調印された。三億六千万円の償金は、当時の日本の国家予算の四年分に相当する大金であった。ここで注目したいのは、日本中が戦勝に酔い痴れている中で、ひとり内村鑑三は「日本が領土や償金を要求したのは、この戦争が決して正義の戦ではなかった証拠だ」と称して、戦争に賛成したことを大いに恥じていた、という逸話である。

四　三国干渉から日露戦争へ

このように、日本は朝鮮を支配下におき、遼東・台湾を足がかりとして中国侵略にのり出せる地位を得たかに見えたが、天皇の条約批准が終わった僅か三日後の明治二十八年四月二十三日、ロシア、ドイツ、フランスの各公使がつぎつぎに外務省を訪れ、「日本の遼東半島領有は、清国の首府を危うくするばかりか、朝鮮の独立を有名無実にしてしまうものだ。よってその領有を放棄することを勧告する」と申し入れてきた。いわゆる三国干渉である。三国干渉を主導したのは、かねてから極東に侵略的な野心を抱き、シベリア鉄道の建設をすすめていたロシアである。そしてドイツ、フランスはヨーロッパ情勢と自国の利益を慮ってこれに同調したのであった。武力行使も辞さぬとする三国の勢いは、わが国朝野にとっては、恰も頭から冷水をあびせかけられたようなものであった。直接交渉に当たった外務大臣陸奥宗光は、国民から弱腰と非難されながらも、「三国と戦う覚悟があるか」と政府部内で直言し、結局、五月五日、日本政府は正式に遼東半島を返すことを三国に通告したのである。しかし、とにかく日本は、この日清戦争によってアジア諸国の中で唯一植民地をもつ国になり、欧米列強に伍して帝国主義的侵略を国策とする方向にしだいにエスカレートしていったのである。

つぎに起こった事件は明治三十三(一九〇〇)年の義和団の反乱である。義和団という宗教的な秘密結社によって組織された農民らが山東省を中心として大規模な暴動を起こした。欧米資本主義の跳梁跋扈と危殆に瀕する清国財政の重税に喘ぐ農民の憤懣が一気に爆発したわけである。欧米列強は清朝政府に対してこの暴動の鎮圧をきびしく要求したが、「扶清滅洋」のスローガンをかかげて戦う義和団の勢いはとまらず、北京城内までも暴動の渦にまきこんだ。列国公使団と居留民は僅かの守備隊に守られて公使館地域に立てこもるほかはなかった。この騒乱の中で日本の公使館員とドイツ公使が殺された。明治三十三(一九〇〇)年五月二十五日、清朝は列国に対して宣戦し、軍隊に列国軍を攻撃するよう命令した。列強は孤立した公使団を救いだすために連合軍を編成して清国軍と戦い、八月十四日、北京は連合軍の手に落ちた。この事件で日本は連合軍一万八、〇〇〇のうち一万名という大軍を送った。列強の軍隊はそれぞれに利害の対立を抱え、互いに牽制しあいながらの連合であったが、義和団は連合軍のために各地で悲惨な最後をとげた。清国は、この事件によってさらに窮地に追い込まれ、列強側から厳しい制裁を受けたのである。清国はこれらの国々に四億五千万両（約六億三千万円、日本の分はこのうち約四千六百万円）の償金を支払い、北清要地の占領を受け入れざるを得なくなったのであった。

義和団事件での出兵を機会にロシアは満州に大軍を送って満州（中国東北部）支配の工作をすすめると同時に、日本に対しては韓国の中立化を求めるなどしてきた。

このようにして朝鮮半島と満州の利権をめぐる日本とロシアの相克はしだいに熾烈化し、明治三十六年頃には、武力をもってロシアを満州から追い払え、とする世論が高まって日本国内は主戦論一色にぬりつぶされていった。明治三十七（一九〇四）年二月八日、日本海軍が仁川沖においてロシアの軍艦二隻を砲撃したことによって戦端が開かれ、二月十日、宣戦の詔勅が発布されている。

大国ロシアを向こうに回して戦った日露戦争は日本の勝利に帰した。ただ、勝ったとはいえ、当時の日本は兵力も、戦費も既に底をついており、戦争を続行する余力はなかった。日本にとって幸いだったのは、ロシア国内に革命の嵐が巻き起こりつつあったこと、国際情勢が日本にとって有利に働き、アメリカ大統領ルーズベルトの調停が効を奏したことなどである。明治三十八年八月十日、ポーツマスで行われた講和会議は難航したが、結局は日本による韓国の自由処分、ロシア軍の満州撤退、遼東半島の租借権と旅順—長春間鉄道の譲渡、カラフト南半分の割譲で落着した。しかし、連戦連勝の報に酔った国民は、カラフトの半分は手に入れたものの賠償金を得ることのできなかった講和に不満を募らせて暴動を起こし、戒厳令が布かれたほどである。

日清戦争につづいて日露戦争にも勝利したことで日本の帝国主義的な姿勢はますます歯止めがきかなくなってきた。勿論、日本がロシアに敗れておれば、どうなったであろうか。ロシアの領土的野心はさらに南下して朝鮮半島から日本列島に向けられたであろうことは火を見るより明らかである。ただ、ここで一言つけ加えておかなければならないのは、わが国内では往々にして、少なくとも日露戦争までの日本は正しく、それは正義の戦であったとされるが、果たしてそうであろうか。日露戦争の戦場が中国領土内であったことを思えば、その見方や評価が自ずから異なってくるのではなかろうか。まして中国の立場からすれば、あくまでも歴史の上の苦い一頁ということであろう。

五　柳条溝事件は関東軍の謀略

つぎに昭和六（一九三一）年九月十八日、奉天北郊の柳条溝で満鉄線路が爆破された。関東軍は、この爆破を張学良の率いる中国軍の仕業として付近にある北大営の中国軍兵営を直ちに攻撃した。ところがこの爆破は日本軍が仕組んだもので、関東軍参謀石原莞爾中佐（後の中将）がその張本人であったとされる。これをきっかけに日本軍は満鉄沿線一帯で軍事行動を起こし、翌十九日には長春、四平街、奉天などの沿線諸都市を占領した。そして、それから僅か半年後の昭和七（一九三二）年三月一日に満州国の建国宣言を行っている。この年の一月、上海において日本人の日蓮宗僧侶が中国人に殺害されたことが引き金になって上海事変が起こっている。上海にいた日本海軍の陸戦隊が中国軍に対して攻撃を開始したのである。ところがこの事件もまた日本軍の陰謀であったという。当時、上海に駐在した陸軍武官田中隆吉少佐（後の少将）が、傀儡国家満州国のでっち上げ工作から、国際社会の目をそらすために行った策略であり、その背後には関東軍参謀板垣征四郎大佐（後の大将）がいた。日本人僧侶の殺害は、田中が中国人のごろつきを雇ってやらせたものであることを後に田中自身が語っている。

六　七・七事変、盧溝橋の一発

そのつぎが日中全面戦争の発火点になった盧溝橋事件である。昭和十二（一九三七）年七月七日夜、最初の第一発は誰が撃ったかについては今に至るも事実は解明されていない。秦郁彦日大教授などの研究によって日本軍の謀略でないことだけはほぼ確定してきたが、これからも発砲者を特定することは至難の業であろう。殊によったら神のみぞ知る永遠の謎ということになるのかもしれない。ただ、ここで中国の立場に立って考えてみると、自国の首都の近郊で外国の軍隊が大がかりな軍事演習を行っているというのは納得し難い出来事であったであろうと思われる。当時、日本軍が中国領土内に駐屯していたのは義和団事件の鎮圧に依拠した一九〇一年の辛丑条約、いわゆる北京議定書にもとづくものではあったが、柳条溝事件以来の度重なる関東軍の謀略と日本に対する中国側の不信を思えば、この場合、誰がいつ銃弾を撃ち込んだとしてもおかしくない状況にあったと考えるべきであろう。関東軍の謀略の多発は、味方陣営をも疑心暗鬼にさせていたらしく、盧溝橋の一発についても、当時の内閣総理大臣近衛文麿が、その報せを聞いて「まさか、日本陸軍の計画的行動ではなかろうな」とつぶやいたと、内閣書記官長であった風見章が回顧録『近衛内閣』に書いているほどである。

いずれにしても、われわれは日中戦争を明治以降の日本の大陸政策、植民地政策と中国のナショナリズムが激突した総決算の戦いであったと認識しなければならない。

七　南京事件を不戦の礎に

つづいて南京事件について若干の考察をこころみたい。歴史上、南京事件といわれるものは四つぐらいあるが、私が今いう南京事件は、日中戦争の時の昭和十二年十二月に起こった、いわゆる南京大虐殺事件のことである。

南京事件について中国政府は三十万人殺戮されたといっている。しかし、わが国では、これを幻の事件だ、せいぜい殺戮があったとしても三千人か五千人で、それは戦闘につきものだと言い切る学者や政治家がいる。そして、その中間に秦郁彦教授のいう四万人ぐらいではないかとする説がある。秦氏の説は南京に出向いての綿密な調査にもとづくもので、私自身も何度か南京に足を運んだ結果、秦氏の説が最も信頼できるのではなかろうかと思うようになった。他に、日本では朝日新聞の記者であった本多勝一氏の三十万人説があるが、これは中国説をそのまま紹介したものではなかろうかと思う。幻派の説は何とも納得しかねるが、本多氏の説も首肯し難い。東京での国際裁判でも松井石根大将に対する判決の中で取り上げられた数は犠牲者数十万人であった。いずれの場合も積算の根拠が曖昧である。一九九七年は南京事件の六十周年であったが、これを機に一九三七年の南京陥落当時、ジーメンス社の南京支社長であったドイツ人ジョン・ラーベの書き残した克明な日記が『南京の真実』と題して刊行された（講談社刊）。ラーベは一九三八年六月に帰国し、ヒトラー総統あてに南京の惨状を記した上申書を提出している。ラーベ日記は「われわれ外国人はおよそ五万から六万人とみています」と書いているが、中立的立場にいた複数の当事者による観察にもとづくものであるだけに、私はこの記述には相当説得力があるとみている。しかし、ラーベ日記には、三十万人説を支持する大虐殺派からも、幻派からも否定ないしは批判の声が挙がっている。また、最近では数が問題なのではなく、事実の有無が問題なのだとする主張もあるが、私は、事件の性質からするとき、過大も、過小も不適切だと思う。従って、できるだけ正確な数を把握すべきものと考える。世界的に南京アトローシティーズとも、レイプ・オブ・ナンキンとも喧伝されているこの事件は、われわれ日本人にとってはこの上ない歴史の汚点であり、恥辱である。私は、二度とあってはならないこの事件の実態は本来二十世紀中に解明されなければならなかった問題だと思っている。勿論、今からでも遅くはない。少なくとも日中両国が、あるいは第三国の研究者や学者も入れて、その事実を冷厳に調査し、苦く悲しい経験を不戦と平和のための礎にしなければならないと思っている。こういう悲惨な事実を数の確認を曖昧にしたままで政治や外交の駆け引きに使っているようでは真の友好は成り立たないと思う。

八　台湾問題は熟柿の落ちるように

台湾問題について少し触れてみたい。言うまでもなく、これは中国の国内問題である。われわれがとやかく口出しをすべき問題ではない。ただし、いかに国内問題ではあっても問題が武力で解決されることにわれわれは無関心ではおれない。名もなき、罪もなき大衆が国家統一の名で血を流し、生命を落とすような事態は絶対に避けてもらわなければならない。中国の指導者にも、台湾の指導者にも冷静に沈着に対処していただきたい。私自身は中国にも台湾にも多くの知人、友人を持っている。一緒に勉強した仲間や教え子たちもいる。その人たちのためにも熟柿が落ちるように、ゆっくりと平和裡に問題が解決することを心から祈念している。

九　中国への期待と民間交流の役割

中国の長い封建制の時代と外国の帝国主義的な侵略に苛まれてきた歴史を思うとき、中国革命はまさに歴史の必然であったと思う。革命がなかったら中国は変わらなかったであろうし、いかなる展望も開けなかったであろうと思う。しかし難しいのはこれからである。銃口から新しい政権が誕生したが、今度は、思想、信条、宗教を異にする者同士が譲り合い、補い合いながら国家経営に当たらなければならない。そして、その実現には革命を越える智恵と勇気と決断が望まれると思う。私は中国人の叡智が必ずその大業を成し遂げるであろうことを信ずる。隣邦の友人たる私たちは、それを気長に待つべきだと思う。全国民の参加する開かれた選挙によって政権の担当者が選ばれる日までまだ時間がかかると思うが、われわれはそれを長い目で見ながら応援して行くべきだと思う。そして、そのために果たすべき民間交流の役割は大きい。私は、政府レベルでは手の届かない人と人との心の機微の触れ合いが幾重にも積み重なって国と国との融和が生まれるものと確信している。そして日中友好協会の役割はそういうところにあると考え、自らは微力ではあるが、これからもこの運動を手伝わせていただき、皆さんと一緒に協力していきたいと思っている。（本稿は、一九九九年六月五日開催の第二〇回日中社会学会研究大会における講演の草稿を整理補筆したもので、これに拠って二〇〇〇年一月二十六日、茨城県日中友好協会新春交流会〔水戸京成ホテル〕において講演した）

日本の社会、二十一世紀への展望

流通経済大学の佐伯でございます。暮に加藤武徳先生から、直接お電話をいただきまして、日貨協連の新年の役員会で私に何か話をしろというお申しつけがございました。お役に立てる話ができるかどうかはともかくとして、日頃から尊敬いたしております加藤会長からの御用命でありますことと、加えて、今、私が勤務いたしております流通経済大学は皆様方のトラック運送事業、物流事業と深い関わりがあり、そもそもの建学のねらいが物的流通問題の研究と教育、というところから発しておりますす関係上、卒業生のほぼ半数が、国の内外でその方面の仕事に携わっているという事情がございます。そんなわけで、当会とは、いわば二重の因縁がございますので不敏をも顧みず、敢えて今日の講師をお引き受けいたしました。

講演のテーマにつきましては永森専務理事とも御相談いたしました結果、「日本の社会、二十一世紀への展望」ということにさせていただきました。

さて二十一世紀まではもう八年でしかありません。来たるべき世紀はどのような展開をみせるのか、まことに興のつきないところであり、また、なかなかに見通しの難しいところでもあります。もともとわれわれのような凡庸な頭脳で未来を見越すということは、これは至難な業であります。しかし、さればといって全く将来への見通しもないままに漫然と時の流れに身を委ねるということは人間のあるべき姿ではなく、まして事業を行う者のとるべき道ではありません。やはり人は歴史の経緯に学び、現実の諸条件をよく咀嚼し、未来への展望をはからなければなりません。勿論、歴史の解釈にいたしましても、現情に対する分析にいたしましても、それぞれにその人の人生観、世界観が関わりを持ちます。今日ここで私が申し上げるところの現情に対する認識や将来展望も、所詮は私の視点からなるものでしかありませんので、これからの私の話も皆様方がそれぞれに自らのフィルターにかけられた上で御理解いただきますればまことに幸いでございます。

今、未来のことは見通し難いと申しましたが、一つだけはっきりしていることは、来たるべき世紀もまた今日の延長であるということであります。従いまして私は今日のテーマを、まず戦後半世紀の日本の政治、経済、社会をふり返り概観するところから始めてみたいと思います。

第二次大戦の敗戦によって日本は決定的なダメージを受けました。その日本が何故今日のように繁栄したか。全国の主要都市には高層ビルが林立し、モータリゼーションと四通八達の高速道路網や贅費の多い消費生活など、まさに戦後の廃墟と貧困の中では到底考えられなかった状況であります。勿論、目下は世界的な不況の煽りもあって日本の経済成長率も大きく鈍化はしておりますが、それでも日本の一人当りのGNPは世界屈指の水準にあり、対外純資産も世界最高の水準にあります。これら現在のことにつきましては後でまた触れさせていただきますが、とにかく今の日本は今後への課題を抱えながらも世界屈指の経済大国であることには変りはありません。それでは何が敗戦日本を今日の経済大国にまで押し上げたのか、ということであります。勿論、それには日本人が勤勉であったこと、教育の普及度が高かったこと、科学技術や工業技術の習熟能力の高かったことなどがあげられなければなりませんが、何よりも看過してならないのは、敗戦国日本をとり巻いた世界史の流れであります。第二次世界大戦は、日中の十五年戦争を考えた場合、これは明らかに日本の中国に対する帝国主義的な侵略戦争でありましたが、アメリカ或いはイギリス、フランス、オランダを含めた西欧勢力と日本との戦いとなりますと、まさにこれは双方の側からの帝国主義的戦争であって、殊にアメリカと日本について言うならば、それは太平洋と中国をめぐる両者の覇権争いでありました。交戦の結果アメリカは日本を倒しはしましたが、日本に代って中国と西南太平洋に君臨しようとした野望は達成することはできなかったのでありますそれは中国大陸で革命が成功し、強力な共産主義政権が樹立されたからに他なりません。その上第二次大戦後のアジアでは、英、仏、蘭などの古い帝国主義勢力が戦勝国でありながら殆どその権益を失って後退し、ひとりアメリカだけが強大な支配力を持つようになり、敗戦国日本は、そのアメリカの対アジア戦略の中に完全に組こまれることになってしまいました。このような歴史の渦の中で、日本の主たる占領国であったアメリカがとった対日占領政策は、戦後の日本にとって非常に大きな意味を持つのであります。

即ち第二次大戦の終局のみえた一九四三年十一月のカイロ宣言の辺りから、連合国側各国の政府当局者の間では降伏後の日本の取扱いをどうするかが検討されておりました。特に天皇制の問題については、その存続を認めるか、否か。或いは天皇戦犯論と無罪論。裕仁天皇の退位説などが激しく議論されていたのでありますが、結論としてアメリカのとった方針は、連合国側の内部に強力に存在した天皇制廃止論、天皇戦犯論を退け、天皇制を存続させながら民主化をすすめるといった政治判断だったのであります。注1

それではアメリカが天皇制の存続をはかったのは何故か、勿論、アメリカ国内にも強い天皇制廃止論があったのでありますが、これが退けられたのは端的に言うならば天皇制の日本国民に対する影響力を考え、天皇を利用することが占領目的達成に有効であると判断したということであります。さらに、もう一つ、アメリカが天皇制の保持を認めた背景には、大戦末期、対日戦争のパートナーであったソ連に対する不信が既にあって、戦争終結後の対ソ連、対共産主義戦略の構図が考えられておりました。そんな関係から、アメリカは戦後における日本の位置づけをアジア・太平洋戦略の防波堤として考えていたのであります。そして、その意図が一層鮮明になってくるのは、何といっても一九四九年の中華人民共和国の成立以降であります。それでも敗戦直後の占領政策は日本の封建遺制と軍国主義的残滓を壊滅させるためにチャンバラ映画を規制するなど、当初非常に神経質な面を持っておりました。そして、その頃の日本の革新主義者の中には、占領軍を恰かも日本の徹底的民主化のための天からの助っ人と言わんばかりに過大な期待と幻想を抱いた者もあったほどであります。しかし、米ソの対立が顕在化するに及んでアメリカの対日占領政策は国内の共産主義勢力に対して極めて強圧的になり、一方の資本主義的勢力に対しては至って寛大になってきました。一九五〇年六月、朝鮮戦争が始まるやマッカーサーは日本政府に自衛隊の前身である警察予備隊の設置を指令し、朝鮮戦争の特需による景気は日本経済に再建のきっかけを与えました。そして日米の経済協力が始まったのは翌五一年であり、同年九月にサンフランシスコで講和条約と日米安保条約が調印されております。

ここで話はやや横道へそれますが、サンフランシスコでの講和条約をめぐって、わが国内には、アメリカを中心とする自由主義国家群とのみ締結する講和に対して反対する全面講和論[注2]がありました。当時の東大総長であった南原繁氏などがその論者でありましたが、今にして思うと全面講和論は実現性の乏しい理想論に過ぎなかったように思われます。確かに日本の交戦国にはソ連があり、中国では革命が成功して新政権が誕生しておりました。それを度外視して一方の勢力とだけ講和条約を結ぶことは当時としては非常に危険な行為であり、世界平和に新たな危機をもたらすように思われました。私なども若年であった上に、当時の吉田茂首相の貴族趣味や政治権力につきものの権謀術数に青年特有の反感を抱いておりましたので、単独講和には批判的でありました。しかし、ソ連邦の崩壊による冷戦構造の終結といった四十余年後の今日の世界状勢を目のあたりにするとき、つくづく政治というものは難しいものだと思わざるを得ません。政治とは、理想の燈を高く掲げ、その明かりで足もとを照しながら、現実という階段を一歩一歩確実にふみしめて高きを究めて行くものでなければならないと、今さらながら感じさせられております。そして、そうだとすると吉田茂という政治家はやはりなかなかのステーツマンだったと認めざるを得ません。国内に向っては、警察予備隊を戦力なき軍隊などと不得要領な言辞をもってかわし、アメリカに向っては日本国憲法と国民世論をタテに軍備の拡張を拒否して日本の経済力の向上に務めた姿勢は評価に価すると思います。[注3]ついでながら、六〇年安保当時の岸信介首相に対しても似たようなことが言えるのではないかと思います。岸さんは東条内閣の閣僚であり、A級の戦争犯罪人であったことは周知のところであり、これまたしたたかなマキャベリストであったと思いますが、首相時代、広汎な反対運動を排して日米新安保条約を成立させております。[注4]正直に申しまして当時の私は岸さんの政治姿勢に批判的でありました。何故なら、国の命運のかかった大事を、民意に問うことなく強引に押しきろうとする姿勢を非常に権力的で危険なものだと思ったからであります。ところが、私の場合、これに後日談があります。私が今、親しくおつき合いをいただいている人物に和田力という人がおります。大体二カ月に一回は必ず一緒に食事をして気楽に人生論や社会論などを談じ合う仲でありますが、この人は外務省の出身で情報文化局長やメキシコ大使、イラン大使を歴任されております。六〇年安保の当時は岸総理の首席秘書官を務めておられました。皆様も御記憶に新らしいところと思いますが、当時は社共両党を始め労働組合や学者文化人グループから宗教団体まで、広い範囲にわたる反安保組織が結集され、国会周辺をデモの波が十重二十重に取り囲み、まるで革命前夜を思わせるような殺気立った情勢でありました。和田さんから伺ったところによりますと、当時の緊迫した状況の中で、総理官邸では岸さんは新安保の成立に、まさに生命がけで取り組んでおられたということであります。しかし、世論はどちらかといえば、岸総理にとって歩の悪いような雰囲気でありました。岸さんと旧制高校、大学と同期で、首席を争った仲の民法学者、我妻栄氏は温厚篤実な優れた学究でありましたが、その我妻さんが緊急事態を見かねてか、「岸君、引退して一緒に釣でも楽しもう」と、呼びかけをされたほどでありました。官邸には、当時大蔵大臣であった実弟の佐藤栄作氏が、「兄貴だけ死なせるわけにはいかない。俺も一緒に死のう」と、悲槍な面持ちで官邸に乗り込んでこられたそうであります。和田さんは秘書官として、この際せめて総理だけでも落ち延びさせたいと思い、官邸には日枝神社の方に抜ける通路があるそうでありますが、二・二六事件のときも使ったと言われるその抜け道の扉をあけて山王口を覗いてみたところ、そこにも既にデモ隊が溢れていて、ここを死に場所と観念せざるを得なかったと語っておられます。

勿論、吉田さんにしても、岸さんにしても、人によって評価の別れるところではありますが、私はこの話を聞いて、人の価値は軽々に論ずべきではない。まさに「人の一生は棺を蓋いて事定まる」だと思いました。

さて、話を本筋にもどさせていただきます。

敗戦直後、占領下の日本は人心が荒廃し、政局も不安定でありました。しかし、ここで天皇制の存続を認めたアメリカの占領政策は大きな役割を果したと思います。敗戦によって自信を喪失し、占領軍や政府の政策に対して極めて懐疑的になっていた国民に対し、天皇が国内を巡幸して慰[注5]

撫激励するといった形の政府の政治的演出は、朝鮮戦争を境とした経済の立直りとともにしだいに威力を発揮してきました。新憲法上象徴天皇制とはなったものの、明治憲法以来培われてきた天皇を日本民族の宗家とする家族国家思想は、潜在的に十分にその命脈を保っていたということであります。それはまた天皇の祖先を国家の始祖とする民族的な宗教、神道の思想と深く関わり、一方では、久しきにわたって日本人の精神形成に寄与してきた儒教思想の影響も無視できないものがあったと言わなければなりません。これらのことを煎じ詰めて申しますと、戦後の日本経済に繁栄をもたらしたものとして諸々の要因をあげることができますが、その根幹をなしたものは、何といっても日本社会に牢固として存在する天皇を頂点とした日本的な家族国家思想であり、これが第二次大戦後の東西対立の世界的構図の中におけるアメリカの世界戦略と結びついて、安定した日本的国家経営を築き上げることになったのだと言えようかと思うのであります。

戦前から革新的な立場で発言し、行動している久野収という哲学者は、「日本の戦後高度成長の技術や理論は、大部分よそから借用してきて大改良を加えたものであり、日本人がオリジナルに発明したものは天皇制しかない。そういう意味では天皇制は天下に冠たるものであるが、これとても周囲の諸国の伝統をうまくとり入れて改良を加えた制度であり、精神であって、まさに日本型思考の典型の一つだ[注6]」と言っておりますが、私はまさにこれは至言だと思っております。

今日の天皇家の組先による政権の確立は五世紀頃であろうと認められておりますが、それ以来、天皇の政治的権能や社会的役割は時代によって変化しながらも千三百年余もつづいてきました。

殊に封建社会の成立した十二世紀末からは君主としての実質は全く失われていたのでありますが、一八八九年の明治憲法の公布から一九四五年の敗戦までは、天皇の権力と権威が史上類をみないほどに絶大であった時代であります。申し上げるまでもなく、今は憲法上、国民統合の象徴と位置づけられているだけで、法的には国家元首ではありませんが、国際的には既に形式上の元首として遇されております。このような観点から戦後の一時期、法学者や政治学者の間で、日本は君主国であるか、共和国であるかが議論されたことがありました。確かに世界の多くの国々はその国名に王国とか、共和国といったように政治体制を明示しているものが少なくありませんが、日本は明治憲法下で大日本帝国と称しておりましたが、今は単に日本国と称しているに過ぎません。しかし、今の日本はやはり君主国であります。元来、専制君主制のもとにおける理想の君主像として、その表徴に七つの特色があげられてきました。即ち、唯一人の存在であること、世襲であること、一般の国民と違った特権的な地位にあること、自己の行為に責任を持たないこと、象徴性のあること、統治権を有すること、対外代表権のあること、でありますが、今の日本の天皇は、このうち権力者として最も重要である統治権と対外代表権を持っておりません。この二つの権限は日本の場合、内閣総理大臣が持っております。今、日本ではしきりに内閣総理大臣の直接的な国民投票が話題になっており、保守党の政治家の中でも意見が別れ、国民投票は天皇制に抵触するという議論がありますが、私は法理論上、現行天皇制に抵触するものではないとの見解をとっております。何故ならば、今、紹介しましたような君主の持つ七つの表徴は専制時代のものであって、国民主権を原理とする現代においては統治権と対外代表権が天皇にないのは当然であって、この部分を担当する権力者を主権者国民が直接選挙するということは近代の民主主義国家における君主の存在形式として、当然に容認されなければならない論理だと思うからであります。要するに君主制もまた時代とともに変らざるを得ず、現代においては君主国であるか、共和国であるかの別は、形式として君主たる機関が存在するか、否かによって決るのであります。日本の場合は伝統的な存在である天皇が統治権と対外代表権を除く五つの権能を有し、これが国民主権と融和して存立するところに特色があるのであります。言うならばこれを権力の二元論的な構造、まさに権力と権威の分業制といってもよかろうかと思います。そんなわけで、いささか極端な言い方を許していただくならば、日本では実際上の統治能力があれば、多少柄が悪かったり、毛並みが悪かったりしても能力本位で政権の担い手を決めることができるというところに強味があるのではなかろうかと思うのであります。

戦後の日本の繁栄と社会秩序の安定に果した象徴天皇制の役割は決して小さなものではありませんが、何事によらず人間のつくった制度には完全無欠なものはありません。わが天皇制の場合も国家社会の安定と秩序維持の上で比類なき機能を発揮してきましたが、その反面、これが人間相互間に貴と賎の別をつくり出す拠りどころになっているといった欠点を孕んでいることも、また見逃せない事実であります。人は生まれながらにして自由であり、平等であるといった、永い歳月をかけて人間の歴史が辿りついた近代の人権思想からすれば、血統や門地や出自によって人の身分が決るということは決して正しいことではありません。二十一世紀の日本では遅かれ早かれ日本国憲法の点検が政治課題として俎上にのぼってくることは避けられないところでありましょうが、天皇制については全ての国民が、その存在の意義を冷静且つ理性的に受けとめ、歴史の歯車を逆に廻すようなことだけは絶対にあってはならないことであります。

天皇及び天皇家を頂点とする階層的な秩序によって保たれる家族国家思想といえば、総理大臣在任中の中曽根康弘氏が「日本は単一国家であり、単一民族であるので国民の知的水準が非常に高い」と発言して国際的な顰蹙《ひんしゅく》を買ったことを想い出されます。[注7] 実は、こういった発想はひとり中曽根さんだけのものではなく、私などをも含めて多くの日本人が、あまり深く考えないで心の奥深くに抱いている思いであり、これこそ家族国家思想の帰結するところといえようかと思います。しかし、日本国民を単一民族とみなす説は科学的に実証された見解ではなく、学者の中にも諸説があって、今では、むしろ複合民族としての成立とその発展過程を科学的、実証的に考察することの必要性が説かれ、日本民族論は広くアジア史、世界史のなかに位置づけて究明されなければならない課題だとされているのであります。なお、この問題は殊さらに学問論として考えるまでもなく、私達の周辺を日常的に顧みるだけで、既に十分に社会問題、差別政策として反省を迫られざるを得ないところであります。例えば、明治維新期に、政府はアイヌ民族を無知蒙昧な旧土人とする前提にもとづいて保護を目的に土地を下付することを内容とした「北海道旧土人保護法」を制定はしたものの、[注8] その言語や文化、生活など基本的な権利を守るための十分な手立てを講じなかったがために、アイヌ人は今もなお理由なき偏見、迫害、差別に苦しんでいる実態をわれわれは厳粛に受けとめなければならないと思います。日本人の中にもれっきとした少数民族が存在することを認め、その人権を十分に尊重すべきことが、まさに来世紀の重要な課題であろうと思います。また、差別といえば、明治十二（一八七九）年に武力を発動して沖縄県の設置を強行した、いわゆる琉球処分[注9]も奇麗事ではすまされない、日本の歴史に残る傷跡であります。さらに今も国民の間に根強く残る被差別部落に対する差別感は、もとより民族問題ではありませんが、本来あり得べからざる故なき差別であって、国民の徹底的な意識改革が今後に求められるところであります。二十一世紀のあるべき社会像といえば、永住権を有する約七十万人の在日韓国人、朝鮮人、台湾統治などに由来する約六万人の中国人を含む百万を超える外国人が今の日本に居住しておりますが、この中でもとりわけ重大なことは絶対多数のアジア系住民に対する民族差別の問題であります。私は二十一世紀の日本は、この問題をクリアしない限り国際国家としての未来像は描けないと思っております。

ところで今の日本は深刻な不況に見舞われております。いわゆるバブルの崩潰によるもので、まさに宴《うたげ》の後といった感があります。今回の日本のバブルは一九八〇年代の後半から株や土地の価格が値上りし始め、これにゴルフ会員権や絵画までもつられて価格が急上昇し、誰彼となく財テクに走り、金融業者や不動産業者さらに暴力団までも加わって大いに浮かれ踊ったのでありましたが、九〇年代に入って相場が暴落してバブルは敢えなく潰え去り、その結果が今日の不況であります。今まさに設備投資は不振、消費は冷え込み、これから雇用調整が本格化するものと思われます。現に私ども大学卒業生の就職に関わる立場の者からみましても、昨年までの売り手市場から一転して今は厳しい局面に逢着しております。わが国最大手の情報機器メーカーの系列各社からは、この三月末卒業予定者の採用内定取消しが相ついで出てきております。勿論、今日はこの問題を論ずることが主題ではありませんので、これ以上立入ることは避けたいと思いますが、一言だけいわしていただくならば、財政当局としては大型減税や事によったら赤字国債発行をも含めた大胆な総需要振興政策を発動すべきだと思います。なお、私は資本主義経済には多かれ少なかれ、この種の現象はつきものだと思っておりますので、要は、かかる事態にどう対応して危局を乗り切るか、まさに政策当局者の叡智と決断にかかっている問題だと思います。いずれにしても、この不況で煽りを受けた者に、日本が好況を迎え始めた八〇年代半ばから大量に流入してきた外国人労働者がおります。しかもその大多数が不法就労者でありますが、かつて不法就労者といえば女性で、風俗営業のホステスが大半でありましたが、九〇年頃には女性でも建設作業員や工員が多くなってきており、男性では土木建築作業員や工員、給仕、店員といった特に熟練を要しない職種が殆どであります。またその国籍もフィリピン、韓国、パキスタン、マレーシア、バングラデシュ、イランと多様であります。

さて、ここで私が問題にしたいのは、従来の経験からしても、政府が政策の舵取りさえ誤らなければ、日本は数年でこの不況を乗り切ると思います。そうすればつぎにやってくるのは人手不足であります。殊に二十一世紀の社会で考えられることは慢性の人手不足であります。厚生省の人口問題研究所が一九九二年九月に行った将来人口推計によれば、二〇二五年には、およそ四人に一人が六十五歳以上の高齢者になるとのことであります。いや、超少産社会がこのまま続けばこのテンポはもっと早くなるかもしれません。これは今まで世界のどの国も経験したことのない超スピードの少産社会であり、高齢化社会であります。そうなると当然に高年齢者の積極就労をすすめなければならなくなりますし、女性の労働市場も拡大せざるを得ません。そして、それでもなお人手が足りないとなれば、積極的に外国人労働者を受け入れなければならなくなります。しかし、外国人労働者を大量に受け入れるということは言うは易いが、なかなかに困難の伴うことであります。殊に日本の社会は、先ほど来申し上げてきましたように家族国家的であり、永い間、海に囲まれて閉鎖的な社会をつくり上げてきましたので、外国人に対する差別意識[注10]、とりわけアジアや中南米出身者などに対して優越的な姿勢をとりがちであり、移民に対する寛容さに欠けるところがあります。私は、日本は単一国家、単一民族の国であるといった日本人の意識が二十一世紀には国家経営上大きな障害になるであろうことを恐れております。

勿論、外国人労働者を受け入れることの難しさは日本だけの問題ではありません。実はドイツも今同じような問題に悩んでおり、殊に東西の合併によって景気が低迷して失業者が増大し、さらに大量の難民が流入して、ネオナチが登場し、その活動に拍車がかかっているとのことであります。日本の場合もキチンと移民法を整備し、治安対策なども十分に考慮しながら社会的な受入れ態勢を整え、計画的な対応をはからなければ、「大和民族の血統を守れ」と叫ぶ極右集団が台頭して惨事を招くことも考えられます。皆様のトラック運送事業の場合などは今でさえ運転手の確保が困難なところへもってきて、来世紀はより一層これが難しくなってくると思われます。長距離輸送のドライバーなどは年齢的限界が早く来るので、今からその窮状が目に見えるようであります。言うまでもなく、物流は一国経済の大動脈でありますから、これが停滞することは国の産業経済の疲弊を招きます。従いまして二十一世紀の物流労働政策は今から手を打たなければ間に合わないと思います。業界の皆様方が政策当局と十分に連携をとられながら熟練を要する分野にも外国人労働力を確保できるよう、相応のコスト負担をも考えながら、企業相互の協力による職業訓練体制などをそろそろ検討されるべきときがきているのではなかろうかと思います。物流の問題に限って申しますならば、トラックの公害対策や物流騒音規制の問題も規制の強化こそあれ、今より弛くなることはあり得ないのでありますから、この点も業界自体として不断の対策と工夫の望まれるところでありましょう。

そろそろ与えられた時間が参りましたので、今、話題の二、三の事柄について私の見解をごくかいつまんで披瀝させていただき、今日の私の話を結ばせていただきたいと思います。

まず一つはコメの関税化の問題でありますが、国際調整の場でありますガット・ウルグアイ・ラウンドの農業交渉も一進一退の状況でありますが、総じて言うならば日本の立場は一段と厳しくなりつつあると思います、コメの市場開放につきましては学者の間にも意見が別れており、政治の場では自民党から共産党まで一粒たりとも輸入しないとの建前でありますが、私は、第一種兼業農家一六%、第二種六八%、専業農家が僅かに一六%の今の日本農業の現状を見るとき、これは決して健全な状態ではないと思います。もし本気に食糧安全保障を言うならば、今のような大半が兼業農家という状態では説得力はありません。やはり農地の流動化を促進し、二〇ヘクタールから三〇ヘクタールを耕作する大型専業農家を育成して品質の向上とコストの低減をはかり、国際的な対抗力をつけて行かなければならないと思います。その場合農業生産法人が大きな意味と役割を持つことになるのだろうと思いますが、商社などの大資本、大企業がこれに参入することだけは避けなければならないと思います。問題は山地に拓かれた零細な面積の田圃についてでありますが、自然環境の保全をからめて、本来的な米作農業の問題とは別に政策的な対応を考えるべきものだろうと思います。いずれにしても自由経済の恩恵に浴して繁栄してきた日本経済がいつまでも国内の政治事情に囚われて、コメだけは別だとの立場に固執することは国際的には許されざるところであります。政権党である自民党の本音はどの辺りにあるのか、これからがその眞骨頂の問われるところでありましょう。

二つ目は一極集中を解消するための遷都論の問題でありますが、これも結論だけ申しますと、東京の一極集中を解消することは容易でありません。東京に企業や人が集まるのはそれだけの魅力とメリットがあるからであって、それは永い歴史の積み重ねでもあります。それを政治の力だけで強引に移転しようとしても成功は覚束ないと思います。それよりも今打つべき手は権力の一極集中を排除して地方分権を盛んにすることであり、国の手で地方に国際的な会議場や文化施設、国際空港などをつくることも必要なのではなかろうかと思います。

中央省庁が何もかも許認可の権限を掌握していることが集中の一つの原因になっているのでありますから。仮に国会や中央省庁がどこかに移転したとしても、権限がそのまま移転すればまたそこに集中が起ります。些細なことでも中央に陳情しなければならないような今の状態では地方に活力が生まれるはずはありません。大幅な地方への権限委譲とこれに伴う諸制度の改革が先決であり、私はこれこそ住みよい国土づくりへの緊急の課題だと思っております。

最後に、私は先ほど二十一世紀には日本国憲法の点検が具体的日程にのぼってくるであろうと申しました。もとより、わが憲法は不磨の大典ではありませんから、改正されることがあって当然であります。ただ、改憲について、現行憲法はアメリカ占領軍によってつくられたものであるから自主憲法の制定をという声をよく耳にします。確かに今の憲法は占領軍によってつくられたものではありますが、これには内外の幾百万、幾千万の尊い生命によって血塗られた日本の近代史の苦渋に満ちた教訓が折り込まれており、また、占領軍の憲法制定作業の中では高野岩三郎や鈴木安蔵など日本人学者グループ[注11]の憲法草案も参考にされたと聞いております。そのようなことなどを思いめぐらしますと、やはり改正は慎重でなければならず、現行憲法の掲げる国民主権と平和主義、そして基本的人権の尊重の三大支柱は、まさに永遠《とわ》の旗じるしでなければなりません。

私自身は独立国家が、国民の生命、財産を守るための自衛力を持つのは当然だと考えておりますが、二度と軍事力の突出した国家になってはならないとも思っております。これからの日本はアジア、太平洋地城の一員として、各国との善隣友好を機軸にヨーロッパやロシア、東欧、アフリカの国々とも協調しながら、豊かで自由な国づくりに徹底しなければなりません。そして、国民主権と平和主義、基本的人権の尊重に愚直なまでにこだわりつづけることこそ、わが憲法の前文にいう、国際社会における名誉ある地位につながる唯一の道であると私は確信しております。二十一世紀は、もとより私達の子や孫の世紀でありますが、私は憲法の問題や国連など国際社会との関わりについては、つぎの世代の見識と勇気と判断に大いに期待したいと思っており、彼らはまたこれに十分に応えてくれるであろうと信じております。

どうも長時間御清聴ありがとうございました。

(本稿は、一九九三年一月二十八日、東京、丸の内の鉄道会館で開催された日本貨物運送協同組合連合会の理事会で行った講演を採録したものである。なお末尾の注記は、本稿を、一九九三年五月発行の「流通問題研究」第二三号に掲載するために付した。また、加藤武徳氏は参議院議員、岡山県知事、自治大臣などを歴任、当時、日本貨物運送協同組合連合会会長。二〇〇〇年二月、逝去)

注

1　一九七〇年代に入ってから相ついで公開されたアメリカ外交機密文書は、無条件降伏後の日本占領政策を実施するうえで天皇制問題が極めて高度な政治課題であったことを裏付けている。連合国やアメリカ国務省内にあった「天皇制廃止論」と「天皇保持論」の二つの対立が「象徴天皇制」に移行していく過程を、これらの資料にもとづいて論証した多くの研究がある。その主なものは、竹前栄治「象徴天皇制への軌跡」(『中央公論』一九七五年三月号)、児島襄「天皇とアメリカと太平洋戦争」(『文芸春秋』一九七五年一一月号—一二月号)、武田清子「天皇観の相剋」(『世界』一九七六年一〇月号—七八年三月号)、近藤淳子(「天皇制機構温存過程考」共同研究『日本占領軍』徳間書店、一九七八年)などである。

2

一九四九(昭和二十四)年から五一年にかけて日本国内では講和条約の締結をめぐって激しい論争があった。即ち、米ソ両国を盟主とする東西両陣営の対立激化によって、敗戦国日本と戦勝国である連合諸国家間との講和に関する合意形成が困難になってきた。この場合、戦争当事国のうち特定の国が敵国と講和を結び戦争状態を離脱すると分離講和となり、講和の締結国が多数である場合は多数講和、ごく一部の国である場合には単独講和と呼ばれる。対日講和の場合には全面講和か単独講和かという形で論議されたが、ここでいう全面講和論とは、アメリカ主導型でアメリカの方針を支持する国だけを対象とする講和ではなく、ソ連および中華人民共和国を含めた戦争当事国全体と講和を結ぶべきであるという主張である。この論議では単独講和論に対して東西対立の一方にのみ加担するものであるとの批判がなされたので時の吉田茂首相およびそれを支持した人々は単独講和の代りに多数講和という言葉を使用していた、吉田内閣、与党自由党それに外務省は、実質的にはアメリカの単独占領下にあり、その経済援助に頼らざるをえないという見地から、日本にはアメリカとの協調関係を存続させる以外に選択の余地はないと判断していた。とりわけ一九五〇(昭和二十五)年六月の朝鮮戦争勃発以降は、全面講和は現実から遊離した主張であるという立場を明確にし、講和の締結によって独立の回復を優先させるべきであると主張した。この対日講和をめぐる論争が政党政派の論争をこえて広く国民的な関心を集めるに至ったのは、直接政治に携わらない知識人が総合雑誌などで積極的に発言したからでもある。なかでも安倍能成、恒藤恭、丸山眞男といった人々は、ユネスコの世界人権宣言が起草されるのを機会に一九四九年平和問題談話会を結成して、太平洋戦争への反省から国民や世界に対して知識人としていかに責任を果たしていけるのかを自問し、講和問題についても声明を発表するなど論陣を張った。また、南原繁東京大学総長は外遊先のワシントンや大学の卒業式などでも積極的に全面講和の締結を唱道した。これに対して吉田首相は、一九五〇年五月三日の自由党両院議員秘密総会で南原総長を「曲学阿世の徒」と呼んで非難した。

3 「占領末期のアメリカの圧力とのらりくらり（傍点、筆者）とした吉田の戦術とが錯綜して、『再軍備』や戦力増強について多くの混乱が生じた。アメリカ側で吉田に最初に再軍備を迫ったのはダレスであり、彼は吉田が辞職するまで首相を責め立てる手を休めなかった。ダレスが望んでいたのは、『直接間接の侵略に対して日本が漸増的に自衛責任をもつ』ようになることだったが、資金や人的資源についてはとくに勧告しなかった」（リチャード・B・フィン著、内田健三監修『マッカーサーと吉田茂』（下）一五八頁、同文書院インターナショナル、一九九三年、Winners in Peace・MacArthur, Yoshida, and Postwar Japan・by Richard B. Finn・1992. by University of California Press）。なお、同書上・下巻は第二次大戦中、アメリカ海軍日本語情報将校を務めた元米国務省日本部長の著者がマッカーサーと吉田茂の活動の軌跡を軸に占領下の日本の政治、社会状況を描いたもので、敗戦国の宰相としての吉田の思想や政治手法がよく描れている。

4 日米新安保条約は正式を「日本国とアメリカ合衆国との間の相互協力及び安全保障条約」という。一九五一（昭和二十六）年九月八日、対日平和条約が署名されたと同じ日に、日本とアメリカ合衆国との間に「日米安全保障条約」（旧安保条約）が結ばれた。この旧安保条約は米軍の日本駐留を認める駐兵協定であったが、講和時に結ばれた暫定的性格のもので、講和後時日の経過とともに条約内容にも改正を加えることが求められ、日米間に条約改正の交渉が一九五八年以来進められた。その結果六〇年一月十九日、時の岸内閣の手で新しい安保条約（現行）が署名された。この新条約は同年国会に承認を求めて提出されたが、条約が重大な内容をもつため、これに反対する野党のはげしい攻撃の的になった。条約の国会通過を焦った岸信介首相は衆議院で強行採択の途にでたため、政府の非民主的な強引なやり方に対して世論が憤激し、いわゆる安保騒動が発生、国会をとりまく抗議デモの騒然たる状態のもとに条約は自然承認され、六月二三日批准書の交換とともに効力を発生した。

5 一九四六（昭和二十一）年六月六日、天皇、千葉県を巡幸。つづいて六月一七日、静岡、十月二一日～二六日、愛知、岐阜、十一月十八日、茨城の各県を巡幸。翌年6月、近畿地方四県巡幸。八月、東北三県、九月、栃木県、十月、甲信越三県、北陸三県、十一月、中国地方五県巡幸、以降国民体育大会や植樹祭などを機に殆ど毎年各県各地を巡幸。

6 久野収「市民的自由をめぐって」三〇頁、（日高六郎編『現代日本を考える』筑摩書房、一九八七年、所収）

7 中曽根康弘首相が「アメリカには黒人、プエルトリコ人、メキシコ人が相当多くて知識水準は日本より非常に低い」（一九八六＝昭和六十一）年と発言。

8 アイヌは古来、北海道、樺太、千島、カムチャツカ半島および本州の北部に広く分布していた。しかし今日では、樺太や千島のアイヌは北海道に移り、カムチャツカや本州北部のアイヌは姿を消し、北海道がアイヌの唯一の土地になっている、北海道アイヌの戸数、人口は一八〇四（文化元）年の二万一六九七人という記録が最も古い。一八七二（明治五）年から一九四〇（昭和十五）年までは毎年人口調査が実施されているが、人口統計は時代が新しくなるにつれて和人との同化が進むので不確実になっている。

9 琉球処分は明治政府が琉球に対して清国との朝貢関係を断絶させた統合措置であり、一八七二（明治五）年の島治改革伝達、琉球藩王冊封から七九（明治十二）年の沖縄県設置までの一連の施策をいう。この間、琉球王は密使を清国に派遣するなどして日本への進貢阻止を泣訴し、しばらくは琉球帰属問題が日清両国間の外交懸案となっていたが、七九年三月、明治政府の命により内務大書記官松田道之は警官約一六〇名、熊本鎮台分遣隊半大隊約四〇〇名を率いて三度《みたび》渡琉し、頑固党士族の反対を抑えこんで首里城を開城させている。なお、その後も守旧派士族は清国を頼みにしていたが結局は日清戦争によってその望みを絶たれた。

10 一九六五（昭和四十）年十二月二一日、国連第二十回総会において「人種差別撤廃条約」（あらゆる形態の人種差別の撤廃に関する国際条約）が採択され、六九（昭和四十四）年一月四日から効力が発生している。現在その締約国は一三三国（台湾、ナミビアを含む）に達し人権関係の条約としては最も広く認知されたものとなっているが、日本はいまだにこれを批准していない。

11 鈴木安蔵らの憲法研究会は一九四五（昭和二十）年十二月二七日、「日本国ノ統治権ハ国民ヨリ発ス」「天皇ハ国政ヲ親ラセズ国政ノ一切ノ最高責任者ハ内閣トス」といった憲法要綱を発表している。高野岩三郎は、この憲法研究会の憲法革案の作成にも助力しているが、個人でも「天皇制ニ代ヘテ大統領ヲ元首トスル共和制ノ採用」を根本原則とする日本共和国憲法私案要綱を雑誌「新生」に発表している（一九四五年一二月二八日）。なお、高野は翌四六年日本放送協会会長となり放送の民主化に尽力したが四九（昭和二十四）年四月、七十九歳で病没している。

低く暮し　高く思う

大学のユニバーサル化時代に臨んで

先ず始めに入学おめでとうございます。

今年二〇〇二年のわが国の十八歳人口、つまり大学進学適齢期にある人たちの数は約百五十万人になります。そのうち、大学や短期大学に進んだ人の数は、ほぼ半数の七十五万人近くになっているものと推定されます。推定と申しますのは、六月末にならなければ正確な数がつかめないからです。ただ、いずれにいたしましても、今のわが国では、二人に一人が高等教育を受けているということであります。

このように大学進学率が五〇％を超える状態を、アメリカの社会学者、マーチン・トローは、大学のユニバーサル化と呼んでおります。要するに大学教育が普遍的、一般的な存在になったということでありますが、日本の場合も、大衆化の時代を過ぎて、いよいよユニバーサル型時代に入ったということでありましょう。そうなりますと、大学のあり方も、時代に合せて変らなければなりません。

日本の近代の大学制度は、明治十年、一八七七年にできた東京大学がその始まりであります。明治時代のわが国は、西欧の先進諸国の文化や文明をとり入れて、国力を高めることを急務といたしておりましたので、大学はそのためのリーダーの養成機関でありました。つまり、エリートを育てる学校であったわけであります。それから百二十年余になりますが、この間、エリートたちの果した役割は小さくありません。日本を世界有数の文明度を誇る国に仕立て上げるに当っての彼らの役割は評価しなければなりません。ただし、エリートたちは、国民大衆に塗炭の苦しみを強いる大きな過ちも犯しました。その最大が、あのアジア、太平洋を舞台にした先の大戦であります。戦争の終った昭和二十年には、私は、丁度、今日《きょう》の皆さんとほぼ同じ年齢でありましたので、戦中、戦後に、どういう立場の人が、どういう役割を果し、何が間違いであったかをよくこの目で見てきました。

しかし、今日はそれを語る場ではありませんし、また、その暇もありません。ただ、ここで申し上げておかなければならないのは、今の日本は百年前はもとより、五十年前とも違うということであります。今のわが国社会の成熟度は高く、人々の知的な関心やものごとの是非を弁別する能力は格段に高くなっております。もう一握りのエリートが社会を引っ張るという時代ではありません。従って、大学はもはや始めからエリートをつくるものであってはならないのであります。

現在、わが国には、国公私立併せて六八六校、放送大学を加えると六八七校の大学がありますが、勿論、その中には、学習能力が高くなければ入学できない大学もなければなりません。そして、そういう大学から学問の基本的な進展の担い手が育つのが通例であります。一方、入学は難しくはないが、きちんとした学習を通して、高い志と生きることの価値をわきまえた人材をつくる大学も必要であります。大学のユニバーサル型時代とは、このような後者に属する大学の存在の高まりをいうのであります。

わが流通経済大学もまた、そんな大学ユニバーサル型時代を象徴する大学の一つであります。皆さんも御承知のように、ニッポンエキスプレスの名で世界に知られる日本通運の寄附によってできた大学でありますので、創立以来、一貫して有用な実業人の育成を旗印にしてきました。時間がありませんので詳しくは語れませんが、その成果の一つとして、今、本学の卒業生は、国内はもとより、世界各地の四十数カ所にわたる物流拠点で枢要なポストについております。また、その特色の故に、外国人留学生が門を叩くようになってから、もう四半世紀になります。

ところで、先程、大学は時代と共に変らなければならないと申しましたが、今、わが国の大学は大転換期にあります。

先ず二〇〇四年には、全ての国立大学が独立した法人になります。わかりやすく申しますと、私立大学にいくらか近い経営形態になり、教員は公務員でなくなります。合併、統合によって数も減ることになり、授業料も大学ごとに格差ができる筈です。そして私立大学との競争が激しくなります。

一方、私立大学の中には受験人口の減少で閉鎖に追い込まれる大学が、かなり出るだろうと思います。要するに特色のない私立大学は生き残れないということです。

流通経済大学は大規模な大学ではありませんが、わが国で唯一の物流ないしはロジスティクスに強い大学として少なくとも今日《こんにち》までは確固たる地位を保ってきました。今日《きょう》、この大学の学生になられた皆さんには、その歴史と特色に誇りをもってもらいたいと思います。そして、その誇りを未来につなげるよう、大いに奮起し、努力していただきたい。大学は、皆さん方学生と、教職員との共同の営みによって始めて活力を得るものであります。日本の社会が、世界の目が、これからの流通経済大学をどう受けとめるかは、まさに皆さんと、ここに御列席の教職員の方々の双肩にかかっているのであります。

心からなる期待を寄せて、私の祝辞を終ります。

（二〇〇二年四月）

運命と、どう向き合うか

先ず、ご卒業おめでとうございます。卒業生の父母の皆様にも、心からお喜びを申し上げます。

ところで、今から五十二年前、私も今日の皆さんと同じように大学を出ました。その時、私の出た学校の学長は、私たち卒業生のために激励の言葉を贈って下さいました。しかし、それがどんな話であったか、今は、その中味を殆ど覚えておりません。ただ、一言だけはっきりと覚えているのは、卒業は人生の始まりであるという言葉であります。

あの第二次世界大戦に日本が敗れてから五年、着るものも、食べるものも、住居も、まだまだ不自由な時代でした。従って、私たち新卒業生の中で就職先の決っていた者は、三割に達していたか、どうか、という状況でした。

お酒も配給制でしたから、私たち学生はビールなど口にしたことはありません。カストリという安ものの焼酎で数人の仲間たちと乾杯して思い思いの方向に別れました。それから、もう半世紀になります。昔の仲間たちと殆ど会うことはありませんが、中には、俗にいう偉くなって、今も時々一流新聞でその動向が伝えられる者もおります。裸一貫から身を起して事業に成功し、一代で巨富を築いた者もおります。それとは逆に、勉強家で、努力家でもあったのに、なすこと、なすことが裏目に出たとかで今は生死もわからぬ者もおります。

このように、私の昔の仲間たちの半世紀を、あれこれ、振り返ってみますと、やっぱり人の一生は、運、不運に左右されるのかな、と思わずにおれません。

さて、明日からの皆さんを待ちうけている日本の社会は、先行の見えない不況の真只中、それでも、今日の皆さんのうちで、就職先の決っている人は九四％になっているそうです。これは大学院などに進む人、或いは目的があって計画的に就職しない人は除いた数です。勿論、思うような仕事がないために、気持の晴れない人もあろうかと思います。

そこで私は、自らの体験に照らして、皆さんにこう申し上げたい。今、いいところに就職したからといって、まだまだ人生の答が出たわけではない。今、仕事がないからといって、明日の運勢がどう開くかわからない。希望を持って、ひたむきに生きる努力をすれば必ず道は開ける。とにかく、自分の足で立つ、自分の力で生きることを目指さなければならない。人生八十年。今日があなた方の人生レースの始まりです。少しぐらい出遅れたからといって焦ることはない。落ち込むこともない、と申し上げたいのであります。

そして、最後に、皆さんの前途に大きな期待を寄せながら、私の好きな次のマキャヴェリの言葉を送らせていただきます。

運命が何を考えているのかは、誰にもわからないのだし、どういうときに顔を出すかもわからないのだから、運命が微笑《ほほえ》むのは、誰だって期待できるのである。それゆえ、いかに逆境にあろうと、希望は捨ててはならない。

マキアヴェリは、十五世紀から、十六世紀の初めにかけての人で、いわゆるイタリアルネサンス期の政治思想家であり、政治家、歴史家でもあります。名著『君主論』は、よく知られるところでありますが、この言葉は「政略論」の中に出てくるものであります。また、マキアヴェリと言えば、権謀術数―政治的な陰謀、策謀、策略を意味するマキアヴェリズムを連想させられますが、私は、彼はすぐれた思想家だと思います。彼によれば、誰にでも幸運はあるが、それをものにする人と、見逃す人がいる。だから、なにかをしたいと思う者は、まず準備に専念することが必要である。幸運に微笑まれるより前に、準備を整えておかねばならない。それに怠りがなければ、やってくる好機を捕えることができる。

私は、今日、わが流通経済大学を巣立たれる皆さんが、マキアヴェリのこの言葉をよくかみしめられ、運命の微笑《ほほえ》みを是非ともキャッチしていただきたいのであります。

お一人おひとりの御活躍と幸運を祈って私の贈る言葉を終ります。

（二〇〇二年三月）

豊饒なキャンパスライフを

先ず始めに皆さんのご入学をお喜び申し上げます。

私は今、学園長という紹介をいただきましたが、実は、昨日、四月一日にこのポストに就いたばかりです。そして、一昨日まで流通経済大学の教授であり、学長を務めておりました。

そもそも、わが国では小学校から大学まで、正規の学校を作るには三通りの方法があります。一つは国が設置するケース。二つ目は地方自治体が設置するもの。三つ目は、私立学校法という法律で定められた学校法人が設置するケースであります。当然のことながら、学校間に設置形態の差異による制度的な優劣はありません。

皆さんもよく御承知だろうと思いますが、流通経済大学は三つ目のケースで、学校法人日通学園の設置による大学であります。日通学園は、他に大学附属の高等学校も設置しております。学園長である私の職務は、日通学園の設置する大学と高校の教学を総括することにあります。総括という言葉は如何にも大げさでありますが、中身は、学長や校長の仕事を後押ししたり、教職員の方々の仕事の相談にのったりすることです。

ところで、日通学園の名称も、流通経済大学という校名も、創立三十七年目を迎える今では、世間に広く知られるようになりました。日通学園の名称は、世界でも指折りの総合物流企業である日本通運の社名からとったもので、この大学の創設の時に設立資金を提供したことに由来します。また、流通経済大学の名は、日本国内もさることながら、アジア一円、とりわけ北東アジア地域で名が通っております。

今、申し上げた設立の経緯からも明らかなように、本学は、元来、実学主義を標榜し、実際社会に通用する人材を育てることを目標にしております。他大学に先がけて産業界の協力によるインターンシップ制を実施していることや年間を通して企業からの寄付講座を開講しているなどは、まさに本学ならではの特色でありますが、この寄付講座はなかなか評判がよく、企業の現職幹部の方々のご熱心な講義は、学生諸君に大変人気があります。

ここで、誤解のないように、少し申し添えておきます。実学主義と申しますと、何となく実学偏重のように聞こえますが、本学の場合は、決してそうではありません。

人はパンのみによって生きるものではありません。よりよく生きるために、近代的な教養を身につけさせることを、本学は、大事な教育目標の一つにしております。皆さんも、大学では、文学、哲学、歴史学、地理学さらには課外のスポーツや美術、音楽など、教養を高めるために大いに時間をさいて、豊饒なキャンパスライフをおくって下さい。

最後に、私の七十余年の経験や知見から申しますと、人の一生は、限りなくマラソン競争に似ております。速く飛び出した者が、好タイムでテープを切るとは限りません。他人《ひと》に引きずられて自分のペースを乱してはなりません。勿論、人生レースは、十八歳の段階で選んだ大学の如何によって勝敗が決る程に単純なものではありません。これからの四年間に、何をどう学び、何を身につけるか。どのような人間修行を積むかが、結果につながるのであります。

私に言わしむれば、大学の四年間は、いわばレース本番のウオーミングアップのようなものです。あなた方の人生は、これから六十年、七十年とまだまだ先が長い。臆せず、焦らず、歩一歩、自分の足音を確かめながらゴールを目指して下さい。

四年後の学位授与式には、今日《きょう》の皆さんが全員揃って、この場にこうして集《つど》われんこと祈念して、私のお祝いの言葉を終ります。

（二〇〇一年四月）

「地上に輝く星」のように

流通経済大学は、本日ここに第三十三回の学位授与式を挙行し、学士、一、三三二名、専攻科修了一名、修士二十四名、経済学の博士一名を世に送ることになりました。

晴れて今日の佳き日を迎えられた諸君、並びにその父母の皆様、或いは、諸君の今日を待ち望んでおられた関係の方々に心からお喜びを申し上げます。因に、私は四年前、この場での入学式で、学部入学者、一千五百有余名を前に歓迎と激励の言葉を述べました。しかし、今日ここに臨まれた諸君の数は、四年前に比して約二百名減っております。経済的な理由や健康上の問題など、それぞれの事情によるものではありますが、私としては、この事実はまことに、心残りであり、この機会に、彼らにも奮起して人生に立ち向ってもらいたいと願わずにおれません。

さて、殊さらに申すまでもないことでありますが、今の日本では、大学の大衆化が進んでおりますので、大学に学ぶこと自体、ごく当り前になりつつあります。しかし、そうは言っても、小学校入学以来、今日《きょう》までの十六年間は長い歳月であり、個々人にとっては、やはり大学の卒業は人生の大きな節目であります。

諸君の場合も、大半は今日を境にあらたな職業につかれることになりますが、就職部からの報告によりますと、今年は昨年より、いくらか就職事情がよく現段階で就職先の決っている人は希望者全体の九六%になっています。勿論、その内訳は、大企業、中小企業、自営業、公務員と多種多様であり、中には本来の志望筋といくらか違った方向に進むことになった人もあると聞いております。しかし、私は、それはそれでよろしいのではないかと思います。私の経験や見聞からいたしますと、人の一生などというものは、もともと、そう都合よく運ぶものではありません。問題は与えられた環境や条件に、どう対応し、いかに工夫して前進するかであります。

最近の若い人たちは一般的に自制心が弱く、仕事や職場に対する好き嫌いが極端で、折角入った会社を簡単にやめる。三年足らずでやめる人が三人に一人の割合になるという調査がある程です。そんなケースを、私も幾つか知っておりますが、私の知る限り、一つの仕事で満足な成果を挙げることのできなかった者は、他に移っても成功する例は少なく、人の信頼を得ることが難しいようです。

論語に「天ヲ怨《うら》マズ　人ヲ尤《とが》メズ　下学《かがく》シテ上達ス　我ヲ知ル者ハソレ天ナルカ」という言葉があります。私の処世訓の一つでありますが、「下学」というのは、手近なところから学ぶことであり、事、志と違っても、これを天意と心得、目の前のことにコツコツと励めという意味であって、その結果、一歩一歩向上して、やがて上達の域に達するということであります。「下学して上達す」、今日からの諸君に、是非、心に留めておいていただきたい言葉であります。

もう一つ申し添えさせていただきます。私は四年前、諸君に向って、高村光太郎の詩、「道程」

の一節、「僕の前に道はない。僕の後ろに道は出来る」という言葉を引用しながら、「今日《きょう》、学部に入学された諸君は二〇〇一年に卒業されることになり、その意味での諸君は、まさに二十一世紀の扉を開く群像である」「二十一世紀の日本は、そして世界は、どのような展開をみせるのか。まことに興味津々たるものがあるが、とにかくわれわれをとり巻く社会は変りつつある。既に日本では大学教育は一般化して、大学を出て当り前の時代になってきつつある。このことを角度をかえてとらえるならば、それは、たとえ、どこの大学を出ようと、実力のない者、取り柄のない者、やる気のない者は世の評価に値しなくなるということである」「諸君が社会の第一線に立たれる時代は、もう、学歴がどうこうでなく、何ができるかが問われる時代になっている筈だ」と述べ、「今日からは、僕の前に道はない」の意気込みで進まなければならない、と話を結びました。そして、私は、今日も、重ねてこの言葉を諸君に贈りたいと思います。もう一度申します。「自分の道は自分で切り開け」、ということであります。

ところで四年前、諸君が大学に入学された頃の日本は景気が低迷し、暗雲が垂れ込めていました。しかし、その当時、私をも含めて多くの人々は、二十一世紀に足を踏み入れる頃には不況からの脱出口ぐらいは見出せるのでなかろうかと思っておりました。しかし、昨今は脱出口どころか、益々混沌の度が深まり、政治も、経済も、行政も、名だたるエコノミスト達の論証も頼むに足らずの感がいたします。重く大きな問題でありますので、今日《きょう》のような限られた時間での軽々な言及は慎むべきかとも思いますが、敢えて、一言、私なりに申しますならば、今や日本のさまざまな仕組みが、制度疲労に陥っているということであります。新しい時代に向けて、社会の仕組みを根本的に変えてかからなければなりません。そして、究極は、小さな政府と市場経済主義の徹底だろうと思います。しかし、そこに持ち込むためには、半世紀もの間、ぬるま湯につかってきた国民の意識の変革がなければなりません。もとより、自由と基本的人権の尊重が改革の大前提でなければならないことは言うまでもありません。

私は、日本の歴史を顧み、日本の国民はその改革をなしとげるに足る英知と力量を持っていると確信いたします。そして、諸君も今日から、その大きな改革のうねりの中に一人の戦士として身を投ぜられることになるのであります。

話は一転いたしますが、諸君は、今日、この式場に流れた音楽に聞き覚えがあるでしょうか。昨年の三月二十八日から、毎週火曜日、NHKテレビで放送中のドキュメンタリー、「プロジェクトX、挑戦者たち」のテーマ音楽であります。見ておられる人もあろうと思いますが、私は時間の都合のつく限りこれを見るようにしております。

いずれも心をゆすぶる感動的な物語でありますが、一、二、例をあげますと、昭和五十一年、リストラ寸前といわれた、ある企業のVTR事業部の新任事業部長が家庭用VTRの開発にすべてを賭けた物語です。本社からの度重なるリストラ要求をはねのけながら部下たちとひそかに労苦を重ねて世界標準規格のVHSビデオを完成させました。また、昭和三十九年、津軽海峡で世界初の本格的な海底トンネル建設工事に挑んだ男たちの二十四カ年間にわたる苦闘の物語。或いは最近のものではこの三月六日に「えりも岬に春を呼べ」というテーマの話がありました。死滅した昆布をよみがえらせるために一人の漁師とその妻が、半世紀近くもかけて自力で砂漠に黒松を植林し、海に土砂が流れ込むのを防いで昆布の育成に成功した物語であります。テーマ音楽の作詞・作曲は中島みゆきという女性歌手で、彼女自身が主題歌でオープニング曲の「地上の星」と、エンディング曲「ヘッドライト・テールライト」を歌っております。NHKからの中島みゆきさんに対する作曲に当っての注文は「無名の人々の光を、歌にしてください」というものだったそうです。

私は、そのメロディーと、無名の人たちの大いなるドラマから受けた私の感動を、今日の諸君にもお伝えしたくて、まさに、私の独断でこの会場に、その音楽を流させてもらいました。

「プロジェクトX、挑戦者たち」に登場する人たちは、いわゆる世にいうエリートではありません。それどころか、地方から集団就職で上京し、定時制の高校に学んだとかの、いわば苦労人をモチーフにした物語であります。彼らは何のために、誰のために、あれほどまでにひたむきに仕事に打ち込むことができたのであろうか。彼らは、何に向って挑戦したのであろうかと、私は考えました。やがて私は思いました。彼らは、ただ、名利のために働いたのではない。彼らは、自らのあるべき生きざまのために、自らに向って果敢な戦いを挑んだのだと気づいたのであります。だからこそ、彼らは輝く星であり、しかも「地上の星」なのであります。そして、こうも思いました。今の日本は、政治も、経済も、恰かも飛行船が乱気流の中を浮遊しているかのような状況であるが、この「地上の星」たちのように英知と勇気と勤勉さを兼ね備えた人たちがこの国に健在な限り、わが日本丸は、決してこのまま沈むことはないと確信したのであります。

そして、私は、今日、本学を巣立たれる諸君に、是非ともこの「地上に輝く星」たちのような筋金入りの生き方をしてもらいたいと思ったのであります。

なお、今日は、外国からの留学生諸君が学部、大学院併せて七十一名、卒業されることになりました。折からの日本の経済状勢の下では、留学生活は、われわれ日本人が察する以上に大変だったろうと思います。よく、頑張りぬかれました。そして、よくわが日本を留学先に選んで下さいました。諸君の御努力に心から敬意を表し、あらためておめでとう、と申し述べさせていただきます。言うまでもなく、二十一世紀は君たちの世紀です。君たちには、苦労して培われた学識をそれぞれの母国のために生かしていただきたい。また、北東アジアの和平のために、アジアと世界の繁栄のために力一杯働いてもらわなければなりません。心から御活躍を祈念いたします。

少し長くなりましたが、終りに一言、なかば私事に関することでもありますが、私はこの三月三十一日で、流通経済大学の学長の任を了えることになりました。昭和四十九年以来二十七年、いわば私の一代でもあり、まことに感慨深いものがあります。私が学長に就任した当時は、経済学部一学部だけで入学定員三百名の小さな大学でした。今は、この四月から法学部二学科が加わりますので四学部七学科、大学院三研究科の社会科学系の中規模大学にまでなりました。私としては、自らの年齢をも考え、この辺《あたり》が去り時だろうと思っております。ただ、大学からは、もう少し、とどまって学園の運営に協力して欲しいとの要請がありましたので、しばらくは学園長として新学長をバックアップし、経営をサポートすることにいたしました。

次期の学長は、この壇上におられます現流通情報学部長の坂下昇教授であります。

私はまことによき後継を得たと喜んでおります。そんな次第で、私にとりましては、今日の第三十三回の学位授与式は、生涯における記念すべき忘れ難い一日であります。

最後に、卒業生諸君の御隆昌と御多幸を祈念して私の式辞を終ります。


（二〇〇一年三月）

一身の独立を目指して

先ず始めに、流通経済大学を代表して諸君の入学を心からお喜び申し上げます。折からキャンパスの桜は、あいにくの曇り空にもめげず漸く色づき始め今日の諸君を精一杯歓迎しているかのようであります。

ところで、今日から丁度二週間前の三月二十日、本学は、この場所で卒業式と学位授与式を行い、一千五百有余名の人たちを世に送りました。その中には、アジア、オセアニア、中東など、八カ国からの留学生、六十八名も含まれており、大学院の両研究科からは、四名の博士もあらたに誕生いたしました。

ただ、遺憾だったのは、彼らを迎えるわが国の社会が、五%に近い史上空前の失業率という状況下にあったことであります。その意味で、彼らの卒業は、いわば嵐の中の船出でありました。そんな荒海に繰り出す教え子たちを見送る教師としての私の心境は、まことに複雑で隠やかならぬものがありました。それはこの一年の間《かん》、私は自らの非力の故に、懸命に就職活動に駆け廻る彼らに、これといった力添えをしてやれなかったことについて、忸怩たる思いを抱かせられていたからであります。しかし、甚だ幸いなことに、彼らの一人ひとりが力を尽くしました。その結果、この三月末における本学卒業生の就職率は、全国の大学平均をはるかに上廻る九六・四%の高率でした。勿論、その内容は、望み通りの職を得た者もあれば、不本意ながらという者もありました。そんな彼らに対して、人の一生は何が幸いするかわからない。ともあれ自らの足で、しっかりと大地を踏まえ、仕事に真摯に取り組めば必ず道は開ける。道は自ら拓くものだ、と激励して送り出したのであります。

私ごとで恐縮でありますが、私は、ほぼ半世紀、教師稼業一筋の道を歩んできました。そして、その間《かん》、まことに幸いなことに、職業や年齢を越えた多岐にわたる分野の方々とつき合う機会に恵まれました。そんな私の目で見てきた人世模様からいたしますと、世間的には、好条件と目される学歴の持主でありながら、大した働きをしないままで終る例もあれば、逆に、全く学歴に関わりなく、社会的に大きな役割を果して世間から高い評価を得ている人物との出会いもありました。また、本学には創立以来、勤務いたしておりますが、その間に多くの卒業生の働きぶりも見てきました。ほぼ二万人を数える卒業生の中には、彼は流通経済大学の出身ですよと、つい、吹聴したくなるような人物もこの頃は、ぼつぼつ出てきております。

結局、私は、自らの知見から推して、人間の本当の評価は、出生や学歴、或いは単なる知識や学力だけで決るのではなく、見識や人柄、事に処しての勇気と判断力、責任感こそ、人間の評価の決め手になるものと思っております。私は、これを総合的な人間力と申しておりますが、この人間力は、いつ、どこでどうして培われるか。勿論、それは、家庭の躾や少年、少女の頃の交友など、環境の支配するところも少なくないとは思いますが、最も影響度の高いのは二十歳前後の大学生の時代ではなかろうか、と思うのであります。私は、大学は一点、二点を競い合うような小さな勉強の場ではなく、文学や哲学、歴史など幅広い読書によって見識を培い、スポーツ活動や文化活動によって判断力や協調性、或いは正義感や責任感、時には義侠心をも育むところだと思っております。勿論、今の時世ですから、実用的な英語力や情報技術を身につけなければならないことは当然であります。

何はさておき、諸君は今日《きょう》、こうして大学生になられました。折角与えられたこの貴重な時を決して無駄にすることなく、しっかりと人間力を養い、それぞれが目指す方向に向って実際的な学力を身につけてもらわなければなりません。

今の日本は、同世代の半数近くが大学に学ぶ高学歴社会でありますが、残りの半数の人々は大学に進む機会に恵まれないのでありますから、諸君には大学に学ぶ機会を持ったことの社会的な重味をきちんと覚《さと》ってもらわなければなりません。率直に申しますと、諸君のために費やされる学費は決して低廉なものではありません。そして、その大部は諸君の御両親など、保護者の方々の汗と膏の結晶であり、、一部は私立大学に対する国庫助成という形で賄われる国民の血税であります。諸君の自覚を促してやまない所以であります。

勿論、私たち教師も責任を自覚し、真剣に取り組まなければならないのは当然であります。いうまでもなく、大学における教育は、教師と学生の共同作業であって、学生の意欲が教師を動かし、教師の熱意が学生の意欲をかき立てるものであります。そして、流通経済大学は、そういう大学でなければ、ここにこうして存在する意味はありません。諸君は今日から、私たち教師にとってのパートナーであります。共に励むことを、今日この場で誓約してもらわなければなりません。

ついで、諸君も御承知だろうと思いますが、わが国では今、十八歳人口、つまり大学進学適齢者が激減しております。本学の場合も数年前までは、定員の三十倍を越える競争率の学科もありました。しかし、今年あたりは、ハードルがかなり低くなりました。おそらく、その、原因の一つは、若い人たちの間に、本学のようなアメリカ的な郊外型大学よりも、ヨーロッパ的な都市型大学志向が強まってきたからであろうと思います。しかし、流通経済大学には、郊外型ならではの利点が少なくありません。たとえば、教室と全ての運動競技施設が近接しているのは、学業とスポーツの両立を目指す意味で極めて有利であります。また、郊外型の利点には宿舎の経費が都心の三分の二以下であることや、落ちついた学習ができることなども挙げられます。諸君は、そういった利点を生かして、大学が開設する行政職講座、外国語専修講座、公認会計士・税理士試験講座、社会福祉士試験講座、情報処理技術者試験講座などの資格取得講座に、しっかりと取り組んで成果を挙げていただきたい。反面、ショッピングに不便だとか、刺激が少ないなどの欠点もないわけではありませんが、インターネット時代の今日、これらは克服できない程の問題ではありません。

私は、時代の要請に応えるために、大学院教育や生涯学習のための本学の都心進出は否定いたしませんが、基本的には流通経済大学は、これからも首都東京から四十キロ圏内にある郊外型大学としての長所を頑固に主張していきたいと考えております。

もう一つ、是非、諸君に知っておいていただきたいのは、本学は産業界の強い支援を受けて生れ、育った大学であるということについてであります。そもそもが、一九六五年、世界でも最大規模の総合物流企業である日本通運の出捐、つまり寄付によってできた大学でありますので、その特徴は、わが国で唯一、物流の研究と教育に実績をもった大学として広く知られていることにあります。もとより、卒業生もその分野で活躍している者が少なくありません。また、外国からの留学生の場合は、このような特色を慕って本学の門を叩く者が多く、今年も一三七名の外国人学生を迎え入れることになりました。ちなみに、今朝の朝日新聞によりますと、本学の留学生数は、昨年段階で、調査対象になった全国の国公私立六一五大学の内第七位の高位にランクされております。このことは、とりもなおさず、世界の関心が今、物流なかんずくロジスティクスに集っていることの一つの証明であります。二十一世紀は、情報技術が世界を変える、いわゆるＩＴ革命の時代といわれておりますが、私は、それと並んでロジスティクス革命こそ、人類の生活を根本的に変えるものと考えており、その視点に立つとき、わが流通経済大学の特色と存在性は、これからいよいよ輝きを増すであろうと確信しております。

なお、誤解のないように申し添えておきますが、本学は日本通運の出捐によってできた大学ではありますが、当然のことながら日本通運の所有物でもなければ、支配下にあるものでもありません。それでは、私立学校とはそもそも誰のものか。わかりやすく言うならば、それはその学園の卒業生及び学生とその父母、加えて、その学園の役員、教職員をも含めた社会の共有物であります。わが国では私立学校をプライベートスクールと言いますが、私は、これが誤解のもとだと思っております。いうまでもなく、プライベートは私的、個人的という意味でありますが、いかなる大学も、私的なもの、個人的なものであろう筈はありません。私立大学もまた、公共のもの、共有のものであります。その意味では、イギリスで上流階級の子弟のための全寮制私立学校をパブリックスクールと呼んでおりますが、私はそのとらえ方の方がより適切だと思っております。いささか蛇足に過ぎましたが、諸君にも、この機会に是非、理解を得たいと思うところであります。

さて、最後に、流通経済大学の基本的な指導理念、その学風について少し申し上げておかなければなりません。本学は建学以来、自由、自治、自立の精神を教育の最大の支柱にしてきました。もとより、自由も、自治も、言いたい放題、したい放題、自己中心の利己主義とは無縁のものであります。他人の人権を尊重し、他人に迷惑を及ぼさない。自らの言葉や行動に責任をもつことこそ、真の自由であり、自治であります。また、自立とは一身の独立、人に頼らず、自分の頭の蝿は自分で払うということであって、これは言うは易く、なかなか難しいことであります。諸君はまだ大学生でありますから、自ら生計を立て、一身の独立をはかることは難しい。しかし、やがてきちんとした仕事について自立するために、ここにこうして学ぶのであります。従って、今日からの諸君の最も近い目標は一身の独立であります。否、これは諸君だけの問題ではない。私の経験から申しましても、精神的に、社会的に、経済的に自ら立つということは、長い人生における最大のテーマでありました。そして、それは生命ある限り誰にとっても不動のテーマであります。

私は最近、新しい一冊の詩集を手もとにおいて、自ら立つということの意味を時々反芻《はんすう》いたしております。それは、茨木のり子という私と同年代の七十歳を越えた女流詩人の手になるものです。昨年の秋に筑摩書房から出た本で、マスコミでも話題になりました。「倚《よ》りかからず」という詩の題名が、そのまま書名になっており、短いものではありますが、時間の都合もありますので、後半の部分だけ紹介させていただきます。

もはや
いかなる権威にも倚りかかりたくはない
ながく生きて
心底学んだのはそれぐらい
じぶんの耳目
じぶんの二本足のみで立っていて
なに不都合のことやある
倚りかかるとすれば

それは
椅子の背もたれだけ
というものであります。
大学生である諸君も、今日からは自分の目で、自分の耳で、ものごとをとらえ、自ら考え、自ら判断し、自分の足で立つよう努めなければなりません。そして、来たるべき日の自立に備えることこそ、今の諸君に与えられた最大にして最高の課題であります。
諸君の大学生活が実りあるものであることを心から祈念し、四年後には今日の全員が、ここにこうして並ばれることを期待して私の式辞を終ります。

（二〇〇〇年四月）

人心波瀾の若し世路屈曲有り

（若し《ごと》）

流通経済大学は、本日ここに三学部、一、四八四名の卒業生と専攻科修了生一名、修士十九名、博士四名を世に送ることになりました。なお、流通情報学部につきましては、今年が最初の卒業生であります。

今日、めでたく卒業の栄を得られ、或いは学位を授与せられるに至った諸君と、その父母の皆様に、ここにあらためてお喜びを申し上げます。

諸君の中には、これからさらに進学や外国留学の道を歩まれる人もありますが、大方の人々は、それぞれに職を得て新しい仕事につかれることになります。そして、その職場は、大企業あり、中小企業あり、自営業あり、或いは官公庁と、まことに多種多様であります。もとより、こんなご時世でありますから、あまり意に染まぬ仕事につくことになった人もあろうかと思います。しかし、私の、教師としての長い体験や見聞から申しますと、人の世は、そう思い通りに運ぶものではなく、お誂え向きの仕事など滅多にあるものではありません。しかも、どんな仕事でも、他《ひ》人《と》の職場は、いわば隣の芝生で、何となくよく見えるものです。大体、仕事には、多かれ少なかれ、苦労はつきものです。そして、それをどうこなすかは、その人の取組み方にかかっています。

何はともあれ、人は、生きるために、まず働かなければならないのでありますから、働く場所を得たことを、何よりも貴重なことと受けとめ、その職場に全身で飛び込んで行く心構えがなければなりません。五十年前の古い話ではありますが、私が大学を出た当時、望み通りの仕事についた者は、ほんの一握りでした。その頃の日本は敗戦の余韻のさめやらぬ時代で、衣も食も住も、まだまだ貧困でした。そんな状態ですから、日本の産業の基盤は至って脆弱で、新卒の若者たちの職探しは困難を極めました。当時の私の仲間たちも、卒業の日にきちんと就職の決っていた者は、三分の二程度か、或いは半分そこそこだったのではなかろうかとさえ思います。ところが、それが後年になってみますと、当時、不承不承、家内工業的な零細な町工場にもぐり込んだ者が、会社とともに大きく成長し、今も一かどの実業家として華々しく活躍しているかと思えば、他方には、人のうらやむ超一流企業に颯爽と入社した者が、一向にうだつの上らぬまま終ったという例もあります。また、私が本学で教えた人たちの中にも偉才、奇才は少なくありません。今日はそのうちの一例だけ紹介いたしますが、その人物は昭和四十四年、卒業と同時に文字通り一直線に、あるホテルのコック見習になり、働きながら渡航費用を貯え、フランス語の勉強もしたのだろうと思います。やがてパリに渡ってケーキづくりの修行をし、帰国後は郷里の福岡で、独力でフランス菓子の製造、販売業を起し、今では多くの従業員を擁する、同地では知らぬ者のないブランド店を一代で築き上げました。

そんなことなど、いろいろ思い合せますと、つくづく、人の一生ほど計り知れないものはなく、まさに「曰く言い難し」だと思うのであります。

もっとも、このような話をいたしますと、大企業を選んだ人たちの選択は誤りだと言っているかのように聞こえるかもしれません。勿論、決してそんなことを言っているわけではありません。要は、人の一生は長い。目先のことにとらわれて一喜一憂してはならない。たとえ、どんな条件下にあろうとも、慌てず、焦らず、現実をしっかりと見据えながら、自らの道を切り拓いていただきたい。いや、必ず道は開ける、ということを言いたいがために、身近な一、二の事例を挙げたにすぎません。

言うまでもないことではありますが、人にはそれぞれに備わった器量があります。今日、ここに並ばれる諸君の中にも、地道なサラリーマン向きの人、起業家としての才覚を持ち合せている人、また大組織のリーダーになり得るに足る器量を備えた人、或いは、こつこつと仕事に取り組むタイプの職人肌の人、といった具合であります。もとより、これらの、どれが良く、どれがすぐれているというわけのものではなく、人それぞれでありますが、最も大事なのは、当の本人が自分の資質と器量を、どこまで把握して、自らに適した生き方を見出していくかということだろうと思います。世の中での経験が浅く、年若い君たちの場合は、おそらく自分の器量や特性について、まだ、それ程の自覚は、お持ちでなかろうと思います。

諸君も御承知だと思いますが、労働省などの調査に、近年、学校を出て企業に就職する若者のうち、三人に一人が、三年以内に退社するという統計があります。一般では、その原因は、現代の若者のわがままと堪《こら》え性の無さにあると言われておりますが、私は、これに加えて、もう一つ、自らの適性をわきまえないで、安易に勤め先を選んだことが、短時日での退社につながっているのだろうと見ております。

いずれにしても諸君は、新しい職場に溶け込み、仕事を覚え、仕事に工夫をこらせるようになるまで、努力しなければなりません。そして、それでもなお、退社し、転身したいというならば、よくよく自分の資質、特性をわきまえた上で結論を出していただきたいと思います。たしかに現代はトラバーユの時代、もはや終身雇用の時代ではないと言われておりますが、これといった特技、技能のない者にとっては、わが国の雇用事情はそれ程寛容ではありません。この点、是非心しておいていただきたいと思います。

ついては、本年度の流通経済大学卒業生の就職状況でありますが、三月十六日現在、九四・八%に達しております。内、男子の場合は九五・七九%、女子の場合は九一・四八%です。この割合は、文部、労働両省が三月十日に発表した文系大学の全国平均就職率、八〇・六%を相当に上廻るものであります。もっとも、調査時点に若干のズレがありますので、必ずしも正確な比較とは申せませんが、とにかく全国平均をかなり上廻ったということは、不十分、不満足ながらも、いくらか救いがあるかな、という感がいたします。

いずれにいたしましても、私としては、こんな時代でもありますから、諸君には、働く場を得るということの意味を重く、大事に受けとめていただかなければならないと思っております。

ところで、今の日本は、歴史的な大転換期にあります。そして、諸君はその荒波を乗り切らなければならない運命のもとにおかれております。時間が限られておりますので、ごく端折って申しますが、まず、数百万の尊い生命の代償として手に入れた日本国憲法が、半世紀を経て、いま改憲の論議の真っ只中にあります。しかし、これを、変えるか、変えないか。或いは改めるなら、どこをどう改めるかは、国民の意思の如何にかかっております。とりわけ、その行方は、次の時代の担い手である若い君たちの掌中にあるのであります。この国のあるべき姿と、君たち自身の幸、不幸に結びつく大問題であります。私は、この問題について、諸君の一人ひとりが、しっかりとした知見と識見を持たれることを期待しております。

また、この国の教育がどんな形になるのかも、いま論議がしきりでありますが、もとより、これも、この国の将来を決める重大問題であります。さらに経済も社会も大転換点にあります。IT革命といわれる情報技術の進歩が日本の経済を大きく変えつつあります。九四年ごろにネット社会に離陸し始めたアメリカでは、産業界や社会にこれが大きな影響を与えております。日本でも、今年がIT革命の本格的な上陸の年だといわれております。インターネットが企業経営や流通にいかなる変化をもたらすのか、今のところ必ずしも分明ではありませんが、とにかく景気や雇用に変化を及ぼすことは必定です。日本でもIT革命に備えた教育、労働、金融、税制、法制など、制度面の改革が待たれる所以であります。IT革命はまた、規制緩和の流れを加速化し、熾烈な競争社会を現出します。当然のことながら、競争からこぼれ落ちる企業や個人、つまり敗者が出てまいります。さらに競争に加わることのかなわぬ弱者の存在もあります。これらのことにどう対処するかは極めて重く大きな問題でありますが、今ここで、このことについてゆっくり論じている暇はありません。

そこで、誤解を恐れずに、ごく簡略に私の考えをまとめてみます。

勿論、私も競争の意義と役割は認めます。しかし、今日の規制緩和と競争の大合唱をこのままに放置しておきますと、やがて社会に手の施しようのない歪《ひず》みが生じます。そして、それは人類の永い歴史において既に実験済みのことでもあります。私は、競争が社会の活性化に資するのは、競争と協力がうまくかみ合った社会においてのみあり得ることだと思っております。

また、インターネットが人類社会を革命的に変えるものであることは、今や誰も疑う者はありません。しかし、私は、時代の変革には必ず光と陰があることを、昭和恐慌の時代から、戦中、戦後を経た今日までの七十年の間に、この目でしっかりと見てきました。そして、いつの時代でも、変革期には時代の潮流に乗って踊る人、はしゃぐ人が出てくることもよく知っております。そんな私の目から見ますと、今のインターネット関連事業の創業ブームは、どこまでつづくのか。また、過熱気味のネット株ブームはバブル現象のように思えてならないのであります。

或いは、これは変化の速さについていけない老骨のただの繰り言かもしれません。勿論、これから世に出る諸君は私のように怯懦《きょうだ》であってはならない。いかなる競争にも敢然と立ち向う気概がなければなりません。ただしかし、そうは言いながらも、なお、一言つけ加えさせていただきたい。

唐の詩人、李白の詩、古風《こふう》其の二十三に「人心は波瀾《はらん》の若《ごと》し　世路には屈曲《くっきょく》有り」という一節があって、私はこれを座右の銘といたしておりますが、その意味は、人の心は恰も大波のようだ、そして、処世の道には曲りくねりがある、というものであります。たしかに、人の世は千二百有余年前、李白の詠んだごとくであります。私は今、諸君に、気概をもって敢然と、と申しましたが、実際の世渡りはそれだけでは難しい。加うるに石橋を叩く周到さと、質実を旨とする心があって始めて事が成就するものであることを、諸君は、よくよく肝に銘じておいていただきたい。

私としては、諸君の健闘をひたすら祈るばかりであります。

なお、今日、この席には、中国、韓国、台湾、マカオ、マレーシア、ミャンマー、ニュージーランド、イランなどからの留学生、六十七名が列席されております。言葉の壁を乗り越え、唯今の厳しい日本の経済環境の中で、よく今日の栄を得られました。心から敬意を表します。

最後に、もう一度、全卒業生諸君の御多幸と御活躍を祈念して私の式辞を終ります。

（二〇〇〇年三月）

このキャンパスを世界と結ぶ友情の舞台に

新入学生諸君、入学おめでとう。

流通経済大学を代表して諸君の入学を心から歓迎いたします。

ところで、今の日本では大学進学の適齢である十八歳人口は年々減少しつつありますが、進学を希望する者の割合が少しづつ高まってきておりますので、同一世代における大学進学者の割合は、そう時を経ずして五〇%ないしは六〇%を越えるようになるであろうと思われます。

アメリカの社会学者、マーチン・トロウは、各国の高等教育の発展過程は、エリート型、マス型、ユニバーサル型という順次性をもつ段階に沿って進行すると、説いておりますが、日本の大学をこの類型にあてはめますとエリート型はとっくに過ぎて、マス型を経過し、今やユニバーサル化時代に入りつつあるということになります。もとより、このような現象は、ひとりわが国だけのものではなく、民主主義の高度化に伴って訪れる必然であります。ただ、アメリカの場合は、さすがにそのテンポは速く、一九九七年二月、クリントン大統領は、再選後初の一般教書演説において、教育改革に言及し、「十八歳になればすべての者が大学に進学し、すべての成人が学び続けることができるようにしなければならない」と述べております。

当然のことながら、日本でも二十一世紀には、大学はすべての人に開かれたものになります。そして、既にその兆候は顕著であります。

それでは、大学のユニバーサル化のもたらすものは一体何か、ということであります。一口にいえば、高等教育の普遍化によって国民の知的水準を高め、より高度な民主主義社会を形成して世界の国々から信頼され、尊敬される国になるということであります。

ついで、諸君の一人ひとりは何のために大学に学ぶか、であります。諸君の中には、もしかすると、そう深くは考えないで、当節のことだから、せめて大学ぐらいは、という程度の考えで大学進学の道を選ばれた人もあるのではなかろうかと思います。勿論、それはそれである種の常識であり、必ずしも間違いとは申せませんが、しかし、折角、大学に学ぶのでありますから、やはり、それなりの計画と目標を持つべきであります。とにかく、若いということは一つの特権であります。頭が柔軟であり、感激性に富み、未来がありますから、やらなければならないこと、今なら出来ることが一杯ある筈です。しかし、あまり欲張って、あれも、これもと手を出し過ぎては結局何も身につきません。自分に出来ること、関心のもてることにねらいを定めて、きちんと取り組んで下さい。それはスポーツでもよい。音楽でもよい。ボランティア活動でもよい。「これなら自信があります」と胸を張っていえるものを何か一つ身につけて下さい。勿論、二十一世紀を生きる諸君には、コンピュータと、どこの国の言葉でもよい、外国語は欠くべからざるものです。また、良い書物、殊に古典を読むことは、これからの人生における精神生活を豊かにします。そして、大学生活の中で、自分はそもそも何に向いているか。この人生で自分は何をしたらよいのか、ということのおおよその見当をつけることが必要であります。なお、これは私自身の経験にもとづく判断でありますが、日本では昔から「寄らば大樹の蔭」といって、大会社に入ること、大きな官庁に務めることが安定した最善の道であるかのように言われてきましたが、そうとばかりは限りません。私の知る限りでは、過去五十年間、連続して業績のよかった企業はなく、一流会社はいつまでも一流であるという保障はどこにもありません。また、組織が大きければ、それだけ頭角をあらわすことが難しいということにもなります。そんな次第で、私はかねて本学の学生諸君に「鶏口となるも牛後となる勿れ」と言ってきました。中国の史記・蘇秦伝に出てくる言葉でありますが、牛の尻《しっぽ》になるよりは鶏の嘴の方がよいという意味で、今風に言えばベンチャー志向とでもいいましょうか、大きな組織の小さな歯車になるよりは小さくても自ら独立した方がよい、ということであります。本学の卒業生の中には、この言葉に触発されて自分で事業を起し、功を成している者が少なくありません。諸君も自らを顧み、先人の意見をもよく聞いて、慎重に、しかも勇気と自信を持って、将来の道を自ら探らなければなりません。さらに、共に人間を論じ、人生を語り合う友人を得るのも大学時代ならではであります。

諸君、大学の四年間、この貴重な時間を決して無駄にしてはなりません。

さて、つぎに、今日からは諸君の大学である流通経済大学の特色について少し触れてみようと思います。

本学はその校名の示す如く、流通経済とりわけ物流、いわゆるロジステクスの研究と教育をメーンに据えて一九六五年に発足した大学であり、今年が開学三十五年目になります。ただし、その前身である東京・神田に所在した小運送教習所の開校まで遡りますと、明二〇〇〇年が創学六十周年であります。そして、物流の学問的研究に特色をもつ大学としてはわが国では並ぶもののない随一の存在であり、このことは国内よりも海外でよく知られ、韓国や中国の公的機関からの研究者の来学は頻繁であります。言うまでもなく、本学としては、今後もこの特色と実績を内外により鮮明に訴えてゆくつもりであります。ただ、ここで一言つけ加えておかなければならないのは、ロジステクス研究に特色を有するとはいえ、今や本学は三学部五学科、大学院二研究科からなる社会科学系の中規模大学であります。建学の趣旨はそれとしながらも、社会科学全域にわたる研究教育の充実強化を怠るものではありません。また、開学時から、「空理空論を語らない実学主義」と「事業は人なり」をモットーにしてはきましたが、それは、文学、哲学、心理学、歴史学などの学問をおろそかにするということではありません。むしろ、知識や技術の習得だけでは、どうしても人間が中途半端になり、暖かい血の通った仕事、人の役に立つ事業の遂行はできない。現実に役に立つ学問は、深い教養の裏づけをもった人間によってのみ生かされる、というのが本学の唱える実学主義であります。従って本学は、専門教育と並行してリベラルアーツをも教育の根幹に据えております。諸君には、本学のこの教育理念をよくわきまえてもらわなければなりません。

最後に、今日《きょう》はこの席に、三十五名の女子を含めた八十八名の外国人留学生を迎えました。日本全体としては漸減しつづけていた留学生の数が三年ぶりに増えたのでありますが、本学としても八十八名の留学生の入学はたいへん明るい出来事であります。

留学生諸君、ようこそ、わが日本を、わが流通経済大学を留学先として選んで下さいました。これで本学の留学生総数は三五十名余になり、国別にも、中国、韓国、台湾、ニュージーランド、ネパール、イラン、ミャンマー、マレーシア、マカオ、インドネシア、ベトナム、モンゴル、フィリピンと多彩になりました。ただ、私としての、心配は、諸君が日本で暮すということは、われわれが想像する以上に困難が伴うであろうということであります。諸君の国許では、御両親を始め身内の方々が諸君の学業の成果に期待しながらも、諸君の身を案じておられるであろうと思います。どうか諸君、どんなに辛いことがあろうとも決して無茶をしてはなりません。本学では、留学生専門の職員が君達の相談に備えて常に待機しております。何かがあったら、どんなことでも隠しごとをせずに学生二課を訪ねて下さい。日本の経済はまだまだ厳しい状況にありますが、未来の栄光を信じ、志を大きく、足を地につけて頑張って下さい。

また、日本人の学生諸君にお願いしておきたい。是非とも彼らの良き友人になってあげて欲しい。それがまた君達にとっては異文化との交流になり、或いはお互いに言葉の勉強にもなる筈です。そして、その交友の小さな積み重ねが、争いのない世界、平和な世界を築くことになります。このささやかなキャンパスが世界の平和を導き、世界の平和につながるとしたら、何と誇らしく、うれしいことではありませんか。人種を越え、民族を越えた暖かい友情を育くまれんことを期待してやみません。

それでは新入学生諸君、諸君の楽しく、稔りある大学生活を祈念して私の式辞を終ります。

（一九九九年四月）

明日を信じ、勇気をもって進もう

流通経済大学は、本日、ここに一九九八年度の学位授与式を挙行し、一、一五八名の学士と三名の専攻科修了生、並びに十四名の修士、三名の博士を世に送ることになりました。

晴れて、今日、ここに学位を受けられるに至った諸君、並びにその父母の皆様に心からお喜びを申し上げます。

なお、今日、学部を卒えられる人たちの中には在学中、陸上競技で活躍したケニア共和国からの二人や阪神淡路大震災の被災者特別試験で入学したネパール王国からの留学生など、四十五名の外国人学生が含まれております。また、大学院や専攻科でも半数に及ぶ十名が留学生であります。

これらの留学生諸君、殊にアジア諸国からの私費留学生諸君の日本での滞在は、バブル崩壊以来の景気低迷の中、並大抵でなかったと思います。事実、私の手元の資料では、四年前の五十五名の学部入学者のうち、十名が専ら経済的な理由で留学を断念し、帰国しております。

本学では、留学生に対する若干の学費の減免など、精一杯の配慮をしてきたつもりでありますが、力至らず、折角、志を立てて、わが大学の門を叩いた諸君を空しく帰国させざるを得なかったことを、私は今も残念に思っております。

それらのことなどを、いろいろ考え合せますと、今日、ここに列席することの栄を得られた留学生諸君には、あらためて、おめでとう、と申し上げ、心から敬意を表さざるを得ません。勿論、今日からの諸君の進路はさまざまでありましょう。母国に帰る人、さらに日本で進学ないしは就職する人、或いはアメリカやヨーロッパに渡る人もあると聞いておりますが、いずこにあっても流通経済大学での刻苦勉励を糧に、諸君の祖国のために、自らのために大いに力を発揮していただきたい。そしてまた、いつまでも、わが日本の良き理解者、良き友人であってもらいたいと思います。

さて、卒業生諸君、日本国民の場合といえども、今日《こんにち》の経済状勢の下では学費や就学に要した諸経費の負担は大変だった筈であります。言うまでもなく、大半の人は、その父母がそれを負担して下さったのでありましょうが、何はともあれ、今日の機会に、そのことの持つ重い意味をしっかりと受け止め、お世話になった方々に、「有難うございました」と素直に御礼を述べ、感謝の意をつくさなければなりません。諸君も御承知のように、今の日本では、短期大学や専門学校まで含めますと、同世代の二人に一人が高等教育を受けております。従って、もはや大学を出たからといって社会的に特別な扱いが待っている時代ではありませんが、それでも、人の一生で大学に学ぶ機会を得た、或いは与えられた、ということは、かけ替えのない貴重な事であります。

まず第一に諸君は大学での四年間、学問とは何かについて、どんなに不勉強な人でも、少なくともその周辺をなぞる機会を持つことを得た。また、良い先生に出会い、良い友人にも出会った筈です。また私自身の経験でいえば、長い生涯のうち、大学生の時ほど精神の自由を思う存分に味わったことはありません。諸君も、あの頃は自由でよかったなあ、と大学時代を懐しむ日が、いつかきっとくるに違いありません。ただ、これも私の経験に照らしてでありますが、大学で学んだことが、そのまま実社会で役に立ったということは殆ど無かったように思います。そんなわけで、私はいつの間にか大学で学んだ学問が重要なのではなく、そこで培われた教養と基本的な考え方が社会に出てからものをいうのだと思うようになりました。私自身は法律学科の出身で、二十歳前後の頃、それほど熱心に勉強したわけではありませんが、長じてからの、ものごとの判断は、殆ど無意識にリーガルマインド、すなわち法的な思考をもって事に当ってきたように思います。要するに経験上私は、大学での専攻の学問は、その人の基本的な考え方を形づくるもののように認識しております。諸君の場合も、経済学や社会学を基本にした考え方やものの見方が、それなりに身についているものと思います。

そんな次第でありますから、大学に学ぶ、大学を卒えるということは、非常に価値のあることであります。大学大衆化時代といわれる今日《こんにち》だからこそ、余計に大学に学ぶことの意義が大きいのであります。

ただ、ここで一言付け加えておきますが、どんな大学であれ、大学を出たというだけでは、まだ何の成果も挙げていないのでありますから、ただそれだけのことでしかありません。率直に申しますと、まだ、喜ぶには早すぎるということです。諸君も御存知のように英語では、卒業式のことをコメンスメントと言います。本来は、開始、始まりという意味でありますが、要するに卒業式は新しい人生への門出、実社会への旅立ちであるということでありましょう。

今日《きょう》、わが学園を巣立たれる大多数の諸君は、これからそれぞれに新しい職場に向われます。既に一昨日行われた、ある大手スーパーの入社式には本学からも数名の諸君が出席されたと聞いております。大学を出たら、もうのんびりしている暇はありません。これからが、まさに生きた勉強であり、人生の本当の勝負であります。諸君が向われる職場には名前の通った大企業もあれば、無名の中小零細企業もあります。しかし、大きければ先々が磐石だという考え方は今の時代、もう通用しません。さればといって、中小企業が全て安泰であろう筈はありません。ただ、現在の不況下でも、全体の一〇%程度のようではありますが、さかんに利益を挙げている元気な中小企業もあります。まさに「事業は人なり」という言葉が今日《こんにち》ほど現実味をもって語られる時代はかつてなかったのではなかろうかと思います。創意、工夫をこらし、努力を重ね、的確にチャンスをつかむ能力のある者だけに道が開かれるというベンチャー・ビジネスの時代の到来を感じずにはおれません。

ところで、今日《きょう》の私にとって、最も気がかりなことは、この席に、何人か、少なくとも十指を越える、まだ就職の決っていない人がいるということであります。就職部長からの報告によれば、求人は今もかなりあるのだが、これらの諸君の場合は職選びが慎重にすぎるのだということであります。私にもそれらの諸君の気持ちはある程度わからないわけではありませんが、つまるところ、問題はそれらの人たちの意欲にかかっていると思います。何が何でも、まず働かなければ、という意気込みに欠けているのだと思います。もともと流通経済大学では、創立以来、学生たちの合言葉は、「フロンティアスピリット」と「雑草のように逞しく」であります。どうか、諸君も自信と勇気をふるい起して辛苦に立ち向い、生きる努力をしていただきたい。

もっとも、そうは申しましたが、わが国の今の雇用環境が悪いのは覆うべからざる事実であり、企業倒産は昨年十二月で月間一千件余、一月、二月も九百件台を行き来しております。ただ、去る三月十六日、経済企画庁は三月の月例経済報告で「景気はここのところ下げ止まりつつある」と発表しておりますので、これが回復につながるものであれば幸いだとは思いますが、一方では今年の賃上げ率は過去最低の状況にとどまりそうでありますので、消費の伸びは殆ど期待できそうにありません。人員整理を伴う企業のリストラもこれから本格化するであろうと考えられますので、まだ雇用不安が増すのではなかろうかと思います。そんなことなどをあれこれ考え合せますと、素人判断ながらまだまだ楽観は禁物だと思います。

しかし、ここで腹を据えて、よくよく時代の流れを考察してみますと、確かに今、世の中は変りつつあります。少なくとも産業界では日本型雇用が揺らぎ始めています。出身大学や所属企業で価値が問われる時代は遠のきつつあって、終身雇用、年功序列、新卒一斉採用といったシステムはこれからの時代に合わなくなってきました。今、日本の産業界は個性とモビリティーを備えた一芸型人間をさかんに求めています。まさに、横並びの学校歴社会は終りつつあると、私は見ております。そして、誤解を恐れずに大胆に言うならば、私は、こういう混迷の時代、変革の時代だからこそ、勇気のある若者には絶好のチャンスであり、裸一貫でも知恵と勇気と才覚さえあれば力を発揮することのできる時代だと踏んでおります。

最後に、私自身は敗戦直後の焼け跡の瓦礫の中で学生生活を送りました。食べものもなく、ろくに着るものもない貧困の時代でした。学校を出ても私たちのような凡庸な若者には気のきいた働き口など望むべくもないような世相でした。そんな時、私はある感動的な詩に出会って励まされ、未来への希望が湧いてきた思い出があります。

それは、敗戦の翌年、一九四六年、昭和二十一年に発表された三好達治の「氷の季節」でありますが、時間が限られておりますので後半の部分だけ紹介させていただきます。

暗いさみしい谷底を歩みつづける
この窮乏の氷の季節を
けれどもわれらは進んでゆく
われらは進んでゆく
われらは辛抱づよく忍耐して
心を一つにして
われらは節度を守って進んでゆく

われらを救ふものは
ただ一つ　智慧
その忠言に耳傾けながら
われらはつつましく　用心ぶかく
謙虚に未来を信頼して
明日を信ずる者の勇気を以て
――勇気を以て
人の耐へうる最も悲壮な最も沈痛な勇気を以て
われらは進んでゆく……

「辛抱づよく忍耐して、明日《あした》を信じ、勇気をもって進もう」、私はこれを今日の諸君に贈るにまことに相応しい言葉だと思います。

どうか諸君、勇気をもって、時には泰然と、時には闘志をかきたて、己が人生としっかり向き合って下さい。

諸君の前途の平安と光明を祈念して私の式辞を終ります。

（一九九九年三月）

いまこそ建学の原点に立ち返るとき

流通経済大学は今年もまた、このように大勢の新しい仲間を迎えることになりました。諸君の入学を学園を代表して心からお喜び申し上げます。

今日、ここに並ばれる諸君の数は、三学部五学科の一年次入学並びに編入学及び専攻科、大学院の入学者、合わせて一、八六五名になります。そのうち学部の一年次入学者は一、七七四名でありますが、この数は本学にとっては開学以来最多で、しかもそれは当初の予定入学者数を一五％余も上廻るものであります。そんな次第でありますから、われわれとしては、この状況には始め大いに慌てました。

ただ、大学では大体どこの場合でもそうでありますが、人学者数を的確に予測し、定員の確保を図ることが、なかなか至難の業《わざ》とされております。とにかく定員を上廻っては困るし、下廻るようなことになればもっと困るという厄介な事柄でありますので、大学側としては毎年、これに頭を悩めます。要するに入学定員を確保するには、どれくらいの合格者が適当かを、過去の実績やその年の応募状況などを睨みながら判断するのでありますが、それが今年は見事にはずれて、合格者中から、われわれの予測をこえる数の諸君が本学入学の道を選ばれ、今日の結果になったのであります。

このことを大学を指導監督する行政の立場からすると、定員外入学はけしからんということになるのでありますが、別の角度からすると、より多数の人々が高等教育を受ける機会を得ることになったのでありますから、国家的にも、社会的にもそれなりに評価されてよいという見方も成り立ちます。問題は、それによって教育の質を落すことになりはしないかということでありますが、幸い本学の場合は、この三月末に新校舎五号館ができましたので物理的には十分ゆとりがあります。また人的な面においても終始怠りなく対応しておりますので、特色とする全員ゼミナール制にも支障はありません。どうぞ安心して明日から、この大学の学生として精進して下さい。

ところで、諸君は数ある大学の中から流通経済大学を選んで入学されたのでありますから、この大学の沿革や特色について相応に検討され、理解されているだろうとは思いますが、折角の機会でありますから、今日は少し突っ込んだ形で本学の存立の基本に関わる部分について紹介しておきたいと思います。

入学案内などにもありましたように、この大学は昭和四十年、一九六五年に世界最大の総合物流企業である日本通運株式会社の出捐によって設立されました。

従いまして大学の設置者である学校法人名は日通学園となっております。ただ、ここでちょっと注意しておかなければならないのは、日本通運というのは営利企業であります。言うまでもなく、営利会社が学校教育法並びに私立学校法という法律にもとづく公共的な教育機関である大学を直接設置したり、経営したりすることはできません。金は出しても人格的には全く異質、別個のものであり、大学は日本通運の持ち物ではありませんから、両者の間には直接的な結びつきはないのであります。このようにして話を論理的に煎じ詰めてまいりますと、事業によって経済的な利益をあげることを第一の目的としている企業が私立大学の設立に資金を出すということは、何の得にもならない、いわば間尺に合わない話であります。そこで日本通運は何でそんな理屈に合わないことをしたのであろうか、という問題が残ります。時間の関係もありますから、ごく簡略に申します。

本学が設立される少し前、一九六〇年前後、昭和三十年代の半ばは、日本の経済は漸く敗戦後の逼塞を乗り越えて成長期に入っておりました。昭和三十九年に東海道新幹線が開業し、東京オリンピックが開催されたのは、高度成長の象徴的な出来事であります。しかし、このような経済成長に伴って、今まで陰に潜みがちであった社会的、経済的な歪みが少なからず表面化してきました。その一つに生産と消費とを媒介する流通の問題があったのであります。当時、合理化、近代化を要請された流通とは一般には貨幣と商品の交換による商品取引としての流通、すなわち商的流通であり、流通革命という場合の対象もそれは主に商流経路の短縮を指したものでありました。しかし、世間の関心を余所に、商品一般の存在場所の移動に関わる流通、すなわち物的流通もまたその立ち遅れが、解決を急がなければならない深刻な課題だったのであります。具体的には輸送や保管、荷役、包装などの合理化推進への要求でありますが、この物的流通に関わる学術的な研究とこれに携わる人材の育成を国家的、世界的な急務として受けとめたのが、当時の日本通運でありました。先にも述べましたように日本通運は世界でも最大級の総合物流企業であり、一九三七年、昭和十二年に「日本通運株式会社法」という特別法による国策会社として発足した経緯もありましたので、おそらく業界最大手としての矜持と使命感から、採算を一切度外視して、利益を社会に還元するという名分のもとに大学設立への資金提供を思い立ったのだろうと思います。勿論、営利企業でありますから大学創設を立案し、準備した時点では会社も業績が順調で、それなりに利益があがっていたのでありましょう。

とにかく、このような次第で本学の校名は流通経済大学という、かなり個性的な名称になっております。先程申しましたように、法人名を日通学園と称しておりますが、これは単に出捐者の篤志を讃え、その名を後世にとどめるという程の意味合のものでしかなく、日本通運が本学に機能的な関わりをもっているということを意味するものではありません。

因に、神戸に流通科学大学というのがあって、本学とよく間違えられるのでありますが、こちらは本学と異なり商的流通をメーンに据えて発足した大学で、本学よりは、二十一、二年遅れて開学し、スーパーマーケット、ダイエーの創業者、中内功氏の出捐になるもので学校法人名も中内学園となっております。

もっとも、このような言い方をいたしますと、諸君は本学のいう流通は専ら物流であって、商的流通には全く関心がないかのようにとられるかもしれません。しかし、決してそうではありません。もともと商流と物流は切り離すことのできない関係にあるもので、しかも今や両者の間には垣根がないに等しく、これからの本学では、むしろこれを一体のものとしてとらえていかなければならないと考えている程であります。

ともあれ、このような設立の経緯から推して、本学は、五百数十余校あるわが国の大学の中では特色の鮮明な個性ある大学の一つにあげられております。

私は今日、諸君にあらためて本学を紹介するについて、この三月二十日に本学自らがまとめて発刊した『流通経済大学三十年史』を繙いてみました。これには、この場で先程来、私が申し上げてきた本学創立前後の経緯が詳しく認められております。この書物は今の段階では、まだ本学の教職員の方々の手にもわたっていないと思いますし、在学生諸君も読んでおりません。これからこれを大学の図書館に数冊、並べておくようにしたいと思っておりますので、諸君も折をみてこれを読んでみて下さい。

その『三十年史』の中に、今から三十五年前に本学が大学設立のために文部省に提出した設立趣意書が収められております。長い文書でありますので、要点だけを申しますと、まず冒頭に、「学校法人日通学園は、流通革命時代といわれる現代において、学校教育を通じて流通部門の学問的研究を深め、以て社会福祉の向上と文化の発展に寄与すべき優秀な人材を養成する」とあり、中程には、そのような人材とは「深く人文科学を攻究し、教養ゆたかな、視野の広い指導的人材」であるとあります。そして、そのまとめとして「経済成長、技術革新の究極の目的は、社会福祉の向上にあり、これを推進する人材育成の本義は人間形成にあることを眞摯に考え、人間形成なくしては真の社会福祉の向上はなく、優れた専門家である前に立派な人間でなければ、正しい経済成長、技術革新はできないと信ずるが故に」大学を開設するのだと結んでおります。

私はこの言葉は今も立派にそのまま通用するものだと思いますし、本学がこの三十年余の間に経済学部経済学科だけの小さな大学から、しだいに学部学科数を増やして今日に至ったのはいうまでもなく、この建学の趣旨の延長であります。

それでは、この建学の精神にもとづいて、三十有余年、本学はいかなる人材を世に送り、いかなる実績をあげてきたか、ということであります。実はこの建学の趣意書を通読して今さらながら感じますのは、本学の建学の趣旨の大前提には産学協同という、まさに本学固有の理念があったということであります。しかし、実際に本学が動き出した昭和四十年代、五十年代、そして六十年代前半までは、わが国の社会でも、大学でも、産学協同は罪悪であるというような風潮が支配的でありました。そんな時代でありましたから、折角産学協同の旗じるしを掲げて出発したものの、本学もまたその風潮には抗いきれず、残念ながら鳴りをひそめておりました。それでも昭和四十年代の前半の頃までは、関西の物流大手企業が、若い有為な社員を毎年、派遣学生として送り込んできておりましたし、しかもこのキャンパスには、ほんの一時期ではありましたが、物流問題の研究機関としては、わが国で最も権威ある存在とされている日通総合研究所が同居し、大学と協同で研究を進める体制をとっていたこともありました。その研究所の跡は、図書館とデモステネス像をはさんで向い合って立っている建物がそれで、今は大学院棟になっております。一方、今までに送り出した人材をみてみますと、程なく二万人に届こうという数でありますが、中には教員、公務員、税理士やジャーナリストなどになっている者もおりますが、やはり圧倒的に多いのは物流、商流の分野であります。あまり具体例をあげるのはいかがなものかと思いますが、いわば大学の後援者的立場にある日本通運にはさすがに多く、関連会社まで含めると毎年かなりの諸君が就職いたします。初期の卒業生の中には、国内で部課長、支店長などと中堅的役割を担っている者も少なくありませんが、海外に出ている者も結構多く、カナダ日通の社長やアイルランド日通の社長などになっているというのは、一般的にわかりやすい活躍例かと思います。そこまで言いましたからには、やはり紹介しておかなければ不公平になりますので、ちょっと申し上げておきますが、業界ナンバー2の優良企業、ヤマト運輸にも幹部として頑張っている者が相当おります。とにかく本学の卒業生のかなりの多くがこのように全国津々浦々の物流企業に進出して一大勢力を形成しつつあるというのは、やはり一つの特色、学風であろうかと思います。

ところで、肝心の産学協同についてでありますが、ソビエト連邦の崩壊による、世界的な冷戦構造の終結は、日本の社会にも大きな変容をもたらしました。かつて目の敵とされた産学協同は今や大学にとって積極的に取り組まなければならない課題になってきました。これも時間がないので詳しく説明することはできませんが、各大学とも、明確な職業意識、企業マインドを持った専門性の高い学生の輩出に力を入れはじめ、産業界のニーズにこたえ得る人材を育成するための制度として、インターンシップ制なるものをとり入れようとしております。もともとこの制度はアメリカで広く行われているものでありますが、日本でも既に三十を越える大学が実施しております。それはどういうものかと申しますと、学生が在学中に自分の専攻や将来のキャリアに関連した就業経験を企業や役所で一定期間積むということであります。本学の場合は、その実施に向けて目下準備中でありますが、私はこれをできるだけ早く本格的に実行に移さなければならないと思っております。

元来、本学のように企業との連携が強く、産学協同を建学の柱の一つに据えてきた大学にとっては、日本の社会のこのような様変りは、いわば追い風であり、有利な条件であります。勿論、これは教育面だけでなく、教員も研究面において積極的に官や産の資金を導入して成果をあげて行かなければならないということでもあります。

もし、今日ここに並ばれる諸君が、今、私が申し上げたような本学の持つ特色と諸条件を十分に計算に入れて本学を選ばれたのであるとすれば、私はその人の時代感覚と見識に敬意を表します。一方、自分の学力で入学できそうだったから、ここを選んだという人の場合は、結果的にそれは好運であったと思います。従ってこの際本学の特性の認識に努められ、ここでの学生生活を自らの人生設計の基礎として位置づけるよう努力してもらいたいと思います。

今日はまた、この席に外国人留学生の諸君が、学部生だけで六十一名出席されておりますが、その大半が流通情報と、国際観光の二学科に集中しております。これらの方々の場合はやはり本学の特色、個性に着目して本学を選ばれたもののようでありますから、本学としてはまことに喜ばしいことであります。本学の特色と存在が、最近は中、韓、台の北東アジア諸国では相当に知られるようになってきましたが、私たちはこの機会を逃さず、わが校名がこれらの国々をはじめとする海外の人々になじみやすいようにと、この頃は大学名をRKUと略称するようにしております。これはボストンのMIT、マサチュセッツ工科大学のひそみにならってのものでありますが、留学生諸君の卒業後の働きによってRKUの名が広く世界に知られるようになることを、ひそかに願って、こう称するようにしたものであります。それにしても、今の日本の経済状勢は、海外からの留学生諸君にとっては、非常に厳しく住みにくいものでありますが、辛抱して頑張って下さい。残念ながら大学には一人ひとりの諸君に十分力になってあげられるだけの力量はありませんが、それでも、少しでも諸君の滞日生活のお役に立てればと、学生部に学生二課と称する留学生担当のセクションをおいております。判断や去就に迷うようなことがありましたら、どんな小さなことでも、まず相談に来て下さい。係員がお待ちしております。とにかく、今日の諸君の全員が望みを達成せられ、やがて故国において、或いは世界を舞台に、わがRKUの名を高からしめるような存在になっていただきたいと心から念じてやみません。

また、今日は、学部だけで女子学生が二八一名、男子学生だけの入学で二〇〇名を若干上廻る程度だった草創期の本学を知る私には、まさに今昔の感がありますが、これこそ女性の社会的な役割と活躍が期待される二十一世紀を象徴する事象であります。これからは女子学生諸君にとっても活躍の舞台は広くなります。本学において大いに実力を培って下さい。

今日は、いろいろ考えた末、本学の成り立ちやこの大学の個性、特色だけについて語ることに話題をしぼりました。味気なさは避けられなかったかとは思いますが、諸君にこの大学をよりよく理解していただき、自信と誇りをもって実のある大学生活を送ってもらいたいと思ったからであります。

とにかく、二十一世紀まで後一、〇〇〇日たらず、先進諸国ではもはや大学は誰でも入れるようになってきております。たとえば、昨年二月、アメリカのクリントン大統領は再選後の一般教書演説の中で「十八歳になれば全ての者が大学に進学し、全ての成人が学びつづけることができるようにしなければならない」と、教育重視の方針を大胆に打ち出しております。そしてそうなれば、社会は多様な大学の存在を求めるようになり、さらにそのつぎには、その大学で学んだその人は、何が得意で、何ができるかということを問う時代になります。勿論、日本もそうなること必定です。私の人生経験からしても出身大学のブランドに拘泥するような風はすぐになくなるとは思いませんが、それがしだいに影がうすくなり、究極においては、個人の人としての持ち味、と器量に重きをおく方向に向かうことは確実であり、既に企業社会などにはそれが現れてきております。そして、人間の感性、持ち味、器量とかというものは、勿論、天性もありますが、そのかなりの部分は、やっぱり若い時の人的な環境や心がけでつくられて行くもののように思います。

私は体験上、大学でのリベラルアーツ、つまり大学の一般教養科目や課外の活動が人の持ち味や心の奥行きをつくることのこやしになると固く信じております。そのために諸君にも大学生活を最大限、有効に送っていただきたいと思っております。

諸君の、稔りある豊かな大学生活を祈念して私の歓迎の辞を終ります。

（一九九八年四月）

平凡もまたよし

卒業生諸君、御卒業おめでとう。

今年は関東平野もいく度か雪にみまわれました。わが家の小さな庭の木々も屋根からの落雪でだいぶ、痛めつけられました。それでも梅はいつもと変らぬ馥郁とした花の香をただよわせ、沈丁花の香りも庭いっぱいに立ちこめております。

〝沈丁花　春の月夜となりにけり〟という虚子の句がありますが、多年の職業的習性とでも申しましょうか、私は例年、沈丁花の香りに誘われて卒業の季節の訪れを覚えます。

ところで、四年前、諸君を迎える入学式の式辞で、私は冒頭から「三年余の長きにわたる不況と、泥沼のようなゼネコン汚職、そして多年にわたる拙劣な農政が、たった一年の冷害で深刻な米不足をもたらし、しかも、政治の無力と政局の混迷は未だ平成六年度予算案さえも片づけておりません」と言いきっております。

また、ついでながら、それをさかのぼること一年前、即ち平成五年一月二十八日、私は東京、丸の内の鉄道会館における日本貨物運送協同組合連合会の集りで、「日本の社会、二十一世紀への展望」と題して講演し、その中で、「いわゆるバブルの後遺症を一日も早く撤去し、膿を出して日本経済の立て直しを図らなければならない。それには、財政当局は大型減税、事によったら赤字国債の発行をも含めた大胆な総需要振興政策を発動すべきである。かかる事態にどう対応して危局を乗り切るか、それはまさに政策当局者の叡智と決断にかかっている」と述べております。この講演内容は「月刊日貨協連」という小誌の同年三月号にも収録されており、その席には国会に議席をもたれる方々の姿もありましたが、おそらく、この日の聴き手には、私の主張は在野の一大学教授の無責任な放言としか映らなかったのではなかろうかと思います。

詳しい説明は省きますが、私はもともと「赤字国債の発行は将来世代へのツケ回しになる」という考え方は誤りであり、実際は同世代間の所得の再配分であると考えております。従いまして不況期には赤字国債を発行してでも、急ぎ景気の浮揚を図り、好況期には国債償還を行うのが原則であります。この原則に背く判断ミスが幾重にも重なって袋小路に追い込まれたのが今の日本経済です。また、同じ国の借金である国債を「赤字」と「建設」とに別けていることも今となれば不合理であります。

諸君の中にも憶えておられる方があるだろうと思いますが、今から十年たらず前のバブルの最盛期に、政府は好況の根底に横たわっている異常性、不健全性を見ぬけず、これがいつまでもつづくとでも思ったのか、或いは巨額の税収に目がくらんだとでもいうことか、ふるさと創生資金と称して全国の各市町村に均一に一億円の金をばらまきました。勿論、これを有効に使った自治体もあったとは思いますが、私は当時から、これ程人気取りの愚策はかつてなかったと思ってみておりました。もし、あのとき、財政支出を抑制し、赤字国債を返還しておけば、その後の事態は大きく変っていた筈であり、景気の停滞もこれ程長引くことはなかったのではなかろうかと思います。昨日の新聞各紙は、首相経験者である与党の長老政治家も十八日、経済政策の転換を慫《しょう》慂《よう》し「十兆円規模の減税と公共事業が必要だ、赤字国債を出さないといけないかもしれないが、回避すべきではない」と、言明したと伝えております。いかにも遅まきでありますが、やはり打つ手は打たなければなりません。

とにかく、今さら申すまでもないことでありますが、今わが国政府の打つ手は後手、後手に回っており、日本経済の閉塞状態はいまだに出口を見出せない状況にあります。しかも、長期にわたる日本の不況が、タイ、マレーシア、インドネシア、フィリピンなどのASEAN諸国の経済にも悪影響を及ぼし、隣国、韓国の経済危機もまた深刻であります。一方、世界は中国における人民元の動向にも目を注いでおりますが、中国当局は元の切り下げを強く否定しております。とはいえ、経済は複雑で微妙な生き物でありますから、これらアジア諸国の経済がこれからどう動き、どのような展開を見せるのかについては、全く予測がつきません。われわれとしてはまだまだ厳しい波浪を覚悟しなければならないと思います。それにしても、このような時期に実社会への第一歩を踏み出される諸君はまことにお気の毒です。もっとも、スタート地点の条件が苛酷だということは、その苦難さえ凌ぎきれば後は展望が開けるということでもあります。ものは考えようです。これも諸君の一人ひとりに課せられた天与の試練だと思わなければなりません。決意のほぞを固めて勇気をもって前に向って下さい。

いずれにしても政治や経済の先行きを見通すことは大変難しいことです。しかし、私は今日の諸君に向って一つだけ断言できることがあります。それは、これからの世界では一国繁栄型の政治や経済はもうあり得ないということです。つまり世界の国々との共生であります。とりわけ、日本にとっての二十一世紀はアジアでの共生が第一です。諸君も御承知のようにヨーロッパでは今、長い歴史の因縁や対立を乗り越えてヨーロッパ共同体が着々と実りつつあります。もう半世紀以上も前になりますが、日本はかつて大東亜共栄圏というスローガンを掲げてアジアの制覇を策しました。そして日本こそアジアの盟主であるという思い上った姿勢で他国を従わせようとしました。もとよりこれは大きな誤りであり、罪でありました。二十一世紀のアジアが、ヨーロッパやアメリカに伍して栄えて行くためにはアジアの国々が互恵平等の協力関係を築き上げて行かなければなりません。とりわけ、日本、中国、勿論、台湾も含みますが、そして韓国の北東アジア諸国が手を携えてその牽引車的役割を果さなければならないのであります。

本日、わが学園を巣たれる諸君の中には、中国、韓国、台湾の人たちも少なくありませんが、どうぞこのことを肝に銘じて、日本での勉強の成果をアジアの共生のために役立てていただきたいと思います。

さて、ここで少し視点をかえた話をしてみようと思います。

昨今の新聞やテレビのニュースはいかにも暗いことばかりであります。かつてと申しましても、そう古いことではなく、ついこの間のことでありますが、誰言うとなく、わが国の経済は一流であるが、政治は三流である。そして、国を支えているのは霞ヶ関のエリート官僚群であると言われてきました。しかし、その当時から私は一国の政治も行政も、そして経済も元来は同根のものであり、どれが一流で、どれが三流などという言い方は当らないと思っておりました。そしてまた、政治が三流であるならば、その政治家を選んだ国民もまた三流のそしりを免れることはできないと思っていました。

遺憾ながら、昨今の日本を代表する金融、証券業の首脳部のかかわった不祥事、或いは中央省庁や中央銀行の汚職の構図を見聞《みき》きいたしておりますと、まさにそれは一流とか、三流とかという評価以前の事柄です。勿論、今そのことについて深く触れるつもりはありません。

ただ、この事と関連して諸君に申し上げておきたいのは、人間の弱さ、哀しさについてであります。時々、テレビでみる光景でありますが、昨日まで輝くような栄光の座にあった国会議員や実業家、或いは高級官僚が、襟元のネクタイをはずされ、虚ろな目つきで検察差し廻しの黒ぬりの乗用車で連行される姿に、私は憤る前に、えも言われぬ憐憫の情を覚えます。

まさに人の一生は〝棺を蓋いて事定まる〟であります。殆ど老境に入った人たちが人生の晩期に奈落の底に落ちるという光景は、ただただ人間の業のなせるところとしか言いようがありません。

昨今、私は、割合身近にあった知己が、ある業界の本邦最大手のトップの座から転落して囹圄《れいご》の身になるという事実に出くわしました。実直勤勉に一介のサラリーマンからコツコツと立身した善意の塊のような人物が、高位に辿り着いたばかりに、保身と名誉欲に眩惑《げんわく》されて陥穽《かんせい》に落ちたのだろうと思います。罪を憎んで人を憎まず。この人の若い頃を知る私としては同情を禁じ得ません。テレビに映し出される彼のおろおろした挙措を見ながら、私は何の脈絡もなく、ふと、こどもの頃に読んだ菊池寛の『三人兄弟』という物語を思い出しました。

諸君の中にも読まれた人が少なくないと思いますが、物語の設定は今から千年も前の昔であります。丹波の国のある村に一郎次、二郎次、三郎次という三人の兄弟が住んでいて、彼らは幼いときに両親と別れ、他人の下働きをしながら、貧しい日々を送っていました。十八歳、十七歳、十六歳の兄弟は、先の見込みのないその日暮しをしているよりは一緒に都に行こうという話になって村を出発しました。一本道を歩いて行くと、やがて道が三筋に別れている。兄弟は思案の末、三人はそれぞれ違う道を選び、運を試してみようということに決めました。「めいめい都で出世すれば必ずどこかで逢えるに違いない」ということで、それぞれの道を歩くのでありますが、三人三様にさまざまな出来事に遭遇しながら月日が経ち、右の道を進んだ一郎次は、今でいうと警察署長と裁判所長とを兼ねたような検非違使という偉い役人になり、真中の道を選んだ二郎次は泥棒の手下になって、やがて都で知らぬもののない大盗賊になります。最後に左の道を進んだ三郎次は強欲な高利貸である大金持の婿になりましたが、自らは慈悲深い長者に成長して人々の信頼をあつめる存在になりました。そしてこの三人の再会は、長者の家から役所に対して盗賊が押し入ったという訴えがあって、検非違使がこれを捕縛したことによって成ります。三人兄弟は検非違使の役所で三人三様の立場で顔を合せることになるのであります。作者の菊池寛は、三人の兄弟が三筋の道に別れたときは、たった一足《ひとあし》の違いでありました。それがおしまいにはこんなひどい違いになりました。三人兄弟が、そのときの驚きと喜び悲しみは、どんなでしたろう。それは皆さん自分で考えてみて下さい、と結んでおります。

はじめ私は、大学を卒業する人たちに向って、この話をするのに少しためらいを感じました。あまりに幼稚すぎると思ったからです。しかし、この話は玩味してみるとなかなか含蓄があります。大人の立場で考えると、人の一生の運、不運を示唆しているもののようでもあり、或いはまた、人生にはぎりぎりの選択を迫られる場面がしばしばあることを教えているようでもあります。また、人そのものには大して能力の差異はないが、ちょっとしたきっかけやおかれた環境、人間関係によって生涯が大きく変ることを諭《さと》しているようにも思えます。さらに、変化の激しい、しかもトラバーユの時代と言われる現代の視点に立ってこれを考えるならば、もっと面白い多様な解釈が成り立つのではなかろうかとも思われます。諸君にも是非この話を味わってもらいたいと思います。

ともあれ、今日、学窓を巣立たれる諸君は三筋の道どころか、それぞれに、実に多様な道を歩まれることになります。大企業に入社する人、中小企業を選んだ人、或いは家業を継承する人、また、小さな仕事でも自分で何か一業を起そうという人もおります。勿論、教員や公務員になる人もおります。そして、これらの進路は各人の責任と判断で選ばれたものでありますが、中には心ならずもこの道にせざるを得なかった、という人もあるだろうと思います。私の知っている限りでも三人の諸君が内定していた第一志望の証券会社が倒産したために、別の就職先を探さざるを得なくなり、また、ある者は、大小二つの銀行のうち、思案の末、小さい方が自分の気質に向いているだろうと、そこに決めたらその後間もなく大きい方が倒産したという、いわばラッキーな話もあります。とにかく人間の世の中というものは事程左様に思うに任せないものです。折角、憧れの職場に入りながら肌に合わなかったとか、仕方なしに入った零細企業で力を発揮し、社会的に大をなすまでになった、というケースも間々あります。本当に人の一生というものは計画通りにはいかない、先のわからないものです。勿論、だからといって行き当たりばったりがいいと言っているわけではありません。

諸君はこれから先、五十年も働かなければならないのでありますから、その間にいろんな出来事に合われるであろうと思います。しかも社会は急速なテンポで動いております。場合によったらどん底の状態に陥ることもあるかもしれません。しかし、どんな状態になろうとも決して投げやりになってはならない。生きる意欲と気力を失ってはなりません。一方、どんなに仕事が順調に運ぼうとも、うぬぼれたり、欲をかいたりしてはならない。得意の時も、失意の時も慌てず騒がず淡然とした境地を心がけなければなりません。そのためには、まず背伸びをしないこと。いたずらに名利を求めないこと。むやみに他人《ひと》を頼ってはならないが、他人《ひと》との関わりは誠実に大切に、絶対に信義に悖《もと》る行為をしてはなりません。とにかく、これからの長い人生の旅路、正直に、ごく自然に、胸を張って淡々と歩んで下さい。今申しましたことは、どれもこれも当り前のことで、何も特別なことを求めているわけではありません。要するに平凡に徹し、平凡に生きるということであります。重ねて申しましょう。平凡もまたよしであります。

最後に諸君の前途の御多祥を祈念して私の式辞を終ります。

（一九九八年三月）

僕の前に道はない

流通経済大学は、本日ここに第三十三回の入学式を挙行し、一千五百有余名の入学者を迎えることになりました。今日、新たにわが学園の門をくぐられた諸君に大学を代表して心からお喜びを申し上げます。

それでは諸君、流通経済大学とは、どういう大学か、勿論、諸君は数ある大学の中からこの大学を選ばれたのでありますから、本学に対するある程度の知識はお持ちのことだろうと思います。しかし、今日からはこの大学の学生としてここに学び、世間も諸君を流通経済大学の学生として遇することになるのでありますから、諸君の一人ひとりが自分の大学の内容や持ち味について、より正確に知る必要があります。もっとも、そういった認識はこれからの学園生活を通じてしだいに深まっていくものでありますので、今日のところは、いわばそれへの導入部として、本学の成り立ちと特色について略述させていただくことにいたします。

流通経済大学は昭和四十年、一九六五年に経済学部経済学科、入学定員二〇〇名という小規模な大学として発足いたしました。設立に当っては、用地の獲得をはじめとする資金の一切を世界最大の総合物流企業である日本通運株式会社が出損いたしました。つまり日本通運の寄付によってできた大学であります。現在、わが国には私立大学が四百二十余校ありますが、その発祥は、佛教、キリスト教、神道などの宗教団体がバックにあるもの、個人の篤志家の寄付によるもの、或いは個人の寄付に企業が一部応援しているものと、実に多様であります。しかし、一企業が単独で出捐した大学というのは本学以外にありません。もとより、日本通運が大学設立に資金を出すことを考えたのには、それなりの理由があります。一九六〇年代の世界では流通の立ち遅れが大きな課題でありました。とりわけ、物的流通の非合理性は経済全体の賦活化《ふかつか》を阻む最大の要因だったのであります。そして、この現象は世界的なものでありましたから、政治や経済が漸く第二次大戦後の荒廃から立ち直りかけたばかりの日本にあっては、なおのこと、物流は人力に頼るところの大きい前時代的な残滓《ざんし》の強いものでありました。このような状況に対して日本通運はリーディング・カンパニーとしての立場から、問題の打開のために、流通経済、とりわけ物的流通の研究と教育に力点を置く高等教育機関の設置を考えるに至ったのであります。

ごく端折って言うならば、これが流通経済大学の誕生の経緯であります。そんな次第でありますから本学の建学の主旨は、社会に有用な実業人の育成にあります。従って、今日までの二万五千有余名の卒業生の大半は実業界に進んでおります。勿論、ヨーロッパやアメリカ、中国、韓国、東南アジアの国々に赴任して企業の要務についている者も少なくありません。余談になりますが、私も時折海外に出かけます。そんな時、たいてい卒業生の諸君が空港まで出迎えに来てくれます。少なくとも私が足を運べる範囲の国々なら、どこに行っても卒業生が待っていてくれます。これは、私にとってまことに教師冥利につきる喜びでありますが、同時に本学の建学の主旨が着実に実を結びつつあることの証明でもあります。

もっとも、卒業生の活躍分野は実業界だけではありません。小、中、高の教員や公務員、或いはマスコミ関係、税理士などの自由業についている者もかなりの数にのぼります。しかも、それがこの周辺の役所や学校に、より目立つのが一つの特徴でありますが、これは本学がそれだけ地域社会に根をおろしていることのあらわれだろうと思います。

話が少し横道にそれましたが、先に申しましたように、日本通運は大学の設置経費を負担いたしましたが、その後は大学の運営に影響力を行使したことは全くありません。言うまでもなく、出捐者とはいえ、大学と企業は法制度的にも、社会的にも全く人格を異にしたものでありますから、これは当然のことでありますが、この当然のことがなかなか守られないのが世の常でありま す。私は、このように大学の公的な使命と性格をよくわきまえた日本通運の節度ある姿勢は実に見上げたものだと思っております。

従いまして、流通経済大学では、事柄によっては学生の声も十分に斟酌しながら、私たち教職員が自主的に運営に当っております。まさに、その意味では、本学は極めて健全に大学の自治が全うされている大学であります。

もっとも、大学の自治といっても今日の諸君にはそれ程実感が湧いてこないかもしれません。

しかし、ここで今これを詳述する暇はありませんので、今日のところはこれをごくかいつまんで申し上げることにとどめておきます。すなわち、大学の自治とは、大学における学問研究の自由を確保することにつきます。そして、そのために大学では、思想及び良心の自由、信教の自由、言論など表現の自由がより厳格に保障されなければならないのであります。しかも、それは直接研究を業務とする教員だけを対象にするものではなく、学生をも含む全ての構成員に及ぶものでなければなりません。そして、ここのところが諸君が今まで学んでこられた小、中、高の初・中等教育機関と大学との基本的な相違であります。

さて、一九六五年に一学部一学科から出発した本学ではありますが、今では三学部五学科大学院二研究科を擁する社会科学系の中規模大学になっております。最初にできた経済学科を核に大学の目的と使命をよりよく達成するために、経営、社会、国際観光、流通情報と、隣接する学問諸領域へ順次ウイングを広げて今日に至ったのであります。

しからば、必ずしも好立地とはいえないこの大学を、ここまで伸展させたエネルギーはいったいどこからきたのか。それは今申し上げた、この大学に固有な自治の力によるものであります。隔意なく議論し、方向が定まれば総力を結集する。これが誇るべきわが流通経済大学の自治の伝統であります。勿論、流通経済大学はこれからも、この自治の力をバネにまだまだ躍進いたします。

私は、今日からこの大学の一員になられた諸君に本学のもつこの自治の風を大いに誇ってもらいたい。そしてまた、本学のこの気風の昂揚に積極的に参加していただきたいと思うのであります。

なお、殊さらに申すまでもないことでありますが、大学の自治を至上の命題とする本学にとっては、その教育の根本理念は当然に自由の精神の涵養であります。

わが大学の校歌に、自由を学是とし鑽仰する意味の「自由の道に文化あり」という一節があります。また、諸君も気づかれたことと思いますが、本学の図書館と大学院棟が向き合う広場にデモステネスの像が立っております。デモステネスは紀元前四世紀のアテナイの政治家で、雄弁をもって知られた人でありますが、彼はギリシャ都市国家の自由と独立を守るために、マケドニアのフィリッポス二世とその軍に対して、敗れこそしましたが徹底的に弁論をもって戦いぬきました。まさに祖国の自由独立のために殉じた人といってもよかろうかと思います。この像は、アテナイのアゴラに始まり、今もイギリスのクノッブ・パークなど各所に何体かの模像がありますが、わが国では本学のものが唯一であります。本学では、表現、言論の自由こそ民主主義の根幹であることを学生諸君に示唆する意図でこれを学内に建てたのであります。

ところで、今日の私の話は事柄を本学のことだけに絞ったものになりました。勿論、私としては、今日志を立てて大学の門をくぐられた諸君には、もっと幅広い視点で多くのことを語りたかったのでありますが、何せ時間の制約がありますので、しめくくりに一点だけ申し添えさせていただきます。

今日、学部に入学された諸君は二〇〇一年に卒業されることになります。その意味での諸君は、まさに二十一世紀の扉を開く群像であります。

二十一世紀の日本は、そして世界はどのような展開をみせるのか。まことに興味津々たるものがありますが、とにかくわれわれをとり巻く社会は変ります。いや、もう少しづつ変りつつあります。既に日本では大学教育は一般化しており、大学を出て当り前の時代になりつつあります。このことを角度をかえてとらえるならば、それは、たとえ、どこの大学を出ようと、実力のない者、取り柄のない者、やる気のない者は世の評価に値しなくなるということであります。現今の雇用事情を特集した四月五日付、日本経済新聞の「採用自由化元年」という欄に、「有名大学から無色透明の新卒を採用し、自社の色に染める従来の手法が壁に突き当たっている。……日本企業は自分の色を主張する人材を採用し、新しい発想と活力で企業体質を変えようとしている」「日本型の年功序列にこだわる時代でない」といった記述がありました。

諸君が社会の第一線に立たれる時代は、まぎれもなく、なべてそういう状況下にあるだろうと思います。もう、学歴がどうこうでなく、何ができるかが問われる時代になっている筈でありまず。諸君は力一杯、諸君の世紀である二十一世紀に立ち向かわなければなりません。そのためには大学時代の歳月を無為に過してはならないのであります。

高村光太郎の初期の作に「道程」という詩があります。その冒頭の二行に、「僕の前に道はない。僕の後ろに道は出来る」という言葉があります。そして、その最後は「この遠い道程のため、この遠い道程のため」と、言葉を重ねながら結んでおります。私は、この詩には、自分の生きる場所は自分で開くという決意がこめられているように思うのであります。

諸君もまた、今日からは、「僕の前に道はない」の意気込みで進まなければなりません。

諸君の奮起を促してやまない次第であります。

これをもって私の歓迎の辞といたします。


（一九九七年四月）

恒産なき者は恒心なし

流通経済大学は本日ここに第二十九回の学位授与式を挙行し、学士一、三一〇名、修士十九名、博士一名、専攻科修了生二名、合せて一、三三二名の諸君を世に送ることになりました。晴れて、今日の佳き日を迎えられた諸君、並びにその父母の皆様に心からお喜びを申し上げます。

ところで、諸君の大多数はこれからそれぞれに仕事を得てその職場に向かわれるわけでありますが、勿論、希望がかなって心を弾ませておられる人の方が多いわけでありますが、中には不本意な仕事につくことになった人もあるだろうと思います。また、私が就職部を通して調べたところでは、会社の規模が小さいとか、望んでいた職種でないなどの理由で就職を見送った人もいくらかありました。殊に女子学生諸君の場合は、各企業の女性一般職の採用が極度に削減傾向にあるといった事情もあって職につく機を逸せざるを得なかった人もあったようであります。しかし、私はそのような事情を十分わきまえた上で、敢えて諸君にマルティン・ルターの言葉をおくらせていただきます。すなわち、それは「労働で死ぬ者はない。が、何もせず怠けていては、人は体も命もだめにする。なぜなら、鳥が飛ぶために生まれたように、人間は労働するため生まれたからだ」というものであります。

諸君も、あまりぜいたくを言わずに、大学を出たら、まず働かなければなりません。とにかく君たちはまだ若い。実際社会のことは全く未経験であり、知っていることより知らないことの方がはるかに多い。これから、さまざまな体験を積んで成長されるのであります。仕事に関しても、あまり深いことを知らないまま、上辺だけで選り好みをしているきらいがあるように思います。その証拠に、ここ七、八年の統計によりますと、四年制大学を出る人たちは職を探す段階で一人当り百五十社から二百社の資料を取り寄せ、それ程までにして就職しながら、最初の一年で一〇%を超える人が、三年間で四分の一が退職しているという結果になっております。

もとより、こんなことは仕事にありつくだけでも仕合せだった五十年前の私たちの時代には到底考えられなかったことであります が、これも暖衣飽食の現代の産物なのだろうと思います。しかし、これはやっぱり健全な姿ではないと思います。勿論、一旦入社したら定年までとは申しません。また、これからはそういう時代ではなく、いわゆるトラバーユの自由な時代でありますが、それでも、一度職についたら、ある程度、仕事がこなせるようになるまで辛抱し、努力しなければなりません。転職するにしても、その経験が次に生かせるような堅実な歩みをしなければ世の中の落伍者になってしまいます。諸君、このことをしっかりと心に刻み込んでおいていただきたい。

ただ、諸君も御承知のように、今の日本の社会は二十一世紀に向けて急速に変ろうとしております。もう大企業に勤めれば一生が安心だという時代ではありません。また、企業には栄枯盛衰はっきものでありますから、大企業といえども衰亡し、反面、無名の中小ベンチャー企業にも飛躍のチャンスはあります。このことについては現に私が知っているここ四、五十年の間でさえ、国家と共にあったような巨大企業がつぶれ、逆に名も無い人が、世界に通ずる大企業を起した例がいくつもあります。

ともあれ、いま日本の企業は国際的な競争社会を生きぬくために伝統的な終身雇用、年功賃金などの制度と訣別し、能力主義、契約社員、早期退職制度導入の方向にあります。私自身は、こういった欧米型の経営が全てにバラ色で万能だとは必ずしも思いませんが、今の日本の産業界では好むと好まざるとにかかわらず、各企業は、この方向にシフトしなければもう流れについていけないというところまできております。

そんな次第でありますから、日本の労働環境の変化は避けられません。今春からは民間の有料職業紹介も原則として自由になり、有能な人材を採用するために、出身大学名を問わない会社が増え始め、大学卒の資格さえ採用条件としない会社もぼつぼつみられるようになってきました。また、通年採用制をとり始めた企業もでてきました。いずれにしても、企業は、やる気のある人、仕事のできる人を探し求めております。

諸君もこれらのことを十分認識して、勇気をもって職場に臨み、自らの可能性に挑戦してみて下さい。なお、今日の段階でまだ仕事の決まってない人がおられたら、これからでも遅くはない。気をとり直してすぐに活動を開始されるよう慫慂《しょうよう》してやみません。大学の就職部は君たちへのサービス機関として存在するのでありますから、相談に来ていただければ全力を挙げてお世話いたします。億劫がらずにどうぞ足を運んでみて下さい。

さて、諸君の一人ひとりに充実した人生をしっかりと生きていただきたいと思うあまり、話が少し現実的になりすぎました。勿論、人の一生は一生懸命働くことも大事でありますが、同時にゆとりある楽しいものでなければなりません。言うまでもなく人が生きて行くためには生活の糧となるべき、程々の財貨が必要であります。孟子の説くところに「恒産なき者は恒心なし」という教えがありますが、その意味は、一定の職業のない者には、定まった心もない。生活が安定しなければ、定まった道徳心も失われる、というものであります。さらにこれを敷衍《ふえん》すれば、人が志を高く持して真っすぐに生きて行くためには、それなりの蓄えがなければならないということになります。しかし、だからといってどん欲になってはいけない。華美でぜいたくな生活を望めば人はどん欲になり堕落します。楽しい人生といっても遊びは節度あるものでなければなりません。ギャンブルのごときは手をそめない方がよい。

また、いたずらに世間的な地位や名誉を追っかけることもほめられたことではありません。ポストはごく自然に他人の認めるところによってついてくるのが本物であります。

どうもあまり学位授与式らしからぬ雑ぱくな話に終始してしまいましたが、私の願いは流通経済大学の卒業生諸君が質実で真っすぐな生き方を貫き通し、世の認めるところとなってもらいたいということにつきます。意のあるところをお汲みいただきたいと思います。

最後に、この席には学部、専攻科、大学院まで含めて四十三名の外国人留学生諸君がおられます。まさに言葉の壁や生活の苦労を乗り越えて今日の栄を得られた諸君に心から敬意を表します。また、その中に、本学における第一号の博士である王少鋒君も含まれております。彼女は内蒙古の大学を卒えた後、故国で新聞記者を務め、その後志を立てて来日し、本学大学院社会学研究科に学んで今日の栄誉を得られたのであります。博士論文のテーマは「日・韓・中三国文化比較論」でありますが、審査に当られた辻村明、青井和夫、今防人の三教授の評価は極めて高く、彼女の研究者としての今後の活躍が期待されるところであります。

終りに、諸君の御多幸と御健闘を祈念してやみません。

これをもって私の式辞を終ります。

（一九九七年三月）

知識に人間性を加味した教養を

流通経済大学は、本日、ここに第三十二回の入学式を挙行し、一千六百有余名の新しい仲間を迎えることになりました。諸君の入学を、全学を代表して心からお喜び申し上げます。

今年は、経済、社会の両学部に、新設の流通情報学部が加わりましたので、入学者の数は開学以来の記録的なものになりました。開学当初の入学者数は僅か二百名余でありましたから、今はほぼその八倍ということになり、しかも近年の入学者の中には、その頃学生だった人たちの子女も含まれてまいりますので、私のように創立時から、ここに職を奉ずる者としては、うたた感慨無量であります。

もっとも、長く在職したといっても、それは三十一年間、ただ休みなく勤めたというだけのことで、とりたてていうほどのことではありません。しかし、それでも、立派に成長した、かつての教え子たちから「親子二代にわたってお世話になります」と、あらためて頭を下げられますと、今さらながら歳月の重味を感じ、まさに私学、流通経済大学ならではの筆舌につくし難い心のぬくもりを覚ゆるのであります。

ともあれ、今年は一千六百名を越える数でございますので、本学のこの体育館は学生だけで一杯であり、折角、御列席いただきました父母の方々には別棟のホールでビデオを通じてこの式典に参加していただくことになってしまいました。まことに申し訳ない次第でございますが御寛恕賜わりたいと存じます。

いずれにいたしましても、このことは、長い間、単科の小規模大学でありました本学が、この度の三学部体制を契機に社会科学系の中規模大学に移行しはじめたことのあらわれであって、どちらかといえば発展段階における避けて通れない出来事で、長い目で見れば、むしろ喜んでいただいていいことではなかろうかと思っております。

ただ、ここで一言申し上げておかなければならないのは、大学の規模がやや大きくなりましたが、本学の教育の基本方針は変らないということであります。

即ち、本学は創立以来、一貫して一年から四年までの小人数の全員ゼミナールを教育の基本に据えてきました。そして、これがアットホームな本学固有の学風を作り上げてきたのでありますが、この方針はこれからも不変であります。

近年多くの大学では、文部省の指導のもとに大学改革の一貫としてカリキュラム編成の自由化や一般教育と専門教育の区分の廃止、高等専門職業人養成の重視などへの方向転換に取り組みつつあるようでありますが、本学では開学時から既に、空理空論を語らない実学教育の重視、さらに専門教育と教養教育の均衡、そしてキメの細かいゼミナール制を柱にしてきておりますので、私としては、率直なところ、何を今さらといった思いを抱かせられております。

勿論、そうは申しましても、もう改革、改善の余地がないなどと思っているわけではありません。既存の学部、学科については時代に即した本学ならではのありようを目下、学内挙げて模索、検討中であり、一昨々年、わが国屈指の新しい視点の国際観光学科を設置したのも、また、世界をつなぐインターネットの時代に備えた流通情報学部を開設したのも、まさにその姿勢のあらわれに他なりません。

そんなわけで、これを私がいうのは、いささか口幅ったいのでありますが、私は、掛値なしに、諸君はいい大学を選ばれたと思っております。諸君も、これからの学園住活に真面目《まとも》に取り組まれるならば、やがてゼミナールのもつ面白さや意味、また、先生方や職員の方々との人間的なつき合いを通じて、この大学のもつ教育の場としての確かさや暖かさに気づかれるであろうと思います。

ただ、話がちょっと脇道にそれますが、私が思うには、わが大学は至って地味で、しかもPRが下手であります。加えて、立地条件が都心に近からず、遠からずでや丶中途半端であることも若い人たちに、ある種の疎外感を抱かせているのかもしれません。しかし、これらのことも開学の頃からみますと大分事情が好転しました。つい最近の日経産業消費研究所の調査によりますと、全国的に公立学校に通う児童、生徒数が急速に減少している中で、逆に大都市近郊にしては珍しく、神戸近郊の三田市や大阪近郊の香芝《かしば》市、千葉県の柏市などとともに龍ケ崎市は児童、生徒数増加都市の全国上位ランキング十四位に入っております。これは首都東京の通勤圏として龍ケ崎市が人々の注目を集めつつあることの証左であります。

このことが、果していいことなのか、どうかは評価のわかれるところでありましょうが、これまた、三十年来、この大学に通勤している私の体験からいたしますと、大学の活性化にとっては悪いことではないように思います。

ところで、私は、今日《きょう》、入学される諸君に、何かお祝いと、励みになるような言葉をと考え、数日前から、いろいろ思案しておりました。そこで目にとまったのが、講談社から出ている『学生時代に何を学ぶべきか』という書物であります。八十五名の学者、評論家、作家、俳優など、知名の士が執筆されているもので一九八八年の初版で、今年の三月に第十四刷が出ているほどでありますから、諸君の中にも、もうお読みになった人がおられるかもしれません。おそらく、出版社が新たに大学に進学される諸君を当て込んで、この時期になると増刷して売り出すのだろうと思います。執筆者の中には私の知人も数人おりましたので、まずそこから読み始め一通り読み終えました。しかし、私の読後感は、わざわざ買って読むほどの本ではなかったな、という印象でありました。たしかに「国際社会に目を向けろ」とか「外国語をマスターしろ」とか、「幅広い人間を創る」とか、「独立独歩への展開」とか、どれ一つとっても、いちいちもっともなことで、それはそれで、今日の諸君にそのまま望みたいことばかりでありますが、そのことを、ある人は、ちょっと斜に構えたスタイルで、ある人はややペダンチックとも思える語調で語っているというだけのことで、大人なら誰でも熟知していることばかりでありました。

そこで私は考えた末、今日の諸君に、甚だ恐縮でありますが、私の身辺の出来事を話させていただくことにいたしました。

即ち、昨年の十二月二十一日、私の恩師が亡くなりました。享年九十四歳でした。先生の名は多田基といいますが、その名を知る人は少なかろうと思います。私の出た学校の先輩で、内田百閒の高弟として知られ、多年、大学でドイツ語を教え、その大学の名誉教授でもありました。私は学生時代にドイツ語を履修しなかったので、先生に直接、教壇で教えを受けたことはありませんが、大学院に進んでから、希にドイツ語の文献を調べる必要がありましたので、ときどき個人的に先生の指導を受けました。それがきっかけになって、以後、先生の知遇を得るようになり、三十一年前、私が本学に勤務することになったのも多田先生の推輓によるものでありました。多田先生は教学業務に通暁した実務家として、文部省筋でも定評のあった方でありましたので、本学の創設にも陰ながら貢献された一人でありました。そんな関係で、私は先生に強引に説得されて本学に参ったというのが実情であります。

その先生が晩年、ある女子大学の学長、理事長を勤められ、御逝去のときはそこの学園長の任にあられましたので、去る一月二十九日に学園主催の「お別れ会」が執り行われ、私もそれに参列いたしました。

その席で私は、喪主である先生の御長男の口から、先生の御遺言ともいうべき貴重な言葉を教わりました。一般的な御礼のご挨拶の後、先生の御子息は父親譲りの正確なドイツ語で、父からの教えとしてドイツの三つの格言を述べられましたが、その第一の言葉が私の脳裡に強烈にやきついたのであります。

先生の御子息の言葉をそのまま借用いたしますと、「父は『知識は力なり』という言葉を私に教えました。しかし、父は『知識だけでは駄目だ。知識に人間性を加味した教養、これこそ力だ』と、申しました。つまり、父は教養ということを何にもまして大切に考えておりました。そのようなわけで、私は父から『教養がない』と叱られることを非常に怖れたものです。また、そのような教養というものは、単に教室で学んだり、書物を読んだりすることだけでは得られず、例えば、いろいろなスポーツとか演劇などのクラブ活動、そういうものを通して、個性を発揮して、望ましい人間関係を形成する過程で学ぶものだ、父はそういうふうに考えておりました」

以上が私の恩師の信条だったわけでありますが、今にして思えば、先生は、まさにその信条のままに生涯を全うされました。不肖の弟子である私が、今、諸君にその教えを説くのはいささかおこがましいのでありますが、やはり、大学とは単に知識を身につけるだけの場所ではなく、教養人として完成を目指すところでなければならないと思います。

さらに、私なりにこれに一言敷衍《ふえん》させていただくならば、本当の教養人とは、何よりもまず廉恥の心をもつ者、つまり、恥を知る者だと思います。

わかりやすいたとえでいえば、電車の中で、老人や障害のある人に席を譲らないような若者は恥知らずであり、教養人ではありません。また、最近のわが国の世情を見るに、一部の政治家や高級官僚、或いは企業経営者の中にも、わが田に水を引くばかりか、責任を回避して恥じることのない無教養な人が目立ちます。まさに慨嘆措くあたわざるところであります。

少なくとも、私は、わが流通経済大学に学ばれる諸君は、多少は粗であっても卑劣であってはならず、無教養な恥知らずであってはならないと思っております。

諸君、今日からは、是非心して知識に人間性を加味した教養を培っていただきたいと思います。

最後に、本日入学の諸君の中に、学部学生として六十九名、専攻科生として二名、大学院生として十一名の外国人学生が含まれております。国別にみましても、中国、韓国、台湾、マレーシア、ミャンマー、ニュージーランド、ポルトガル、イランと実に多くの国と地域に別れております。

いうまでもなく、外国に出て勉学するということには大変な困難がつきまといます。とりわけ今の日本は、いくらか景気の底が見え始めてきたとはいえ、諸君にとっては言語に絶する厳しい環境であります。生活の厳しさにつけ込んだいろいろな甘い誘惑もあるだろうと思いますが、そんな誘いに負けずに、将来に希望をつないで歯をくいしばって頑張って下さい。

もちろん、大学のできることには限りがありますが、もし困ったことがあったら、大事に至らない前に、学生部の学生二課、これは留学生のために今度新設したセクションでありますので、ここに専門的な知識をもった職員が諸君の相談を待ちうけております。どうぞ、くじけないで頑張って下さい。

終りにのぞみ、全入学生諸君の洋々たる前途に絶大な期待を寄せて私の式辞を終ります。


（一九九六年四月）

打たれ強く生きる

本日、ここに晴れて卒業の栄を得られるに至った諸君、並びにその父母の皆様に心からお喜びを申し上げます。

諸君のうち、ごく少数の人はこれからさらに大学院に進むなどの道をとられますが、大方の人はそれぞれに職を得て仕事に専念されることになります。そして、これから四十年ないし五十年は働きつづけなければなりません。

おそらく今の諸君は、この先、四十年、五十年といえば、それをとてつもなく長いものに感じられるでありましょう。たしかにそれは長いといえば長い歳月であります。しかし、私たちのように、人生のターミナルの燈《ひ》がそろそろ点滅して見える歳ごろになりますと、過ぎし日の四十年、五十年は、まさにあっという間の出来事でしかありません。

私自身は四十六年前に学校を出ましたが、つい昨日のような気がいたします。今、ふり返って思うと、しなければならなかったことを、あまりにも多くし残しているような気もいたしますが、一方では、自分の力量からすれば、まあ、こんなものでよかったのかな、と思ったりもしております。

私が新卒で就職活動をした頃の日本は、敗戦の傷跡がまだ深く、今の諸君の想像を絶する貧乏国でありました。そこへ朝鮮半島で戦争が起り、占領軍総司令官マッカーサーの指令で、今の自衛隊の前身である警察予備隊が創設され、戦争中からつづいていた着物や洋服など、衣料の配給切符制度が漸く廃止されるというご時世でした。そんな次第でありましたから、朝鮮戦争の特需景気がほの見えてきたとはいうものの、わが国の産業基盤はまだまだ脆弱で、あらたに大学を出る若者たちにとっては大変厳しい就職環境でありました。当時の私の仲間たちも、卒業の日にきちんとした仕事の決っていた者は三分の二あるか、なしかの状況でなかったろうかと思います。ただ、今になってみると、当時、人のうらやむような大企業に入った者が、その後、鳴かず飛ばずで意外にふるわず、一方、四苦八苦して名もないところにもぐり込んだ者が、自ら事業を起し、或いは企業とともに伸びて一かどの実業家に成長し、今もさっそうと現役で活躍しているケースもあります。まさに、人の一生とはわからないものだと、今さらながら考えさせられるのであります。

ともあれ、そんな往時を思いながら、私は今、今日卒業される諸君の前途についてあらためて思いをめぐらしております。

とにかく、今年の就職戦線は厳しかった。私も、しょっちゅう就職部に状況報告を求め、成果を挙げるべく督励してまいりましたが、例年になく反応が鈍かったことはたしかであります。殊に女性の門戸が想像以上にせまかったのは、ひとり本学だけの事象ではありませんが、やはり対応にそれなりの工夫を要することを痛感させられました。そんなわけで、諸君の中にも不本意な就職を余儀なくされた人、或いは、まだ仕事の決っていない人もあるのではなかろうかと案じられます。もし職の決まっていない人がおられましたら、どうぞ、明日とはいわず、今日、就職部を訪ねて下さい。大学は能うかぎりの力をつくしたいと思っております。

ところで諸君、本学の卒業生はいつの頃からか、就職先の企業などで、概して打たれ強く、辛抱強いといわれるようになってきております。これはおそらく、人の嫌がる仕事でも、いとわずに取り組むという、順風満帆のエリートにないおおらかさと、逞しさに寄せられた評価であろうと思います。私は、この気風は誇るに足る、大切にしなければならない気風だと思っております。

私はこの大学に、創立以来まる三十一年間勤務しておりますが、かねてから機会あるごとに学生諸君に、会社が大きいからといって、そこの社員が皆人間として大きいというわけではない。逆に企業が小さいからといって、そこの社員が人間的に小さいわけではない。要は組織の大小ではなく、個人の力量と人柄である。どこにあろうと、背伸びをせず、見栄を張らず、あくせくせずに悠々閑々と生きることだと説いてきました。そして、たまたま入った企業が中小であれば、「鶏口となるとも牛後となるなかれ」を実践することのできる、またとないチャンスではないか。また、不本意な仕事であれば、じっと耐えて自分の力で局面を転換し得る面白さがあるではないか、と諭してきました。一万三千余名の卒業生の中に、殊に初期の卒業生の中には私のこの教えを実践し、中小の企業経営者になり、或いは中堅企業の幹部になって見事な生き方をしている諸君が少なくありません。彼らの多くは卒業後二十年の余もたって今なおわが家を訪ねてくれます。そうした諸君の共通点は、いずれも穏やかで、自信に満ちた風貌をし、母校、流通経済大学をこよなく愛していることであります。

もとより、人にはそれぞれに備わった器量がありますから、今日の諸君の中にも、サラリーマンに向いている人、事業を起す才のある人、さまざまな人材があるだろうと思います。しかし諸君自身は、まだ自らの器量や特性に対する十分な自覚はお持ちでなかろうと思います。諸君にとっては、実際社会との本当の取組みはこれからであります。これからはひたすら自らの特性を生かすべく、冷静に落着いて自分を見つめてかからなければなりません。そして、ねがわくは諸君もまた、流通経済大学の卒業生らしく、いかなる場面に立たされようと決してたじろがない、打たれ強い人に育ってもらいたいと思います。

いずれにしても、諸君の本当の人生レースは今日から始まります。学校の教師である私がいうのはいささかはばかられますが、今までの学校での成績はそれぞれの諸君にとっての一つの実績ではあるが、これからの実生活では大した意味をもちません。問題は、これから自分をどう磨き、どう鍛えるかであり、万事がこれからの生き方にかかっているのであります。

そこで、そんな諸君のこれからの生き方の糧になるような処世訓を一つ、今日の諸君への餞として紹介させていただきたいと思います。

諸君は城山三郎という作家を御存知だと思います。城山氏の小説は、戦争防止に努めながら、

A級戦犯として処刑された只一人の文官、元総理の広田弘毅を描いた「落日燃ゆ」に象徴されるように、堂々と生きぬいた男たちをとり上げておりますが、私も城山氏同様これらの人物の生き方が好きであります。

その城山氏が新潮社から『打たれ強く生きる』と題したエッセー集を出しております。その中で彼は、自分は上方落語の桂枝雀のファンであるが、枝雀の「ぼちぼちが一番や」という言葉がいい、といっており、自らも枝雀のその言葉に合せて、「人生あわてても仕方がない。まわりはどうあろうと、自分は自分で、たったひとつしかない人生を大事に見つめて歩いて行く。それも、徳川家康のように、「重荷を負うて遠き道を歩む」などと気負うこともない。人生はそれほどたいしたものではない。ごく素直に、ぼちぼちと歩けばいい。また、ぼちぼちだからこそ歩きつづけられるのではないか」といっております。

そして、城山氏はこの文章をスイスの高名な数理経済学者、ワルラスが好んだ「静かに行く者は健やかに行く。健やかに行く者は遠くまで行く」という言葉で結んでおります。

ぼちぼちとは、ともかく、前に向って歩いていることであります。自分のペースで歩き続けているということであります。

諸君、味わいのある言葉だと思いませんか。これから、心の急《せ》くとき、事が思うに任せずいらいらするとき、是非思い起していただきたいと思います。

最後に、今日は大学院の博士前期課程を終えられた諸君が十九名、学位を受けられます。修士の学位は、いわば学問研究へのパスポートのようなものであります。これからも精進を続けられんことを期待いたしております。

また、外国人留学生諸君が、学部で三十二名、大学院で八名、この席に臨んでおられます。諸君が学ばれた、ここ数年の日本は、円高で、しかもアルバイト先も十分にない大変厳しい状況でありました。しかし、諸君はよくその困難を克服して今日の栄位を得られました。その眞摯な姿勢に心から敬意を表するとともに、諸君の国際人としての今後の幅広い御活躍を祈念してやみません。

それでは、全卒業生諸君、諸君の御多幸と御健勝を心から念じて、私の送別の辞を終ります。

（一九九六年三月）

来世紀における国際化を視野に

流通経済大学は本日ここに第三十一回の入学式を挙行し、両学部四学科並びに大学院二研究科合せて一、二八四名の新しい仲間を迎えることになりました。

今年は多くの大学で、受験生の数が前年を下廻ったと聞いておりますが、本学では逆に、昨年に比べて約九％増加しました。にもかかわらず入学者の数は前年比で、全学科平均十五・一％、二百二十名も計画的に減員しましたので、それだけ今年の競争は激しかったことになります。

難関を突破して、晴れて今日《きょう》わが大学の門をくぐられた諸君に学園を代表して心からお喜びを申し上げます。

また、今年度、一九九五年は、本学の創立三十周年に当ります。即ち、一九六五年、昭和四十年四月、この丘の上に経済学部経済学科、入学定員二百名の小さな大学が呱呱の声をあげました。丁度、その年は東京でオリンピックの行われた翌年《よくとし》であり、日本経済の高度成長の足音がしだいに高まりつつあった時期で、いわゆる戦後の第一次ベビーブームに生れた人たちが大学進学年齢に達しておりました。そんな時代でありましたので当時のわが国では、大学、短期大学などの高等教育機関が極度に不足しており、これに対応して、政府は昭和四十年前後に四年制の大学だけでも約百校の新設を認め、既存の大学の学部増設もほぼ同数認めております。本学もそんな時代背景のもとに生れた大学の一つでありますが、創立の頃は建学の意図を直截《さい》に掲げた校名と、わが国屈指の巨大カンパニーの直接的な出捐によって出来たユニークな大学ということで世の注目を浴びたものでありました。その小規模大学も創立二十周年の頃から、徐々に基盤が安定し、今は学生数も創設時の七倍、付属高校から大学院の博士課程まで擁する大学になりました。勿論、教授スタッフも質量ともにそれに相応しいものになってきております。

三十年間の卒業生の数は、初めの十四、五期ぐらいまでの学生数が少なかったので漸く一万三千名程度でしかありませんが、初期の頃の諸君は、もう四十歳代の半ばから五十歳と、文字通り実社会の中堅として国の内外に活躍しております。大学の生い立ちが、「事業は人なり」をモットーにした実業人の育成でありましたので、大半は実業界で働いておりますが、小学校教諭から大学教授まで、教職、研究職にある者、中央、地方の公務員、税理士、会計士などの職にある者の数も決して少なくなく、まことに多士済済であります。殊に、一九七八年四月以来、外国人留学生を受け入れてきましたが、去る三月二十日の第二十七回卒業の三十五名まで含めて、今や二〇〇名もの諸君がここを巣立っており、台北《タイペイ》では五十名を越える会員からなる流通経済大学校友会台北《タイペイ》支部ができているほどであります。国や地域は今までのところ中国、韓国、台湾、マレーシア、香港、タイ、シンガポール、マカオなど、もっぱら東アジアや東南アジアの国々でありましたが、これからは汎大平洋、南アジア、中央アジア、アフリカと、積極的に広い範囲の留学生を受け入れて行く方針であります。

さて、今ここで流通経済大学の三十年を、ごくかいつまんで紹介いたしましたのは、他でもない、今日《きょう》からこの大学で学ばれる諸君に、自らの大学の力量と堅実な実績を知っていただき、自信と誇りを持って有意義な学生生活を送ってもらいたいと思ったからであります。もっとわかりやすく言えば、現に、一部上場企業の管理職として働いている卒業生が少なからずいるということや、事業経営者として成功している者など、社会の第一線で活躍している卒業生が多数いるということは、いわば、この大学の持つ力量のあらわれであり、それが、そのまま、ここに学ぶ諸君の将来の可能性を示唆することにもなるということであります。この大学で腰を据えて学業に取り組み、課外活動をエンジョイして、良い先輩や友人をつくることに成功すれば、諸君の前途は必らず豊かにひらけるであろうことは受け合いであります。このことは、この大学に三十年、半生をかけた私が、ここに学び、ここを巣立っていった諸君の先輩たちの足どりを、じっくりとフォローして得た結論であり、確信であります。新入生諸君の決意と奮起を促してやまない所以であります。

ところで、今、私は、これからの本学は積極的に広い範囲の留学生を受け入れて行く、と申しました。それは今、本学が創立三十周年を期しての基本的な事業として三つ目の学部、流通情報学部の設置を計画していることとかかわることであります。新学部では一年次の入学定員、一八〇名、そのうち五十名を外国人枠としておりますので、この学部だけでも完成時には二〇〇名の留学生を抱えることになります。わが国の流通情報、とりわけ物流情報システムは学問的にも、実務面でも世界屈指でありますから、今、本学が構想しております新学部が予定通り設置認可になれば、かなり広範な国々から留学生がやってくるであろうことは間違いありません。既に幾つかの国々から問い合せや期待が寄せられておりますが、何せ、来年四月の新発足までには、まだまだ厳しい審査を通過しなければなりませんので、何はともあれ、万全を期して設置にこぎつけなければならないと固く決心しているところであります。

勿論、新学部構想の如何にかかわらず、本学に留学生教育の実績のあることは、既に述べた通りでありますが、本日もこの席に、学部生で五十五名、大学院の博士前期課程で八名、後期課程で二名、合せて六十五名の留学生諸君が列席しております。国別にみますと大体は例年通りでありますが、少しいつもと違っているところは、今年はネパール王国から一名、ケニア共和国から二名の留学生が入学したことであります。ネパールからの留学生、アン・アルバ・シェルパ君は一九七〇年五月生れの二十四歳、去る一月十七日の阪神大震災の被災者であります。神戸市東灘区に居住しながら日本語学校に通学していたのでありますが、地震当日は早朝からアルバイトの新聞配達に出ていたために寄宿先のアパートの倒壊の下敷きを免れたという人であります。彼の日本留学の動機は、ヒマラヤにやってくる日本人のモラリティーが高いので、それにひかれて日本留学を決意した、とのことであり、卒業後は故国に帰って観光事業に携わりたいと国際観光学科に入学いたしました。私はシェルパ君の留学の動機を聞いて、一人の日本人として非常にうれしく、誇らしく思いました。また、ケニアからの二人とは、ダニエル・ジェンガ君とジョン・マイタイ君であります。両君は、陸上競技のすぐれたランナーであり、一九九二年の来日以来、仙台育英高校の選手として全国高校総体や日本選手権、或いは全国高校駅伝で好記録を出し、華々しい活躍をして話題になりましたので、諸君の中にも、ある程度聞き知っている人がおられるであろうと思います。両君が入学することになりましたので、マスコミでは、流通経済大学の箱根駅伝対策として、とり上げたところもありましたが、私自身としては二人の刺激を受けて日本人学生も奮起し、両君の在学中、三年目ぐらいに箱根に出れるようになれれば十分だと思っております。たしかに本学の陸上競技部は今も毎年、箱根駅伝の予選会に出ておりますが、たいてい参加五十校中、四十位ぐらいのところであります。しかし、私はいつも陸上部の関係者に、それはそれでいいではないか、毎年、一つでも順位を上げることができればそれなりに意味のあることだ、と申してきました。そして、その考えは今も変りません。そんなわけでありますから仙台育英高校との間でジェンガ君とマイタイ君の入学について話し合ったときも、二人の希望と本学の方針がマッチすればと申し上げてきました。国籍がどこであれ、まず第一に学業成績において本学の基準をクリアしてもらわなければなりません。第二に、ただ走ることだけが目的の大学入学では困る、と申しました。しかし、これらはいずれも私の杞憂にすぎず、両君と直接話し合ってみて、発展途上国の若者の気概にむしろ大いに啓発されました。私の質問に流暢な日本語で答え、勉学とスポーツを両立させたい、祖国ケニアと自分の名誉のために力の限り走って世界に挑戦してみたい、日本の文化、歴史、経営学を勉強してケニアが日本のような豊かな国になるように国家の役に立ちたい、と語ってくれました。また、入学試験の小論文は文章もしっかりしており、ボキャブラリーも日本人の高校卒業生の平均的な水準に達したものでありました。ジェンガ君は一九七六年五月七日生れ、マイタイ君は四月二十二日生れでともに十八歳、テレビなどで放映される競技中の所作などをみておりますと、まるで成人のようにみえますが、実際に対面してみますとやはり初々しい十八歳の青年であります。二人は郷里のガル中学校を卒えて、一九九二年四月に仙台育英高校に入学、この三月に卒業したのでありますが、今の私としては二人をここまで教育された仙台育英高校と、よくそれに応えた両君の資質と努力に心から敬意を表さざる得ない心境であります。ちなみに、両君は小学校や中学校ではケニアの公用語である英語とスワヒリ語を使用し、家庭では部族の言語であるキクユ語を使っているそうでありますが、本学では、二人とも国際観光学科に入学して語学はフランス語を学びたいと言っております。私は、この二人の言語に対する適応能力から推して、単なる競技能力だけではない、秀いでた頭脳を感じさせられております。

それにつけても最近のマスコミの報ずるところによりますと、一部の心ない競技指導者がケニア共和国の戸籍制度を誹謗し、両君の年齢に疑問があるなどと二人の人権を傷つけるような発言をしたとのことでありますが、これは単に無智ではすまされない遺憾極まりない出来事であります。日本国民の一人である私としては、ケニア共和国、並びに両君に対して、心からお詫びしなければならないとの思いで一杯であります。私の知る限り、ケニア共和国は一九六三年にイギリスの保護領から独立。偉大な民族運動の指導者であったキクユ族の英雄、ケニヤッタ初代大統領から現在のモイ大統領へと近代的な国づくりが継承され、九二年末には複数政党下の総選挙も実施された国であります。そして、このような新興の気概にもえる国から、世界の陸上競技界の至宝ともいうべき二人のすぐれたランナーを流通経済大学が預かったのでありますから、本学には彼らのこれからの競技生活を全学挙げてバックアップしていかなければならない大きな責任があります。そして、この二人を軸にした本学チームが関東大学駅伝の本大会に出場できる日がくれば、それはまさに本学にとってのうれしい副産物だといわなければなりません。

さて、ジェンガ君とマイタイ君の話に少し時間を割きすぎました。しかし、私としては単に陸上競技の話をしていたわけではありません。ケニアの二人のランナーの問題を通して、本学の教育の基本理念について語っていたつもりであります。と申しますのは、間もなく二十一世紀、来たるべき世紀は今までのように欧米偏重であってはならず、もはや東西対立の時代でもありません。二十一世紀のテーマは先進諸国と途上国の関係、南北の問題であります。日本にとりましても、韓国、北朝鮮、中国などの近隣諸国をはじめアジア、アフリカ、オセアニア、ラテン・アメリカの国々とどのようにつき合って行くかが大きな課題であります。時間の制約がありますので、端折って言わしていただきますが、私は、これからの日本はこれらの国々と、とにかく人の往来を盛んにし、文化、社会、経済の面で大いに助け合い、手をとり合って行かざる得なくなるものと考えております。そして、そのためには国是である平和立国の理念をしっかりとふまえ、どのようにしたら、これらの国々の役に立てるのかを一つ一つ確かめながら、できることから地道に協力の輪を広げて行くことだと思っております。非常にまぎらわしいのは、湾岸戦争以来、わが国でも、国際貢献という言葉がしきりに使われるようになりましたが、私が今ここでいう国際協力と、湾岸戦争後に流行語のようになった国際貢献という言葉とは似て非なるものであります。少なくとも私のいう国際協力、国際貢献は軍事力を伴うものではありません。

諸君は今朝、この大学の門を入って、はじめに何に関心を持たれたでありましょうか。おそらく多くの人は研究棟前の広場に立つ乙女の像に目をひかれたのではなかろうかと思います。あの像は、今年が日本の敗戦五十周年に当りますので、これを機に、過ぎし戦争の惨禍を思い、再び愚かな戦争をくり返さないことを、自らに誓うとともに、全世界に向って不戦を訴える趣旨で建てたものであり、限り無く深い愛を包蔵する強靭な母性本能と繊細な女性の感性が、戦争を忌避して、強く不戦を訴える心情を、清楚で優美な乙女の像に表徴したものであります。

像の背後には、「不戦の訴え」という私の詞《ことば》を刻《きざ》んだ銘文《もん》がとりつけてあり、その詞を本学の教授たちが、中国語、朝鮮語、英語、アラビア語、ヘブライ語、ロシア語、フランス語、ドイツ語、スペイン語、ポルトガル語、イタリー語に翻訳し、その訳文も日本語をはさんで配列してあります。

去る三月二十日、卒業生を送った日に除幕したのでありますが、その日、私は、卒業して故国に帰る学生諸君と日本人学生を前に、この学舎で共に学んだ者たちが、再び敵、味方に別れて戦うことが、絶対にあってはならない。そのために、このささやかな大学が全世界に向って不戦を訴える発信地になるのだと、挨拶しました。そして、それは、三十年前、世界に通用する実業人の育成を旗じるしに、ここに名乗りを上げた流通経済大学の不動の志でもあります。

また、これからさらに広い範囲で積極的に外国人学生を受け入れて行こうというのも、まさにその建学の志のあらわれに他なりません。

本日、わが流通経済大学の一員になられた諸君、今日からは、この建学の志を体し、少なくとも二十一世紀の半ば辺りに視点を据えて視野を広く、国境を越えて、人種を越えて、この丘の上で深い友情を培い、学業に、スポーツに、文化活動に大いに切磋琢磨していただきたい。諸君の大学生活が、豊かな未来につながる実りあるものであるよう祈念してやみません。

先を急ぐあまり、話がいささか雑駁に流れすぎましたが、これをもって私の歓迎の辞といたします。

（一九九五年四月）

やりたくなくったって
やらなければならん

流通経済大学は、本日、ここに第二十七回の学位授与式を挙行し、一、一三四名の学士と十七名の修士、並びに専攻科一名の修了生を世に送ることになりました。

晴れて、今日、ここに学位を受けられるに至った諸君、並びにその父母の皆様に心からお喜びを申し上げます。

諸君の中には大学院に進まれる人、或いは、さらに博士後期課程に学ばれる人も僅かにおられますが、大多数の人は実社会に出て、それぞれの仕事につかれます。勿論、大学を出たばかりでは、どこの職場でも、初歩的、見習的な仕事しか与えられないと思いますが、五年、十年と時がたてば、しだいに重要な役割が廻ってくるようになり、やがては責任の重い、高い地位につくことにもなるのでありますから、諸君にとっては大学を卒えられた今日が、いわば実際の人生の出発点であります。従って、明日からの諸君には今までの学校生活とは全く違った環境が待ち受けております。学校では、講義を受けて、その理解度が試され、自ら創る、考えるといっても、そこにはいつでも道案内である先生がついておりました。しかし、実社会では、どんな小さな仕事でも一人で責を負わなければなりません。しくじれば顧客を失ったり、会社に財産的な損失を与えたりします。働くことの対価である賃金をもらうのでありますから、大仰な言い方をすれば、毎日、毎日が真剣勝負であります。世間では、学校の秀才がそのまま実社会の優等生ではない、というようなことがよく言われますが、四十数年、私自身が自らの仕事を通じて見聞してきた事実も、またその言葉と符合します。この大学に勤めてからだけでも三十年、一万二千名余の諸君を送り出しましたが、卒業後、二十年もたちますと、彼らの職場における地位や役割に相当のへだたりが出てまいりますので、それから伺い察して、やはり世の中は学校の成績だけではないな、との思いを強く感じさせられております。また、日本の社会も意外に風通しがよく、実業界では出身大学などにあまりこだわりがなく、適材適所の実力主義がむしろ一般的になってきていると も感じております。本学の卒業生からも今や世の中の中堅として相当の働きをしている者がかなり出てまいりましたが、少し目立つほどの地位についている者の場合は、ともかく誠実で、覇気があり、気転がきき、しかも仕事熱心で勉強家であります。勿論、ここでいう勉強とは直接仕事にかかわる実学を指すのであります。そんな次弟でありますから、私は、今日《きょう》、学窓を巣立たれる諸君の前にも洋々たる途がひらけていると確信しております。しかし、それには、やはり、それなりの努力をしなければなりません。大学を卒えたからといって勉強から解放されたわけではありません。営業であれ、経理であれ、情報処理であれ、自分の仕事に精通し、その途のエキスパートになるために先輩や上司の手法を学び、さらに研鑽を積んで、その上に自らの創意、工夫を積み重ねなければなりません。こんな話をいたしますと、諸君は、いつまでも勉強がついてまわる、人の一生というものは何とも息苦しいものだと、うんざりされるかもしれませんが、もとより仕事だけが全てではありません。音楽や美術、或いは演劇や映画鑑賞、スポーツなど、思い思いの趣味とより良くつき合いながら余暇を豊かにエンジョイしていただきたいとも思います。ただ、私の乏しい経験では、本業が充実していてこそ余暇も生きてくるものであります。世の中には仕事が趣味という人もいるようでありますが、私は、やはり何か一つぐらい趣味を持った方が心が豊かになって心身がやすまるように思います。

私自身は下手の横好きで、いろいろなスポーツも楽しみますし、絵画や彫刻の鑑賞なども好きであります。また、心に疲れを覚えたときには自在に詩集をひもといたり、内外の好みの作家の小説を読んだりもいたしますが、そんなときの座右の書の一つに漱石の書簡集があります。漱石の書簡は二、二五二通にものぼる厖大なものでありますが、どれもが純粋で正直、赤裸裸にその内面が語られており、まさにそれは漱石の全生涯にわたる日記と言ってもよいものだと思います。その書簡集が私にとっては心やすまる読物であり、ときには心の糧にもなります。

そんな書簡の中から、今日の諸君への餞《はなむけ》に一点だけ、ここに紹介させてもらいますが、仕事に疲れて気が滅入ったときにでも思い出していただき、心の励みにしていただければ幸いであります。

それは明治三十九年二月十三日、漱石が弟子の森田草平にあてた手紙であります。森田草平は、初期の『「煤煙」』や晩年の『細川ガラシャ夫人』などの作品で知られる小説家でありますが、昭和二十四年、六十八歳で歿しております。漱石の手紙は、大学卒業前の森田にあてたもので、森田からの長文の手紙への返書であります。森田の手紙は彼自身の文学への意欲と青年としての悩みを訴えたものでありますが、それに漱石は懇切に答えております。漱石は当時三十九歳、前年に『吾輩は猫である』を書き始め、この年には『坊っちゃん』や『草枕』を書くことになるのでありますが、森田への返書の中で、『吾輩は猫である』に対して、大町桂月などがいろいろ悪口を言っているが、そんなことは気にしないで自分は文章を書きつづけるのだと宣言し、君も弱気にならずに頑張りなさいと励ましております。

その手紙の後段で、漱石は、「他人は決して己以上遥かに卓絶したものではない又決して己以下に遥かに劣ったものではない。特別の理由がない人には僕は此心で対して居る。夫で一向差支はあるまいと思ふ」と言い。そのあとで「君弱い事を云ってはいけない。僕も弱い男だが弱いなりに死ぬ迄やるのである。やりたくなくったってやらなければならん。君も其通りである」と書き、さらに、「死ぬのもよい。然し死ぬより美しい女《ひと》の同情でも得て死ぬ気がなくなる方がよかろう」といかにも漱石らしい酒脱な一行を書き加えて、若い後輩への心のこもった助言をしているのであります。漱石から森田草平にあてた手紙は六十一通にも及んでおりますが、その中でもこの一通のこの件りが出色であります。「君弱い事を云ってはいけない。僕も弱い男だが弱いなりに死ぬ迄やるのである。やりたくなくったってやらなければならん。君も其通りである」

私は、今日、わが学園を巣立たれる諸君に、漱石のこの言葉をそのまま贈らせていただきたいと思います。

折から諸君を迎える日本の社会は政治も経済もまことに先行きが不透明であり、長い不況のトンネルからいつ脱け出せるのか皆目、見当のつかないままに、未曾有の大震災と円高の激浪に見舞われ、賃金事情が悪いばかりでなく、中には思うような仕事につけなかった人もいるはずであります。しかし、諸君、「弱いことを云ってはいけない。やりたくなくったってやらなければならん」

敗戦後の衣も、食も、住も、ことごとく不足し、ろくな就職先もない、一ドル＝三六〇円という惨めな時代に学校を出た私などの目からみれば、今の日本は当時とは比較にならないほどの余力があり、地力があります。日本国民の叡智と勤勉をもってすれば、これしきの窮状は打開できないはずはありません。諸君も明日からは、わが日本丸の乗組員として、創意と工夫をもって、根気よく自らの道を切りひらかなければなりません。決して弱気になってはいけません。まさに、これからの諸君の働きが来たるべき世紀の日本の運命を決するのであります。諸君の健闘を祈ってやみません。

最後に、今日は三十五名の留学生諸君が卒業されます。円高の悪条件のもと、言葉の壁を克服して、よく頑張り抜かれました。心からおめでとうと申し上げ、敬意を表するものであります。これからは日本で培かわれた学識を生かして、自らのために、母国のために、また、諸君の母国と日本との友好のために、世界の平和のために国際人としての力を十分に発揮していただきたいと思います。

それでは全卒業生諸君、重ねて諸君の健闘と栄光を祈念して私の式辞を終ります。

（一九九五年三月）

叩けよさらば開かれん

新入生諸君、入学おめでとう。

今年の冬は寒い日が続きました。加えて三年余の長きにわたる不況と、泥沼のようなゼネコン汚職、そして多年にわたる拙劣な農政が、たった一年の冷害で深刻な米不足をもたらし、しかも、政治の無力と政局の混迷は未だ平成六年度予算案さえも片づけておりません。一方、世界に目を転ずると、いつ果てるともない民族紛争と宗教間の対立抗争、このように見てまいりますと、今さらながら人という生き物の度し難さを感じさせられます。「歴史は二度は繰り返さない。しかし、人がそれを繰り返す」、これは十八世紀のフランスの啓蒙思想家ボルテールの言葉でありますが、確かに長い歴史の間には、人間は度々無益な争いごとや流血の惨事を繰り返してきました。しかし、愚行を繰り返し、試行錯誤を重ねながらも、人間の歴史は基本的には人の尊厳を高め、高次元な正義の実現に向って動いてきたことはまぎれもない事実であり、また、これからもそうでなければなりません。そして、そこにこそ人間の叡智、考える動物たる所以があるのであります。

さて、諸君、諸君は今日《きょう》、流通経済大学の学生になられました。今年の本学の入学試験の応募者は前年度よりほぼ二五％減りました。それでも経済は昨年並みの数で一三・七倍の競争率、経営と国際観光はそれぞれ十数％余も減りましたが、ともに競争率は十二倍近くになっております。最も減り目のはげしかった社会学科でも八・二倍の競争率でありましたから、やはり難関であります。おそらく諸君はここ一年余の間、入試の準備に忙殺されて社会の動きに深く注目することがなかったのではなかろうかと思いますが、諸君の受験準備中にも世の中はめまぐるしく動いておりました。例えば、諸君の身近なところとしては、本学をも含めて今年の私立大学の応募者は全般的にかなり減っております。これは受験人口の減少よりも、経済の低迷が国民の家計を圧迫し、受験生一人当りの併願数、つまりかけ持ち受験校の数が減ったことに起因しております。

いずれにしても諸君は多くの競争者の中から選ばれて、今日《きょう》、晴れて大学に入学されたのでありますから、これからは心を引き締めて、今までの知識の詰め込み的な勉強と異なった、いわゆる本物の学問に取り組まなければなりません。勿論、それは反復によって知識を身につけるということを否定するものではなく、それを土台にさらに思索することが、これに加わらなければならないということであります。言うまでもなく、大学では諸君のことを生徒とは言わずに学生と呼びます。即ち、それは自ら学ぶ者という意味であります。中学や高校と異なり大学では学生を独立の人格として遇します。わかりやすく言えば大学は諸君の一人ひとりを殆ど紳士、淑女として遇するということであります。従いまして諸君は、当然のことながら自らの学園生活の設計図を自らの手で描かなければなりません。履修科目の組合せを自らの判断で決め、卒業後、どの方面に進むかによって独自の学習計画を立てなければなりません。勿論、本学では全学年必修の少人数のゼミナール制をとっておりますから、諸君の求めがあれば指導教員の先生方が懇切に相談にのってくださるはずです。また、教務課や学生課の職員の人たちも諸君の方から訪ねれば事細かに知恵をかしてくれる体制になっております。こんなことを私の口から申し上げるのは、いささか憚かられるところでありますが、このような教育面の配慮については、本学はどこの大学にもひけをとらないだけのキメの細かさを持っております。ついでにもう一つ私の自慢をつけ加えさせていただきますと、本学はすぐれた先生を大勢抱えております。勿論、これは私の独りよがりではありません。僅か創立三十年足らずのそれ程規模の大きくない大学で、二学部とも大学院の博士課程まで完備している大学はそうざらにはないはずです。また、一般教育関係にも優秀な先生方が大勢おられます。諸君はこれらの先生方の学殖豊かな扉を積極的に叩かなければならない、まさに「叩けよさらば開かれん」であります。その意味で、いささか低俗な比喩を許していただくならば、諸君の流通経済大学への入学は、実に割のいい、良い買物をしたということになると思います。もっとも、これは諸君の一人ひとりが真面目に自発的に学園生活に取り組んだ上での話であります。先にも申しましたように大学は中学、高校と異なり、先生方は学生生活の日常的な細部にまでいちいち口出しはいたしません。もう一度申しましょう、大学での学業は、あくまでも「叩けよさらば開かれん」であります。

さらにここで本学の特色について少し触れさせていただきます。

本学は一九六五年、昭和四十年の創立でありますから、今日《きょう》は第三十回の入学式になり、来年の十一月には、中国、アメリカ、ヨーロッパ、オーストラリアなどの姉妹大学の代表などをも招いて、創立三十周年の記念式典を催すことになっております。創立に当っては個人として歴史に名をとどめる程の人物は介在いたしておりませんが、世間周知の如く、世界の各地に二一三の事業拠点を有する世界最大の総合物流企業、日本通運株式会社の出捐になる大学であります。このこと自体、日本では非常に特異なケースでありますが、同時にここで強調しておかなければならないのは、その日本通運は創設の基金を提供はいたしましたが、それ以後、大学の運営、研究や教育のあり様には一切口出しはしておりません。そんな次第でありますから、わが大学は創立以来、徹底して大学の自治と学問の自由を堅持しつづけてまいりました。もっとも歴史の浅い大学なるが故の苦労もなかったわけではありません。三十年前の初期の学生達は、新設大学の逆境をテコに、フロンティアスピリットを合言葉に実に勇敢に世間に立向って行きました。去る三月二十日、ここを巣立って行った卒業生を含めますと校友の総数は一万二千名近くになりますが、その過半数が実業人として広く国の内外に活躍しております。そして、卒業生の社会での活躍がその大学の価値を決める、が私の持論でありますが、その観点からすれば、私は本学出身者の社会における今の活躍に概ね満足いたしております。この三月に卒業した諸君も折からの不況にもめげずよく粘りました。資格試験などを受けるために意図的に就職を見送った者以外はほぼ完全就職の実績を挙げましたが、これは今日《こんにち》の不況下におけるわが国の大学の就職事情としては異数のことだと思います。創立以来、世間から就職に強い大学と言われつづけてきましたが、どうやらその世評も、ここのところにきて本物になってきたような気がいたします。もっとも、そうは申しましても流通経済大学は放っておいても世間が手を差し伸べてくれるようなエリートの集りではありません。決して骨惜しみをせず、何ごとにも工夫をこらし、打たれ強く生きる人材を育むことが、建学以来の本学の学風であり、教育の身上でありますが、勿論、これからもこの教育方針は是非堅持して行かなければならないと思っております。

改めて申します。諸君は今日《きょう》から流通経済大学の学生であります。数ある大学の中から諸君は自らの意思によって本学を選ばれました。一日も早く本学の学風にとけこんで四年後には立派に世間に通用するように自らを厳しく鍛え上げてください。

ところで私は冒頭で、おそらく諸君は受験準備に追われて、昨今の日本の政治、経済の現況やら、世界状勢の混迷ぶりについて、それ程深く考える暇《いとま》はなかったのではなかろうかと申しました。しかし、これからは社会科学を専攻する大学生としてこれらのことに相応に関心を持ち、相応に勉強もしてもらいたいと思います。ただ、ここで私が、関心を持ってもらいたい、勉強してもらいたいというのは、表面にあらわれた現象に目を奪われ、引きずられて、軽々に実際の行動に走ることではなく、問題の本質、原理についてじっくりと基本的な勉強をしてもらいたいということであります。何故なら、諸君は日本の二十一世紀を担い、未来を築くかけがえのない人材だからであります。だからこそ今諸君は、将来のために、歴史や哲学や法律、政治、経済、社会などの基礎的な学問や国際的な知識について、理論的に十分咀嚼しておかなければなりません。

決して半端な知識や判断で軽挙妄動してはならないのであります。とかく若者は目の前の出来事に動じやすく、直截な行動に走りがちなものでありますが、私はそんなことに思いをいたすとき、いつもきまって、明治維新前夜の福澤諭吉の姿勢を想起させられます。『福翁自伝』によれば、明治元年五月、上野の彰義隊と官軍との戦争の日も、彼は殷々たる砲声を耳にしながら芝の新銭座の小さな塾で学生を前に静かにウエーランドの経済学を講義していたといいます。言うまでもなく当時は日本が独立国たり得るか、否かが危ぶまれる程の物情騒然たる世の中でありました。しかし、だからこそ福澤は戦乱を余所に、国の将来を若者に托して学問と教育に専心したのであります。諸君も御承知の如く、期待に違わず、その門下からは近代日本の興隆につくした幾多の人材が輩出しました。

勿論、当時と現代とでは、条件や時代に大きな隔たりがありますが、大学生が次の時代を担う存在であることには変りはありません。私は、諸君が国家のために、社会のために本当に役に立たなければならないのは、大学を卒業してから、それぞれの事業（仕事）を通じてでなければならないと考えております。質実な実業人を育成することを目的とする流通経済大学での諸君の学生生活は、まさにそのためのものであります。

今日から、この丘の上で、心身ともに伸び伸びと大学生活をおくられんことをこいねがって、私の式辞を終ります。

（一九九四年四月）

世渡りには誠実と気転

流通経済大学は本日ここに第二十六回の卒業式を挙行し、一、〇一七名の学部卒業生と大学院修士課程十九名、専攻科一名の修了生を世に送ることになりました。

今日の佳き日を迎えられた諸君に心からお喜びを申し上げます。

言うまでもなく、現代は生涯学習の時代でありますから大学院や専攻科を終えられる諸君の場合は、実際社会での労働経験を持つ人が少なくないと思いますが、学部の卒業生諸君の場合は殆どが始めて実社会に出られるわけであります。おそらく今日《きょう》の諸君の胸中は永かった学校生活に終止符を打つことの解放感と、新しい職場に対する弾むような期待感に充ち充ちていることだろうと思います。そんな経験は私にもありますが、学校を出るということは実に嬉しいものであります。とりわけ大学の場合は、一般的に高学歴化した今日《こんにち》といえども、やはり最高の学業を卒えたことになるわけでありますから、その嬉しさは格別であります。

しかし諸君、そういつまでも喜んでばかりはおれません。明日《あした》からは、傍らに保護者としての親がいて、先生が側《そば》についているという境遇から一転して、何事も自らの判断と責任においてなさなければならないという立場に変ります。諸君は既に二年ないしはそれ以前に成人に達しておられるわけでありますが、世間では大学に学んでいる間は、いわゆる親がかりと称して、まだ一人前の大人とは見てくれません。その意味では、諸君の本当の成人式は今日《きょう》、この日だと思います。

私は、今日《きょう》、諸君に送る辞《ことば》を頭に思い描きながら、いつも何気なく使っている実社会という言葉についてふと考えました。そもそも実社会とはいったいどういう意味であろうかと思ったのであります。そこで、手許にあった国語の辞書を引いてみました。辞書には、実際の社会。小説などに書いてあったり、学校などで考えていたのとは違う現実の社会。実世間、とありました。つまり、実社会とは学校とは違った人的環境、わかりやすく言えば、ぬきさしならぬ人間関係のあつれきや、仕事上のかけ引きなどがあって、とにかく机の上の計算通りには運ばない世の中ということでありましょう。

明日《あした》からの諸君はそういう世の中の一員になられるわけでありますが、勿論、これは誰もが生きて行くために必らず通りぬけなければならない道筋でありますから、殊さらに引っ込み思案になることはない。しかし、だからといって世の中を甘く見てはならない。

とは申しましても、私自身、諸君を前にして人はこう生きなければならないと確信を持って言いきれる程に立派な人間ではありません。六十歳半ばを過ぎても、まだ瑣末なことに一喜一憂しながら五里霧中の日々を過しているような体たらくであります。しかし、それでも仕事柄、諸君のために何か役に立つことを言わなければならないとするならば、それはただ一つ、私自身は常に自らの愚かさと、人としての弱さ、哀しさをわきまえながら誠実を旨とし、人に後指を指されることのないよう、公明正大に生きることに努めてきたということにつきます。そして、そんな私の処世観を支えてきた座右の書の一つが『菜根譚』であります。菜根譚という書物は中国の明の時代の人、洪自誠によって書かれたもので、わが国では江戸時代から処世や修養の要訣を説いた人生の書、心の書として多くの人々に愛読されてきました。今、その中から諸君のこれからに役立ちそうなものを一つだけ紹介させていただこうと思います。

「人と作《な》るに、点の眞懇の念頭無ければ、便《すなわ》ち個の花子《かし》と成り、事事皆虚《きょ》なり。世を渉《わた》るに、段の円活の機趣無ければ、便《すなわ》ち是《こ》れ個の木人にして、処処碍《さわり》あり」、つまりその意味は、人間であるからには、少しは誠実な心がなければならない。「誠実な心がなければ、便《すなわ》ち個の花子《かし》と成り」、花子《かし》は乞食を指す明代の俗語でありますから、乞食と同じで、言う事なす事はすべてうそ偽りばかりで、少しも信用ができない。また、世渡りをするからには、一つぐらい気転が利かなければいけない。気転がなければ、木の人形と同じでどこへ行くにしても、障害があって、上手に世渡りすることができない、ということになるのであります。これを煎じつめると、人が世渡りするには誠実な心と気転が利かなければならないということになります。私はこれはなかなか含蓄のある言葉だと思っておりますが、諸君もよく心にとめおいて、時々思い出していただければ幸いであります。もう一度申しましょう。人間であるからには誠実な心がなければならない。世渡りをするからには気転が利かなければならない、であります。

私はもともと人は若い時は少しは粗放で至らないところがあって当然であるが、年輪を重ねるにつれて心が熟し、気転も利き、行いが立派にならなければならないものだと思っております。従って、永い間、教師という職業にありながら、人は学校での成績の良し悪しが全てではなく、ましてどこの大学を出たか、どんな学校に学んだか、などということは人間の本当の値打ちとは全く関わりのないことだと思っております。ところが、世間はともすると人をその出自や学歴によって値踏みしようとします。しかし、だいたい人の一生は学校を出て仕事を持つようになってからの方が、はるかに長いのであります。本来は学校を出て仕事について、どのように工夫し、どのように努め、どのように生きるかによって人の評価が決まるものでなければなりません。もとより諸君の場合もこれからが人としての眞価が問われるのであります。ひらたく言えば、今日《きょう》ここに一千余名の人が流通経済大学の卒業生として横一列に並んだ。いや、本学の卒業生だけではない。今年、日本全国でほぼ四十万もの大学生が学窓を巣立ちます。いわばこれらの人々が、この春一斉に、これから五十年という長い人生レースのスタートを切ったことになるのでありますが、もうそこでは出身大学のランクづけもなければ、在学中のAやBの数も問題にはなりません。自らの走法をしっかりと把握し、長所も弱点も十分にわきまえた、工夫に工夫を重ねたペース配分で、ひたすら走りぬく者だけが、目指すゴールに辿りつくことができるのであります。盛唐の詩人、杜甫の「蘇徯《そけい》に贈る」という詩の中に、「丈夫棺ヲ蓋ヒテ事始メテ定マル、君今幸ヒニ未《いま》ダ老翁ト成ラズ」という一節があります。その意味は、丈夫とありますから男子ということでありましょうが、これを今風に人と読み替えてもよかろうと思います。即ち、人は死んで初めて価値が決定する。あなたは現在幸いに老人となっていないから努力してください、ということであります。私はこの言葉を今日《きょう》の諸君にそのまま贈りたいと思います。とにかく諸君はまだ若い、万事がこれからであります。大いに発奮し、努力していただきたいと思います。

ところで諸君、今から四年前の一九九〇年四月、諸君を本学に迎えるに当って、私が、この段上から呼びかけた言葉を覚えておられるでありましょうか。その時私は、「諸君は少なくとも二十一世紀の半ばまで、この国と、この社会を担《にな》っていかなければならない人達であります。人間の歴史に起伏と曲折はつきものでありますから、これから先、諸君の前途に何が待ちうけているか、私にも全く見当はつきませんが、ただ言えることは、何事によらず既存の価値観をすべてと思わず、いかなる波乱にも耐え得るだけの見識と知恵を養うよう、しっかりと勉強していただきたい」と申しました。丁度その時期は旧ソビエト連邦の最高会議が、生産手段の個人所有を認める決定を下した直後でありましたが、日本の経済界はまだ高潮《たかしお》の中にあり、自民党政権のもとで、その好況がいつまでも持続するかのような雰囲気でありました。しかし、今は違います。五十五年体制といわれた自民党の長期政権を基軸にした政治構造が崩れ去り、合従連衡《がっしょうれんこう》的な不安定な連立政権のもとで、日本丸はまさに視界ゼロの霧の中を航行しております。景気もまた、どうやら底を打ったのではなかろうかと言われておりますが、これもまだ先行き極めて不透明であります。そして国際状勢もまた何とも見通しの立ち難い状況下にあります。もしかすると後世の人々はこのような状況を世紀末の混迷と評するかもしれません。

そして今、諸君はその視界ゼロの混迷の中を世の中に出て行かれるのであります。この深い霧を払いのけ日本丸をどこにどう接岸させるのか。日本が政治面で、経済面で世界の秩序維持と平和の形成にどのように関わるのか。その方向の決定は一握りの政治家や官僚にまかされているのではなく、これからの時代を担う若い人々の意思と力によって決まるのであります。その意味ではまさに諸君は日本の新しい歴史の担手であります。私は今日《きょう》ここに、次のゼネレーションである諸君に、全幅の信頼と無限の期待をこめて申し上げたい。どうか諸君、自らのために、祖国日本のために、そして、あまねく人類のために、大いに奮起し、大いに精励してください。

最後に、今日ここを巣立たれる留学生諸君、異国での苦難に耐えての多年の御努力に心から敬意を表すると共に、諸君の母国の繁栄とお一人おひとりの御成功と御多幸を祈念してお別れの言葉といたします。

さらば卒業生諸君、重ねて御健闘を祈ります。

（一九九四年三月）

一寸の光陰軽んずべからず

新入生諸君、入学おめでとう。

諸君は十倍乃至二十倍の難関を突破され、或いはまた厳格な推薦入学の条件をクリアして今日《きょう》晴れてわが流通経済大学の門をくぐられました。ここに全学を代表して心から歓迎の意を表します。

ところで、諸君も御承知のように、今、日本の大学は大衆化しつつあると言われております。即ち、同年齢層における四年制大学への進学率は約二六%、そのうち男子は約三五%、女子は約一七%となっております。つまり、同年齢層の四人に一人が大学生であり、その数は二百万人を超えております。勿論、それでもなお希望する者全員が大学に入れるわけではありません。高等学校段階での大学進学希望率は五〇%にも達しておりますので、これから推定いたしますと、ほぼ二四%の人が心ならずも短期大学や専修学校に進んでいるということになります。そして、このような角度で今日の諸君の大学入学を考えますと、まさしく諸君は選ばれた人であります。この事実を諸君は決しておろそかにしてはなりません。何はともあれ、今日《きょう》を境に、これからの四年間、志をあらたに学業に勤《いそ》しんでもらわなければならないのであります。私自身は四十年の教師生活の間に、大学に入学したというだけですっかり気が緩み、怠惰放縦に流されて学園から去って行かざるを得なかった人々を、嫌というほど見てきました。勿論、それは私たち教師にとっても、淋しく辛いことでありますから、できるだけそのような事態を招かないよう何かと手をつくしてはきましたが、大学生ともなりますと、やはり本人の心がけが第一であります。ただ、そのような経験上、私は今日《きょう》の諸君にも敢えて一言言わせていただきたいと思います。即ち、一時《いっとき》の迷妄やつまらぬ誘惑に負けて将来に悔を残すことのないよう、今日からはまず大学生であることの自覚と自信のもとに何よりも自らを律していただきたい。さらにこれをもっと端的に言わせていただくならば、それは、四年後のこの場における学位授与式には、今日《きょう》入学された諸君が一人も欠けることなく、全員ここに並んでもらいたいということであります。

さて、私は今、諸君はたいへんな難関を突破されたと言いました。そして、それはまぎれもない事実であります。しかし、そう言いながらも私は一方で、人間の考えたもの、つくり出したものの中で、およそ入学試験を含む試験制度ほど、未成熟のままに公然と世の中をまかり通っているものは、他にないのではなかろうかとも思っております。人間の歴史に試験という制度が登場したのは、六世紀末、隋の時代から行われるに至った中国の官吏任用試験の科挙がその始めではなかろうかと思われますが、長い歴史の割には試験制度は未熟で不確なまま今日に至っているように思います。古くは中国の文学史上、詩聖として最も高い地位を与えられている盛唐の二大詩人、李白と杜甫の科挙とのかかわりでありますが、李白は政治に関与すべき志を持ちながら、科挙には全くなじめず興味も示しておりません。また、杜甫はこの試験に何回も挑戦して落第しております。つまり、文学の知識を試すことを主眼としたこの試験も、歴史に残る二人の天才詩人の豊かな天分を見抜くことには全く無力であったということでありましょう。そして、私は今もなお試験という制度はこの本質的な欠陥から少しも解放されていないと思っております。殊に今日、人間の知的能力を測定する物差しとして万能の如くにまかり通っている偏差値に至っては、俗にいう勉強ができるとか、できないとか、ある種の知識があるとか、ないとかの目安ではあり得ても、その人が本来持っている記憶力、判断力、分析力、洞察力、創造力など、つまり人としての知恵とか聡明度を測ることにおいては全く無力であります。まして勇気とか、決断力とか、正義感とか、倫理感などの評価を問うという段になりますと何の役にも立ちません。詮じつめると今の入学試験は限られた範囲内の記憶力なり、努力度を試す程度のものでしかなく、それはある種の定型的訓練の反覆によって相当程度に習熟し得るという類のものでしかありません。だからこそ、わが国においても大学や高校の入学試験制度が戦後僅か四十余年の間にまるで猫の目のようにめまぐるしく変らざるを得なかったのであります。そして、これからも入学試験をめぐる論議はつきず、まだまだ変らざるを得ないものと思います。極端な言い方をいたしますと、宇宙飛行までが可能な今日において、人間の知恵の埋蔵量や聡明度を測る試験制度ほど理論的にも技術的にも立遅れているものはないのではなかろうかと思います。

勿論、だからといって私は今の試験制度を全く無駄だとか、無意味だとかと言っているのではありません。われわれは試験制度というもののもつ限界を冷静に且つ理性的に見極める必要があるということを言いたいのであります。今の日本ではともすると入試難易度の高い学校に入学した者が賢く、有能であり、且つ人間的にもすぐれているかのように思われがちでありますが、これは大きな誤りであります。勉強の偏差値が高いからといって人間が賢いとは限りません。まして、創造力や判断力にすぐれているとか、倫理感が高いとかということと偏差値は全く無縁であり、国家や社会や他人のために役に立つか、どうかということになりますと、一層無関係であります。従って、諸君が大勢の中から選ばれて、今日この大学に入学されたということは、それはそれとして一つの評価に値することではありますが、もとより、それ以上のものでもなければ、それ以下のものでもありません、問題は過ぎ去ったことにあるのではなくて、これからの大学生活で何を学び、如何に自らを高めるかにかかっているのであります。また、今の日本には国公私立を合せて五百有余校の大学がありますが、その中には入学難易度の高いことを自他共に認めているものもあれば、比較的入り易い大学もあります。しかし、このことも、これからの諸君にとってはさしたる問題ではありません。私の六十有余年の経験からいたしますと、世の中は出身大学の銘柄で人の価値を決めるほどに甘くはありません。否、それどころか、大学を出たからといって中卒や高卒の人より社会的、経済的に優遇されるというような決りもなければ保障もありません。重ねて申しますが、要は、その人にどれほどの人間的器量があるか、或いは社会的にどれほど有用な役割が果せるかによって全てが決るのであります。

それでは人間的器量とか、社会的な力量というのはどうして養なわれるのか。勿論、ある程度は天性のものもありますが、多くは本人の不断の自己啓発と研鑽にかかっているのであります。そんな次第で、ごく当り前のことを申し上げるようでありますが、諸君は何といっても大学生活の四年間、大いに勉強しなければなりません。そして、その勉強というのは単に知識をつめ込むだけの今までの受験型の勉強とはやや趣きを異にします。もとより、諸々の資格試験を受けるとか、国家試験を受ける、とかとの必要上、受験型の勉強もある程度は必要でありますが、やはり、これからの勉強はそれぞれの専攻の学問の他に、人としての心の奥行きを深めるための勉強でなければなりません。長い人生、豊かな精神生活を営むための心の糧になるような、文学や歴史や哲学などの勉強こそ、大学に学ぶことの貴重な価値であります。勿論、外国語の習得や情報処理技術など、実務的な能力を身につけることもおろそかにしてはなりません。また、人生をエンジョイするためのスポーツや音楽、美術など、課外の活動にも大いに精を出してもらいたいと思います。このようにいろいろ考えてみますと諸君にとってのこれからの四年間は、決して長い時間ではありません。昔、私たちが中学生の頃、漢文の時間に暗誦させられた宋の詩人、朱熹《しゅき》の作に「少年老い易く学成り難し、一寸の光陰《こういん》軽んずべからず。未《いま》だ醒《さ》めず池塘《ちとう》春草の夢、階前の梧葉《ごよう》已《すで》に秋声。」という偶成《ぐうせい》詩があります。実は不敏な私などは、この頃になって、しきりにこの詩のもつ意味を深く重く受けとめさせられております。ただ漫然とまだまだ人生は長いと思っているうちに、いつの間に老いを感ずる年齢になってしまいました。私に限らず、誰しも一度は池の堤の春の若草のように盛んな将来を夢見る日があります。しかし、人の生命には所詮限りがあって、やがては梧桐《あおぎり》の葉が静かに落ちる音に耳を澄ましながら、人生の秋を覚える時が必らずきます。そして、その限られた時間を精一杯に生きる、これが人の人たる所以であります。言うまでもなく諸君の人生はまだこれからであります。悔を残さぬようしっかり生きぬいてもらわなければなりませんが、この大学での四年間は、そのための貴重な土台づくり、いわば充電の期間であります。

もとより、流通経済大学は、そして、私たち教職員は、その充電を手助けすることを職分とします。今日からは、われわれもさらに心をあらたに努めます。諸君も大いに奮起しなければなりません。

さて、諸君、諸君も御承知だろうと思いますが、今日ここに並ぶ一、四一九名の入学者の中に、重度の障害で自分の身体を支えることのできない、言葉の不自由な女子学生が一人います。彼女は小林礼君といい、県立下妻養護学校の出身でありますが、そのような障害をもつにもかかわらず社会学部社会学科の入学試験で、三百有余名の合格者のうち、三十二位の高順位で合格しました。これは実に見事な成績であります。

彼女は昨年も、一昨年も本学を受験しました。正直なところ彼女の受験を認めるに当って、本学の教学の責任者である私としては大いに迷いました。それは、本学には彼女に十分な教育を提供するだけの自信がなかったからであります。また、彼女の修学に応えるだけの十分な施設も整っておりません。今までも車椅子を用いる程度の学生は何人かここを巣立って行きましたが、彼女ほどに重い障害をもつ受験生は本学にとっては始めてだったのであります。当然、学内には賛否両論がありました。賛成論者の中には、試験時間を国の行っているセンター試験の一・三倍を超える一・五倍にしてでも受入れたいという教授もいました。また、彼女が就学すれば健常者である一般学生の刺激になり、彼らのボランティア精神を育むことに役立つという説もありました。しかし、私は、そのいずれにも反対しました。まず第一に一・五倍の試験時間を提供するということは、彼女に対する同情以外の何物でもありません。おそらく彼女は健常者に伍して、一人の人間として生きる権利を行使したいと考えているに違いなく、安易な同情は望んでいない筈だと思ったからであります。そして、そんな特別措置は彼女の高い志を冒とくすることになると強く反対したのであります。また、彼女を受入れることによって一般学生のボランティア精神を誘発しようという説には、彼女の存在を本学が教育のために利用することになり、これまた彼女に対して礼を失し、人としての権利をふみにじることになりかねませんので、やはり反対しました。つまり、私は障害をもつ人が、可能な限り自力で明るく生きることのできる社会とは、同情やボランティアによって生れるのではなく、国や社会が障害者が生きて行ける社会的制度をしっかりと確立することにあるといった考え方で終始対応してきました。そして、財政力の乏しい小さな大学が重度の身障者を受入れるということは、いささか分に過ぎたことだとは思いましたが、考えに考えた末、もし彼女が何回も挑戦し、自力で入試をクリアするようであれば、その時は全学挙げて喜んでこれを迎え入れなければならないと決心いたしました。また、私が、この問題をこのように真剣に受けとめ、且つ決断するならば、教職員諸氏も大多数の学生諸君も、私の考えを諒とし、積極的にこれを支持してくれるであろうとも思いました。私は第一回の入試の時、大学志望の理由を認《したた》めた彼女の作文を読んで、これはすばらしい頭脳の持主だと直感し、また感動もしました。だからこそ、かえって、彼女には、周囲の安易な同情にすがることなく自らの力で立派に入試をクリアしてもらいたかったのであります。私は、今度の体験は彼女に大きな自信と誇りを与えることになったであろうと固く信じております。勿論、これからの四年間の学生生活は彼女にとってたいへんに厳しいものになるであろうとは思いますが、彼女は元来、聡明な頭脳の持主であり、不撓不屈の精神の持主でもありますので、きっと、この苦難を乗りこえてくれるであろうと思います。心から健闘を祈ってやみません。

それにしても、私は今日の小林君の入学を機会に、わが国政府の障害者に対する高等教育政策に強い不信の念を抱かせられました。「国連障害者の十年─皆が参加する『ぬくもりのある福祉社会』の創造」が今年の厚生白書のテーマでありますが、遺憾ながらわが国のこの問題に対する対応は北欧や西欧の国々からみるとはるかに遅れております。因に、わが国政府の障害者受入れに対する私立大学への国庫助成は障害者五人までに対して年間僅かに百万円でしかありません。また、このことに対する、国立大学の対応は極めて不十分で消極的ですらあります。こんなことでは経済大国、そして国民主権と基本的人権の尊重をかかげるわが憲法の看板に偽りありということになりかねません。もとより、私は微力な一私学人でしかありませんが、今日を機会に「ノーマライゼーション」の確立、つまりどんなに障害や病気が重くても、誰もが外出や仕事、友情や恋愛などで、いわゆる普通の生活を味わう権利があることの社会的な認識の確立を、政治や行政に向って声を大にして訴えていかなければならないと決心いたしました。

本日、ここに御列席の父母の方々、また、わが学園の教職員諸氏、そして万堂の学生諸君にも、私の、この決意に理解と協力を得たいと思います。

最後に、日本という国は、これからどんな方向に向ってどう進むのか、今、世界における日本の立場は政治的にも経済的にも極めて難しい局面に逢着しております。二十一世紀までは余すところ僅か八年でしかありませんが、来世紀は、いろんな意味で日本にとってはまさに正念場であります。そして二十一世紀は諸君の時代であり、日本の将来は諸君の双肩にかかっております。流通経済大学における今日からの四年間が、来るべき世紀に羽ばたく諸君の輝かしい飛翔に資するものであることを心から祈念して私の式辞を終ります。

（一九九二年四月）

低く暮し、高く思う

卒業生諸君、御卒業おめでとう。

昔風に言えば、まさに螢雪の功虚しからずというところでありましょう。心からお喜びを申し上げます。もとより、今の日本では大学を出ること自体、大仰に騒ぐほどのことではありませんが、それでもなお人の一生にとっては一つの大切な区切りであります。諸君の御両親もさぞお喜びだろうと思います。勿論、現代は生涯学習の時代でありますから、大学を出たからといっても勉強から解放されたということにはなりませんが、これからの勉強は今までのそれとは目標も質も異なります。従って、今日《こんにち》といえどもやはり正規の教育課程を順調に履むのが通常の順序だろうと思いますので、一般的には大学を卒えるということが学校コースの最終、最高の段階ということになりましょう。その意味で今日《きょう》が諸君の人生にとって一つの大きな転機になるであろうことは間違いありません。やはり、おめでたいと言わなければならないと思います。

ところで、晴れの儀式に甚だ個人的なことを申し上げて恐縮でございますが、今日《きょう》この席に私の四十年来の友人の子息が卒業生の一人として列席しております。ただ、残念ながらその友人は今日の日を待たずに去る二月二十四日、急性肺炎で他界いたしました。数年前に行った消化器系の癌の手術には一応成功しましたが、二年前に脳梗塞で倒れ、その後もリハビリテーションをつづけながら、生命あることの証として、また、せめて息子が大学を出るまではと、不自由な身体に鞭打って仕事をつづけておりました。『北大路魯山人』『千代鶴是秀』など数々の作品を世に問い、伝記作家としても、美術評論家としても、夙に一家を成していた彼は私より少し年長で、学生の頃、あの大戦の最中《さなか》に治安維持法違反の廉で大学を放逐されたほどに剛毅な性格の持主でありましたが、根はやはり素朴な人の子の親でありました。私は療養中の彼をときどき病院に見舞いましたが、そんなときいつも決って「うちの伜はしっかりやっているだろうか」と質ねるのでありました。私が「大丈夫ですよ、頑張っていますよ」と答えると、辛うじて自由のきく右手をあげて拝むような仕草をしながら、「よろしく頼みます」と目をうるませるのでありました。私としては、何とか卒業式の日までは生命を長らえてもらいたいと祈るような気持でありましたが、それも詮ないことでありました。

さて、私が今日《きょう》、このような席にあまり相応しくない私的な話を、敢えてここに持ち出したことの意味を諸君はもう察してくださっていることだろうと思いますが、申すまでもなく、それは諸君の一人ひとりに、大学の卒業を機に親心の機微について篤とわかってもらいたいと思ったからであります。一人の人間がこの世に生を受けてから、大学を卒える今日《きょう》の日までの道程《みちのり》は一見平坦なようでありますが、実はそれは並々ならぬことであります。幼い頃は高い熱を出したといっては心配し、学校に上れば仲間はずれにならないか、いじめに合わないかと気を遣い、中学、高校と進むにつれてテストの点数に一喜一憂し、入学試験ともなれば、まるで自分が試験を受けるかのように緊張するのが親というものであります。大学生になればなったで、親が多少の不自由をしてもこどもだけには惨めな思いをさせたくないと考えるのが儚ない親心であります。こういった親の心情も角度を変えて見れば、甘やかし過ぎとか、過保護とかということになるのかもしれませんが、こどもである諸君の側からすれば、やはりそれは素直に感謝すべきことだと思います。しかも、ただ形だけの感謝でなく、今日を転機に精神的にも、経済的にも立派にひとり立ちすることこそ、これに報いる唯一の道であります。どうか諸君、今日《きょう》からは須《すべ》からく大人としての自覚と責任をもってそれぞれの道をしっかりと歩んでいただきたいと思います。

ついで話は一転いたしますが、今から四年前、諸君が大学に入学された頃のわが国は、いわゆるバブル景気のピーク時でありました。地価や株価の高騰に金融、証券、建設、不動産などの産業界や、それに政界も官界もからんで、まさに国中がバブルの狂宴に酔い痴れていたと言っても決して過言ではありません。そして、そのツケが視界の不透明な不況を呼び、いま国民生活に暗い陰を落しているのであります。今日《きょう》の諸君の中には、いわばその煽りで卒業寸前になって就職の内定を取消された人もありましたが、幸い就職部の斡旋と本人の努力で別の就職先が決って事なきを得ました。しかし、こんな事態は例のオイルショック以来のことでありましたので、私も諸君の就職を案じ、少なからず動揺しました。ただ、このような経済現象は決して今に始まったことではなく、古くは十七世紀オランダの「チューリップ恐慌」がよく知られるところであります。即ち、一六三〇年代半ば、際限なく上昇するチューリップの球根相場に金が集まり、さらに大きく買付けるために借金をして、世界各地の金持ちが買注文を出し、金が内外から集まって自己増殖を始め、「上がるから買う、買うから上る」という現象が起きました。二年ほどで相場が暴落して、バブルが崩壊したのでありますが、この度のわが国のバブル現象も、まさにこれに似ております。考えてみれば、人間は性懲りもなくこのような過ちをくり返す貪欲極まりない生き物であります。勿論、資本主義にはこのようなハイリスク・ハイリターンはつきものであって、そこに自己責任の原則が貫ぬかれるのでありますから、これをことごとく悪と決めつけるわけにはまいりませんが、それにしても、あの狂乱をリードし、その渦中で踊った主役たちは、あまりにも無節操で、貪婪であったと言わなければなりません。おそらくこれからの長い生涯で、諸君はいつかまたこのような事態に遭遇されることになるであろうと思いますが、私は、諸君には常にいかなる場面でも節度をわきまえた社会人、実業人であってもらいたいと思っております。私自身は、自らの処世観として人間の貪欲貪婪は唾棄すべき罪悪だと思っておりますが、もとよりこれは私だけの思いではないと思います。

最近、中野孝次氏の『清貧の思想』という書物がベストセラーになっており、今もそこここの書店ではこの書物が店頭に横積みになっておりますから、まだその売れ行きは伸びているのだろうと思います。諸君の中にも読まれた人は少なくないと思いますが、内容は日本人なら誰でも知っている西行、兼好、光悦、芭蕉、池大雅、良寛など清く、貧しく、美しく生きた人々の思想と生き方を描いたもので、まことに清々しい読み物であります。この書物がベストセラーになっているということは、多くの日本人がバブルの狂宴の後、或いは今の金まみれの腐敗政治に対する嫌悪と反省から、この清貧の思想に心ひかれているのではなかろうかと思います。まだ読んでいない人があったら、そんなに負担を要する書物ではありませんので是非ご一読をすすめたいと思います。

さて、諸君、諸君はこれから四十年も五十年もの間自らの生計を支え、社会の担手として生きて行かなければなりません。長い歳月にはいろいろな出来事に遭遇されると思いますし、世俗的な誘惑も少なくなかろうと思います。清貧に生きるなどということは到底われわれ凡俗の適わぬところでありますが、虚飾に囚われない質実な生活、公私にしっかりとけじめをつけた清潔な身の処し方、背伸びをしない、力まない、ごく自然な生き方ならば、心の持ち方しだいでは私たちにも可能なことだと思いますので、私は、是非諸君にもそんな生き方を心がけてもらいたいものだと思っております。しかし、人は本来甘い誘惑に弱い生き物でありますから、もし心に迷いが生じたら思い直して一歩退き、自らの選択が人の批判に耐え得るものであるか、どうかをよくよく考えた上で行動してもらいたいと思います。

『清貧の思想』の著者は、そのまえがきの中で、「低く暮し、高く思う」というワーズワースの詩句をあげて「現世での生存は能う限り簡素にして心を風雅の世界に遊ばせることを、人間としての最も高尚な生き方とする伝統は日本文化の精髄だと信じている」と述べておりますが、このことは私たちも深く脳裡に刻みこんでおかなければならないことだと思います。「低く暮し、高く思う」、私は、これからの諸君の人生が、清く、美しく、健康的なものであることを期待いたしております。

最後に、今日《きょう》は外国人留学生の諸君も大勢卒業されます。諸君には日本で培われた知識と人脈を生かして、諸君の母国と日本との友好と平和のためのかけ橋になってもらいたいと思います。御健闘を祈念してやみません。

また、大学院の卒業生諸君にも心から祝意を表し、私の式辞を終ります。

（一九九三年三月）

人間万事塞翁が馬

流通経済大学は今年もまたこのように大勢の新しい仲間を迎えることになりました。難関を突破して今日本学の学生になられた諸君に対し、全学を代表してここに心からお喜びを申し上げます。今年は史上空前とまでいわれたほどに大学入学希望者の多かった年でありますから、望みを達することのできなかった人の数は、おそらく例年をいくらか上廻ったのではなかろうかと思います。そういった人達の中には、もう来年に備えて予備校通いを始めた人もあるだろうと思いますが、やむを得ず大学進学をあきらめざるを得なくなった人も少なくないのではなかろうかと思います。そのようなことなどをいろいろ考え合わせますと、諸君はめでたく望みを達せられたのでありますから、今日からの四年間を決して無為に過ごすことなく、今日を境に気分を一新して充実した学生生活を送らなければなりません。

勿論、諸君は自ら望んで本学に入学されたのでありますから、本学の沿革や建学の主旨について相当に理解されていることと思いますので、あらためて申し上げるまでもないことでありますが、この際、少し敷衍《ふえんてき》的に申し添えておきたいと思います。それはまず、本学は流通経済大学という極めて個性的な名称の大学であるということについてであります。流通経済という言葉については、殊さらに説明するまでもなく、経済財が企業間や家計間などを移転することによって営まれる経済、つまり商品交換を基礎とする経済をいうのであり、流通機構といえば、生産者によって生産された商品が、消費者の手に渡るまでの販売経路の総称であります。また、流通産業といった場合は、流通機構を担当する全ての産業、広義には商品の物的な流れを担当する運送業や倉庫業も含むことになります。

諸君も御承知のように本学は一九六五年、昭和四十年、世界最大の総合物流企業である日本通運の出捐によって設立されました。昭和四十年といえば丁度、東京オリンピックの翌年《よくとし》であり、日本の高度経済成長も漸く緒につき始めた時代でありました。また、世界的には、流通革命という言葉がしきりに喧伝され、殊に物的流通の立遅れが強く指摘された時代でもありました。そんな時代背景でありましたから、当時の本学の出捐者や、これに協力した学者達が、流通経済なかんづく物的流通の研究・教育に特色をもった大学という意味合いで今日の校名をつけたのが、そもそもの由来であります。勿論、特色を強調する意味でつけた名称でありますから、それがそのまま狭く厳格に大学のカリキュラムの内容や教育方針を示すものではありません。特色は特色でありますが、基本的には大学設置基準にもとづく一般の社会科学系大学であり、今日まで送り出した約一万名の卒業生も実業界一般で働く者が圧倒的に多いとはいえ、官公庁や教育界などにも相当に進出しております。殊に四年前に社会学部ができましてからは、大学としての幅がいささか広くなり、福祉やマスコミ、或いは余暇活動の問題などに関心をもつ学生も増えてまいりました。これも世の中の進展に伴う自然の成り行きであり、大学にとっては、まことに好ましい傾向だと思っております。そして今や物流の問題は、本学創立当時の四半世紀前と異なり、単に技術革新と合理化による効率的な利潤の追及が主題ではなく、ゆとりある豊かな社会の構築に、いかに裨益する産業たり得るかがメーンテーマになってきているのであります。そんなこともあってか、われわれ教師の間でも、また学生の間でも、二学部になって、しかも卒業生の進出分野や学生の関心領域も多岐にわたってきたということになると、「流通経済」という校名は、いささか狭きにすぎるのではないかということが、時々話題になることがあります。私自身も、そんな議論を聞いておりますと、大学にとってネーミングは大事な要素だから、そういうこともいえるのかなあ、と思ったりもいたしますが、一方では、私学の場合、建学の主旨と出捐者の志は尊重しなければならないとも考えます。そして、話題がこのことに及ぶと、私はきまって、フランスに「ポン・エ・ショセ国立大学」というエリート養成校のあることを思い出します。勿論、私はフランスの事情に詳しいわけではなく、単なる知識として知っているにすぎませんが、ポン・エ・ショセ国立大学はフランスで最も権威のある工業大学で、大学院には日本学科もあり、科学技術面で最先端の学問と教育を行っている大学だそうでありますが、「ポン」は橋、「ショセ」は道路のことであって、直訳すれば「橋と道路の大学」という名前になります。一七四七年の創立といいますから、もうかれこれ二百五十年近い歴史を誇る大学でありますが、この「橋と道路の大学」が時代に合わないからとか、泥くさいからとかの理由で改名が取り沙汰されたなどという話はついぞ聞いたことがありません。そんなことなどを考え合わせてみますと、どうやら大学の評価は名前ではなく、結局、中身が問題なのだと思わざるを得ないのであります。ただ、最近の日本では大学の校名にやたらに国際などと何となく大げさな名前をつけるのが流行しておりますが、或いはこんなところが伝統を重んずるヨーロッパ型思考と今の日本との感覚の相違なのかもしれません。とにかく、流通経済という本学の校名は建学の主旨に即してつけられたもので、今となれば、それ相応に由緒と歴史のあるものでありますから、われわれとしてはやはり、この校名を原点としつつ、時代に即してその解釈を拡張しながら大学の拡充発展に努めて行かなければならないと思うのであります。ただ、今になって往時をふりかえってみますと、創立当初の学生には、この校名に新鮮さと誇りを感じていた者が少なくなかったように思います。そして、当時の諸君は、事あるごとにフロンティアスピリットという言葉を口にしていました。彼らは、自分の前に道はなく、自分の歩く後に道がつくんだという気概をもっておったのであります。確かに今、実社会の第一線にある彼らは往時の気概に相応しく非常によくやっており、第一期生でも五十歳にまだちょっと間のある年ごろでありますが、相当数の者が大手企業のミドルクラスに、或いは中堅企業のオーナー社長として頑張っております。また、流通の分野でアメリカやヨーロッパに出て活躍している者も相当の数にのぼっております。

ところで、私は、今日、ここに並ばれた諸君の中に、四半世紀前の先輩達にまさるとも劣らないフロンティアスピリットをもった諸君が何人かおられるのを知って、まことに頼母しく、また、嬉しくも思いましたので、その諸君のことをちょっと紹介させていただきたいと思います。

　実は、この中にラグビー・フットボールの高校全国大会などで活躍し、或いは高校オールジャパンのメンバーにあげられた有望選手が何人かおります。しかも、中にはそれだけでなく学業成績にも秀でている、まさに文武両道の人もおります。ところがそのような有力選手諸君を迎える本学ラグビー部の現状はどうか。残念ながらまだ関東大学リーグに加盟したばかりの弱体チームでしかありません。しかし、彼らはそれを承知の上で本学を選びました。おそらく上位チームからもさまざまな誘いがあっただろうと思いますが、それらを蹴って新興チームを選んだということであります。私はその精神と心意気を高く評価したいと思います。勿論、諸君の年齢になれば、人それぞれ人生に対する相応の思惑があるはずでありましょうが、一般的にいえば日の当る名門チームに憧れるというのがむしろ常識というところかと思います。しかし、私は、常識をこえて敢えて新興チームを選ばれたその勇気ある選択と行動こそ、まさにフロンティアスピリットだと思います。おそらく彼らには期するところがあるのであろうと思います。私は、彼らは必ずその在学中に、わがラグビー部を名のあるチームにまで押し上げてくれるであろうと固く信じております。そして、このことは、単に彼らの競技人生の問題にとどまらず、人間としての彼らの生き方に不撓不屈の自信を与えることになるだろうと思うのであります。そして、その自信が力になり、やがて世に出て一廉の働きをすることに必らず結びつくであろうと思います。

　また、今年は本学の附属高校から二百十名の諸君が推薦で入学してまいりましたが、その中には、いわゆる受験市場で一流といわれる大学に悠々合格するに足る学力の持主もかなり含まれているとも聞いております。勿論、人生には選択はつきものでありますから、一緒に卒業した中には他大学に進んだ人も相当にあったようでありますが、この両者の選択の当否に、私は、この学園の教学の責任者として、また、一人の教師として、強い関心を抱いております。勿論、長い一生でありますから、何が幸いするか、先のことは誰にもわかりませんが、本学に進まれた諸君には、これからも精進をつづけられ、七年制一貫教育のもつ長所を存分に発揮していただきたいと思います。

ところで諸君は、中国の古書、『淮南子《えなんじ》』にある人間訓《じんかんくん》の「人間万事塞翁が馬」という諺を御存じでしょうか。昔、中国の北方に住む異民族を総称して胡《こ》といい、漢民族から大変恐れられていました。その胡の地との国境の城塞の辺りに住んでいた占いの術にたけた老人の馬が、ある時、いわれもなく胡の地に逃げました。近所の人が彼が馬を失ったことを気の毒に思って慰めると、老人は「そのうちにきっと福になる」と一向に気にとめる様子がない。果して数カ月すると、その馬がどうしたわけか胡の良馬を引きつれて帰ってきました。人々は早速お祝いの言葉を述べると「いずれに災になるかもしれない」といって少しもうれしそうな顔をしない。老人の家は良馬を得ましたが、やがて馬好きの息子がその良馬に乗って落馬し、股《もも》の骨を折り、足が不自由になってしまいました。村人達がまた老人を慰めると「これはいずれ福になるよ」といって平然としている。ところがその言葉通り、その後一年たった頃、胡《こ》人が城塞に攻めこんできた。村の若者が皆、戦場に駆り出され、十人のうち九人まで戦死したが、足の不自由な息子は戦場に出ることを免れることができたので、父子ともに無事であったと、いう話であり、人間の吉凶禍福はまことに測りがたいものだという意味であります。私も自らの乏しい見聞や体験から、まさに人の一生はこの諺の如きものだと思います。そして諸君の場合も、これからの一生、何がプラスで何がマイナスになるかはまったく予測がつきません。ただしこの訓《おしえ》を、禍福がただ転換することや、人生の偶然性を指したものだとだけ受けとるのは誤りだと思います。『淮南子《えなんじ》』は、人間訓《じんかんくん》の書き出しの部分で「それ禍《わざわい》の来るや、人自らこれを生ず。福の来るや、人自らこれを生ず」と書いておりますから、偶然と思えることも、実は皆人間が自ら招くものだといっているものと解さなければならないと思います。

弱体チームの本学ラグビー部を選ばれた諸君も、附属高校からの高学力派も、本学への進学は自ら選ばれた道でありますから、これを福とするか、禍とするかは、やはり、これからの自分自身の心構えと意気込みにかかっているといわなければならないと思います。いや、今、紹介した人達だけでなく、このことは今日《きょう》、ここに並ばれる全ての諸君に通じることでもあります。自ら選んだ道を迷わず、焦らず、着実に、自信をもって取り組んで行けば必ず行手に道が開けるということでありましょう。

最後に、諸君もお聞き及びのことと思いますが、今、世間では、今年をピークに十八歳人口がしだいに減少して行くので、やがてかなりの大学が危機に陥り、つぶれる大学も出てくるであろうといわれ、いわゆる大学のサバイバル戦略がさかんに取り沙汰されております。もとより本学も二十一世紀に生き残れる大学をめざして努力を怠るものではありませんが、私自身は、国、公、私立を問わず、これからつぶれる大学が出て当然だと思っております。何故なら、世の中が必要としないものが、自然に陶汰されて行くのは当り前のことであり、これが自由社会存立の原理であると信ずるからであります。もとより、本学も厳しい競争の波に洗われざるを得ないであろうことは当然でありますが、少なくとも本学の場合は、先に述べた建学の主旨と特色をしっかりと踏まえた上で、常に時代を先取りして進むならば、絶対に陶汰されることのない、社会にとって極めて有用な大学であると自負しております。もとより、それには、われわれ教職員もしっかりと職分を果たさなければなりませんが、学生諸君もまた大学レジャーランド論を払拭するよう、まず学業優先に、その上で課外活動を盛んにし、キャンパス一杯に活気が漲るよう奮起してもらわなければなりません。また、建学以来のリベラルな学風を堅持しながら、礼節を尚ぶこともなおざりにしてはなりません。もともと礼節は本学の美風の一つであったはずでありますが、これがこの頃大変おろそかにされてきております。明日《あした》からとはいわず今日から、学生会を中心に、各ゼミ、各クラブが一体となって伝統の美風の振起に努めてもらいたいと思います。

さて、諸君、大学の評価の最後の決め手は何といっても学生の良し、悪しであります。それでは、その学生の良し、悪しはいったい何で決まるか。これはかねての私の持論でありますが、いわゆる偏差値の高い受験型秀才が必ずしもいい学生であり、すぐれた人間であるというわけではありません。普通の学生、平凡な人でも真面目に学問に取り組み、見識をもって隣人のこと、社会のこと、世界平和のことを真剣に考え、信義、誠実、礼節を尚《たっと》び、正義と公平を重んずる気骨ある人であるならばこれこそ本物の大学生であり、私は、ここにわが流通経済大学の学生のあるべき姿を思い画いております。

重ねて申します。どうか諸君、大学に学ぶという人の一生において、最も輝ける時間の始まりである今日の日を、心機一転、新たな第一歩として、大きく栄光の未来を望んで下さい。

諸君の実りある大学生活を祈念して私の歓迎の辞を終ります。

（一九九二年四月）

誇り高く、気概をもって

本日、ここに卒業の栄を得られるに至った諸君、並びに父母の皆様に心からお喜びを申し上げます。今年の学位授与式は昭和四十四年、本学が始めて卒業生を世に送ってから二十四回目になり、全卒業生の数は大学院、専攻科をも含め、今日をもってほぼ一万名に達しました。そしてまた、今日は社会学部が待望の新卒業生を始めて世に送る日でもあります。さらに、ここに並ばれる諸君の中には昭和六十年、本学が創立二十周年を記念し、七年間の一貫教育を目指して設立した附属柏高等学校を経て本学に進まれた、いわゆる附属育ちの第一回生、百七十名も含まれております。勿論、卒業生総数一万は、数十万の校友を擁する大規模大学に比すれば決して大きな数ではありません。しかし、流通経済大学はまだこれからの大学であり、しかも、その一万名の校友の全てが年齢的にはまだまだ可能性に富む社会の中堅、新鋭でありますから、いささか贔屓めの誇りをまぬがれ得ないかもしれませんが、私自身は、この一万の雑草軍団の未知の魅力と未来に大きな期待と夢を抱いております。また、今日の諸君がここを巣立たれますと、来月早々には約一千三百名の新入生諸君が入学してまいります。いま本学の校友は一万名に達したと申しましたが、この四月からは在校生の数はほぼ五千名になります。一万の卒業生を出すに二十七年も要した本学ではありますが、これからの在校生の数から推しますと、校友が二万に達するまでには、後《あと》せいぜい七、八年しかかかりません。その意味では本学も、どうやら小規模大学から中規模大学へのステップを一歩踏み出したといってよかろうかと思います。要するに諸君、諸君の後に大勢の後輩が陸続と続いているということであって、諸君には、自らのためにも、後に続く人達のためにも、流通経済大学の名を辱しめぬよう、大いに奮起してもらわなければならないということであります。

ところで、諸君を待つ今日《こんにち》の社会は、連日の新聞で報じておりますように、景気はまさに逆風に向かっており、ことによったら、これが不況の長いトンネルの入り口ではないかとの厳しい見方さえあります。一方、国際的にも、日米関係は戦後最悪ともいわれる困難な局面に逢着しており、冷戦の終結後、唯一の超大国となったアメリカが、これからどのようにして経済の再生をはかり、日本に何を求めてくるのかも、われわれにとっては大きな関心事であります。また、双方の国民の間に反日感情、嫌米感情のようなものが見え隠れしつつあることも、まことに気がかりなことであって、個々には自動車産業、ハイテク産業、農業問題等に始まり、軍事、防衛の問題まで彼我の考え方の間にはかなりの隔たりがあるように思われます。しかし、何はともあれ、これからの日本は政治も経済も文化も国際的な連関をぬきにしては成り立ち得ません。ましてアメリカとの関りは世界の平和秩序維持のためにも極めて重要であります。もとより、西側陣営との冷戦に敗れ、いま混迷の極にある旧ソ連ないしはロシアとの関係も、或いは中国等アジア諸国やヨーロッパ、オセアニアその他との関りも、おろそかにしてはならないのは当然であります。もしかりに、今後わが国が、防衛問題等における国際間の対応において、大きな判断ミスをおかすようなことがあったとしたら、国民生活の面ではもとより、国家の存亡の上でも極めて重大な局面に至ることは必定であります。いうまでもなく、今日からの諸君は名実ともに大人として、この社会の、この国家の構成員としての役割と責任を担っていかなければならないのであります。私は、今の日本は国内的にも、国際的にも重大な岐路に立たされていると思っておりますが、その進むべき道を決めるのは決してひとにぎりの政治家でなく、最後の決定的な判断は国民大衆が行わなければならないのであります。諸君も、これからは国の運命を左右するような出来事について、責任ある判断を迫られる場面に必ず出くわされると思いますが、そんな時、利己的、近視眼的な見方に陥ることなく、広い視野に立ってインテリゲンチアとして冷静沈着な意思を表明してもらいたいと思います。

さて、諸君はこれからさまざまな職場に向われるわけでありますが、私は今日の諸君の中の一人の職業選択に、個人的に非常に興味をそそられましたので、そのことについて少し聞いていただきたいと思います。

私は一時期、日本の農村の家問題や相続問題について、学問的な見地から、日本農業のあり様との関りを考えながら、かなり熱心に研究したことがありました。もっとも必ずしも十分な成果を挙げ得たわけではありませんが、ただ一つだけ得た結論は、日本農業はこのままではきっと駄目になり、農業家族は崩壊し、稲作は壊滅に瀕することになるであろうと思ったことであります。そしてそれが、やがて日本と日本国民に大きな悲劇をもたらすのではなかろうかとの不安を感じさせられました。諸君もご承知のように、いま米の輸入規制等の関税化、自由化をめぐる議論がたけなわであり、国内政治の一大争点にもなっております。私は、米は一粒たりとも輸入しないという政治家の選挙向けのポーズがいつまでもつか甚だ疑問だと思っているのでありますが、さればといって、日本の農家と日本農業の現状を考えたら、今すぐ関税化を受入れることには根底的に無理があるとも思っております。それは日本農業が自由化に耐え得るだけの地力をもっていないとみているからであり、稲作農家の規模からみても、人的条件からみても、到底外国の安い米に太刀打ちできる状態ではないと考えているからであります。勿論、これは戦後の政治と行政の責任でありますが、今や日本農業は自分の足で立つことのできない赤子《あかご》のような存在になってしまいました。私は、かねて、これを立て直すには、まず第一に、国が生きた農業、強い農業を育成するための政治的、法的措置を緊急に講ずべきであり、第二は、これによって農村と農業に優秀な若者がとどまれるようにしなければならないと主張し、そのようなことをローカル誌などに寄稿したりもしてきました。ところが、今日《きょう》の卒業生の中に、卒業後迷わず専業農民の道を歩むという人がいることを知って大変頼もしく、嬉しく思いました。彼は農業経済のゼミに属し、学業成績もオールAという優秀な人材であります。私が、かねて考えていた、アメリカやカナダやオーストラリア等の農業事情に関する文献を、その国の言葉で読める農民が自分の身近から育って行くということに非常な誇りを感じました。勿論、一人、二人のそんな青年が出てきたからといって、日本の農業と農村が変るわけではありませんが、折角志を立てられたのでありますから、自立できる農業を身をもって経営し、新しい農村のリーダーとして現場から日本の農政に強いインパクトを与えるだけの強力な存在になってもらいたいとこいねがっております。

ついで、最近の社会問題についても私の見解を少しく聞いていただきたいと思います。まず、バブル経済の破綻によって露呈した政界、実業界の腐敗ぶりについてであります。勿論、私の知り得る情報はすべてマスコミの報ずるところでしかありませんから、これらのことについて直接とやかく言うつもりもなければ、また、その資格もありませんが、ただ一言いわせていただきたいのは、日本の社会、いや日本人が、いつからかくも卑しくなったのかということについてであります。勿論、昔から猟官運動に憂き身をやつする卑しい手合も無かったわけではありませんが、それでも明治、大正の時代には、まだ私財をなげうって国事に尽くし、大義に殉ずるといった井戸塀政治家がいました。また、商人には古くから守るべき商業道徳がありました。しかるに今日《こんにち》はどうか。一時、日本の経済は一流で、政治は三流ということがいわれましたが、私はもともと一国の政治も経済も文化もワンセットのものと考えておりますので、そんな矛盾した話はあり得ないと思っておりました。

それはともかく、ここで私は一人の人物の生涯について書かれた伝記小説を紹介し、それによって私の世相批判にかえさせていただきたいと思います。それは作家、城山三郎氏の手になり、三年ほど前、文芸春秋社から出されたもので、題名は『「粗にして野だが卑ではない」、石田禮助の生涯』という書物であります。「粗にして野だが卑ではない」は石田翁が国鉄総裁になって始めて国会へ呼ばれた時、代議士達を前にして自己紹介した時のせりふであります。国鉄は、いうまでもなく日本国有鉄道、今のＪＲでありますが、石田は昭和三十六年、その国鉄の第五代総裁になっております。もともと石田は明治十九年、西伊豆の網元の伜として生まれ、旧制の東京高等商業、今の一橋を出て三井物産に入り、商社マンとしての海外生活などを経て、最後は代表取締役にまでなりましたが、敗戦後は小田原在の国府津で小さな農園を経営していました。ところが数え年七十八歳で、時の池田首相に懇望されて国鉄総裁を引き受けることになったのであります。しかし、当時の国鉄は商人育ちの石田の才腕をもってしても、どうにもならないほどに経営状態が悪く、結局は解体して今日のＪＲにならざるを得ないのでありますが、今ここでとり上げるのはその国鉄問題ではなく、石田の人間性についてであります。石田には国鉄総裁になりたいなどといった名誉欲などかけらもなく、いわば、彼の侠気《おとこぎ》が「国民の大事な足を、官僚には任せておけない」と、これを受けさせたのであります。勿論、人の一生をそう短時間に語ることはできませんので、彼の人柄を髣髴させるエピソードを二、三紹介するにとどめたいと思います。まず、当時の内閣から、勲一等を受けてくれるようにと再三話があったにもかかわらず「俺はマンキーだよ。（石田が好んで使った言葉でありますが、西伊豆育ちの山猿だという意味でしょう）マンキーが勲章を下げた姿見られるか。見られやせんよ」といって遂に辞退し通したとか、面白いのは、勧善懲悪の映画でも、絶対に負けることのない庶民派の座頭市の方が好きで、水戸黄門はあまり好きでなかったそうであります。つまり、悪者をこらしめるのはいいが、最後にあの印ろうを出すのが、彼には卑しい行為にうつったらしいのであります。また、湘南のある私立小学校に通学していた孫娘が可愛くて、通勤の途次、毎朝連れ立ってグリーン車で藤沢まで通った石田を見て、総裁の地位を利用して孫娘をグリーン車に乗せているといった匿名の投書があった際、彼は憮然として「俺がそんな卑しいことをすると思うのか」と、つぶやいたことなど、どれもこれもいかにも石田の人となりを物語る話であります。また、官庁なみに、東大出のエリート中心の人事だった国鉄に「野にも遺賢は居るはず、ノンキャリアを抜擢しなさい。そこではじめて新鮮な空気が通る」と主張し、実践したのも石田であります。昭和五十三年四月、九十三歳で亡くなりましたが、故人の、意思で、国鉄葬は行われず、自宅での葬儀も至って簡素で地元の人達以外の参列者は殊の外少なかったといいます。それでいて生涯、蝶ネクタイのダンディぶりを崩さなかったところなど、まことに痛快な人物であります。そう長い読み物ではありませんから、諸君も是非一読されんことをおすすめいたします。そして、諸君もまた、これからの人生、むやみに気どることもなければ、背伸びすることもない。石田流ならば粗野で結構、ただし、卑しい行為だけは断じてしないという生き方を心がけて下さい。どうも私自身が山家育ちで粗野なために、この石田翁の生き方に強い共感を抱いておりますので、つい話が長くなってしまいました。

さて、先ほど、私は、わが流通経済大学の卒業生諸君を評して雑草軍団と申しました。しかし、本当は雑草という名の草はありません。雑草にもそれぞれ名前があり、名前があればそれぞれ誇りも、意地もあるはずであります。しかも、雑草は踏まれても、踏まれても、どこにあっても必らず自力で清楚な花をつけます。「粗にして野だが卑ではない」といった、生き方とからめて、今日の私の話をよくかみしめ、味わって、これからも時々思い起こしていただければ幸いであります。

尚、最後に私ごとでございますが、私は今月末で今期の学長の任期を満了致しますが、理事会や全学の支持で、もう三年、この職にとどまることになりました。お引き受けしたからには、諸君にとってかけがえのない、この母校、流通経済大学が瞬時も停滞することのないよう全力を尽くし、来世紀につなげる基礎固めをしなければならないと固く自らの心に誓っております。諸君もまた流通経済大学卒業生の面目にかけて大いに活躍され、母校の発展向上に呼応していただきたいと思います。

これをもって、卒業生諸君への壮行の言葉といたします。

（一九九二年三月）

盛年重ねて来らず

流通経済大学は本日ここに一千二百余名の新しい仲間を迎えることになりました。今日晴れて本学の門をくぐられた諸君に対し、全学を代表して心からお喜びを申し上げます。

ところで今年の本学の入試は大変な難関でした。殊に一般入試における経営学科の二十六・二倍は、本学としては開学以来の記録的な競争率であります。また経済の十六倍、社会の十九倍も決して少ない倍率ではありません。ただ、他校とのかけ持ち受験も相当ありますので実質はそれぞれほぼ半分ぐらいになりますが、それでもやはりちょっと異常な競争だと思います。予備校筋では今年の大学受験生のかけ持ちは一人当り八校から十校になっていると言っておりますから、諸君もさぞ大変な思いをされたことだろうと思います。また、本学でもここ数年浪人組の受験生が激増し、二浪、三浪がしだいに多くなりつつありますが、こんなところにも最近の入試事情の厳しさがしのばれます。このように激烈な日本の入試競争は必らずしも健全なものとは思いませんが、逆に諸君の立場からすれば、それだけに喜びは一入だろうと思います。長い間受験生を抱えてこられた諸君の御家庭でも、さぞ御安堵なされたことと思います。あらためてもう一度、おめでとう、と申し述べさせていただきます。

さて、諸君、諸君が難関を突破して本学の学生になられたということは、即ち、この大学で学問をする資格を手に入れられたということでありますから、何はともあれ、この四年間、この丘にしっかりと腰を据えて勉学に励んでもらわなければなりません。もっとも、私がこの場でいくら叱咤しても、もう諸君の中には、大学に入ったということだけで、すっかり安心して気持ちのたががゆるんでしまっている人もいるのではなかろうかと思います。「大学は高校のように出席もそううるさくないようだし、先生方もあまり細かいことには口出ししないようだから」と、高をくくっている人がいると思います。確かに大学の教育では学生の精神の自由と行動の自主性を尊重することを基本に据えておりますが、それは諸君の意思能力を信頼し、大学生としての本分を当然に全うしてくれるものと期待しているからであって、決して無原則に放任しているわけではありません。

諸君も御覧になったと思いますが、数日前から幾つかの新聞に、某大学法学部で卒業予定者の四人に一人、二百数十名もが留年して大変な騒ぎになっているとの記事が出ておりましたが、実は、こういったことが新聞の社会面で大きくとり上げられること自体、いささか奇妙な感じがいたします。何故なら、大学は学生が勉強するところでありますから、与えられた学習要件をクリアしない者があれば、それは卒業できないのが至極当たり前のことであって、とりたてて、とやかくいう程のことではないからであります。にもかかわらず、こんなことが大きな話題になるのは、今日の大学の教育が一般的にみて少しルーズになり過ぎているということの表徴のように思います。勿論、就職の内定した卒業予定者にとっての留年は、本人にとっては大変なダメージだと思います。仮りに九月に卒業できたとしても、日本の官庁や企業では新卒者の九月採用は殆ど認められておりませんので、人によっては、この留年によって人生のコースが思いもよらぬ不利な方向に大きく変ることも十分考えられます。余所の大学のことですから詳しい事情はわかりませんが、授業には出ない。出ても隣の者と喋っていてきちんと講義を聴かない。特別な配慮で何回試験をしてもまともな答案が書けないというのでは、如何にダメージが大きかろうと、その付けは本人が払わなければならないのは当然であります。今度各新聞が、このような問題を大きくとり上げたのは、おそらく全国の大学と大学生に対して警鐘を鳴らしたということなのだろうと思います。

実はこの種の問題は本学にもないわけではありません。新聞種になる程の大量ではありませんが、二年から三年になる段階で毎年かなりの留年があり、さらに卒業時にも相当の留年者が出ております。そして、これらの諸君の場合は、いずれも、授業に出ない。勉強はしない。しかも本気に試験に取り組まないということの結果であって、全く同情の余地はありません。本学の学則では、在学できる期間は四年以上八年以内となっておりますが、私は今、こういった学習意欲のない学生諸君には、制度的に大学の方から退学を勧告し、世の中に出て働いてもらうようにしなければならないと考えております。

また、本学では多様な入試選抜方法の一つとして、一芸一能に秀でた者に道を開くという意味でスポーツ選手の特別枠を設けております。今年もスポーツマンとして優れた実績を持った学生諸君が五、六十名入学しましたが、これらの諸君には、運動選手である前に、まず大学生であることの本来の務めを忘れないでもらいたいと思っております。今までも学業とスポーツを見事に両立させて卒業された諸君は少なくありませんが、中には運動選手であることを免罪符のように考えて、学業をまるでおろそかにする者もかなりおります。私はそういう人達にも、学業に全く関心がないならば大学をやめて別の途を歩かれるようすすめたいと思っております。

本来、諸君の入学を歓迎すべきおめでたい日に、いささか厳しいこと言い過ぎたように思いますが、これも諸君の資質と将来に期待を寄せているからに他なりません。先にも申しましたように、今日ここに並ばれた諸君は厳正公平な試験によって大勢の中から選ばれて本学に入学されたのでありますから、心根をしっかりと持ってさえもらえば皆相応の学習成果をあげることのできる能力の持ち主であります。若さにかまけ、怠惰放縦に流されて後々《のちのち》悔を残すことのないよう、今日この場でしっかりと自《みずか》らに言い聞かせてもらいたいと思います。

さらに、私の今日のもう一つの気がかりは、今日《こんにち》のような受験事情でありますから、この中には本学が第一志望でなかった人が相当数含まれているであろうということについてであります。そういう人達の中には、本学にあまり魅力を感じないといったようなことでとかく勉学をおろそかにする人が少なくありません。私は、そういう人々に、今この場ではっきり申し上げておきたい。それは、流通経済大学はこの大学の良さがわかり、この大学の学生であることに誇りの持てる人だけを望んでいるということであります。もっとも、大学にもそれぞれ肌合や個性がありますから、本学にどうしてもなじめないという人があったとしても、それはそれでやむを得ないことでありますが、そんなことでいつまでもうっ屈から解放されない人があったとしたら、それは本人にとっても本学にとっても共に不幸であります。もし、そういう人があれば、甚だ残念なことではありますが来年また思う大学を受け直された方がよいと思います。

ただ、昔から住めば都という言葉もあります。大学の場合も、そこに入って少し時間が立てば、自《おの》ずから味わいが出てきて馴れ親しめるようになるものです。まして大学は教育の場であり、すぐれて人間的な集団でありますから、尊敬できる先生、心の許し合える友人に出合えばまた気分も変ります。いつ如何なる場合でも人には気持の切り換えが肝じんです。私の口から言うのはいささか我田引水めきますが、本学には、人間的にも、学問的にも魅力あるすぐれた先生が沢山おられます。また、全国から、いや外国をも含めて、これだけ大勢の仲間達が今日ここに集まったのでありますから、信頼できる楽しい友人もきっとできると思います。よしんば第一志望でなかったにしても、本学が諸君の選んだ志望校の一つであることには変りはないわけでありますから、一日も早く、気持を切り換えて、ここの学風にとけこみ、勉学に学園活動に大いに本領を発揮されんことを期待してやみません。

これも私の口から言うのは如何なものかと思いますが敢えて言わせていただくならば、本学は、諸君にとっても十分に学び甲斐のある、誇るに足る大学だと思います。

今から十六年程前、三木内閣の文部大臣であられた永井道雄さんが、その在任中に日本の高等教育のあるべき姿について「富士の峯より八ケ岳」という名句を吐かれました。つまり東京大学を富士の頂きとする一極型の大学構造ではなく、多様な特色ある大学を沢山つくって、これが競い合うことが望ましいという考え方であります。永井さんは国会に議席のない閣僚でありましたが、教育社会学者として多年教育問題を手がけてこられた方だけあって、二年余の在任期間ではありましたがなかなかユニークな発想で相応の成果をあげられたと思います。その永井元文相のひそみにならい、本学は、それ程高い峯だとは申しませんが、やはりキリッとした八ケ岳の峯の一つだと思います。また、そうでなければ存在価値はないと、建学以来、自問自答しながら今日の本学をつくり上げてきたのであります。今の日本には国、公、私立合せて五百有余の大学がありますが、私の理解では、これらの大学は老舗の百貨店型大学と大衆向けのスーパーマーケット型大学、専門店型の大学というふうに大別されると思います。そして、専門店型も、ユニークな全国区的なものと、ローカルなものとに別れると思いますが、本学はいわば全国区的な専門店型大学だと思います。創立以来、まだ二十七年目でしかありませんので、それ程熟成したものとは申せませんが、経済学部については、流通問題、殊に物流について、わが国で唯一、大学院の博士課程を持つ特色の鮮明なグレードの高い専門店型大学だと自負しております。また、今年、創設四年目を迎えた社会学部も、もとより建学の主旨に則って設置されたものでありますが、こちらは専ら人間の尊厳に力点をおきながら益々複雑化する産業社会に対峙して行こうというものであって、経済学部とやや角度を異にした立場で労働や福祉や余暇活動などの諸問題に取り組むことを特色にしております。そんな次第でありますから、両学部とも、諸君に意欲さえあれば、これに応えるに十分な幅と奥行きを持っております。諸君は本学を望んで折角入学されたのでありますから、この大学の学生であることに誇りと自信を持って、しっかりと勉学に学園活動に励んでいただきたい。諸君が、この大学での四年間を決して無駄にしないよう努められるならば、これからの長い将来豊かに道が開けて行くはずであります。私は少年の頃、学校の漢文の授業で、「盛年重ネテ来《きた》ラズ　一日再ビ晨《あした》ナリ難シ　時に及ンデ当《まさ》ニ勉励スベシ　歳月ハ人ヲ待タズ」という陶淵明の詩を暗誦させられましたので今でもよく覚えております。若い時代にこそ勉励すべきである。一日に二度朝になることはない。だから、好機を逃さずに努力すべきである。歳月の流れは人を待ってはくれない、という意味でありますが、まことに不敏の至りとでも申しましょうか、私は、この頃になって今さらながらこの詩の意味を身にしみて感じさせられております。

諸君、まさに、盛年重ねて来らず、であります。大学は諸君にとっての最後の勉励のチャンスであります。どうかこの日を契機に自《みずか》らの心に鞭打って大いに励んでいただきたい。

終りに諸君の実りある大学生活を祈念して私の歓迎の辞といたします。

（一九九一年四月）

下学《かがく》して上達す

卒業生諸君、御卒業おめでとう。

心からお喜びを申し上げます。また、本日の式典は大学院経済学研究科修士課程修了者に対する学位記の授与式でもあります。本学初の修士号を得られるに至った諸君に対しても心からお慶びを申し上げます。

さて、私はここ数日来、今日晴れて学窓を巣立たれる諸君への餞に、どんな言葉を贈ろうかと考えあぐねてきました。いろいろ迷った挙句、結局、私の拙い社会的体験の一端を聞いてもらうに、しくはないと考えたのであります。もっとも私の半生はほぼ流通経済大学と共にありましたので、その経験は、ごくせまい限られたものでしかありません。その上、大学、殊に私立大学という極めて特殊な職場の体験でしかありませんので、これから主に実業の世界に進まれる諸君に果して聞いていただくに価するか、どうか。甚だ心もとないのでありますが、しいて聞いていただく意味があるとすれば、それは、生来、資質に恵まれない私のような者でも、とにかく、人前に出て語れないような、利己的な振る舞いを慎しみ、誠実に事に当れば、社会的にも、何とか、それなりの役割を担うことができるものだということにつきると思います。

そんなわけで、私のとるに足らぬ体験談が諸君のこれからの人生に、何がしかお役に立つことがあるとすればまことに幸いであります。

私は昭和四十九年四月、流通経済大学の学長に就任しました。選任された時点ではまだ四十五歳でした。諸君も御承知のように本学の学長選出は、まず教授会の直接選挙があって、その上職員や学生の信任を得た者が学長候補者として理事会に推薦される仕組みになっておりますが、始め私はこの選挙の結果に大いに困惑しました。何故なら、本学の学長候補者選挙は立候補制ではなく、本学園の役員と本学専任教員の全てが被選挙権者になっておりますので、当人の意思と関りなく選ばれることも起り得るからであります。私は教授会に対し、「まだ歳も若いし、自信もない」との理由で辞退を申し入れたのでありますが、先年お亡くなりになったある長老教授が、アメリカの大統領、ジョン・ケネディの例を持ち出して、「決して若くはない。これからは君達の時代だ」といった趣旨のスピーチをなされ、辞退の弁はあっさり退けられてしまいました。

それでも私は受けるべきか、否かと迷いに迷いました。その時、私が自信がないと言ったのは単に謙遜ではなく、当時の流通経済大学の学長になるということは、少し極端な比喩ではありますが、恰も倒産寸前の中小企業の再建社長になるかのような趣があったからであります。勿論、今の本学ならば、条件しだいで引き受け手はいくらでもあると思いますが、当時は内部の誰かが背負わなければ、どうにも動きがとれないといった状態でした。選挙後、理事会の正式承認があるまでの間、旬日の余裕がありました。その間の私は余程さえない表情だったのだろうと思います。

そんなある日、取手駅だったか、スクールバスの中だったか、はっきり憶えておりませんが、ある同僚が私に、「よろしかったらこれを差し上げます。面白いですよ」といって一冊の文庫本を手渡してくれました。私は帰りの電車の中でバラパラとその本をめくってみました。菊池寛の「藤十郎の恋」や「恩讐の彼方に」などを収めた新潮文庫でしたが、だいたい私も一度は読んだことのある作品ばかりのようでした。ところが巻末に至って私は一つの作品に目を吸い寄せられました。諸君の中にもお読みになった方が少なくないと思いますが、それは「入れ札」という短編でした。内容は、上州岩鼻の代官を斬り殺して役人に追われる国定忠治が、赤城山を捨てて信州に落ちのびるに当り、忠治を慕って残った十一人の子分衆の中から、供としてつれていく者を三人だけ投票で決めるというストーリーです。大体予想通り腕ききの子分が当選するわけですが、忠治子飼いの九郎助という年嵩の子分は親分の供をしたいばかりに、自分で自分の名前を書きました。九郎助の分はその一票だけで結局は供に加われないのでありますが、彼は自《みずか》らのとった行為が後ろめたく、不機嫌になって落ち込んでしまいます。ところが、そこへ弥助という弟分がすり寄ってきて、「阿兄《あにい》を入れたのは十一人の中でこの俺一人だ」というのであります。勿論、九郎助には弥助の大嘘がよくわかっているわけでありますから、身のふるえるような怒りを覚えるのでありますが、それだけに自分のとった行為が一層卑しいものに思え、頭上に輝く晩春のお天道様が一時に暗くなるような味気なさにおそわれるという話であります。

話はたったそれだけのことでありますが、この物語には人の心の機微がよく画かれております。この作品のモチーフは「文芸家協会」で作品集を作るために作家推薦投票をした時に、ある不遇な作家の心理を想像したところからきているのだそうでありますが、菊池寛の作品の中でも秀逸のものだと思います。私はこれを読んで、そっと文庫本を手渡してくれた同僚の心のぬくもりが伝わってくるような思いを抱きました。そして、わが学長選では誰が、どんな思いで私に札を入れてくれたかは全くわかりませんが、その人々の気持は素直に受けとめなければならないと思ったのであります。そんな次第でせめて一期だけでも務めおおせることができればと思って学長の任につきました。

しかし、私の微力のせいもあって、その後の日々はまるで自転車をこいで坂道を登るようなものでありました。とはいえ、大学たるもの教育や研究に停滞をきたすようなことは許されません。また、私立大学の組織は一般の会社と異なり、教員相互間は横一列の社会で、しかも個性的な人々の集まりでありますから、なかなか運営の難しいものでもありました。そんな中で、私は、自分の在任中にこの大学を少しでも社会的存在感のある大学に、学生諸君が、私は流通経済大学の学生ですと胸を張って言えるような大学にしたいと念じつづけてきました。スポーツの振興を考えたのも、そのあらわれの一つでありますが、何よりも心を砕いたのは経営の安定を図り、建学の主旨に相応しい専門店型大学としての形態と内容を整えることでありました。

一期三年のつもりが今月末で、まる十七年間も学長を務めることになってしまいましたが、われながら少し長くなり過ぎたと思っております。ただ、まことに幸いなことに、この間に天の時、地の利、人の和とでも申しましょうか、私が当初企図したような専門店型大学として、とにかく一応の形態は整いました。昭和四十年、たった二百名、一学科で発足した大学が、付属高校から大学院まで学生、生徒総数五千有余名を携する学園にまでなりました。この四月一日から博士課程もできることになり、私は今日、この式典が終るとすぐに文部省に出向いて、その認可書の交付を受けて参ります。

ところで、人の一生は思うに任せないものであります。率直なところ私も若い頃は今とは全く別の人生設計を立てていました。大学をでた後、母校に残って少しばかり学問をする気になったのも、そんな設計図に沿ったいわば充電のつもりでした。そんな次第で本学に勤める時も始めはあまり気のりしなかったのでありますが、偶々本学の創立を発意され、初代の理事長でもあられた福島敏行氏は私の出た学校の古い卒業生でした。もっとも先輩といっても三十歳も年長の大先輩でしたから個人的に親しい間柄だったわけではありません。昭和三十九年の初夏の頃でしたが、福島さんと親しかったある先輩教授から、「日本通運の出捐で新しい大学ができるんだが、教員集めが容易でないらしい。他大学をリタイアされた年輩の教授や大学院出たての若い先生達ばかりで私学を知っている中堅がいないらしい。適当な人を紹介してくれと頼まれているんだが、君、是非行ってくれないか」という話でありました。始めのうちは「他からも話がありますので」とお断りしたのでありますが、「せめて完成年度まででも手伝ったらどうか」と熱心にすすめられ、その後、設立準備委員会の方が二度も拙宅に足を運んで下さいました。私ごとき者をそれ程までにと、私はその熱意にいたく感激しました。

昭和四十年四月、大学は順調に発足しました。応募者数こそ少なかったが、なかなかいい学生達が集まってきました。私も大学の仕事に精を出しました。しかし、片方ではまだ腰が定まっていたわけではありません。ところが運悪く大学が完成する前の昭和四十三年に福島理事長が不幸な事件で社会的に失脚され、大学の存立そのものが危殆に瀕する事態になりました。始め私はこれでこの大学を去ることができると思ったのでありますが、実はこの事件が、かえって私をこの大学に縛りつけることになってしまいました。人の一生はどこでどうころぶか全く分からないものであります。どちらかといえば、私は生来、血気に逸るタイプの欠陥人間であり、亡くなった私の母は、そんな私の気性を生涯案じつづけておりましたが、この時、私のその危なっかしい気質がむらむらと頭をもたげてきました。折角船出した大学をこんなことで座礁させては、ここを慕って集まってきた学生達に教師として合わせる顔がないと心底から、そう思いました。そんな経緯があって昭和四十四年、私は教職員の仲間達から担がれ、常勤的な理事として学園の経営に参画し今日に至っております。

もっとも、大層なことを言っても、それ程の働きをしたわけではありません。また、それ程の器量があるわけでもありません。当然のことながらただ本気で務めてきたというだけで、気がついてみたら、いつの間にか、一般の企業ならば、とっくに定年を越える歳になっていたということであります。考えてみますと悔いがないようでもあり、また、あるようでもあり、この頃では人の一生とは、所詮こんなものかなと思ったりもしております。ただ、昔から「汝の俸、汝の禄、民の汗、民の膏」という言葉がありますが、ここは私学でありますから、今までも、今も、私がいただいている給料は、ここに学ばれた諸君の父母の方々の汗と膏の結晶であります。これによって長い間、私と私の家族が雨露をしのぎ、糊口をしのいできたのでありますから、やはり、これは感謝しなければならないことだと思っております。私自身、必らずしもその禄に報いるだけの働きをしたとは思いませんが、先にも申しましたように本学もまさに大学というに相応しい形態が整ってきました。世間に聞こえた立派な先生方も大勢スタッフに加わって下さっております。勿論、規模も中味もまだまだこれから充実を図らなければならない大学であることには変りありませんが、向上への道程を着実に歩んでいることだけは確かであります。

さて、諸君、本学と共に歩んできた私の矮少な体験談は、これで終らせていただきますが、人生の余白の少なくなった私などと異なり、諸君はいよいよ明日から職業人として世に立たれるわけであり、諸君の人生はまさにこれからであります。私は今、本学も漸く大学らしい形態を整えてきたと申しましたが、実はそんなことは大学の本当の評価にはなり得ません。何といっても大学の評価は諸君ら卒業生の肩にかかっているのであります。これから諸君が世の中でどんな働きをされるか、一人ひとりがそれぞれの職場で上司や同僚や、やがては後輩達の信頼をあつめ、その職場において欠くことのできない人物になられるならば流通経済大学の評価はごく自然に高まるはずであります。諸君がこれから入って行かれる職場は、大企業あり、中小企業あり、自営業ありだろうと思いますが、なかには諸君の思惑と異なる厳しい職場もあるだろうと思います。しかし、どんなに厳しくとも不退転の決意で事を成し遂げる意気込みがなければなりません。

論語に「天ヲ怨マズ　人ヲ尤《とが》メズ　下学《かがく》シテ上達ス　我ヲ知ル者ハソレ天ナルカ」という言葉があります。「下学《かがく》」というのは、手近なところから学ぶことであり、事、志と違っても、これを天意と心得、目の前のことにコツコツと励めという意味であり、その結果、一歩一歩向上して、やがて上達の域に達するということであります。最近の若い人達は職種やポストについて、とかく不平が多く、簡単に転職する人が多いといわれておりますが、一つの仕事で満足な成果を挙げることのできない者は、他に移っても成功する例は少なく、人の信頼を得ることも難しいと思います。まさに下学《かがく》して上達す。まず辛抱して、手近なところからきちんと為すべきことを為すという心構えがなければならないと思います。

「我ヲ知ル者ハソレ天ナルカ」と、時にはひとり天を仰ぎながら本学と共に歩んできた私にとって、今の何よりの願いは、流通経済大学の卒業生諸君に社会的に大きくなってもらいたいということであります。諸君のこれからの御健闘を祈念してやみません。

さらば卒業生諸君。これをもって私の式辞を終ります。

（一九九一年三月）

著者略歴
佐伯弘治（さえき　こうじ）

1928年３月、富山県生まれ。
1953年、法政大学大学院（旧制）修了、専攻、民法・法社会学
1974年～2001年、流通経済大学学長、この間大学院委員会委員長、物流科学研究所所長を兼ねる。

現在　(学)日通学園学園長、流通経済大学名誉学長・同名誉教授、三宅雪嶺記念資料館館長、(社)日中友好協会名誉副会長

主なる著書『私法学序説』(法政大学出版局)、『家族法の諸問題』(犀書房)、『法の一般理論』(政文堂)、『明日を担うために』(桐原書店)、『法学』(政文堂)、『いま歴史の岐路に立って』(桐原書店)、『(1995年版）中国現代物流研究』(流通経済大学出版会)、『(1998年版）中国現代物流研究』(中国物資出版社）ほか多数。

運命《うんめい》との邂逅《かいこう》

発行日　2003年３月30日初版発行
　　　　2003年３月31日初版２刷

著　者　佐　伯　弘　治

発行者　佐　伯　弘　治

発行所　流通経済大学出版会
　　　　〒301-8555　茨城県龍ケ崎市平畑120
　　　　電話　0297-64-0001　FAX　0297-64-0011

Printed in Japan／桐原コム

ISBN4-947553-27-8 C0095 ¥2500E

この本の印税は、流通経済大学国際交流基金に寄付する。